RALF H. DORWEILER

Der Herzschlag der Toten

GOLDMANN

Buch

Hamburg 1887. Kurz nach seiner Beförderung zum Criminalcommissar wird Wilhelm Rieker mit seinem ersten eigenen Fall betraut: In einem verlassenen Kontor wurde eine Frauenleiche mit zahllosen Messerstichen im Rücken aufgefunden. Rieker steht vor einem Rätsel. Unterstützung bekommt er ausgerechnet von Johanna Ahrens, der Tochter eines wohlhabenden Richters. Johanna betreibt heimlich eine Schule für bedürftige Frauen und vermisst seit ein paar Tagen eine ihrer Schülerinnen. Sie identifiziert die Tote bei der Leichenschau – und lässt sich zu Riekers Unmut nicht davon abbringen, sich immer wieder in seine Ermittlungen einzumischen. Ein Totenfotograf, der das Mordopfer in Johannas Auftrag ein letztes Mal ablichten soll, liefert schließlich den entscheidenden Hinweis. Doch dann erschüttert ein weiterer Mord die Hafenstadt …

Autor

Ralf H. Dorweiler studierte Theater-, Film- und Fernsehwissenschaft in Köln, arbeitete als Schauspieler, im Management für internationale Konzerne und schließlich als Redakteur bei einer großen Tageszeitung. 2006 erschien sein erster Roman. Mittlerweile ist er hauptberuflicher Schriftsteller und lebt mit seiner Frau in Bad Pyrmont.

Ralf H. Dorweiler

Der Herzschlag der Toten

Historischer Kriminalroman

GOLDMANN

MIX
Papier | Fördert gute Waldnutzung
FSC® C014496

Penguin Random House Verlagsgruppe FSC® N001967

1. Auflage
Originalausgabe Oktober 2024

Dieses Werk wurde vermittelt durch die Literarische Agentur Thomas Schlück GmbH, 30161 Hannover.
Umschlaggestaltung: UNO Werbeagentur GmbH
Umschlagmotive: © Mark Owen / Arcangel Images, © Vintage Germany; © FinePic®, München
Redaktion: Beate De Salve
LS · Herstellung: ik
Satz: KCFG – Medienagentur, Neuss
Druck und Bindung: GGP Media GmbH, Pößneck
Printed in Germany
ISBN: 978-3-442-49493-4

www.goldmann-verlag.de

Prolog

Donnerstag, 21. April 1887

»Eddi!«

Der unterdrückte Ruf und ein Rütteln an der Schulter weckten ihn nur langsam aus seinem traumlosen Schlaf.

»Eddi, wach auf!«

Verstört wandte er sich in der Dunkelheit in die Richtung von Paule, der ihn immer stärker schüttelte. Er spürte den Atem des Kumpans an seinem Ohr, eine abstoßende Mischung aus Fäulnis und zu viel von dem billigen Kümmel, den sie bis spät in die Nacht zusammen getrunken hatten.

Eddie wich mit dem Kopf zurück. »Was ist denn los?«

»Psst«, flüsterte Paule alarmiert. »Da ist jemand.«

»Paule, glaub mir, hier kann niemand sein.«

»Wir sind doch auch hier.«

Diesem Argument konnte Eddi sich nicht verschließen. Schwerfällig stemmte er sich in eine sitzende Position und lauschte in die Dunkelheit.

»Ich kann nichts hören«, sagte er nach ein paar Sekunden kraftlos und ließ sich wieder zu Boden sinken. Die Kälte aus dem Fundament kroch durch seine Decke und drang durch die feuchte Kleidung. Das war Gift für sein Bein. Er versuchte, den Schmerz nicht zu beachten. Am besten wäre jetzt ein Schluck aus der Pulle, aber die hatten sie längst ausgetrunken.

»Doch, da war was«, beharrte Paule, immer noch flüsternd. »Hier ist eben einer vorbei!«

»Das hast du bestimmt nur geträumt«, versuchte Eddi, ihn zu beschwichtigen. »Oder es war eine Ratte, die …«

Er stockte und setzte sich wieder aufrecht. Ein leises, entferntes Quietschen drang an seine Ohren. Wie von einer nicht geölten Tür. Schon war es wieder still. Vielleicht ein Wachmann? Oder ein Säufer, der – ebenso wie sie – bei diesem Dreckswetter einen trockenen Unterschlupf suchte? Beides war nicht gut, denn beides versprach nichts als Ärger. Auf jeden Fall mussten sie sich bereit machen, das alte Kontor notfalls schnell zu verlassen.

»Was sollen wir jetzt tun?«, wollte Paule wissen. Er war zwar der Ältere von ihnen, überließ Entscheidungen aber gerne seinem Kumpel.

Eddi zuckte mit den Schultern, doch dann wurde ihm bewusst, dass Paule das in der Dunkelheit nicht sehen konnte. Sie brauchten Licht. Er tastete nach den Phosphor-Streichhölzern in seiner Tasche und der kleinen Petroleumlampe, die neben seinem Kopf stehen musste. Es dauerte einen Moment, bis er den Zündkopf entflammt hatte und beißender Rauch aufstieg. Dann öffnete er das Frontglas der Lampe und hielt die schon wieder kleiner werdende Flamme an den Docht. Das Feuer fraß sich bald fest.

Ein schwacher rötlicher Schein beleuchtete Paules schiefe Visage. Mit zusammengekniffenen Augen starrte er Eddi fragend an. Seine Tränensäcke warfen lange Schatten über die Wangen bis zu seinem schmutzigen Bart.

»Wenn es ein Wachmann ist, müssen wir vielleicht rennen«, sagte Eddi. »Mach dich fertig. Aber leise!«

Er stellte seine Stiefel bereit und stemmte sich mithilfe seiner alten Krücke hoch. Dieser verdammte Schmerz! Es kam ihm vor, als würde sein Bein immer steifer. Er glitt in das Schuhwerk, während Paule hektisch die Decken zusammenrollte.

Beide verharrten gleichzeitig in ihrer Bewegung, wie eingefroren. Da war es wieder. Dieses Quietschen. Ein Blick zu Paule bewies ihm, dass der alte Säufer es ebenfalls gehört hatte. Eddi legte einen Finger auf die spröden Lippen.

Klock, klock, klock … Schritte. Schwere Schritte, die sich ihnen näherten. Er presste erneut den Zeigefinger auf den Mund. Paule nickte stumm und biss sich auf die Unterlippe.

Die Schritte wurden immer lauter. Schwere Sohlen hallten auf kaltem Stein. Eddi konnte das Weiße in Paules Augen erkennen. Schnell breitete er eine Wolldecke über die Lampe, bis nur noch ein tiefroter Schein durch das dichte Gewebe drang. Es sah aus wie ein letztes Stück Glut in der Asche eines Lagerfeuers. Licht verströmte sie keines mehr. Eddi starrte trotzdem wie ein Kaninchen vor der Schlange auf die Tür. Durch den Spalt am Boden erschien ein schwacher Lichtstreif. Die Schritte klangen schon ganz nah. Eddi war wie gelähmt. Klock, klock, klock …

Genau vor ihrer Tür setzte das Geräusch aus. Das Licht unter dem Türspalt war jetzt stärker, lief wie eine Pfütze in ihre Zuflucht hinein. Eddi spürte, wie ihm trotz der Kälte Schweiß auf die Stirn trat. Es gab keinen zweiten Ausgang, deswegen hatten sie diesen Raum ja gewählt. Sogar die hohen, schmalen Fenster waren mit Brettern vernagelt. Vor der Tür erklang ein Räuspern. Was machte der Mann da nur? Paule zog neben Eddi die Nase hoch. *Nicht jetzt!*, beschwor er ihn mit einem Knuff des Ellenbogens.

Bis auf das Pochen seines Pulses in den Ohren herrschte absolute Stille. Wie damals vor dem Angriff. Sie hatten gewusst, dass die Franzosen auf der anderen Straßenseite auf sie warteten, aber die Soldaten waren weder zu sehen noch zu hören gewesen. Bis sie plötzlich losschlugen. Sein Bein schmerzte, als zerschmettere ihm die Kugel den Knochen ein zweites Mal. Er biss die Zähne zusammen, um nicht laut aufzuschreien. Tränen der Anstrengung traten ihm in die Augen.

Klock, klock, klock … Endlich, der Mann ging weiter! Jetzt erst merkte Eddi, dass er die Luft angehalten hatte. Mit dem Atem drang ein leises Wimmern aus seinem Mund. Auch Paule seufzte erleichtert und setzte an, etwas zu sagen, doch Eddi hieb ihm erneut den Ellenbogen in die Seite.

Die Schritte verhallten. Eddi zitterte vor Anspannung. Er nahm einen eigenartigen Geruch wahr. Die Lampe! Hastig hob er die Wolldecke an. Zuerst blendete ihn das Licht, doch dann fiel sein Blick auf die Stelle, wo der Wollstoff auf dem Hitzeabzug gelegen hatte, und er erkannte, dass sie kurz vor dem Ankokeln war.

Er ließ die Decke zu Boden sinken und rieb sich das

Bein, bis das Stechen wieder erträglich wurde. Dann ging er zur Tür und öffnete sie einen kleinen Spalt. Von dem Mann war nichts zu sehen. Weit weg hörte Eddi eine Tür zuschlagen.

»Verdammter Möwendreck!«, fluchte Paule und kratzte sich den schmutzigen Schädel. »War das ein Wachmann?«

Eddi zuckte mit den Schultern, nahm die Lampe auf und wandte sich im Flur in die Richtung, aus der das Quietschen gekommen war.

»Eddi?« Paule klang ängstlich. »Was hast du vor?«

»Nachsehen, was er hier wollte«, gab er zurück.

Ob ein Einbrecher das leere, abrissreife Kontor nutzte, um hier seine Beute zu verstecken? Eddi malte sich einen Seesack voll mit Goldschmuck und Silberbesteck aus. Falls sie einen solchen Schatz fanden, würde er sich für die unterbrochene Nachtruhe eine Entschädigung holen.

Paule nahm ihr Gepäck auf und folgte ihm. Der Gang machte einen Knick. Auf der einen Seite befanden sich feste Türen, auf der anderen Holzverschläge, deren Gattertore offen standen. Der Boden war voller Dreck. Alter Staub, heruntergefallener Putz, dazu Köttel von Ratten und Mäusen. Irgendwo drang Wasser durch das Mauerwerk. Eddi erkannte eine Spur von großen, breiten Stiefeln – die eines Hafenarbeiters? Die Abdrücke mussten von dem Unbekannten stammen und führten zu einer der Türen.

»Was, wenn der Kerl zurückkommt?«, fragte Paule.

Eddi hatte sich darüber noch keine Gedanken gemacht, zögerte aber nur kurz. Sie würden nachsehen, mitnehmen, was sie tragen konnten, und schnell wieder verschwinden.

Die Klinke, an der die Spur endete, hakte ein wenig, ließ sich dann aber doch hinunterdrücken. Die Tür war nicht abgeschlossen. Eddi schob sie mit der Krücke auf und erkannte am Quietschen, dass sie hier richtig waren. Mit rasendem Herzschlag hob er die Lampe an. Ihr Licht zitterte über Boden und Wände, dann fiel es auf weiße Haut. Schiet! Da war noch jemand! Eddi machte einen Satz zurück und stieß gegen Paule, der vor Schreck ein überraschtes Quieken von sich gab.

»O Gott!«, rief Eddi.

»Was ist?« Paule spähte an ihm vorbei. »O Gott«, stieß dann auch er hervor. »Was hat sie? Hallo? Fräulein?«

»Sie kann dich nicht mehr hören, du Köömbroder«, schimpfte Eddi und näherte sich vorsichtig der jungen Frau.

Sie saß vollkommen nackt und mit weit gespreizten Schenkeln gegen die Wand gelehnt. Blond war sie und sicher einmal hübsch gewesen. Mit gebrochenem Blick starrte sie zur Tür. Der Mund stand weit offen und entblößte weiße Zähne.

Paule ließ sein Bündel zu Boden fallen, ging zu ihr und rüttelte sie an der Schulter. »Lebst du noch, Fräulein?«

»Spinnst du? Fass sie nicht an!«

Doch es war zu spät. Der Kopf sank ihr wie in Zeitlupe auf die Brust und zog den Oberkörper mit sich nach vorne. Sie kippte um wie ein Sack Getreide.

»Schiet!«, fluchte Paule. »Die lebt nicht mehr. Leuchte mal hier!«

Eddi kam der Aufforderung nach und hob die Lampe.

Im flackernden Licht sah er die Wunden am Rücken nun auch. Vor Schreck wäre ihm beinahe die Krücke aus der Hand gerutscht. Furchtbar!

»Das arme Kind«, flüsterte Eddi. »Die war höchstens zwanzig. Wer hat ihr das nur angetan?«

»Der Kerl von eben natürlich«, stellte Paule fest. »Komm, lass uns schleunigst abhauen!«

»Aber wir können sie doch nicht einfach so im Dunkeln allein lassen«, gab Eddi zurück. »Wir müssen die Udel holen.«

»Wir gehen garantiert nicht zur Polizei«, beschwor Paule ihn. »Zwei Suffbrüder wie wir, da ist die Sache für die doch gleich geklärt. Bevor du dich umsiehst, stehen wir beide vorm Scharfrichter!« Er fuhr sich mit dem Daumennagel quer über die Kehle.

Paule hatte recht. Und doch konnte Eddi die junge Frau nicht einfach so zurücklassen.

»Was, wenn ihre Seele noch in ihr steckt?«, fragte er.

Paule bekreuzigte sich. »Tot ist tot«, stellte er lapidar fest.

»Trotzdem können wir sie nicht so lassen«, sagte Eddi. »Komm, hilf mir mal.«

Kapitel 1

Donnerstag, 21. April 1887

O Tod, du alter Kapitän, es ist Zeit, den Anker zu lichten.
Die Länder hier langweilen uns, o Tod! Wir wollen zur See!
Wenn Himmel und Meer sich mählich tintenschwarz verdichten,
Sind unsere Herzen, du kennst sie, voll Strahlen, ohne Weh!

»Johanna Ahrens!«

Die strenge Stimme ihrer Mutter riss sie aus der bittersüßen Lektüre. Es gelang ihr gerade noch, den Band mit Baudelaires Gedichten unter dem Stoff des Unterkleides zu verbergen, bevor die Tür aufschwang.

»Du bist ja immer noch nicht fertig, Kind! Du hast doch nicht etwa wieder gelesen? Wo ist das Fräulein Anderson? In einer Viertelstunde fahren wir ab. Und es regnet immer noch.«

Ohne eine Antwort ihrer Tochter abzuwarten, rauschte Minna Ahrens wieder aus dem Ankleidezimmer hinaus. Sobald die Tür geschlossen war, befreite Johanna das Buch aus seinem Versteck und ließ sich wohlig zurück ins Sofapolster sinken. Sie suchte kurz die richtige Seite, um auch den zweiten Teil des Gedichts zu lesen:

Gieß ein, mach uns Mut, dein Gift in vollen Zügen zu
trinken!
Wir möchten – unsere Hirne stehen in helllichtem
Brand –,
ganz gleich ob Himmel oder Hölle, in Abgründe sinken,
das Neue finden in der Tiefe des großen Unbekannt!

Ergriffen schloss sie das Buch, drückte es an ihre Brust und atmete tief ein. Baudelaire! Der Tod war bei ihm kein dunkler Fährmann, sondern ein Kapitän, den man auf seinen abenteuerlichen Reisen begleiten wollte.

Sie versuchte, die Tränen zu unterdrücken, die sie aus tiefstem Herzen in sich aufsteigen fühlte. Wenn sie weinte, würden nur das dezent aufgelegte Rouge und die Wimperntusche verlaufen. Sie sprang auf und fächelte sich mit beiden Händen Luft zu.

Solche Männer wie Baudelaire gab es heute leider nicht mehr. Wäre zu erwarten, bald eine ihm verwandte Seele zu treffen, sie würde sich freudig von der Mutter verkuppeln lassen.

Das Neue finden in der Tiefe des großen Unbekannt!

Ach, wäre heute Abend doch nur einer dabei, der diese Zeile so sehnsuchtsvoll verstünde wie sie.

Sich schnell nähernde Schritte lenkten sie von ihren Gedanken ab. Es klopfte zaghaft an die Tür.

»Verzeihen Sie, Fräulein Johanna. Ihre Frau Mutter lässt ausrichten, dass sie mich gleich wieder entlassen wird, wenn Sie nicht in fünf Minuten für das Fest fertig angekleidet sind«, sagte Anita Anderson mit wackliger Stimme. Das schüchterne dänische Dienstmädchen befand sich erst seit einer knappen Woche bei ihnen in Anstellung. »Ich flehe Sie an, lassen Sie mich Ihnen doch helfen!«

Johanna hatte ihr vorhin bedeutet, sich alleine ankleiden zu wollen. Aber sie wollte auch nicht, dass Anita ihre Stelle verlor, also gab sie nach.

Knapp zehn Minuten später schritt sie abfahrbereit die Treppe ins Vestibül hinunter. Ihre Mutter zupfte am Mantel des Vaters herum, der längst perfekt saß, doch als Richter Hans Ahrens seine Tochter bemerkte, löste er sich aus den Fängen seiner Frau und winkte Johanna zu.

Auch ihre Mutter blickte nun auf. »Endlich, Kind! Wir kommen noch zu spät.«

»Das Warten hat sich jedenfalls gelohnt«, sagte der Vater stolz. »Die jungen Männer werden Schlange stehen, um sich auf deine Tanzkarte einzutragen.«

»Danke, Papa. Du siehst aber auch sehr stattlich aus«, gab sie das Kompliment zurück. Das brachte ihr von ihm ein Lächeln, von ihrer Mutter jedoch einen mahnenden Blick ein.

»So zu reden geziemt sich nicht für eine Frau«, sagte sie. »Sei züchtig, benimm dich respektvoll, und lass vor allem die Männer stets ausreden.«

»Das klingt ja beinahe, als wären Männer wertvoller als Frauen!«

»Ach, Johanna. Das werden wir jetzt nicht ein weiteres Mal ausdiskutieren«, sagte ihre Mutter erschöpft. »Los, fahren wir. Kutscher!«

Der melodiöse Rhythmus des langsamen Walzers brachte die Thienemann-Zwillinge dazu, ihre fülligen Oberkörper im Takt zu wiegen. Die beiden saßen gemeinsam mit Johanna am Rand der Tanzfläche an einem runden Tisch und strahlten sich gegenseitig an.

»Schön, oder?«, schwärmte Margarete.

»Was für ein gelungenes Fest!«, stimmte ihre Schwester Patrizia zu und rückte das Perlendiadem auf ihrem widerspenstigen Haar zurecht.

Johanna kannte die beiden jungen Frauen seit Kindertagen. Ihr Vater handelte mit Tee und exotischen Gewürzen und hatte das Geschäft zu einem kleinen Imperium ausgebaut. Die Zwillinge waren sein Ein und Alles.

»Es leert sich langsam«, mäkelte Margarete und wies auf die Tanzfläche, auf der lediglich noch vier Herren mit ihren Tanzpartnerinnen über das Parkett schwebten.

»Vorhin konnte man sich kaum bewegen, ohne dass einem jemand gegen den Knöchel trat«, pflichtete Patrizia ihr bei.

»Und die Schlange beim Fotografen war so lang, dass ich des Wartens bald überdrüssig war«, klagte Johanna.

Dass man an diesem Abend in einem Nebenraum Aufnahmen von sich machen lassen konnte, war neben der

Musik einer der Höhepunkte des Festes von Deputationsrat Eulenbrinck gewesen.

»Wir haben uns …«, begannen die Thienemann-Schwestern gleichzeitig, was sie zum Kichern brachte.

»… erst gar nicht in der Schlange angestellt«, beendete Patrizia den Satz. »Als im letzten Monat unsere Großtante Elvira verstorben ist – Gott hab sie selig –, hat Papa einen Totenfotografen beauftragt.«

Margarethe übernahm: »Der Herr Eilers ist ein wahrer Künstler. Auf seiner Fotografie sieht die Großtante aus, als stünde sie mitten im Leben.«

Die Zwillinge wiegten begeistert die Köpfe hin und her.

»Und ihr habt euch von diesem Totenfotografen ablichten lassen?«, fragte Johanna entsetzt.

Margarete winkte ab. »Er macht auch Aufnahmen von Lebenden. Sie sind wirklich gelungen.«

Der Walzer fand ein Ende. Höflich applaudierten alle drei – ebenso wie die Tanzpaare und ein paar weitere Besucher des Festes – den Musikern, die gleich zu einem neuen Stück ansetzten.

»Neigt sich das Repertoire der Kapelle etwa dem Ende zu?«, fragte Johanna spöttisch. Sie war sich sicher, bereits zu Beginn des Abends zu diesem Lied getanzt zu haben.

Patrizia und Margarete überhörten Johannas Kritik und schauten strahlend aufs Parkett. Die Zwillinge hatten heute meist als Schwesternpaar getanzt. Nur wenige Herren hatten sich auf ihre Tanzkarten eintragen lassen, aber das störte die beiden kaum. Sie waren sich eigentlich selbst genug. Nur ab und zu beschwerten sie sich, dass ein Mann, der ihnen gefiel, keinen Zwillingsbruder hatte. Obwohl Johanna die beiden nett fand, waren sie nie wirklich enge Freundinnen geworden.

Nun saß sie in Ermangelung anderer Zerstreuung bei den beiden und fühlte langsam Müdigkeit in sich aufsteigen. Es war schon nach Mitternacht. Ein Wunder, dass ihre Eltern sie noch nicht zum Gehen drängten.

»Was machen unsere Väter nur so lange im Herrenzimmer?«, fragte sie, um das Gespräch in Gang zu halten.

»Sie rauchen, trinken, besprechen Geschäfte und machen Politik«, mutmaßte Margarete, und ihre Schwester nickte.

»Wahrscheinlich«, sagte auch Johanna. »Und Mutter sitzt bei den Damen und ärgert sich, dass ich einer standesgemäßen Hochzeit immer noch kein Stück näher gekommen bin.«

Die Zwillinge kicherten.

»Ich hatte den Eindruck, dass dir dieser Herr aus Bremen gefallen hat«, zog Patrizia sie auf.

»Frederik von Reusenhage«, ergänzte Margarete gedehnt.

»Ach was!« Johanna winkte ab.

Der Sohn eines Bremer Reeders war ein neues Gesicht in Hamburg und alleine deshalb schon interessant. Er hatte sie dreimal zum Tanz aufgefordert. Mit vierundzwanzig war er nur ein Jahr älter als sie, und Johanna musste zugeben, dass er ganz stattlich aussah. Tanzen konnte er allerdings nicht so gut. Viel wichtiger war ohnehin, dass er sowohl Baudelaire als auch Poe kannte und schätzte. Einen so interessanten Mann hatte ihre Mutter ihr vorher noch nie vorgestellt. Sie hatte Johanna förmlich dazu gedrängt, mit ihm zu tanzen. Doch Frederik hatte beim Walzer für ein Mädchen aus Braunschweig geschwärmt und Johanna um eine Einschätzung seiner Erfolgsaussichten aus weiblicher Sicht gebeten. Sicher würde seine Angebetete ihn gerne erhören, hatte sie ihm versichert.

»Darf ich bitten?«

Johanna schaute überrascht auf und blickte in ein Paar tiefblaue Augen. Sie gehörten zu einem Mann Mitte dreißig, groß gewachsen, mit breiten Schultern. Sein grau melierter Bart wirkte etwas altbacken, aber die Selbstsicherheit, mit der er ihr die Hand entgegenhielt, gefiel ihr. Sie machte allerdings keine Anstalten, sie zu ergreifen.

»Es gehört sich eigentlich, dass ein Herr sich einer Dame bekannt macht, bevor er sie zum Tanz bittet«, sagte sie betont kühl.

Er zog die Hand zurück, nahm eine aufrechte Haltung ein und schlug die Hacken so heftig aneinander, dass die Sohlen seiner frisch geputzt wirkenden Schuhe lautstark gegeneinanderstießen. So sauber die Schuhe auch waren, fiel Johanna doch auf, dass die Hose unten Falten und ab der Höhe des Schienbeins einen leicht schmutzigen Rand aufwies.

»Verzeihen Sie, meine Damen. Staatsanwalt Norbert Schermann. Sehr erfreut.« Er machte einen Diener und bot Johanna erneut die Hand dar. »Da der Vorstellung meiner Person damit Genüge getan sein sollte und ich nun kein Fremder mehr für Sie bin, darf ich vielleicht einen erneuten Anlauf wagen, Sie um den nächsten Tanz zu bitten?«

Johanna zögerte, doch dann bemerkte sie, dass ihre

Mutter die Szene skeptisch von ihrem Platz aus beäugte. Offenbar hatte sie den Mann nicht zu ihr geschickt. Das war schon einmal ein Punkt, der für ihn sprach. Außerdem war sie neugierig. Eigentlich kannte sie die meisten Menschen aus dem beruflichen Umfeld ihres Vaters, aber dieser Norbert Schermann war ein geheimnisvoller Fremder, und das reizte sie.

Im Aufstehen legte sie die behandschuhte Rechte in seine breite Hand und folgte ihm auf die Tanzfläche.

»Darf ich nun auch Ihren Namen erfahren?«, fragte er, während das alte Lied ausklang.

»Johanna Ahrens.«

Er legte die Rechte an ihre Taille und hielt ihr die Linke hin. Johanna ergriff sie. Der Tanz begann.

»Sind Sie verwandt mit Richter Hans Ahrens?«

»Er ist mein Vater.«

»Ein äußerst ehrenwerter Mann, wie man hört.«

Er bewegte sich schnell und sicher auf dem Parkett.

»Sie kennen ihn nicht persönlich?«, fragte sie nach.

»Ich hatte noch nicht das Vergnügen«, bemerkte er und bremste, damit sie nicht gegen ein anderes Paar stießen.

»Dann sind Sie offenbar noch nicht lange in Hamburg tätig«, stellte Johanna fest.

»Gerade mal seit einem Vierteljahr«, bestätigte er.

»Und woher stammen Sie?«

»Aus Berlin.«

»Aus der Hauptstadt, soso. Und was treibt Sie zu uns an die Waterkant?«

Er leitete eine Solodrehung für sie ein und gab ihr einiges an Schwung mit. Beinahe hätte sie das Gleichgewicht verloren, doch er nahm sie zum rechten Zeitpunkt wieder in Empfang.

»Hoppla! Ich hoffe, ich bin Ihnen nicht zu grob. Ich tanze nur selten.«

»Sie tanzen sehr gut«, versicherte sie.

»Nicht halb so gut wie meine bezaubernde Tanzpartnerin.«

»Kein Wunder, dass Sie Staatsanwalt geworden sind«, sagte Johanna lächelnd.

»Wie meinen Sie das?«

»Ebenso wie beim Tanz führen Sie auch beim Gespräch souverän in die Richtung, die Ihnen gerade genehm ist.«

Als er sie fragend anblickte, fügte sie hinzu: »Sie haben vermieden, mir zu erklären, was Sie nach Hamburg geführt hat.«

Er lachte demonstrativ auf. »Ach das! Da gab es nichts zu vermeiden. Es tut mir leid, dass Sie diesen Eindruck gewonnen haben. Nun, es handelte sich schlicht um eine berufliche Angelegenheit. Ein Angebot, das ich nicht ablehnen konnte.«

Er führte sie erneut in eine Drehung, diesmal vorsichtiger. Der Mann lernte dazu.

»Und wieso treffen Sie erst jetzt hier ein? Das Fest hat doch seine beste Zeit längst hinter sich.«

»In Ihren Armen fühlt es sich fast so an, als stünde man vor der Anklage«, gab er grinsend zurück.

Johanna errötete, als er davon sprach, sich in ihren Armen zu befinden.

»Sie haben meine Frage schon wieder nicht beantwortet«, stellte sie fest.

»Sie haben recht. Ich war heute bis spät mit einem Fall beschäftigt.«

»Etwas Aufregendes?«, fragte sie neugierig.

»Wahrscheinlich nicht«, gab er kurz angebunden zurück. »Ich dürfte ohnehin nicht darüber sprechen.«

»Ich wette, dass es etwas Aufregendes war. Zum Glück konnten Sie noch die Stiefel gegen die Tanzschuhe tauschen.«

Er wirkte überrascht. »Wieso denken Sie, dass ich Stiefel trug?«, fragte er konsterniert.

»Ihre Hosenbeine weisen bis zu den Waden Falten auf, so als hätten sie in Stiefeln gesteckt. Sie sind aber trocken, während der Stoff darüber den Anschein macht, als wäre er feucht und etwas schmutzig geworden.«

»Sie sind eine genaue Beobachterin«, sagte er und leitete eine erneute Drehung ein, aus der heraus er in eine Promenade überging. Die letzten Takte drehte Schermann regelrecht auf und präsentierte eine Figur nach der anderen, sodass sie sich nicht mehr unterhalten konnten.

Schließlich endete das Stück, und Johanna spürte, dass ihre Wangen von der Bewegung errötet waren.

»Ich danke Ihnen für den Tanz, Fräulein Ahrens«, sagte der Staatsanwalt mit einer knappen Verbeugung. »Einen schönen Abend noch.«

»Einen schönen Abend«, brachte Johanna irritiert heraus und sah dem Mann nach. Schnieke war er – und ihr ein Rätsel geblieben. Sie war gar nicht dazu gekommen, ihn zu fragen, ob er Baudelaire kannte.

Kapitel 2

Freitag, 22. April 1887

Hermann Rieker wartete bei geöffneter Tür im Inneren der Kutsche. Es regnete. Seit Tagen schon zogen tiefgraue Wolken über die Stadt und wurden nicht müde, wahre Fluten über Hamburg abzuwerfen. Kräftiger Wind von der See schob beständig Nachschub heran. Auf der Straße suchten kleine Sturzbäche ihren Weg zum nächsten Straßenablauf in den Kanal, der kaum mit dem Schlucken nachkam. Die Regenrinne am Dach des alten Gebäudes vor Rieker lief bereits an mehreren Stellen über. Mit lautem Plätschern stürzte die Flut auf die Straße.

Zwei Constabler mit bis zur Pickelhaube hochgestellten Uniformkragen und ein Sergeant mit umgeschnalltem Degen hielten vor dem Eingangstor Wache und passten auf, nicht unter die Wasserfälle zu geraten. Einer der Polizisten stritt mit zwei Bauarbeitern.

»Ihr könnt sicher den ganzen Tag nicht rein«, drangen seine Worte trotz des lauten Prasselns auf das Kutschendach an Riekers Ohren. »Die Leiche liegt noch drinnen. Vielleicht morgen wieder.«

»Herr Commissar!« Das war die Stimme von Manuel Kracht. Der Criminalsekretär kam mit einem aufgespannten Regenschirm herbeigelaufen und klappte den Tritt an der Kutsche für seinen Vorgesetzten herunter. »Ganz schönes Schietwetter heute wieder, was?« Er hob den Schirm hoch über die Kutschentür.

»Wann wurde die Leiche gefunden?«, fragte Rieker ohne Umschweife. Er stieg aus und achtete darauf, mit seinen blank geputzten Oxford-Schuhen nicht in eine zu tiefe Pfütze zu treten. Den Gehstock setzte er nicht auf dem Boden ab.

»Um halb acht, von einem Arbeiter«, gab Kracht zurück.

»Schirm!«, mahnte Rieker, denn einige Regentropfen trafen auf seine rechte Schulter, sodass der teure Mantel nass wurde.

Kracht kippte den Schirm noch etwas weiter. Rieker bedauerte nur kurz, dass es nun der Junge war, der den Regen abbekam. So funktionierten Hierarchien eben, egal ob bei der Hamburger Criminalpolizei, der Armee oder sonst wo im Kaiserreich.

»Sie haben den Mann hierbehalten?«

»Er hat nichts Besonderes gesehen.«

»Also haben Sie ihn gehen lassen.«

»Ich dachte …«, begann Kracht, doch Rieker ließ ihn nicht ausreden.

»Was hat der alte Kleinschmidt immer gesagt?«

»Das Denken soll man den Commissaren überlassen«, zitierte Kracht kleinlaut.

Das laute Plätschern auf dem gespannten Stoff verschluckte die nächsten Worte. Erst als sie das Eingangstor erreichten, wurde es stiller.

Rieker trat durch die Tür, überprüfte den Sitz seines Anzugs und richtete den Binder.

»Sie haben also mit dem Arbeiter gesprochen, der die Leiche gefunden hat?«, riet er. Ohne die Antwort abzuwarten, fügte er hinzu: »Wo müssen wir hin?«

Überall lagen Bauschutt und Werkzeuge herum. Eine Schubkarre lehnte neben einem Sandhaufen an einer Wand, und durch eine ausgehängte Tür sah Rieker einen Berg von abgeschlagenem Putz. Staub und Dreck waren allgegenwärtig. Während er das wirre Durcheinander an Spuren auf dem Boden betrachtete, registrierte er beiläufig, dass der Glanz seiner Schuhe bereits von einer schmutzigen Mattheit überzogen war. Sie gelangten zu einem Treppenhaus. Breite Stufen führten nach oben. Die in den Keller waren schmaler gebaut.

»Nach unten«, erklärte Kracht. »Der Arbeiter hatte dort eigentlich nichts mehr zu tun. Er hat nur einen Hammer vermisst und gedacht, er hätte den vielleicht im Keller liegen gelassen.«

Rieker war wenig begeistert. Er konnte Keller nicht ausstehen. Alleine beim Blick hinab schlug sein Herz schneller, und sein Mund wurde trocken.

»Wie viele Leute sind hier heute schon durchgelaufen?«, fragte er. Im Schmutz auf den Stufen waren einige Schuhabdrücke zu erkennen.

Kracht schluckte. »Eine Menge. Zuerst der Arbeiter, dann seine Kollegen, vier oder fünf. Danach haben sie einen Wachmann gerufen, und der Vorarbeiter ist mit runter. Und später natürlich die Polizei.«

»Wie viele Beamte?«

»Ich, ein Sergeant und drei Constabler.«

»Dann ist die Spurenlage also unwiederbringlich zerstört«, fasste Rieker gepresst zusammen. »Eigentlich sollten Sie mittlerweile wissen, dass eine möglichst unberührte Spurenlage der Schlüssel zum Ermittlungserfolg ist.«

»Ich konnte nichts dafür«, verteidigte Kracht sich.

Rieker schwieg dazu. Er nahm sich eine brennende Öllampe, die auf einem Hocker am Treppenabgang stand, und leuchtete auf die Stufen vor sich. Aufmerksam suchte er den Boden ab, bevor er zögerlich die Treppe betrat. Doch falls es etwas zu sehen gegeben hatte, war es zertrampelt worden. In dem längeren Gang am Fuß der Treppe verhielt es sich nicht anders.

»Was ist das für ein Lagerhaus?«, wollte Rieker wissen.

»Ein altes Kontor, zum Teil einsturzgefährdet. Es hätte sich wohl nicht gelohnt, noch mal Geld reinzustecken. Die Handelsgesellschaft residiert jetzt am Sandthorkai. – So, wir sind fast da.«

Das hatte Rieker erwartet, denn vor einer Tür hielt ein unglücklich dreinblickender Constabler Wache. Sein Schnurrbart verdeckte die ganze Oberlippe. Der Mann grüßte Rieker und trat bereitwillig zur Seite.

Drei auf dem Boden stehende Öllampen und etwas Tageslicht aus einem nicht besonders gut vernagelten Lichtschlitz oben an der Außenwand beleuchteten die Szenerie. Auf dem Boden unter diesem Schlitz lag eine in eine Wolldecke gewickelte Leiche, wie man an den hervorschauenden nackten Frauenfüßen unschwer erkennen konnte. Ein säuerlicher Gestank hing in dem Raum, der allerdings nicht von der Toten ausging, sondern von einem Haufen Erbrochenem drei Meter entfernt.

»Wissen wir, von wem das stammt?«, erkundigte sich Rieker.

»Vermutlich von der Person, die die Frau hergebracht hat«, antwortete Kracht. »Jedenfalls war es schon da, als der Arbeiter heute früh hereinkam.«

Während Rieker auf die Tote zuging, spürte er, wie sich die Härchen auf seinen Armen aufstellten. Er hatte in seinem Leben schon eine Menge Leichen gesehen, doch nicht ein einziges Mal hatte ihn der Anblick kaltgelassen. Dem Tod gegenüberzutreten würde wohl immer etwas Besonderes bleiben.

»Es wird im Laufe der Zeit einfacher«, hatte sein Mentor Kleinschmidt gesagt. Aber auch er war am Fundort einer Leiche oft still und in sich gekehrt geblieben.

Die Wolldecke war ebenso derb wie die, mit der sie sich im Krieg gegen die Franzmänner schlafen gelegt hatten. Die Teile waren nahezu unzerstörbar und hielten warm, dafür wogen sie viel zu viel und waren kratzig.

Dieses Exemplar hatte offenbar einiges mitgemacht. Die Decke stank und war mit Flecken übersät. An einer Ecke war sie schon sehr fadenscheinig.

Rieker betrachtete die zugedeckte Tote von allen Seiten. Sie war regelrecht in die Decke eingerollt worden. Auf der hinteren Seite schaute ein dünner Arm mit einer zarten Hand unter dem Stoff hervor. Die Stellung der Füße verriet, dass sie auf dem Rücken lag.

»Ich habe die Decke nach meiner Überprüfung wieder so gelegt, wie ich sie vorgefunden habe«, informierte ihn Kracht.

Rieker fischte seine Kautschukhandschuhe hervor und zog sie sich konzentriert über beide Hände. Viele Kollegen spotteten darüber, wie penibel er stets darauf achtete, die Leichen nicht zu berühren. Kracht wartete geduldig, während Rieker sich bückte und die Kante der Decke ergriff. Er schlug sie vorsichtig um und legte die Tote frei.

Eine vollkommen nackte Frau lag vor ihm. Ihre bleiche Haut machte im flackernden Licht einen wächsernen Anschein. Das Opfer war jung gewesen, allerhöchstens fünfundzwanzig Jahre alt, eher zwanzig. Zierlich, aber nicht dürr. Blaurot gefärbte Totenflecken bedeckten Brüste, Bauch und Oberschenkel. Hohe Wangenknochen, ein ausgeprägtes Kinn, volles blondes Haar. Die Zähne waren erstaunlich weiß, die Zunge lag tief im weit geöffneten Rachen. Ihre von einem milchigen Todesschleier überzogenen Augen starrten stumpf an die Decke des Raums, der ihr Grab geworden war.

An den Hand- und Fußgelenken konnte Rieker Spuren einer Fesselung erkennen. Die Haut wirkte dort wund und gerötet, am rechten Handgelenk prangte ein ausgewachsener Bluterguss. Am Hals waren auf den ersten Blick keine Würgemale auszumachen.

Rieker sah sich den Kopf genauer an. Von dieser Seite aus entdeckte er keine Anzeichen, die auf eine Wunde schließen ließen, wie sie ein Schlag mit einem harten Gegenstand verursacht hätte.

Er merkte, dass er die Luft angehalten hatte. Beim Ausatmen ließ er die Decke sinken und stellte sich wieder auf.

»Wir haben sie noch nicht umgedreht«, sagte Kracht, Riekers nächste Frage vorausahnend.

»Gut. Dann helfen Sie mir jetzt dabei!«

Dass die Tote auf eine Wolldecke gebettet war, machte die Sache einfacher. Sie packten den Stoff gemeinsam an der Seite und drehten den Körper so, dass die Frau auf dem Bauch zu liegen kam.

»Herrgott!«, rief Kracht angewidert und wandte sich schnell ab.

Rieker hielt sich krampfhaft an seinem Gehstock fest. Auch er hätte am liebsten weggesehen.

Die junge Frau war erstochen worden. Allerdings hatte es ihr Mörder nicht dabei belassen, ihr das Messer ein einziges Mal in den Rücken zu rammen, sondern es war ihr wieder und wieder in den Leib gestoßen worden. Der Bereich von den Schulterblättern bis zur Taille war das reinste Schlachtfeld, vollkommen zerrissen, zerschnitten und zerfetzt. Ein Stück der Wirbelsäule war erkennbar, und Knochensplitter steckten in dem geschundenen Fleisch, das aussah, als wäre es durch einen Fleischwolf gedreht worden.

Kracht würgte.

»Nicht auf die Leiche!«, befahl Rieker streng.

Der Criminalsekretär sprang ein paar Schritte weg, doch schließlich gelang es ihm, den Würgereiz zu unterdrücken.

Rieker fühlte sich selbst kaum besser, konnte sich das vor dem Jungen aber nicht anmerken lassen.

»Geht es?«, fragte er ihn.

»Ich denke.«

»Kein Blut und auch nur begrenzte Leichenflecken«, stellte Rieker fest.

»Wie kommt das?« Kracht klang im Moment nicht so, als sei er wirklich an einer Antwort interessiert.

»Nun, augenscheinlich wurde ihr das nicht hier angetan. Der Täter hat sie an Armen und Beinen angebunden und dann immer wieder auf sie eingestochen. Nachdem der Blutfluss versiegt war, hat er sie wohl gereinigt. Aber warum nur?« Die letzten beiden Worte waren eher an sich selbst gerichtet, die nächste Frage hingegen stellte er Kracht: »Haben wir schon eine Ahnung, wer die Tote sein könnte?«

Der Criminalsekretär war immer noch bleich. Statt zu antworten, schüttelte er den Kopf.

»Sie sollten umgehend die Vermisstenfälle durchgehen. Schauen Sie nach, ob eine der Beschreibungen auf unsere Tote zutrifft. Ansonsten … Moment, warten Sie …«

Rieker war noch etwas aufgefallen. Die Wolldecke hatte eine runde, leicht angekokelte Stelle in der Größe eines Fünfmarkstücks. Aus einem Impuls heraus beugte er sich darüber und roch daran. Brandaromen.

»Was ist?«

»Nur noch mehr Rätsel. Helfen Sie mir, sie wieder umzudrehen!«

Bevor Rieker die Decke wieder über sie breitete, sah er sich noch die Hände der Toten an. Die Leichenstarre war längst eingetreten. Sie trug keinen Ring, aber an ihrer linken Hand war die Haut am Ringfinger etwas heller. Ein schmaler Streifen, der auf eine dünne Ringschiene schließen ließ, kaum mehr als ein dicker Draht. Vermutlich hatte der Mörder ihr das Schmuckstück abgenommen. Wegen des Werts?

Bei einer so dünnen Ringschiene sicher nicht, dachte Rieker. Trotzdem hatte der Täter sich die Mühe gemacht, ihr den Ring abzuziehen. Noch ein Rätsel mehr.

»Lassen Sie das Kontor vorerst absperren und noch einmal komplett durchsuchen!«, befahl er Kracht, als sie die Treppe hinaufgingen. »Im Leichenhaus sollen sie eine Totenschau vornehmen, dann machen Sie sich an die Vermisstenliste. Und die Constabler sollen in den umliegenden Häusern nachhören, ob gestern jemand etwas Verdächtiges gesehen hat. Sie wissen, dass von Stresenbeck schnell Erfolge sehen will.«

Ein Schutzmann bewachte den Eingang des Stadthauses, von wo aus die Beamten und Polizisten die Vorgaben von Senat und Bürgerschaft umsetzten – zum Wohle der Bürger der Stadt. Neben der Polizeibehörde fanden sich hier auch die Politische und die Criminalpolizei. Letztere war nur dürftig besetzt und nutzte ein paar Räume in den oberen Etagen.

Als er in seiner winzigen Kammer angekommen war, fand Rieker einen Zettel vor, der ihn aufforderte, sich unverzüglich in von Stresenbecks Bureau zu melden. Er stellte den Gehstock weg und hängte den Mantel ordentlich auf. Zwei weitere Briefumschläge lagen auf dem aufgeräumten Schreibtisch, doch die würde er besser später bearbeiten. Jetzt musste er zuerst zum Inspektor. Geduld gehörte nicht zu dessen Stärken.

»Herr Rieker, treten Sie ruhig ein!«, begrüßte ihn Elisabeth Böll. Die Vorzimmerdame des Inspektors stand von ihrem Schreibtisch auf und lächelte ihn freundlich an.

»Guten Tag, Fräulein Böll«, sagte Rieker. »Ist er auch da?«

»Natürlich, er hat schon zweimal nach Ihnen gefragt.« Sie rollte mit den Augen und klopfte gegen die dunkel gebeizte Tür. Als Antwort erklang ein tiefes Grollen, das sie als Erlaubnis zum Öffnen interpretierte.

»Herr Rieker ist da, Herr von Stresenbeck.«

»Ah ja. Endlich! Er soll eintreten.«

Fräulein Böll trat zur Seite. Als Rieker an ihr vorbei in das Bureau des Inspektors schritt, nahm er ein süßliches Parfüm an ihr wahr. Sie schloss die Tür hinter ihm.

Criminalinspektor Karl-Wilhelm von Stresenbeck saß feist in seinem dunkel gebeizten Ledersessel. Vor ihm stand eine Tasse mit schwarzem Tee. Von der krummen Zigarre in seiner Hand stieg Tabakrauch empor und verlieh der Luft einen beißenden Geschmack.

Rieker unterdrückte den Reiz, sich zu räuspern. Auf dem ausladend großen Palisanderschreibtisch stand eine riesige Schreibgarnitur aus Bronze, die den Kampf eines Elefanten mit einem Löwen darstellte. Die Porzellanschale daneben wurde vom Inspektor als Aschenbecher missbraucht.

»Wo waren Sie so lange?«, fragte der Vorgesetzte ohne jeden Gruß.

»Ich habe den Fundort der Leiche in Augenschein genommen, Herr Inspektor. Dabei sollte Gründlichkeit vor Eile stehen, wie Commissar Kleinschmidt immer gesagt hat.«

»Der Herr sei seiner Seele gnädig!«, sagte von Stresenbeck beiläufig. »Gibt es schon irgendwelche Erkenntnisse?«

Wie sollte er jetzt schon große Erkenntnisse gewonnen haben?, fragte sich Rieker. Er war hier angekommen, zur Leiche geschickt worden und gerade erst zurückgekehrt. Trotzdem sollte es nicht aussehen, als habe er nichts in den Händen.

»Wir haben es mit der Leiche einer unbekannten weiblichen Person zu tun, zwischen zwanzig und fünfundzwanzig Jahre alt. Todesursache waren zahlreiche Messerstiche in den Rücken«, fasste er deshalb zusammen. »Sie war offensichtlich gefesselt, und nach der Tat muss sie gewaschen worden sein. Anschließend hat der Täter sie nackt in eine alte Wolldecke gewickelt und so in einem abbruchreifen Kontor abgelegt.«

»Das klingt in der Tat recht ungewöhnlich«, sagte von Stresenbeck ernst und paffte an seiner Zigarre. »Wann wurde sie getötet?«

»Dem Zustand der Leiche nach zu urteilen, muss es im Laufe des gestrigen Tages passiert sein, vielleicht am frühen Abend. Die Leichenstarre war eingetreten, als wir kamen, die Verwesung hatte noch nicht spürbar eingesetzt. Aber es war ja auch kühl in dem Keller.«

Von Stresenbeck legte die Zigarre ab, stützte sich auf die Tischplatte und wuchtete seinen massigen Körper hoch. Er trug einen etwas altmodisch wirkenden Anzug mit Weste. Sein grauer Backenbart reichte bis zum hohen Kragen des weißen Hemdes.

»Ich will nicht lange um den heißen Brei herumreden, Rieker«, begann er. »Ich habe meine Zweifel, ob Sie der Richtige für diesen Fall sind.«

»Ich bin Criminalcommissar«, gab Rieker kühl zurück. »Für Mordermittlungen werde ich bezahlt.«

»Sie wissen genau, worum es mir geht.«

Rieker schüttelte den Kopf.

»Es ist gerade mal drei Tage her, dass ich Ihnen die Beförderungsurkunde überreicht habe.«

»Ich bin bereit für meinen ersten Fall«, sagte Rieker bestimmt. »Immerhin habe ich vorher sechs Jahre an der Seite von Commissar Kleinschmidt gedient.« Unwillkürlich ballte er die Hände zu Fäusten.

»Wer wüsste das besser als ich, Rieker? Trotzdem hätten Sie eigentlich noch ein paar Jahre als Sekretär vor sich gehabt, wenn Kleinschmidt nicht gestorben wäre. Ohne General von Welmensiel …«

»Er hat mich ohne mein Zutun und ohne mein Wissen empfohlen«, beteuerte Rieker.

Von Stresenbeck wandte sich zur Wand, an der ein großformatiges Gemälde hing. In dem opulenten Goldrahmen fuhr ein unter Dampf stehender Luxusliner auf den Betrachter zu, begleitet von winzig wirkenden Lotsenboten. Das Wasser der Norderelbe war rau.

»Sie sollten Ihre neue Aufgabe als Commissar mit einem alltäglicheren Fall beginnen«, sprach von Stresenbeck in einem fast fürsorglichen Tonfall weiter. »Ein kleiner Raub mit Todesfolge, ein schöner klassischer Überfall vielleicht. So etwas.« Er drehte sich wieder zu Rieker.

»Sie wollen mich von dem Fall abziehen?«

Der Inspektor schüttelte beschwichtigend den Kopf. »Ich möchte Sie nur nicht überfordert wissen, Rieker.«

»Wie kommen Sie darauf, dass ich überfordert sein könnte?«, entfuhr es ihm schärfer, als er es vorgehabt hatte.

»Jetzt beruhigen wir uns erst einmal!« Die buschigen Augenbrauen des Inspektors zogen sich wie Gewitterwolken zusammen. Dennoch sprach er ruhig weiter: »Ich habe doch gar nicht vor, Sie von dem Fall abzuziehen. Im Gegenteil.«

Rieker entspannte sich ein wenig, aber er blieb auf der Hut. »Was soll das heißen?«

»Das heißt, dass Sie sich weiterhin an diesem Mord abarbeiten und vielleicht sogar damit beweisen können«, sagte von Stresenbeck. »Ich habe allerdings vor, Ihnen ein Netz zu spannen, wie bei den Hochseilartisten im Circus. Was sagen Sie?« Er strahlte Rieker jetzt freudig an.

»Ich verstehe nicht ganz …«, gab der zweifelnd zurück.

»Commissar Breiden hat angeboten, Sie bei Ihrem ersten Fall zu unterstützen«, trumpfte der Inspektor auf. »Er wird sich im Hintergrund halten und nur eingreifen, wenn Ihre Ermittlungen ins Stocken geraten.«

Rieker schüttelte unwillkürlich den Kopf. »Sie wollen ihm die Ermittlungen verantwortlich übergeben? Ich soll mich ihm unterordnen? Das können Sie nicht tun!«

»Ich wüsste nicht, wer mich daran hindern sollte, Rieker.« Der Tonfall des Inspektors war lauernd scharf.

Rieker löste die verkrampften Fäuste. »Ich war am Fundort der Leiche, die nächsten Ermittlungsschritte sind eingeleitet, und ich habe es mir verdient, auch weiterhin derjenige zu sein, der den Fall zu verantworten hat«, argumentierte er. Als er erkannte, dass er den Inspektor mit seinen Worten nicht erreichte, fügte er bestimmt hinzu: »Sie selbst haben mich zum Commissar befördert. Wenn Sie mich jetzt Breiden unterstellen, werden die Leute denken, Sie trauten Ihrem eigenen Urteil nicht mehr.«

Von Stresenbeck ließ sich seufzend in seinen Ledersessel sinken und nippte an dem Tee. Danach schaffte er es durch mehrmaliges Ziehen, den Glutrest seiner Zigarre wieder zum Leben zu erwecken.

Ungeduldig wartete Rieker auf die Entscheidung des Inspektors, der mit einem gereizten Gesichtsausdruck den Rauch ausatmete.

»Ich erwarte prompte Ergebnisse, Rieker«, sagte er schließlich. »Haben wir uns verstanden?«

Rieker war erleichtert. Er nickte eifrig.

»Ich gebe Ihnen über das Wochenende Zeit, die Sache aufzuklären.«

»Das sind gerade einmal zwei Tage!«, stellte Rieker bestürzt fest.

»Mit heute sind es drei Tage. Sie werden mich am Montag um zwölf Uhr hier an meinem Schreibtisch über den Stand der Ermittlung unterrichten. Und ich hoffe für Sie, dass Sie dann einen Mörder vorweisen können.« Von Stresenbeck pochte mit dem Zeigefinger auf die Tischplatte, als er weitersprach: »Bringen Sie mich nicht dazu, meine Entscheidung zu bereuen. Wenn der Fall bis dahin nicht abgeschlossen ist, wird Breiden übernehmen. Ohne Wenn und Aber. Das ist mein letztes Wort. Und jetzt legen Sie besser los. Sie verschwenden nur Ihre Zeit. Schönes Wochenende!«

Kapitel 3

Freitag, 22. April 1887

Johanna Ahrens warf das französische Kleid, in dem sie gerade noch ein spätes Frühstück zu sich genommen hatte, auf das Sofa. Dann knöpfte sie das Mieder vorne auf. Endlich konnte sie sich wieder frei bewegen! Nur Unterrock, Hemd und Strümpfe ließ sie an.

In der Kleidertruhe war unter Leibchen und Unterröcken ihre einfachere Garderobe versteckt. Der dunkle, grobe Leinenstoff des Rocks war schlicht, aber sauber verarbeitet, ebenso die weiße Bluse mit hochgeschlossenem Kragen. Das ältere Jäckchen war am Ärmel geflickt, und dem einfachen Hut sah man an, dass er nicht viel gekostet hatte.

Johanna gähnte. Normalerweise fanden Feste wie das, auf dem sie am vergangenen Abend gewesen war, an Freitagen oder Samstagen statt. Das Geburtstagsfest von Deputationsrat Eulenbrinck hatte eine willkommene Abwechslung in der Woche bedeutet. Bis spät in die Nacht hatte sie getanzt und sich sogar erstaunlich gut unterhalten gefühlt, nicht zuletzt mit diesem etwas sperrigen Staatsanwalt Norbert Schermann. Gut, er war fast doppelt so alt wie sie, aber hinter seinem adretten Erscheinungsbild lag etwas, das sie anzog. Leider hatte ihre Mutter direkt nach diesem Tanz zum Aufbruch gedrängt. Immerhin war es schon ein Uhr gewesen.

Johanna betrachtete sich im Spiegel: Die Verwandlung war gelungen. Zufrieden griff sie nach der alten Ledertasche. Das Gewicht mehrerer Bücher war deutlich zu spüren. Jetzt musste sie nur noch ungesehen verschwinden.

Vom Ankleidezimmer war es bloß ein Katzensprung bis zu einer unscheinbaren Tür, die zum hinteren Treppenhaus führte. Während in den herrschaftlichen Räumen geöltes Parkett und Orientteppiche als Bodenbelag vorherrschten, waren es ab hier mit Ranken verzierte Bodenfliesen. Johanna mochte sie. Sie sahen immer so frisch aus und erinnerten an die Parks, in denen sie so gerne spazieren ging.

Jetzt aber genug mit dem Träumen, ermahnte sie sich. Sie hatte schließlich Wichtigeres zu tun.

Johanna lauschte. Es waren keine Schritte zu vernehmen. Die Luft schien rein zu sein. Geduckt, als ob man sie dann nicht so leicht sehen könnte, lief sie die Stufen hinab.

Seit drei Monaten war der Ablauf jeden Mittwoch und jeden zweiten Freitag derselbe: Sie berichtete den Eltern von einem geplanten Einkauf, einem Besuch bei ihren Pferden oder einer Kutschfahrt mit einer Freundin. Dann stahl sie sich aus dem Haus, ließ sich von einer Mietkutsche in die Stadt bringen und ein gutes Stück vor ihrem Ziel absetzen. Den Rest des Weges ging sie zu Fuß. Dort, wo es sie hinzog, brauchte niemand zu wissen, dass sie sich eine Kutsche leisten konnte.

In einer Gasse in den Gängevierteln hatte sie einen ehemaligen Schusterladen angemietet. Ein kleines Fenster ließ Licht in den Hauptraum, war aber so hoch angebracht, dass Neugierige nicht einfach hineinspähen konnten. Es gab genug Platz für die zehn Frauen, die an den mit Stühlen versehenen Schreibpulten saßen, während sie selbst an der vorne angebrachten Tafel unterrichtete.

Hier war sie Johanna, die Lehrerin. Dass sie aus einer anderen Welt stammte, wusste niemand. Wahrscheinlich hätte auch niemand verstanden, wieso sie ein Collier versetzt hatte, um die Möbel und die kleinen Tafeln anzuschaffen, mit denen die Frauen das Schreiben und Rechnen üben konnten. Und selbst ihre Schülerinnen, die sie zunächst mühsam und mit viel Überredungskunst hergelockt hatte, wären wahrscheinlich zu einer so »feinen Dame« auf Distanz gegangen.

Als Johanna heute in der kleinen Schule ankam, war Lea bereits da. Die bodenständige ältere Frau hatte früh ihren Mann verloren und keinen neuen an Land gezogen. Ihr Kopf arbeitete nicht besonders schnell, dafür hatte sie ein großes Herz. In der kleinen Schule hatte sie zu ihrer Freude eine Aufgabe gefunden, die ihr bei den anderen Frauen Respekt einbrachte. Neben Johanna war sie die Einzige, die einen Schlüssel für die Räumlichkeiten hatte. Sie richtete alles vor Unterrichtsbeginn und sorgte im Anschluss dafür, dass die Zimmer in der kommenden Woche wieder sauber waren.

Auch ein paar der anderen Frauen waren bereits eingetroffen. Rotraud stand wie meist schüchtern in der Ecke, taute aber auf, sobald Johanna sie umarmte. Sarah und die beiden Ediths warteten ebenfalls schon auf den Beginn der Lektionen. Maria versuchte, ihre Tochter in den Schlaf zu singen. Erika, mit fast sechzig Jahren die Älteste in ihrer Gruppe, half ihr tatkräftig dabei, war aber mit ihrer schrillen Stimme wahrscheinlich der Grund dafür, dass das Kind weiterhin schrie, statt zu schlafen. Kurz nach Johanna traten Wiebke und Swantje durch die Hintertür ein.

Obwohl es draußen bereits elf Uhr schlug und alle sich auf ihre Plätze setzten, begann Johanna noch nicht mit dem Unterricht. Eine Frau fehlte.

»Hat jemand etwas von Ansje gehört?«, fragte sie in die plappernde Runde.

Die Frauen verneinten.

»Ich habe sie vorgestern zum letzten Mal gesehen«, sagte Lea. »Da hat sie gemeint, dass sie heute wiederkommen will.«

»Wir warten noch ein paar Minuten«, beschloss Johanna. Sie sortierte ihre Bücher und Papiere ein weiteres Mal, während die Kleine von Maria endlich müde wurde. Das Schreien ging in ein leises Wimmern über, dann schlief das Kindchen ein.

Johanna trat zum Fenster und stieg auf einen Hocker, um auf die schmale Gasse schauen zu können. Der beständige Regen der letzten Tage war in ein Nieseln übergegangen. Fast schien es etwas heller zu werden, und es waren mehr Leute unterwegs. Nur von Ansje war nichts zu sehen.

Johanna schüttelte bedauernd den Kopf. »Gut, wir fangen an. Ich wollte heute mit euch etwas Rechnen üben und dann Geografie.«

Lea verdrehte die Augen.

Einfache Rechnungen waren den Frauen natürlich bekannt. Jede von ihnen konnte Preise zusammenzählen oder etwas abziehen, zumindest wenn es um glatte Werte ging. Sie mussten es auch können, denn viele waren alleinstehend oder hatten Männer, auf die kein Verlass war. Diese Frauen mussten selbst für ihren Lebensunterhalt und den ihrer Kinder aufkommen, und das taten sie in der Regel, wenn auch eher schlecht als recht. Rotraud arbeitete als Putzfrau, Sarah als Kindermädchen, Maria bügelte in einer Wäscherei. Eine der Ediths bediente in einer Kneipe, die so heruntergekommen war, dass Johanna sie nie betreten würde. Die jüngere Edith tanzte in einer Matrosenbar. Ebenso wie sie verdienten sich auch einige der anderen gelegentlich etwas dazu, indem sie sich prostituierten.

All ihren Schülerinnen gemein war der Wunsch, dem Leben eine neue Richtung zu geben und Sicherheit zu gewinnen. Der Schlüssel dafür lag in der Bildung, davon war Johanna überzeugt. Bildung gab den Frauen Mittel an die Hand, ihr Leben selbstbestimmter zu führen – schwierig in einer Zeit, in der man entweder als Tochter dem Vater oder als Ehefrau dem Mann zu willenlosem Gehorsam verpflichtet war.

Johanna besaß das Privileg, in ein wohlhabendes, angesehenes und reiches Haus geboren worden zu sein. Sie hatte eine weit überdurchschnittliche Ausbildung durch Privatlehrer genossen und dabei Freude am Lernen gefunden. Das ging so weit, dass sie sich ständig neue Bücher besorgte und las, las, las.

Von Louise Otto-Peters war ihr ein Satz untergekommen, der sie schließlich dazu gebracht hatte, ihre kleine Schule zu gründen: »Die Teilnahme der Frauen an den Interessen des Staates ist nicht nur ein Recht, sondern auch eine Pflicht.«

Pamphlete von Frauenrechtlerinnen zu lesen kam für die meisten ihrer Schülerinnen nicht infrage. Oftmals musste Johanna ihnen das Lesen und Schreiben erst beibringen, und das ging langsamer, als sie es gehofft hatte. Die Lernerfolge stellten sich bei ein bis zwei Lektionen pro Woche nicht bei allen gleich schnell ein. Wo Lea immer weitere Wiederholungen benötigte, löste Ansje eine Aufgabe flott und mit Bravour. Die junge Frau war erst viermal dabei gewesen, doch Johanna gefiel es, wie sie das Wissen regelrecht aufsaugte. Sie war sogar nach Unterrichtsende noch geblieben, um im Gespräch mit ihrer Lehrerin mehr zu erfahren. Umso mehr verwunderte es Johanna, dass Ansje dem Unterricht heute ohne eine Entschuldigung ferngeblieben war.

Als die anderthalb Stunden vorüber und ein paar Aufgaben für zu Hause vergeben waren, bedankten sich die Frauen bei Johanna. Die einen verschwanden gleich, andere blieben noch zu einer schnellen Suppe, die Lea auf dem alten Kohlenherd im Nebenraum warm machte.

»Ich hatte wirklich gedacht, dass Ansje heute auftauchen würde«, sagte Johanna.

»Ihr ist wohl was dazwischengekommen«, gab Wiebke zurück, die nur zwei Häuser von ihr entfernt wohnte.

»Hast du sie heute schon gesehen?«

»Das letzte Mal vor ein paar Tagen. Soll ich bei ihr vorbeigehen und fragen, warum sie nicht gekommen ist?«

Johanna schüttelte den Kopf. »Danke, aber ich denke, das mache ich selbst.«

Ansje lebte im Kornträgergang in einem der Gängeviertel in der Altstadt. Alte, krumme Fachwerkhäuser reckten sich hoch wie Bäume, die Licht suchten. Die schmalen Gassen zwischen den verwinkelten Bauten waren gepflastert, und in ihrer Mitte liefen die Abwässer zusammen. Darüber waren in den oberen Geschossen Leinen gespannt, aber im Regen hatte hier niemand Wäsche aufgehängt.

Das Haus, das Wiebke ihr zeigte, sah noch einigermaßen gut aus. Während die Schülerin heimging, betrat Johanna es durch die offen stehende Tür. Im Flur standen Eimer mit Kohlenasche und Fischabfällen. Johanna hielt sich die Nase zu.

Sie passierte vier Wohnungstüren, stieg über eine Tonne mit alter Kleidung und gelangte schließlich zu einer steilen Holztreppe, die die Etagen miteinander verband. Laut Wiebkes Beschreibung befand sich Ansjes Wohnung im zweiten Stock. Dort fand sie schnell die Tür, an die jemand mit Kohle *Kalferer* geschrieben hatte. Die Schrift war verwischt.

Johanna klopfte, doch drinnen blieb alles still. Irgendwo unten bellte ein Hund. Ein Kleinkind plärrte.

Ein zweites, kräftigeres Pochen wurde ebenfalls nicht beantwortet, zeigte Johanna aber, dass etwas mit dem Kastenschloss im Inneren nicht stimmte. Es schien nicht mehr fest auf der Tür zu sitzen, denn wenn sie bestimmter klopfte, hatte die Holztür so viel Spiel, dass Johanna durch einen fingerbreiten Spalt in die Wohnung schauen konnte. Sie drückte gegen die Tür.

»Ansje?«, rief sie vorsichtig hinein. »Ich bin es, Johanna.«

Sie erhielt keine Antwort. Wahrscheinlich war Ansje unterwegs.

Johanna drückte etwas fester gegen die Tür, wodurch der Spalt sich nochmals weitete. In dem winzig wirkenden Raum dahinter konnte sie einen Kohlenherd erkennen, darüber hingen zwei Pfannen und ein Topf. Ein weiterer stand auf dem Herd. Der volle Ascheeimer war auf der eisernen Platte davor abgestellt worden. Etwas Asche lag darum verstreut. Der Rest des Bodens bestand aus einfachen, rohen Dielenbrettern. Ein eher unangenehmer Geruch drang von innen an ihre Nase. Sie sah den Rand eines Tischs. Irgendetwas lag darauf.

Neugierig verstärkte Johanna den Druck gegen die Tür noch mehr. Der Spalt wurde so breit, dass sie mit der Hand hätte hindurchgreifen können.

Ansjes Mann sollte das Schloss wirklich reparieren, dachte sie beim Hindurchspähen.

Dann erschrak sie. Auf dem rohen Holztisch lagen mehrere Messer und ein blutverschmiertes Tuch. Auf einem Hocker entdeckte sie eine schmutzige Arbeitshose. Für Johanna bestand kein Zweifel daran, dass die schwarzroten Flecken ebenfalls von Blut verursacht worden waren. Hinter dem Tisch verlief ein zackiger Riss durch den Putz der bilderlosen Wand. Es sah aus wie ein Blitz, der in den Mast eines Seglers einschlug.

»Ansje!«, rief sie ein weiteres Mal, diesmal lauter. »Bist du da?«

Immer noch keine Antwort. Was nun? Sollte sie auf Ansje warten? Aber wer konnte wissen, wo sie steckte und wie lange sie fort war?

Johanna wollte ihr Glück nicht überstrapazieren und beschloss, sich lieber nach Hause kutschieren zu lassen, bevor ihre Mutter von dem Treffen mit anderen gut betuchten Damen der Hamburger Hautevolee zurückkam. Sie musste einfach hoffen, Ansje beim nächsten Unterricht wiederzusehen.

Gerade als sie diesen Entschluss gefasst hatte, hörte sie Schritte, die von unten die Treppe hinaufkamen. Hastig versuchte Johanna, die Tür zu schließen, aber stattdessen sprang der Riegel mit einem deutlich hörbaren Knacken aus der Halterung. Die Tür flog auf.

»Ist da jemand?«, drang die Stimme einer alten Frau nach oben.

Johanna fühlte sich ertappt, antwortete aber nicht. Als die Alte die Stufen weiter emporstieg, fragte sie sich, was sie jetzt tun sollte. Ohne lange nachzudenken, glitt sie durch die Wohnungstür und schob sie hinter sich zu.

Die Schritte draußen wurden lauter, machten Halt, dann entfernten sie sich. Die Alte ging noch höher.

Johanna wartete, bis eine Tür zugezogen wurde, erst dann betrachtete sie das Kastenschloss. Es war auf der Innenseite mit Schrauben befestigt, die nicht mehr ins Holz der Tür griffen. Kein Wunder, dass sie es hatte öffnen können.

Johanna atmete tief ein – und bereute es im gleichen Moment. Der süßlich-herbe Geruch war nicht sehr stark, aber sie ekelte sich davor. Er kam eindeutig aus Richtung eines alten Schranks. Was mochte das nur sein?

Sie ging darauf zu und kam dabei an dem Tisch vorbei. Drei Messer waren es. Zwei einschneidige Klingen und eine kürzere, die doppelschneidig gearbeitet war. Auf einem der Blutflecken saß eine Fliege und labte sich daran. Johanna schüttelte es.

Als sie sich dem Schrank weiter näherte, sah sie noch mehr Fliegen und erkannte, dass sich die Quelle des Geruchs in der Ecke daneben befand. Dort hing an einer Stange der Leib eines gehäuteten und ausgenommenen Hasen an einem der Hinterläufe. Darunter stand ein Waschtrog aus Zink, über den ein gewachstes Tuch gelegt war. Der Geruch kam eindeutig von dort.

Johanna hob den Stoff vorsichtig an und spähte in den Bottich. Angewidert drehte sie den Kopf weg. In dem Behälter schwammen Eingeweide in blutigem Wasser. Schnell deckte sie alles wieder zu.

»Irma? Bist du hier?«, kam eine tiefe Stimme von der Tür her.

Johanna zuckte erschrocken zusammen und wandte sich um. Ein Mann trat ein. Sie starrte ihn aus weit aufgerissenen Augen entsetzt an.

»Verdammt! Wer sind Sie? Was machen Sie in meiner Wohnung?«

Der Mann war etwa dreißig Jahre alt, breit gebaut und muskulös, wie sie durch die Arbeitsjacke ahnen konnte.

Das Haar war kurz geschoren. Während er auf Johannas Antwort wartete, knautschte er die Mütze in der Hand zusammen und blickte ihr aggressiv entgegen.

»Verzeihung«, brachte Johanna hervor. »Ich suche Ansje.«

»Ist nicht da«, knurrte der Kerl, entspannte sich aber sichtlich. Er hängte die Mütze an einen Haken und betrachtete dabei das kaputte Schloss.

»Es war schon so, als ich eben kam«, rechtfertigte sich Johanna schnell.

»Jaja, ich weiß.« Er winkte ab. »Die Schrauben haben keinen Halt mehr. Ich muss es wohl umsetzen. Aber wer bist du überhaupt?« Er musterte sie von Kopf bis Fuß.

»Johanna. Ich war heute mit Ansje verabredet, aber sie ist nicht aufgetaucht. Darum wollte ich nach ihr sehen.«

»Sie ist öfter weg. Manchmal kommt sie ein paar Tage nicht nach Hause.«

»Wo ist sie denn dann?«, fragte Johanna. Es verwirrte sie, dass Ansjes Mann das so gleichgültig hinnahm.

»Sie hilft ihrer Mutter. Eigentlich wollte sie gestern Abend wieder da sein, aber vielleicht ist was dazwischengekommen.«

Er räumte die blutverschmierte Hose und das Tuch vom Tisch in einen Korb mit schmutziger Wäsche. Die Messer packte er in eine Schublade des Schränkchens neben dem Herd.

»Wo wohnt ihre Mutter denn?«

»Was geht dich das an? Woher kennst du meine Deern überhaupt?«

Johanna wusste, dass viele ihrer Schülerinnen ohne

Kenntnis ihrer Männer zu ihr kamen. Denen war es meist nicht recht, dass ihre Frau sich bildete, deshalb griff sie zu einer Notlüge.

»Wir haben uns auf dem Markt kennengelernt und angefreundet«, behauptete sie. »Sie hat bestimmt schon mal von mir erzählt. Johanna ist mein Name.«

»Nie gehört«, gab Ansjes Mann zurück. Er zog die Jacke aus und warf sie auf den Hocker.

»Wer ist Irma?«

»Irma? Meine Schwester. Die weiß, dass das Schloss kaputt ist.«

»Können Sie Ansje ausrichten, dass ich da war? Johanna«, erinnerte sie ihn.

»Von mir aus.«

»Gut. Ich gehe dann mal besser.«

»Wird wohl das Beste sein«, gab er kalt zurück.

Er zog sein schmutziges, feuchtes Hemd über den Kopf und stand plötzlich mit nacktem Oberkörper vor ihr. Der Geruch von Schweiß und Öl drang ihr in die Nase. Einen Moment hatte sie Sorge, er könne über sie herfallen. Das tat er zwar nicht, dennoch verschwand sie schnell ins Treppenhaus.

Ansjes Mann drückte hinter ihr die Tür zu und schob etwas davor, damit sie nicht wieder von alleine aufschwang.

Mehr bekam Johanna von ihm nicht mit, denn sie eilte bereits die Treppe hinab.

Als Johanna zu Hause ankam, stahl sie sich durch die Hintertür, schlich ungesehen durch das Treppenhaus und lief dann geradewegs zu ihrem Ankleidezimmer. Sie hörte Schritte auf dem Flur, riss die Tür auf und erschrak. Vor ihr stand Anita und reinigte den Spiegel. Das Mädchen sah noch erschrockener aus, als Johanna sich fühlte. Beinahe hätte sie den Putzeimer umgestoßen.

Johanna glitt in den Raum und zog schnell die Tür zu. »O Gott, was machst du hier?«

»Ihre Mutter hat mir aufgetragen …«

»Meine Mutter ist schon zurück?« Jetzt war Johanna regelrecht entsetzt.

»Sie war heute nur ganz kurz weg.«

»Johanna? Bist du da?«

Die Stimme ihrer Mutter, direkt an der Tür! Johanna sah an sich hinab. Sie trug noch die einfache Kleidung.

In dem Moment, als die Tür aufging, sprang Johanna hinter den Paravent.

»Ich ziehe mich gerade um, Mutter«, rief sie atemlos.

»Ah, du bist auch schon zurück. Ich war bei Cornelia. Sie hat eine neue Sitzgarnitur – aus Kopenhagen, stell dir vor! Ich soll dir herzliche Grüße ausrichten.«

»Vielen Dank. Ich ziehe mich fertig um und komme dann gleich zu dir.«

»Jaja, nur die Ruhe.«

Ihre Mutter machte keine Anstalten zu gehen. Johanna knöpfte die Bluse auf und zog sie sich schnell vom Leib.

»Übrigens, ich wollte dich schon die ganze Zeit etwas fragen.«

»Ja? Was denn?«

»Wo ist eigentlich das Collier geblieben, das Onkel Fred

dir zu deiner Konfirmation geschenkt hat? Du weißt schon, das mit den Saphiren und dem Diamanten.«

Mit einem Mal war Johanna wie gelähmt. Das war das Schmuckstück, das sie für die Einrichtung ihrer Schule versetzt hatte.

»Wieso willst du das wissen?«, fragte sie, um Zeit zu gewinnen.

»Ach, Fred wird uns wohl im Sommer einen Besuch abstatten. Da musste ich daran denken, dass ich sein Collier schon lange nicht mehr an dir gesehen habe. – Fräulein Anita, reichen Sie meiner Tochter das Kleid!«

»Ich habe das Collier gut verstaut. Es ist zu schade, um es ständig zu tragen.«

»Ein schönes Stück. Leg es an, wenn er kommt.«

»Ja. Mal sehen.«

Anita erschien mit Johannas blauem Seidenkleid und hängte es an die Seite. Stumm zeigte sie auf die alte Ledertasche, die ganz am Rand des Paravents stand.

Schnell zog Johanna sie näher zu sich.

»Hast du von der Toten gehört?«, fragte ihre Mutter.

Die plötzliche Wendung des Gesprächs überraschte Johanna. Bei Maman wusste man nie, welcher Gedanke ihr als Nächstes durch den Kopf schoss.

»Nein. Was für eine Tote?«

»Stell dir vor, man hat heute früh eine Leiche in einem alten Kontor gefunden. Eine junge Frau. Du kennst ja Cornelias Mann, Karl-Wilhelm?«

»Karl-Wilhelm von Stresenbeck, den Criminalinspektor? Ja, natürlich.«

»Er konnte wegen dieser Mordsache nicht zum Essen nach Hause kommen. Ach, Cornelia war richtig wütend, dass ausgerechnet heute so etwas dazwischenkommen musste. Sie hatte ihre Köchin so viel vorbereiten lassen.«

»Mutter?«

»Ja?«

»Was ist denn mit der Toten?«

Eine junge Frau? Johanna versuchte, nicht an Ansje zu denken. Natürlich gab es viele junge Frauen. Und wenn nicht einmal ihr Mann sich Sorgen über ihr Ausbleiben machte, wieso sollte ausgerechnet sie …

»Offenbar wurde sie gestern grauenhaft ermordet. Vielleicht sogar, während wir uns auf dem Fest amüsiert haben. Ist das nicht furchtbar?« Ihre Mutter wurde theatralisch laut.

»Oje«, brachte Johanna mitleidig hervor.

»Man kann nur hoffen, dass sie den Mörder schnell fassen«, sagte ihre Mutter bestimmt. »Bist du langsam fertig?«

»Nein, und es wird nur noch länger dauern, wenn du mir weiter solche grauenhaften Geschichten erzählst.«

»Es ist wahrlich grauenhaft, da hast du recht«, pflichtete ihre Mutter ihr bei. »Du findest mich im Salon.«

Dann verschwand sie endlich. Die Tür fiel hinter ihr ins Schloss.

Johanna trat hinter dem Paravent hervor. Sie hatte bisher Jacke und Bluse ausgezogen, trug aber noch den dunklen Rock.

»Ich helfe Ihnen, Fräulein Johanna«, sagte Anita mit ihrem dänischen Akzent und trocknete sich die Hände an ihrer Uniform ab.

»Danke, dass du mich nicht verraten hast.«

»Wenn Ihre Frau Mutter Sie so gesehen hätte ...«, begann Anita, fand den Gedanken aber offenbar so schrecklich, dass sie sich kurz mit beiden Händen die Augen zuhielt.

»... hätte sie mir wahrscheinlich den Kopf abgerissen«, vervollständigte Johanna den Satz.

»Waren Sie in diesem Aufzug in der Stadt?«, fragte Anita.

Das Mädchen war erst sechzehn oder siebzehn Jahre alt und wohnte in einem Dienstbotenzimmer unter dem Dach. Von allen, die Johannas Geheimnis hätten erfahren können, war sie noch die beste Wahl. Vielleicht, wog Johanna in Gedanken ab, konnte Anita ihr sogar in Zukunft als Alibi behilflich sein.

»Versprich mir, zu niemandem ein Wort darüber zu verlieren! Und damit meine ich nicht nur meine Eltern, sondern auch alle Bediensteten«, forderte sie. »Wenn ich dir ein Geheimnis anvertraue, muss ich dir vollkommen vertrauen können und sicher sein, dass du es niemals verraten wirst.«

»Ich verspreche es, Fräulein Johanna!«, sagte Anita feierlich.

»Schwöre es!«

Das Mädchen legte die rechte Hand aufs Herz und sagte voller Inbrunst: »Ich schwöre.«

Also berichtete Johanna dem Dienstmädchen von der Schule, während Anita ihr half, sich umzuziehen.

»Ich finde es sehr gut, was Sie machen«, sagte Anita schließlich.

»Kannst du schreiben und rechnen?«, fragte Johanna.

»Nur ein bisschen«, gab die Dienerin zu.

»Du darfst gerne nächstes Mal mitkommen«, schlug Johanna vor.

Anita lief rot an, schien sich aber zu freuen.

Erst als Johanna sich auf dem Weg in den Salon befand, regte sich das quälende Gefühl von vorhin wieder in ihr. Eine tote Frau in ihrem Alter. Gestern ermordet.

Ihr Verstand argumentierte erneut, dass es Hunderte junger Frauen in Hamburg gab. Aber warum mochte Ansje heute nicht erschienen sein? Sie hatte es doch versprochen!

Kapitel 4

Freitag, 22. April 1887

Während Kracht im Stadthaus die Vermisstenfälle des vergangenen Jahres zusammentrug, hatte sich Rieker zunächst noch einmal zu dem alten Kontor fahren lassen. Doch leider brachte ihn der Zustand der Spuren auf dem schmutzigen Fußboden zwar der Verzweiflung näher, aber keinen weiterführenden Erkenntnissen.

Die Beamten hatten beim Durchsuchen des Gebäudes festgestellt, dass eine Außentür im Keller sich nicht mehr verschließen ließ. Jeder, der das wusste, konnte das Untergeschoss einfach betreten. Offenbar wurde davon auch Gebrauch gemacht. In einem Kellerraum war eine Flasche mit einem Rest Kümmelschnaps gefunden worden, und im ersten Stock hatten die Beamten eine verdreckte Pfeife auf einem Sims sichergestellt.

Drei Tage. Die Frist ging Rieker immer wieder durch den Kopf. Er hatte bloß drei Tage Zeit, seinen ersten eigenen Mordfall zu lösen. Und ein halber Tag davon war schon fast vorüber. Es war zum Haareraufen!

Ganz sicher war es Breiden gewesen, der dem Inspektor den Floh ins Ohr gesetzt hatte. Von Stresenbeck hatte es noch nie geschert, ob jemand von einer Ermittlung überfordert sein könnte. Wenn ein Commissar einen Fall nicht löste, wurde der entweder an einen Kollegen übergeben oder zu den Akten gelegt.

Alles Zaudern half nicht. Rieker würde den Mörder der armen Frau eben in der gesetzten Frist fassen müssen. Vielleicht erzielte Kracht mit den Vermissten den Durchbruch. Oder Rieker fand einen Zeugen. Irgendjemand musste doch etwas gesehen haben, was sich als hilfreich erwies.

Er ging also die Umgebung ab, klopfte an Türen und sprach mit Leuten, die hier arbeiteten oder in der Nähe wohnten. Er fragte, ob man am vorigen Tag oder Abend ungewöhnliche Beobachtungen gemacht hatte. Aber es war wie verhext: Niemandem war etwas aufgefallen, was ihn auch nur im Geringsten weiterbrachte.

Als er Hunger bekam, schlang Rieker in einer Wirtschaft eine Scholle mit Speck und Bratkartoffeln herunter. Eigentlich war das eines seiner Lieblingsgerichte, doch heute hatte er keine Zeit, das satte Wohlgefühl auszukosten. Sofort nachdem er den letzten Bissen zum Mund geführt hatte, sprang er auf und ließ sich von einer Mietkutsche zurück in die Inspektion bringen.

»Sagen Sie mir, dass Sie Erfolg hatten!«, begrüßte er Kracht, als der eine Stunde später in sein Bureau kam.

»Mehr oder weniger«, antwortete der Sekretär. Er legte Rieker zwei Umschläge auf den Schreibtisch. »Ich habe aus den Vermisstenfällen alle blonden Frauen heraussortiert, die zwischen sechzehn und sechsundzwanzig Jahre alt sind. Diese beiden sind am aktuellsten.«

Rieker schlug die erste Akte auf. »Annika Piehl, vierundzwanzig Jahre alt«, las er vor.

»Aus Eilbeck«, ergänzte Kracht. »Von ihrem Mann vor etwas mehr als drei Monaten vermisst gemeldet. Blond und etwa ein Meter sechzig groß. Er vermutet, dass sie mit einem anderen Mann durchgebrannt sein könnte.«

»Könnte passen«, sagte Rieker. »Aber schon drei Monate verschwunden?«

»Sonst hätten wir noch Sahra Goldstein. Der Vater ist ein jüdischer Eisenhändler. Sie wurde vor anderthalb Monaten als vermisst gemeldet. Achtzehn Jahre alt, blond und mit einem auffälligen Leberfleck am Rücken.«

Rieker horchte auf. »Der Täter könnte versucht haben, ihre Identität zu verschleiern, indem er so oft auf sie eingestochen hat«, sagte er.

Kracht nickte zustimmend.

»Haben Sie die Angehörigen schon informiert?«

»Ja. Ich habe einen Boten geschickt, der sie für heute fünf Uhr in die Leichenhalle in St. Georg einbestellen sollte. Ich hoffe, er hat sie rechtzeitig erwischt.«

Die Bureautür öffnete sich ohne Ankündigung.

Verärgert sah Rieker auf.

»Hier sind Sie also«, sagte Emil Breiden statt einer Begrüßung.

»Ich habe Ihr Klopfen gar nicht gehört, Herr Breiden«, gab Rieker kühl zurück.

Breiden trat in Riekers winziger Stube zwei Schritte auf den Schreibtisch zu und klopfte dreimal mit den Fingerknöcheln auf die Tischplatte.

»Und, haben Sie schon etwas?«, fragte er völlig unverblümt.

Breiden war fünfzehn Jahre älter als Rieker und stammte aus einer vermögenden Familie. Sein Vollbart war perfekt getrimmt, und der Anzug wirkte auf den ersten Blick zwar schlicht, war aber sicher doppelt so teuer wie Riekers gesamte Garderobe, auf die er so stolz war.

»Sie unterbrechen uns mitten in der Arbeit«, antwortete Rieker ausweichend.

Da Breiden sich nun gegen den Tisch lehnte und demonstrativ auf den weit jüngeren Kollegen hinabschaute, stand der ohne Eile auf, um mit ihm auf Augenhöhe zu sein.

»Nach dem Wochenende wird das mein Fall sein, Rieker.« Breiden lächelte. »Ich muss gestehen, dass ich mir etwas Sorgen mache. Alles, was Sie jetzt verpatzen, wird mir nämlich später die Arbeit erschweren.«

»Ich gehe davon aus, dass der Fall gelöst sein wird, bevor Sie überhaupt ins Spiel kommen«, gab Rieker distanziert zurück und machte ein betont zuversichtliches Gesicht.

Breiden zuckte mit den Schultern und wandte sich dem Criminalsekretär zu. »Im Hinblick auf Ihre Karriere sollten Sie besser auf das richtige Pferd setzen, Kracht«, sagte er im Gehen.

Rieker und Kracht blickten sich sprachlos an, als die Tür hinter Breiden ins Schloss fiel.

»Wollte er mich gerade auffordern, Ihnen in den Rücken zu fallen?«, fragte der Junge.

»Sieht ganz so aus«, knurrte Rieker und lockerte seine

unter dem Tisch zur Faust geballte Hand. »Vielleicht sollten Sie es sich durch den Kopf gehen lassen.«

»Nein, danke«, sagte der Criminalsekretär. »Ich denke, ich setze lieber auf Sie.«

Als Rieker später das Stadthaus verließ, um sich zur Leichenhalle im Allgemeinen Krankenhaus St. Georg bringen zu lassen, war der Himmel endlich ein wenig aufgeklart. Zwar trieb der Wind weiterhin Wolken über die Stadt, doch immerhin hatte der Regen ausgesetzt. Das Wetter wirkte richtiggehend freundlich nach dem Dauerniederschlag der vergangenen Tage.

Als Rieker in die Kutsche stieg, fiel sein Blick auf eine Gestalt auf der anderen Straßenseite. Der Mann wandte sich genau in dem Moment ab, als Rieker ihn bemerkte. Ein großer Kerl in einem schweren schwarzen Mantel mit Epauletten. Die Art, wie er sich bewegte, weckte eine diffuse Erinnerung in Rieker, ohne dass er sie ganz zu fassen bekam. Als sich die Kutsche in Bewegung setzte, blickte er der Gestalt hinterher, die sich ohne Eile von ihm entfernte, sodass er weiterhin nur deren Rücken sehen konnte.

Die Fahrt brachte Rieker schnell auf andere Gedanken. Sie führte vorbei an der Baustelle für das neue Rathaus, wo viertausend Eichenpfähle bis in eine Tiefe von zwölf Metern eingeschlagen wurden. Sie sollten einmal das Fundament bilden. Der Baulärm und eine zentimeterdicke Dreckschicht auf der Straße würden ihnen sicherlich noch ein paar Jahre erhalten bleiben, bis das lang gezogene Gebäude fertig errichtet wäre, doch Rieker ärgerte vor allem der Verkehr.

Durch die Baustelle und den ständigen An- und Abtransport von Baumaterial wurde das Vorankommen zu einem Glücksspiel.

»Fahren Sie!«, rief er dem Kutscher ungeduldig zu, als die Pferde zum Stillstand kamen.

»Hier geht es nicht vor und nicht zurück«, erwiderte der Mann stoisch.

Fast fünf Minuten dauerte es, bis ein Holztransporter vorbei war und sie ihre Fahrt endlich fortsetzen konnten.

Das bessere Wetter schien die Leute geradezu nach draußen zu spülen. Trotz der Betriebsamkeit und des Tempos, mit denen die geschäftstüchtigen Hamburger sonst durchs Leben eilten, nutzten sie das Frühlingswetter, um sich auf dem Jungfernstieg und dem Alsterdamm zum Flanieren zu treffen. Kinder warfen Steine ins Wasser, die Enten hofften auf Brot und quakten enttäuscht.

Rieker wandte den Kopf vom Fenster ab und lenkte seine Aufmerksamkeit wieder auf den Fall.

»Die ersten Tage sind entscheidend«, hatte der alte Kleinschmidt ihm stets gepredigt. Langsamkeit spielte nur dem Täter in die Karten. Mit jeder Stunde, die ablief, gingen Spuren verloren, und die Erinnerungen möglicher Zeugen wurden ungenauer. Außerdem hatte der Täter mehr Zeit, sich auf Fragen vorzubereiten. Sein früherer Vorgesetzter hatte also immer schnelle Ermittlungserfolge angestrebt und sich selbst und auch Rieker, seinem Sekretär, keine Ruhe gegönnt. So manchen Fall hatten sie nur deshalb im Handumdrehen lösen können, weil sie die Nächte hindurch an der Auflösung gearbeitet hatten.

Rieker gingen Krachts Worte von vorhin durch den Kopf. »Ich setze lieber auf Sie«, hatte er gesagt.

Nun, er sollte das Vertrauen, das der Junge in seine Arbeit setzte, besser nicht enttäuschen. Im Moment allerdings konnte er nicht viel mehr tun, als zu hoffen, dass die Tote sich als eine der beiden vermissten Frauen herausstellte.

Rieker hatte Kleinschmidt bereits mehrere Male ins Allgemeine Krankenhaus St. Georg begleitet. Obwohl die Klinik riesig war, platzte sie aus allen Nähten. Jeden Tag nahm die Zahl der in Hamburg lebenden Menschen zu. Rieker hatte gehört, dass es mittlerweile 320 000 Einwohner sein sollten, fast 40 000 mehr als ein Jahrzehnt zuvor. Das waren zwar lange noch keine Verhältnisse wie in Berlin, wo fast eine Million mehr Leute dicht gedrängt aufeinanderhockten, trotzdem war Hamburg längst überfüllt. Mehr Einwohner bedeutete auch, dass mehr Platz für Kranke gebraucht wurde. Deshalb hatte der Senat an der Stadtgrenze ein neues Krankenhaus nach modernsten Erkenntnissen der Heilwissenschaft in Auftrag gegeben. Kaum war ein Teilgebäude davon in Eppendorf errichtet, wurden schon provisorisch Patienten behandelt und untergebracht.

In St. Georg kannte Rieker von vorigen Besuchen den für die Leichenhalle verantwortlichen Totenarzt Dr. Heribert von Gerwigk. Obwohl die Leichen im Keller gelagert wurden, war ihr Geruch auch in den breiten Gängen zum Zimmer des Arztes im Erdgeschoss allgegenwärtig. Die scharfe alkoholische Note konnte das modrige, leicht süßliche Aroma einsetzender Verwesung höchstens tarnen, aber nicht völlig überdecken. Rieker rümpfte die Nase. Er hoffte, dass der Gestank sich nicht in den Fasern seines Anzugs festsetzte.

Sein forscher Schritt fand ein jähes Ende, als er den Schreibtisch des Sekretärs erreichte – ein magerer Mann mit gezwirbeltem Bart. Ohne von den vor ihm liegenden Unterlagen aufzuschauen, erwiderte er Riekers Gruß mit einem wortlosen Nicken.

»Ich bin Criminalcommissar Hermann Rieker.« Er tippte vor dem Sekretär auf den Tisch. »Es handelt sich um eine dringliche Ermittlung.«

»Selbstverständlich«, gab der Mann missmutig zurück. »Aber auch das wird den Herrn Doktor nicht schneller fertig werden lassen. Sie müssen warten. Ich gebe Ihnen Bescheid, sobald er Zeit für Sie hat.«

Da jeder Protest zwecklos war, folgte Rieker der Aufforderung, zurück auf den Flur zu gehen. Die beiden Stühle missachtend, marschierte er auf dem breiten Gang auf und ab. Bei diesem Geruch nach Tod und Aldehyd konnte er keinen klaren Gedanken fassen. Die Minuten verrannen unendlich langsam. Er musste unbedingt mit dem Arzt sprechen, bevor die Angehörigen der Vermissten erschienen.

Es dauerte eine quälend lang erscheinende Viertelstunde, bis der alte Arzt endlich auftauchte. Von Gerwigks schlohweißes Haar bildete einen Kranz um die faltige Glatze. Der eingefallene Mann hatte ein Brillengestell auf der Nase, blickte aber darüber hinweg, als er auf Rieker zukam. Sein Unterkiefer zitterte ebenso unkontrolliert wie die rechte

Hand, die er ihm zur Begrüßung reichte. So greisenhaft, wie der Arzt wirkte, wunderte es Rieker nicht, dass man ihn nicht mehr an die Lebenden ließ.

»Riewer, korrekt?«, fragte er mit militärischem Tonfall, aber einer leicht krächzenden Stimme.

»Rieker«, korrigierte er. »Criminalcommissar Rieker.«

»Ja, ich habe es gehört. Eine Schande mit dem alten Kleinschmidt. Dabei war er doch noch jung.«

»Achtundfünfzig«, bemerkte Rieker. Von Gerwigk hatte die siebzig sicher schon weit überschritten. »Ich ermittle im Fall der jungen Frau, die in dem Kontor gefunden wurde.«

»Jaja. Ich habe dem anderen Commissar bereits alles Relevante mitgeteilt.«

»Wem?«, fragte Rieker.

»Emil …« Von Gerwigk wedelte mit einer Hand durch die Luft, als könnte das seinem Gedächtnis auf die Sprünge helfen.

»Breiden?«, fragte Rieker entsetzt.

»Richtig, Emil Breiden! Meine Zeit ist beschränkt. Lassen Sie sich von ihm informieren!« Von Gerwigk schob seine Brille hoch, wandte sich um und wollte durch die Tür verschwinden.

»Einen Moment!«, hielt Rieker ihn auf und unterstrich das mit einem dreimaligen Klopfen seines Gehstocks auf den Boden. »Ich fürchte, ich muss darauf bestehen, von Ihnen aus erster Hand über die Ergebnisse der Leichenschau in Kenntnis gesetzt zu werden«, sagte er. »Ich leite die Ermittlungen. Mit Verlaub, Sie hätten mit Breiden nicht einmal darüber sprechen dürfen.«

Der alte Arzt lachte spöttisch. »Ach was? Mein Junge, ich kenne Emil schon seit vielen Jahren. Und zuvor seinen Vater.«

»Trotzdem hat Inspektor von Stresenbeck mich mit dem Fall betraut.«

»Ja, wenn dem so ist …« Dr. von Gerwigk zeigte sich wenig beeindruckt.

»Sagen Sie mir einfach, was Sie herausgefunden haben.«

Der Arzt rückte erneut seine Brille zurecht. »Sie sollten solche Querelen untereinander klären, bevor Sie meine kostbare Zeit doppelt beanspruchen«, sagte er streng, um dann in sachlichem Ton weiterzusprechen: »Die Tote ist eine junge Frau, etwa zwanzig bis fünfundzwanzig Jahre alt. Ihr Körper weist mindestens vierzig oder fünfzig Stiche in den Rücken auf. Die Klinge war doppelseitig und dürfte sehr scharf, aber nicht länger als zehn Zentimeter gewesen sein. So wie die Columna vertebralis, die Wirbelsäule, und das Gewebe aussehen, hat der Täter die Waffe mit Wut geführt. Schlimme Sache. Die Frau muss größtenteils ausgeblutet sein. Bis auf ein paar kleine Reste zwischen den Fingern wurde wohl alles weggewaschen. Auch ihre Haare wurden zwar gereinigt, aber wir konnten Blutreste darin finden.«

»Der Täter ist bei der Waschung also nicht besonders gründlich vorgegangen?«, fragte Rieker.

Der Arzt schüttelte den Kopf.

»Er hat die Leiche also nicht gewaschen, weil es ihm irgendeine Art der Befriedigung verschafft hat?«

Jetzt sah Dr. von Gerwigk erstmals interessiert aus. »Daran habe ich noch nicht gedacht. Nein, wenn er das gewollt hätte, hätte er sie wahrscheinlich akribischer gewaschen und auch die Seifenreste gründlich entfernt. Ich konnte aber welche feststellen. Gemeine Kernseife.«

»Wurde sie auch im Intimbereich gewaschen?«, fragte Rieker.

»Ja, aber nicht intensiv, wenn Sie darauf hinauswollen. Grob, mit viel Wasser und einer festen Bürste. An empfindlicheren Hautpartien konnte man leichte Verletzungen von harten Borsten erkennen.«

»Sonst noch etwas?«

Der Arzt kam ihm ein bisschen näher und sprach leiser. »Aller Wahrscheinlichkeit nach hat sie vor ihrem Tod mit einem Mann verkehrt.«

Der Täter hatte sie also vergewaltigt.

»Können Sie mir eine Einschätzung geben, was den Zeitpunkt der Tat betrifft?«

»Wie gesagt: Emil weiß das alles schon!« Als der Totenarzt Riekers gereizten Gesichtsausdruck sah, fügte er hinzu: »Allem Anschein nach muss es gestern im Laufe des Tages passiert sein. Vielleicht zwischen Mittag und frühem Abend.«

»Wie kommen Sie darauf?«

»Rigor und Livores mortis«, sagte er.

»Totenstarre und Leichenflecken?«, fragte Rieker nach und erntete ein beiläufiges Nicken, während sich die Aufmerksamkeit von Gerwigks auf eine Person richtete, die sich hinter Rieker näherte.

»Herr Doktor?«

Ein Mann mit einer schweren Lederschürze und Holzschuhen kam auf sie zu. Im Schlepptau hatte er einen heruntergekommen aussehenden Kerl in Arbeitskluft und ein etwas älteres Paar, das sich sichtlich fein gemacht hatte.

Rieker ahnte, dass es die Angehörigen der beiden zuletzt als vermisst gemeldeten jungen Frauen sein mussten.

»Danke, Liewicz«, sagte der Arzt zu dem Mann in Lederschürze, dann begrüßte er die Neuankömmlinge und stellte auch Rieker vor, allerdings fehlerhaft als Criminalsekretär statt als Criminalcommissar. Immerhin hatte er sich diesmal seinen Namen gemerkt.

»Herr und Frau Goldstein, wenn ich recht vermute«, begrüßte Rieker das Paar.

Sie setzten ein nervöses Lächeln auf und nickten.

»Dann sind Sie Herr Piehl. Ich danke Ihnen, dass Sie so schnell hier sein konnten.«

»Als hätte man sonst nichts zu tun!«, murrte der Mann.

Rieker überhörte das.

»Denken Sie, es ist vielleicht unsere Tochter?«, brachte Frau Goldstein mit tränenerfüllter Stimme hervor.

»Wir können im Augenblick nichts ausschließen und müssen daher sichergehen«, sagte Rieker. »Ich verstehe, dass es für Sie nicht leicht ist.«

»Folgen Sie mir!« Der Totenarzt ging voran, Rieker bildete das Schlusslicht. Als er von Gerwigk und den Angehörigen der vermissten Frauen Stufe um Stufe einer breiten Treppe in den Keller folgte, trat ihm Schweiß auf die Stirn. Seine Muskeln verkrampften sich. Angestrengt versuchte er, sein stürmisch pochendes Herz durch tiefes Atmen zu beruhigen.

»Geht es Ihnen gut?«, fragte der Arzt, der unten auf ihn wartete.

»Natürlich«, entgegnete Rieker und war froh, dass seine Stimme fest aus seiner Kehle kam und ihn nicht Lügen strafte.

Obwohl Rieker schon öfter in diesem unterirdischen Trakt gewesen war – meist mit Commissar Kleinschmidt –, stellten die Schritte unter die Erde erneut eine mehr oder weniger große Herausforderung für ihn dar. Nicht weil hinter den Türen, die sie jetzt passierten, Leichen auf ihre Untersuchung oder Abholung warteten, sondern weil er fürchtete, dass ihn die Bilder eines anderen Kellers heimsuchen könnten. Das ständige Wimmern der besorgten Mutter verstärkte seine Unsicherheit nur.

Endlich hielt von Gerwigk an einer Tür an.

Mehrere Gaslampen tauchten den Raum in hellgelbes Licht. Der leicht schräg zu einem Abfluss verlaufende Boden, die niedrigen Wände und sogar die Decke waren grau gefliest. Ein paar weiß lackierte Schränke, durch deren Glasscheiben Rieker allerlei Flüssigkeiten in Apothekerflaschen erblickte, und ein Schubwagen aus Metall, auf dem Sägen, Zangen und Messer lagen, waren neben der Liege in der Mitte des fensterlosen Raums die einzigen Einrichtungsgegenstände. Auf dem rollbaren Tisch lag ein mit einem hellbeigen Tuch abgedeckter Körper. An den Formen erkannte man sofort, dass es sich um die Leiche einer Frau handelte.

»Wollen Sie wirklich mit dabei sein, gute Frau?«, fragte Dr. von Gerwigk.

Frau Goldstein nickte bestimmt. Ihr Mann nahm seinen Hut ab und hielt ihn vor die Brust wie einen Schild. Rieker setzte seine Melone ebenfalls ab. Piehl schaute grimmig drein, als ärgere er sich über die seiner Meinung nach unnötige Zeitverschwendung.

Der Arzt ergriff das Tuch am Kopfende. Die Goldsteins traten noch einen Schritt auf die Bahre zu, Piehl hingegen bewegte sich kein Stück. Rieker hatte die Tote schon im Kontor gesehen. Er interessierte sich jetzt mehr für die Reaktion der Angehörigen.

»Bitte denken Sie daran, dass der Tod ein Gesicht verändern kann«, belehrte der Arzt und zog das Tuch langsam zur Seite.

Rieker kannte die Antwort bereits, bevor er die Frage stellte: »Kennen Sie die Tote?«

Frau Goldstein schüttelte erleichtert den Kopf.

Ihr Mann sah Rieker mit Tränen in den Augen an und sagte: »Das ist nicht unsere Tochter.«

Auch der Arbeiter brauchte nicht lange. »Und dafür musste ich jetzt herkommen?«, fragte er aggressiv.

»Sie ist also nicht Ihre vermisste Frau Annika?«

»Fortgelaufen ist sie. Mit irgendeinem Kerl«, knurrte Piehl, sagte dann aber zu Rieker: »Ich habe diese tote Frau noch nie gesehen. Kann ich jetzt nach Hause? Es war ein langer Tag.«

»Wie sollen wir jetzt weiter vorgehen, Herr Commissar?«, fragte Kracht später nach einer kurzen Besprechung im Stadthaus.

Rieker bürstete ratlos den Staub des Tages von den Ärmeln seines Jacketts. »Uns bleibt nicht viel mehr, als morgen noch einmal alle Häuser in der Umgebung des Fundorts abzuklappern. Vielleicht habe ich heute jemanden verpasst, der etwas gesehen hat.«

Kracht machte sich Notizen in ein Büchlein.

»Ansonsten sollten Sie auch die Angehörigen aller blonden Frauen im passenden Alter ins Leichenhaus einbestellen, die schon länger als drei Monate vermisst werden.«

Kracht nickte und schrieb weiter.

Es klopfte an der Tür.

»Herein!«, rief Rieker und packte die Kleiderbürste in die Schublade zurück.

Die Tür öffnete sich langsam. Eine junge Dame blickte vorsichtig fragend in den Raum.

»Bin ich hier richtig bei Commissar Rieker?«

Sie trug ein dunkelblaues Kleid unter einem taillierten, offenen Lodenmantel. Um den schlanken Hals lag ein Schal, und auf dem Kopf saß ein einfacher Hut, der kess etwas seitlich auf dem hochgesteckten blonden Haar befestigt war. Ihre attraktive Erscheinung wirkte eigenartig deplatziert in Riekers Bureau. Ein besorgter Gesichtsausdruck verdüsterte ihre Miene.

»Criminalcommissar Hermann Rieker, sehr erfreut«, antwortete er und stand zackig auf. »Mein Sekretär Kracht. Treten Sie doch ein!«

Die junge Frau zog hinter sich die Tür zu, ließ die Hand aber an der Klinke, als wisse sie nicht, ob sie nicht besser wieder gehen solle. Rieker gab Kracht ein Zeichen, den einzigen Besucherstuhl freizugeben. Der Junge verstand den Wink, sprang auf und wich zum Fenster aus.

»Nehmen Sie Platz!«, bot Rieker ihr an. »Darf ich Ihren Mantel …«

»Nein, danke«, sagte sie schnell. »Ich werde nicht lange bleiben.«

»Dann sagen Sie mir doch bitte zunächst, mit wem ich das Vergnügen habe.«

»Johanna Ahrens.«

»Wohnhaft?«

»In Hamburg«, sagte sie ausweichend.

»Und was ist der Grund Ihres Besuchs, Fräulein Ahrens?«

Sie schluckte, bevor sie zu sprechen ansetzte. Dabei huschte der Blick ihrer blauen Augen von Rieker zu Kracht und wieder zurück.

»Ich habe gehört, dass heute früh die Leiche einer jungen Frau gefunden worden ist«, begann sie stockend. Dann lächelte sie scheu. »Wahrscheinlich bilde ich mir das alles nur ein.«

Kapitel 5

Freitag, 22. April 1887

Gemeinsam mit dem Commissar folgte Johanna dem Bediensteten des Krankenhauses St. Georg in den Keller. Angestrengt versuchte sie, die Gedanken an die Herkunft der eingetrockneten Flecken auf der Lederschürze des Mannes zu verdrängen. Erfolglos. Das flackernde Licht bereitete ihr Unbehagen, und auch Rieker schien sich nicht wohlzufühlen. Seine Stirn glänzte von kaltem Schweiß. Ihre Schritte hallten durchdringend in dem schmucklosen Flur.

Johanna hatte den Commissar nicht belogen. Allerdings hatte sie wohlweislich verschwiegen, dass sie die Tochter von Richter Hans Ahrens war. Hätte Rieker das gewusst, hätte er sicherlich erst mit ihrem Vater Rücksprache halten wollen – und der hätte niemals erlaubt, dass seine Tochter im Totenhaus eine Leiche identifizierte. Sie konnte sich seinen entsetzten Gesichtsausdruck bildlich vorstellen!

Und dann hätte sie ihm beichten müssen, woher sie die Tote überhaupt kannte. Dass seine Tochter sich regelmäßig unter Lügen aus dem Haus stahl, um – wie eine Sozialistin! – Frauen der untersten Schicht Lesen, Schreiben und Rechnen beizubringen, wäre der nächste Schock für Papa gewesen.

Der Totendiener machte ruckend Halt und wartete ab, bis sie zu ihm aufschlossen. Dann öffnete er eine in ihren Angeln knarrende Tür und forderte sie mit einem Wink seiner Pranke wortlos auf einzutreten.

Kälte schlug Johanna entgegen, und eine Liege in der Mitte des Raums zog ihre ganze Aufmerksamkeit auf sich. Den Rest der nüchternen Einrichtung nahm sie kaum wahr.

Sie blickte zu dem Commissar neben ihr auf, und Rieker nickte ihr bestätigend zu.

»Sind Sie sicher, dass Sie das auf sich nehmen wollen?«, vergewisserte er sich noch einmal.

Johanna war sich dessen gar nicht mehr sicher. Vor ihr lag die mit einem grauen Leinentuch bedeckte Gestalt einer Frau.

»Ich muss es tun«, sagte sie dennoch und trat entschlossen näher.

Der Bedienstete ergriff das Leichentuch an einer Ecke. Johanna hatte nie zuvor die Leiche eines Menschen gesehen. Als der Mann das Tuch routiniert zur Seite schlug, presste sie die Augenlider zu und wartete einen Moment ab. Sie versuchte, sich gegen das namenlose Grauen zu wappnen, von dem sie erfasst zu werden fürchtete. Von ganzem Herzen hoffte sie, gleich eine Fremde vor sich zu sehen.

»Herr, lass es nicht Ansje sein«, sandte sie ein stummes Stoßgebet gen Himmel. »Herr, lass es bitte nicht Ansje sein!«

Widerwillig öffnete sie die Augenlider.

Der Tod war schöner, wenn Baudelaire über ihn schrieb.

Die Gesichtszüge der Leiche hatten einmal einer Frau gehört, deren Haut nun speckig in einem kalten Alabasterfarbton glänzte. Mit ihren zu den Seiten verzogenen Mundwinkeln und geschlossenen Augen wirkte sie wie eingefroren. Unwillkürlich hielt Johanna den Atem an.

Es war Ansje. Auch wenn die Tote nichts mehr an sich hatte, was die junge Schülerin ausgemacht hatte, war dieser leblose Körper doch einmal das Heim ihrer Seele gewesen. Die Ansje, die Johanna kannte, war nicht mehr da, nur noch eine leere Hülle.

Johanna wandte den Kopf ab. Der Commissar beobachtete sie genau, als erwarte er, bereits aus ihrer Reaktion eine Antwort lesen zu können.

»Es ist …«, begann sie und korrigierte sich dann selbst: »… es war Ansje Kalferer.«

»Sie klingen, als seien Sie sich vollkommen sicher?«, fragte er nach.

Johanna bejahte mit einem Nicken. »Wie ist sie gestorben?«

»Darüber können wir draußen sprechen«, sagte Rieker und gab dem Diener ein Zeichen.

Der schlug das Tuch zurück. Ansjes Gesicht war nun zwar verdeckt, aber Johanna würde den Anblick so schnell nicht wieder vergessen können.

»Die Tote heißt also Ansje Kalferer«, bemerkte Rieker, als sie kurz darauf in die Kutsche stiegen.

Johanna hatte auf dem Rückweg durch die Klinikflure kein Wort herausgebracht.

»Abfahrt!«, befahl der Commissar. Er wirkte jetzt weitaus ruhiger als bei der Herfahrt, als er den Kutscher zweimal mit heftigem Klopfen seines Stocks gegen die Front aufgefordert hatte, die Pferde anzutreiben.

Die Kutsche setzte sich ruckend in Bewegung. Rieker nahm eine Bürste hervor und strich damit mehrfach über seinen Anzug, als fürchte er, Überreste der Toten könnten ihn beschmutzt haben.

»Wer war sie?«

Bis auf den Namen hatte Johanna ihm noch nichts verraten. Dass sie ohne Genehmigung eine Schule für Frauen betrieb, war schließlich nichts, was man einem Polizisten ohne Not auf die Nase band. Zumal sie bis vor Kurzem noch gehofft hatte, dass ihre Sorge um Ansje unbegründet war.

»Sie lebte mit ihrem Mann im Kornträgergang«, begann Johanna zögernd, als die Kutsche Fahrt aufnahm.

»Wie lautet sein Vorname?«

»Ich weiß es nicht.«

»Woher kannten Sie die Tote?«

»Genügt es Ihnen nicht, dass ich sie kannte?«

Rieker sah sie aufmerksam an. »Ihnen ist die Antwort auf meine Frage unangenehm«, stellte er fest.

Johanna überlegte, was sie darauf erwidern sollte, doch Rieker wechselte überraschenderweise das Thema.

»Sie haben vorhin gefragt, wie Ansje Kalferer gestorben ist. Sie wurde ermordet, wie Sie ja bereits gehört haben.«

Johanna verzog das Gesicht.

»Ihr Mörder hat sie mit einem scharfen Messer erstochen. In den Rücken. Darum haben Sie die Wunden nicht gesehen. Der Täter hat immer und immer wieder zugestochen. Vierzig oder fünfzig Mal. Auch als sie längst tot war, hat er nicht nachgelassen in seiner Wut.«

Die Vorstellung entsetzte sie.

»Meine Aufgabe ist es, diesen Mann zu fassen und seiner gerechten Strafe zuzuführen«, sprach Rieker weiter. »Dafür kann sich jeder noch so kleine Hinweis als bedeutsam erweisen.« Eindringlich fügte er hinzu: »Sie sind im Moment meine einzige Spur. Ich brauche Ihre Hilfe, Fräulein Ahrens!«

Der Commissar schien durch diese Worte etwas von seiner Unnahbarkeit zu verlieren. Er klang fast bittend, fand Johanna.

»Also frage ich Sie noch einmal: Woher kannten Sie Ansje Kalferer?«

»Ich kannte sie nicht sehr gut«, antwortete Johanna nach kurzem Nachdenken. »Ich muss Sie bitten, meine Worte vertraulich zu behandeln.«

Rieker zog die Augenbrauen hoch, nickte dann aber. »Nun denn?«

Rumpelnd bog die Kutsche in eine andere Straße ab.

»Ich unterstütze arme Frauen, indem ich sie kostenlos unterrichte«, brachte Johanna schließlich heraus.

»Sie sind Lehrerin?«

»Nicht ganz. Viele der Frauen haben eine nur sehr unzureichende Schulbildung. Ich bringe ihnen Mathematik bei, die Mehrheit von ihnen kann kaum lesen und schreiben.«

Die meisten Männer sahen besonders für Frauen der

niedrigen Schichten keinen Bedarf an Bildung. Sie sollten Kinder gebären oder in den Fabriken arbeiten. Am besten beides. Diese Männer regierten häufig abwertend, wenn es um das Thema Bildung ging. »Wozu soll eine Frau das brauchen? Das ist vergebene Liebesmüh«, so lauteten typische Aussagen.

Doch Rieker wertete Johannas Worte nicht. Vielmehr verhielt er sich, als wäre es ganz normal, dass eine junge Frau andere unterrichtete. Johanna wurde aus ihm nicht schlau. Sie konnte nicht einmal sein Lächeln einordnen. Zu allem Überfluss zog er nun ein Taschentuch hervor und wienerte sich einen Fleck vom Schuh.

»Findet dieser Unterricht bei Ihnen zu Hause statt?«

»Nein, ich habe Räume angemietet, zu denen die Frauen kommen. Ein ehemaliger Schusterladen im Specksgang.«

»Und Ansje Kalferer war Schülerin bei Ihnen?«, fragte er.

»Seit Kurzem, ja. Sie wollte mehr aus ihrem Leben machen.«

»Sie war unzufrieden?«

»Welche arme Frau ist nicht unzufrieden mit ihrem Los? Ständige Geldsorgen, kaum Rechte … Aber sie hat sich nicht beschwert. Sie kannte es nicht anders, denke ich.«

»Was können Sie mir sonst über die Frau erzählen? Wie war das Verhältnis zu ihrem Mann?«

»Ich kannte ihn nicht. Aber ich glaube, sie war nicht unglücklich mit ihm.« Johanna überlegte kurz, was sie sonst sagen konnte. »Die wenigen Male, die ich sie getroffen habe, war Ansje immer herzlich und freundlich«, begann sie. »Sie war blitzgescheit, hat Neues schnell gelernt. Und sie hat sich Kinder gewünscht.« Sie spürte, wie ihr Tränen in die Augen stiegen.

»Ich bitte Sie … äh … weinen Sie nicht«, sagte Rieker. Er wirkte von ihrem offensichtlich drohenden Gefühlsausbruch überfordert.

Eigentlich wollte Johanna auch gar nicht weinen, aber sie wurde gerade endgültig von der Gewissheit überrollt, dass Ansje nie wieder zum Unterricht kommen, nie wieder ihren Mann umarmen und nie Kinder haben würde. Johanna würde sie nie wiedersehen. Und wenn sie in Zukunft an sie dachte, würde sie nur ihre Totenmaske vor sich sehen, diese speckige Alabasterhaut. Das durfte doch nicht sein!

Rieker hielt ihr sein Taschentuch hin.

»Ist das etwa dasselbe, mit dem sie sich eben die Schuhe geputzt haben?«, schniefte sie entsetzt.

»Oh, Verzeihung«, erwiderte er und machte Anstalten, das Tuch wieder wegzustecken, doch Johanna benötigte dringend eines. Sie nahm es ihm aus der Hand und suchte die saubere Seite, dann schnäuzte sie hinein.

Die Kutsche rumpelte über schiefes Pflaster. Johanna brauchte einen Moment, um sich zu fassen. Rieker beschäftigte sich derweil mit dem Stoff seines Anzugs. Ab und zu zupfte er vermeintliche Flusen ab, doch Johanna wusste, dass der Commissar ihr nur nicht das Gefühl geben wollte, sie anzustarren, während sie mit den Tränen kämpfte.

»Gab es Menschen, mit denen Ansje Kalferer im Streit lag?«, fragte er schließlich.

Statt ihm zu antworten, zuckte Johanna hilflos mit den Schultern.

»An der Färbung ihrer Haut konnte man erkennen, dass ihr ein dünner Ring abgenommen wurde«, sprach Rieker weiter.

»Ihr Ehering.«

»Sie kannten ihn?«

Johanna nickte.

»War er wertvoll?«

»Nein. Nur etwas Silber.«

Rieker presste die Lippen aufeinander. Die Kutsche wurde langsamer und hielt kurz darauf an.

»Wie geht es jetzt weiter?«, wollte Johanna wissen.

»Ich werde weiterermitteln«, sagte er entschlossen. »Und ich werde alles tun, um den Mörder zur Strecke zu bringen.«

»Denken Sie daran, dass Sie mir versprochen haben, über meine Schule Stillschweigen zu bewahren«, erinnerte sie ihn. Ihr Tonfall lag genau zwischen einer Frage und einer Forderung.

Rieker nickte. »Wenn Ihnen noch etwas einfällt, kommen Sie vorbei. Sie wissen ja, wo Sie mich finden. Ich sage dem Kutscher, dass er Sie nach Hause bringen soll. Wo wohnen Sie?«

Johanna konnte ihm unmöglich die Wahrheit verraten. Außerdem war längst ein anderer Gedanke in ihr gereift.

»Im Specksgang, über der Schule«, log sie und verspürte sogleich die Stiche eines schlechten Gewissens. »Aber ich will da nicht mit einer Polizeikutsche vorfahren.«

Abends war es in den Hamburger Gängevierteln noch voller als tagsüber. Dass der Regen endlich nachgelassen hatte, tat sein Übriges.

Johanna drängte sich eilig an Gruppen junger Kerle vorbei, die nach der Arbeit in den schmalen Gassen herumlungerten und sich lautstark unterhielten. Natürlich fiel sie trotz ihrer verhältnismäßig einfachen Kleidung auf.

Ein Kerl sprach sie an. Er war höchstens zwanzig, um sein gerötetes Kinn wuchs ein dünner blonder Bartflaum.

»Hast dich verlaufen, oder was?«, wollte er wissen und packte sie am linken Arm. »Wie wär's mit uns?«

»Ich bin kein leichtes Mädchen!«, sagte Johanna bestimmt, aber der Junge schien sie weiter genau dafür zu halten, denn er grinste und zog sie zu sich heran.

Johanna reagierte aus dem Bauch heraus und verpasste ihm eine schallende Ohrfeige. Seine Freunde lachten, bauten sich aber um Johanna auf. Sie spürte Hände an ihrem Rücken, ballte ihre zu Fäusten und stellte sich auf Ärger ein.

»Lasst das Mädchen in Ruhe, sonst bekommt ihr es mit mir zu tun!«

Die Frau war dreimal so alt wie die ältesten Jungs und sicher doppelt so schwer. Ihre Ärmel hatte sie hochgekrempelt, sodass man erkennen konnte, dass ihre dicken Arme ebenso behaart waren wie die eines Mannes. Eine gewachste Schürze lag über dem ausladenden Busen und dem hervorstehenden Bauch.

»Schon gut, Martha, kein Grund, sich gleich aufzuregen.«

Die jungen Männer ließen von Johanna ab und verzogen sich.

»Die hätten dir nichts getan, sind selbst noch grün hinter den Ohren«, meinte die Frau beruhigend.

»Ich hatte keine Angst.«

»Solltest du aber. Was macht so ein Dämchen wie du um diese Zeit hier?«

»Jemanden besuchen«, sagte Johanna. »Danke für die Hilfe.«

Sie schenkte Martha zum Abschied ein Lächeln und huschte weiter.

Das Haus, in dem Ansje gewohnt hatte, lag ganz in der Nähe. Unter den prüfenden Blicken zweier Frauen glitt Johanna durch den Hauseingang und stieg im Halbdunkel die schiefe Holztreppe hinauf.

Die Tür zur Wohnung war noch nicht repariert und stand einen schmalen Spalt offen. Johanna hörte Geräusche dahinter und klopfte.

»Ja?«

Sie drückte die Tür auf und blickte durch den nun größeren Spalt. Kalferer saß mit etwas Brot und den fast abgegessenen Gräten eines Fischs am Tisch. Noch hätte sie umdrehen können, aber sie brauchte Gewissheit. Bevor sie weiter darüber nachdenken konnte, schob sie sich durch die Tür.

»Du schon wieder?«, bemerkte Kalferer mit einem feindseligen Unterton in der Stimme. »Ansje ist noch nicht zurück.«

»Ich weiß.«

»Was willst du dann hier?«

»Ich muss mit Ihnen reden.«

»Ich wüsste nicht, worüber.«

»Sie wissen doch genau, wo Ansje steckt.«

»Das geht dich gar nichts an.«

Mit dieser Reaktion hatte sie nicht gerechnet. Er wusste also doch, wo sie steckte? Wieso gab er das zu?

Kalferer drückte sich vom Tisch hoch, wischte sich die Hände an der Hose ab und baute sich vor Johanna auf.

»Ich weiß nicht, wo Ansje ist, Mädchen. Und jetzt hau ab, bevor es was setzt.« Drohend hob er die rechte Hand.

»Ich habe sie eben gesehen«, sagte Johanna, ohne zurückzuweichen. Sie blickte ihm in die Augen und wartete seine Reaktion ab.

Kalferer wirkte überrascht und ließ die Hand sinken.

»Wo denn? Und warum ist sie nicht hier?«

»Weil sie in der Leichenhalle liegt.«

Kalferer blickte sie verständnislos an. »Was soll sie denn da?«, fragte er.

Dann schien der Sinn des Gesagten zu ihm durchzudringen. Seine Kinnlade sank hinab, während er in Johannas Miene nach Zeichen dafür suchte, dass sie log.

»Was soll der Mist?«, fragte er unsicher und erhob die Hand erneut.

»Es ist wahr. Ansje ist tot. Es tut mir leid«, fügte Johanna hinzu. Die Worte auszusprechen fiel ihr schwer.

»Nein«, entgegnete Kalferer. Er hielt inne, wandte sich ab und ging zur Fensterbank.

»Ich habe sie mit eigenen Augen gesehen.«

Kalferer stützte sich auf die Fensterbank und verharrte dort. Johanna wollte sein Gesicht sehen, also trat sie vor.

»Lässt Sie das kalt?«, fragte sie, um ihn aus der Reserve zu locken.

Das gelang. Er schnellte herum und funkelte sie mit zu Fäusten geballten Händen an.

»Warum tust du mir das an?«, fragte er wutschnaubend.

»Wissen Sie, wer es war?«

»Woher denn?«

»Haben Sie es getan?«

»Bei Gott, nein!« Er sprang zum Tisch und warf mit einer ausholenden Handbewegung das Geschirr herunter. Nur ein Messer blieb liegen. Ein dunkler, geölter Holzgriff, der in eine fingerlange Doppelklinge überging.

»Ich musste erfahren, ob Sie sie umgebracht haben«, sagte sie.

Der Mann hatte sich nicht verhalten, als hätte er vom Tod seiner Frau gewusst. Sie war sich sicher, dass er die Betroffenheit nicht spielte.

Doch diese Gewissheit schwand einen Moment später wieder, als Kalferer das Messer bemerkte und danach griff, ohne Johanna dabei aus den Augen zu lassen. In seinem Blick konkurrierten Wut, Unglaube und Tränen miteinander.

Offenbar gewann die Wut, denn noch bevor ihr bewusst wurde, was geschah, schnellte er auf sie zu. Johanna versteifte, als sie die Messerspitze unter ihrem Kinn spürte. Das sollte es also gewesen sein?

»Ich wollte nicht, dass sie es macht«, presste er hervor, als habe er etwas zu gestehen, was schwer auf seiner Seele lastete.

»Was wollten Sie nicht?«, fragte Johanna. Sie war überrascht, dass ihre Stimme nicht brach vor Aufregung, zumal sie die Spitze des Messers direkt an der Haut ihres zarten Halses spürte.

»Dass sie manchmal weg ist, um Geld zu verdienen.«

Die Messerspitze verlor den Kontakt zu ihrer Haut. Ließ Kalferer die Waffe sinken, oder holte er nur aus?

»Ist sie zu anderen Männern gegangen?«, fragte sie, weil ihr sonst nichts einfiel, um sich von ihrer Angst abzulenken.

»Wohin sonst?«, brüllte er. Leiser und mit wackeliger Stimme sprach er weiter: »Wir haben nie darüber gesprochen. Aber das geht dich alles überhaupt nichts an!«

»Wo war sie gestern?«

»Ich weiß es nicht!«, brüllte er erneut.

In dem Moment flog die Tür auf.

Kapitel 6

Freitag, 22. April 1887

Rieker vernahm hinter der Tür zwei Stimmen, die einer Frau und die eines Mannes. Am Tonfall war zu erkennen, dass es sich um keine freundliche Unterhaltung handelte.

»Ist sie zu anderen Männern gegangen?«, erklang fordernd die Frauenstimme, die ihm bekannt vorkam.

»Wohin sonst?« Der Kerl wurde laut. »Wir haben nie darüber gesprochen. Aber das geht dich alles überhaupt nichts an!«

Das musste Kalferer sein. Es klang, als unterhielten sie sich über die Tote.

Rieker bemerkte, dass die Tür einen Spaltbreit offen stand. Er gab Kracht ein Zeichen, seinen Schlagstock bereitzuhalten, und griff nach der Klinke.

»Wo war sie gestern?«

Wieso stellte die Frau solche Fragen? Das wäre seine Aufgabe gewesen.

»Ich weiß es nicht!«, brüllte der Mann. Er klang wie ein gefährliches Tier.

Rieker stieß die Tür auf, stürmte in den Raum – und schrak zusammen. Nicht nur, weil er die Frau wirklich kannte, die mit vor sich gehaltenen Händen eine nur wenig

Erfolg versprechende Verteidigungsstellung eingenommen hatte. Sondern auch, weil der Mann das erhobene Messer von ihr wegriss und auf ihn richtete.

Nur Idioten traten unbewaffnet einem Gegner mit Messer entgegen. Dabei keine Verletzung zu riskieren, war nahezu unmöglich. In Berlin hatten sie das früher mit Attrappen geübt. Immer und immer wieder, bis ihre Körper die Bewegungen von alleine ausführen konnten. Obwohl sie nur mit stumpfen Holzmessern gekämpft hatten, hatte Rieker damals ständig blaue Flecken an Brust, Bauch und Oberarmen davongetragen. Bei echten Klingen wäre er längst tot gewesen.

Auch wenn Rieker nicht bewusst an die Übungen von früher dachte, zeigten sie viele Jahre später noch ihre Wirkung. Der Kopf schaltete sich aus, und der Körper reagierte instinktiv. Blitzschnell erfasste er die Situation, entwickelte eine Strategie und wich der auf ihn gerichteten Waffe mit einer routinierten Bewegung leichtfüßig aus. Sein bedeutendster Vorteil war, dass der Kerl offensichtlich kein erfahrener Messerkämpfer war. Er hielt das Messer so in der Faust, dass die Klinge nach oben, also zum Daumen herausstand. Auf der Straße lernte man, die Klinge anders zu führen.

Der Mann zog den Arm mit der Waffe wieder zurück und drehte sich zu Rieker. Der nahm eine Verteidigungsstellung ein und konzentrierte sich auf das Messer. Der Mann stocherte eher damit in der Luft herum, als dass er zielgerichtet stach. Rieker konnte dem Angriff mit einer Rückwärtsbewegung ausweichen. Kalferer zog den Arm nicht erneut zurück, sondern reckte das Messer vor, als wolle er damit seinen Gegner auf Abstand halten und einen Überblick gewinnen.

Den Bruchteil einer Sekunde, den sein Gegenüber zur Seite blickte, nutzte Rieker aus. Der Commissar donnerte mit voller Kraft seine Faust gegen das Gelenk der Waffenhand. Der Mann brüllte in einer Mischung aus Überraschung, Schmerz und Wut auf, während das Messer in einem weiten Bogen zur Seite flog und unter den Esstisch rutschte.

Rieker zögerte keinen Moment, sondern drehte dem ungläubig dreinschauenden Kerl den nun ungeschützten Unterarm mit einem versierten Griff auf den Rücken. Dadurch verlor Kalferer das Gleichgewicht und kippte nach vorne. Rieker ließ sich mit ihm sinken und landete mit dem Knie auf seinem Rücken.

Seit er in den Raum gestürmt war, waren keine fünf Sekunden vergangen. Jetzt war Kalferer entwaffnet und lag fixiert am Boden. Damit war die Lage so weit geklärt, dass Rieker wieder den Verstand übernehmen lassen konnte.

»Criminalpolizei!«, rief er.

Auf einmal stand Kracht neben ihm. Der Sekretär bückte sich und sah Rieker etwas ratlos an, weil alle Arbeit bereits getan war.

»Kracht, die Handschellen!«, erinnerte Rieker ihn.

Der Junge holte die Eisen aus seiner Tasche und legte den halben Ring um das Handgelenk des Gegners.

»Geben Sie jetzt Ruhe?«, fragte Rieker. Indem er einmal kräftig an dessen Unterarm drehte, zeigte er Kalferer, dass er ihn meinte.

»Ja. Was wollen Sie? Lassen Sie mich los, verdammt!«

Kracht steckte den Halbring auf den Bügel.

»Sie haben mich mit einer Waffe bedroht«, erinnerte ihn Rieker und löste den Druck, damit Kracht auch an die zweite Hand herankam.

»Das ist meine Wohnung!«, schimpfte der Mann.

Rieker blickte auf. Bisher war er voll und ganz von dem Kampf eingenommen gewesen, doch jetzt bemerkte er, dass Johanna Ahrens die Verwirrung genutzt hatte, um sich aus dem Staub zu machen.

»Passen Sie auf ihn auf!«, befahl er Kracht und sprang hoch.

Die schnellen Schritte auf der Treppe kamen schon aus einem Stockwerk weiter unten.

»Fräulein Ahrens! Bleiben Sie stehen!«, rief er, erhielt aber keine Antwort.

Er nahm zwei Stufen auf einmal, bis er auf der schiefen Treppe den Halt verlor, auf sein Hinterteil fiel und den Rest der Stiege schmerzhaft über das Holz nach unten rutschte, wo er aber gleich wieder auf die Beine kam.

Er hörte unten die Tür zufallen und beeilte sich, den nächsten Treppenabsatz zu erreichen.

Als er die Haustür öffnete, fand er sich auf der schmalen, mit Menschen gefüllten Straße wieder. Aus der Spelunke gegenüber drangen Tanzmusik und johlender Lärm. Die Leute davor sahen Rieker misstrauisch an. Er blickte suchend in beide Richtungen, konnte Johanna Ahrens aber nicht mehr ausmachen.

»Wohin ist die junge Frau gelaufen?«, fragte er ein paar

halbwüchsige Kerle, aber die taten so, als hätten sie ihn nicht gehört. Also richtete er die Frage an eine dicke Frau, die einen Eimer mit Schmutzwasser auf die Straße goss.

»Wozu willst du das wissen?«, entgegnete sie feindselig und hob den Eimer.

Rieker sprang zurück, um nicht von den Tropfen getroffen zu werden. Er spürte, dass er wütend wurde, schloss für einen Moment die Augen und atmete einmal tief durch.

»Sagen Sie mir einfach, in welche Richtung sie gelaufen ist!«, forderte er die Frau auf.

Aus einer Warze an ihrer Oberlippe wuchs ein gekräuseltes dunkles Haar.

»Ich habe niemanden gesehen«, behauptete sie.

Rieker sah ihr deutlich an, dass sie log. Aber ihr Kopf hatte vorher ungewollt in eine Richtung gezuckt. Also war Fräulein Ahrens sicher dort entlanggelaufen. Natürlich, wohl zu sich nach Hause, denn in die Richtung lag die Straße, die sie ihm genannt hatte.

»Bist du ein Udel oder was?«, rief das Weib ihm hinterher, als Rieker bereits wieder in das Gebäude zurückging. Er wollte jetzt zuerst zu dem Mann der Toten.

Kracht hatte Kalferer in der Zwischenzeit erlaubt, sich auf einen Stuhl zu setzen. Er saß zusammengesunken da, die Hände weiterhin mit den Handschellen auf den Rücken gefesselt, und wirkte wie ein Häufchen Elend.

Auf Krachts fragenden Blick hin schüttelte Rieker nur den Kopf.

»Sie sind der Mann von Ansje Kalferer?«, vergewisserte er sich.

»Ist …« Er zog die Nase hoch. »Ist Ansje wirklich tot?«

»Hat die junge Frau Ihnen das gesagt?«

»Ist sie tot?«

Im Blick des Mannes lag verzweifelte Wut.

»Ja. Es tut mir leid, Ihnen das sagen zu müssen.« Rieker nickte. »Wo waren Sie gestern Abend?«

Der Mann sprang auf und wollte auf den Commissar zustürmen, aber ein Schlag mit Krachts Stock stoppte ihn.

Rieker ärgerte sich, wie dieser Teil der Ermittlung lief. Einem Mann den Tod seiner Frau mitzuteilen, bedurfte normalerweise einer Menge Einfühlungsvermögen und Taktgefühl. Zugleich bot es dem Ermittler die Möglichkeit, aus den Reaktionen an Erkenntnisse zu gelangen. War der Angehörige überrascht? War sein Verhalten gespielt? Ein erfahrener Ermittler konnte allein durch die Reaktion auf die Botschaft einiges erkennen, aber dafür war es nötig, derjenige zu sein, der ihn damit konfrontierte. Durch die Einmischung des Mädchens hatte Kalferer zumindest ein wenig Vorbereitungszeit gehabt. Wobei – das musste Rieker sich eingestehen – er wirklich nicht wie ein Schauspieler wirkte, sondern als sei er komplett außer sich. Rieker fragte sich, ob der Mann sich so verhielt, weil ihn die Nachricht und die Trauer überwältigten oder weil er Angst hatte, von der Polizei erwischt worden zu sein.

Kracht wollte den gebeugt vor ihnen stehenden Mann zurück auf den Sitz pressen, aber Rieker entschied, dass es besser wäre, das Verhör nicht hier fortzusetzen.

»Wir bringen ihn in die Untersuchungshaftanstalt«, beschloss er. »Dort können wir uns in Ruhe unterhalten.«

Die schiefen Häuser der Gängeviertel boten mehr Leuten eine Schlafstatt, als eigentlich dort wohnen sollten. Es gab Familien mit acht Kindern, die in zwei Zimmern hausten, und Arbeiter, die sich für ein paar Stunden Schlaf am Tag eine mit Betten vollgestellte Kammer teilten. Neben den vielen, die einer ehrlichen Arbeit nachgingen, wohnte hier auch allerlei zwielichtiges Pack: arbeitsscheues Volk, Kleinkriminelle und Taschendiebe. Leute, die sich mit Gelegenheitsarbeiten über Wasser hielten, und solche, die sich morgens am Hafen oder bei einer Baustelle meldeten, um das Essen für den Tag und ein Bier für den Abend zu verdienen.

Als Rieker und Kracht gemeinsam mit Kalferer das Haus verließen, schienen alle sich hier zusammengefunden zu haben, um ihnen das Abführen des Mannes schwerer zu machen. Kalferer zeterte, dass er Ansje nicht ermordet habe, wodurch die Leute überhaupt erst erfuhren, was los war.

Rieker trieb den Gefangenen und Kracht zur Eile an. Er spürte schmutzige Finger, die sich in den Stoff seines Mantels gruben. Rieker wandte sich zu dem Kerl um, der auf seinen warnenden Blick hin losließ. Gleichzeitig musste Kracht den Stock in die andere Richtung präsentieren, wo zwei Männer lautstark skandierten, Kalferer müsse sofort freigelassen werden.

»Weg jetzt, sonst lasse ich die ganze Straße ausräuchern!«, schimpfte Rieker und verschaffte ihnen so etwas Luft, um in einen leereren Bereich zu gelangen, von wo aus sie abbiegen und auf die Kutsche zulaufen konnten, die noch auf sie wartete.

Ein paar Störenfriede folgten ihnen mit etwas Abstand.

Doch offensichtlich stand man Kalferer nicht nah genug, um ihn freikämpfen zu wollen, was Rieker für einen Moment befürchtet hatte.

»Bringen Sie ihn in die Untersuchungshaftanstalt, Kracht! Ich habe noch etwas zu erledigen.«

»Sie suchen die Frau?«, fragte der Sekretär.

Rieker nickte. »Ich komme dann später zum Verhör.«

Nur ein paar Neugierige sahen noch zu, wie sich die Kutsche in Bewegung setzte, während Rieker unter einem Türsturz seine Kleidung inspizierte. Der Anzug hatte heute einiges abbekommen; ein billigerer Stoff hätte den Kampf und den Sturz auf der Treppe vielleicht gar nicht überstanden. Er hoffte nur, dass sich die zahlreichen Flecken rückstandslos entfernen lassen würden. Die Schuhe hatten eine große Putzaktion bereits jetzt bitter nötig, und es war zu erwarten, dass auf dem Weg zu Johanna Ahrens noch mehr Schmutz dazukommen würde. Seufzend wandte er sich um und mischte sich unter die Leute zwischen den eng stehenden Häusern.

Natürlich sorgte er auch ohne einen Gefangenen im Schlepptau für Aufsehen im Viertel. Herren in feinem Zwirn liefen hier freitagabends nicht oft herum. Einfache Stoffe, praktische Schnitte, Farben, auf denen der Schmutz des Tages nicht so auffiel – das war es, was man hier brauchte.

Rieker schritt schneller aus. Er war wütend auf diese Frau. Zwar hatte er erst durch Johanna Ahrens erfahren, um wen es sich bei dem Mordopfer handelte, aber ihm dann dermaßen in die Ermittlung hineinzupfuschen, war unverantwortlich von ihr gewesen.

Vor ihm machte ein schief hängendes Schild auf eine Schusterei aufmerksam. Das musste der Laden sein, den sie ihm als Standort ihrer Schule genannt hatte. Um einen Blick durch das hoch angebrachte Fenster zu werfen, stellte Rieker sich auf die Zehenspitzen.

Schuhe bekam er drinnen keine zu sehen, allerdings konnte er in dem dunklen Raum ein paar Stühle ausmachen. Offenbar war er hier richtig.

Fräulein Ahrens hatte gesagt, dass sie über der Schule wohne, also trat er zurück und blickte nach oben. Das Haus war schief und krumm, und die Balken sahen ebenso marode aus wie die Backsteinmauern zwischen ihnen. Die beiden Fenster über der ehemaligen Schusterei waren geschlossen.

»Zur Seite!«, rief ein Mann, der rückwärts aus der Eingangstür kam. Er schleppte mit einem Kameraden einen Holztisch. Rieker machte Platz.

»Wohnt hier eine Johanna Ahrens?«, fragte er die beiden.

»Nie gehört«, sagte der Erste. »Wo soll sie wohnen?«

»Direkt über dem ehemaligen Schusterladen.«

Der Sprecher stellte den Tisch ab und dehnte seinen Nacken. »Da habe ich mit meiner Familie gewohnt.«

Rieker spürte ein Ziehen in der Brust. Offenbar hatte er wirklich den Anfängerfehler begangen, sich von einer hübschen Zeugin belügen zu lassen.

»Vielleicht zieht sie gerade hier ein?«, fragte er sicherheitshalber noch einmal nach.

»Wenn sie nicht zu der sechsköpfigen Familie eines Hafenarbeiters gehört, bezweifele ich das sehr. Da wollte eine Dame Sie wohl nicht wiedersehen.«

Die beiden Kerle lachten derb und hoben den Tisch wieder an.

»Wir müssen.«

Kapitel 7

Freitag, 22. April 1887

»Erzählen Sie mir von Ansje, Ihrer Frau!«

Jörg Kalferer fixierte trotzig den Riss im Putz des Verhörraums und presste die Lippen aufeinander.

»Ich brauche Ihre Hilfe, um den Mörder fassen zu können«, erklärte Rieker gereizt.

Er war zuvor am Gericht vorbei zu Fuß bis zur Untersuchungshaftanstalt gegangen. Neben den mehr als zweihundert Zellen für Männer und fünfzig für Frauen gab es in dem riesenhaften Gefängnis auch Räume, um Verhöre durchzuführen. Nach dem Kampf mit Kalferer fand Rieker das am späteren Abend den sichereren Ort für eine Befragung als seine Kammer im Stadthaus.

»Was wollen Sie wissen?«, knurrte Kalferer endlich.

»Wie lange waren Sie verheiratet?« Rieker versuchte, ruhiger zu sprechen. Er hatte dem Befragten die Handschellen abnehmen lassen.

Kracht wartete derweil an der Tür des fensterlosen Raums. Zum einen fungierte er als Wache, zum anderer als Beobachter.

»Wir haben 83 geheiratet.«

»Also vor vier Jahren«, stellte Rieker fest.

Kalferer nickte stumm.

»Wie haben Sie sich kennengelernt?«

»Wozu soll das alles gut sein?«, fuhr er auf und stützte sich auf die Tischplatte. »Ansje ist tot, verdammt noch mal!«

»Es tut mir leid«, wiederholte Rieker. »Ich kann nachvollziehen, dass es schwer für Sie ist, unter diesen Umständen darüber zu sprechen. Aber bitte, setzen Sie sich wieder.«

Offenbar hatte er den rechten Ton getroffen, denn Kalferer kam seiner Aufforderung nach.

»Wie so etwas eben geht: Ich habe Ansje öfter auf dem Weg zur Arbeit gesehen. So eine hübsche Deern. Man schnackt mal ein bisschen, man verliebt sich, und dann ist man verheiratet.«

»Sie haben keine Kinder?«

Der Commissar sah an Kalferers Blick, dass er einen wunden Punkt getroffen hatte.

»Nein. Es – es hat nie geklappt«, brachte der Mann mühsam hervor. »Der Herrgott wollte uns wohl kein Kind schenken.«

Sie schwiegen einen Moment, dann fragte Rieker: »Gibt es Leute, die Ihrer Frau oder Ihnen gegenüber feindlich eingestellt sind?«

Nach kurzer Überlegung schüttelte Kalferer den Kopf. »Natürlich gibt es hin und wieder mal Ärger im Quartier. Im Haus, mit Nachbarn ... Aber so etwas regelt sich immer. Kommt Zeit, kommt Rat.«

»Worum ging es bei diesem Ärger?«

»Irgendwelche Frauensachen. Wer was über wen getratscht hat. Oder die eingeschmissene Scheibe.«

Rieker horchte auf. »Was war da los?«

Kalferer winkte ab. »Ach, ein Drecksbengel hat uns eine Scheibe kaputt geworfen, und wir sind auf den Kosten sitzen geblieben. Die Mutter hat bis heute nichts bezahlt.«

Rieker atmete enttäuscht aus.

»Haben Sie irgendeinen Verdacht, wer Ihre Frau umgebracht haben könnte? Reden Sie offen mit mir, Herr Kalferer. Auch wenn wir einen schlechten Start hatten, will ich Ihnen doch nichts Böses. Wir haben dasselbe Ziel: dass derjenige bestraft wird, der Ihrer Frau das angetan hat.«

Rieker entdeckte Tränen in Kalferers Augen. Beschämt wischte er sie sich mit dem Handrücken weg und fasste sich wieder.

»Sagen Sie es mir, Herr Kalferer!«

»Es ist … Nun, es ist nicht schön.«

»Was meinen Sie?«

»Ich meine, ich arbeite zwar viel, aber weil ich Schulden habe, sind wir nie gut über die Runden gekommen.«

»Bei wem haben Sie die?«

»Bei einem Kreditvermittler aus dem Viertel. Aber darauf wollte ich nicht hinaus. Wir sind nicht im Verzug.«

»Worauf wollen Sie denn sonst hinaus?«, forderte Rieker ihn auf, endlich weiterzusprechen.

»Also, dass wir die Raten immer zahlen konnten, dafür hat Ansje …« Die Pause wurde lange und fast unangenehm.

»… dazuverdient?«, fragte Rieker, der bereits eine Ahnung hatte, in welche Richtung er das Drucksen des Mannes zu deuten hatte.

Kalferer nickte verlegen.

»Sie hat sich verkauft«, schloss Rieker.

Kalferer widersprach nicht.

»Wo hat Ihre Frau das gemacht?«

»Ich weiß es nicht«, platzte er heraus. »Wir haben nie darüber gesprochen.«

»Heißt das, Sie wissen nicht, ob sie einen festen Zuhälter hatte oder eine Wohnung, etwa in der Heinrich- oder der Ulricusstraße?«

In den beiden wichtigsten Bordellstraßen Hamburgs arbeiteten viele Frauen, die sich hier ihren Lebensunterhalt oder ein Zubrot verdienen wollten. Rieker kannte solche Gegenden nur zu gut. In Berlin war er in Alt-Kölln in der Kreuzgasse groß geworden, zwischen Spittelmarkt und Jungfernbrücke, wo von früh bis spät die leichten Mädchen standen. Direkt gegenüber ihrer Wohnung war ein großes Bordell gewesen. Solche Viertel hatte er in Frankfurt gesehen, in Mainz und auch in Paris. Sie waren überall gleich. Harte Realität am Tag, schöner Schein in der Nacht. Ein Menschenleben zählte dort bedeutend weniger als anderswo.

»Nein, sie … sie war nicht in einem Bordell anschaffen«, brachte Kalferer fast tonlos heraus. »Sie hat Männer … besucht.«

»Wissen Sie, wer ihr Zuhälter war?«

»Sie hatte keinen Beschützer! Was denken Sie denn?«

»Dass eine Frau, die sich verkauft, normalerweise einen hat«, antwortete Rieker.

»Nein, das hätte sie mir gesagt. Aber … Ich weiß es nicht genau«, gab Kalferer zu. »Ansje ist manchmal nachts nicht heimgekommen. Oder auch zwei oder drei Nächte lang weggeblieben.«

»Und wenn sie wieder da war?«

»Gab es Fleisch, und wir hatten genug Geld, um die Miete und die nächste Rate zu bezahlen.«

»Wissen Sie, ob sie wechselnde Männer besuchte oder ob es ein und derselbe Mann war?«

Kalferer verzog gequält das Gesicht und schüttelte den Kopf. »Ich wollte nichts davon wissen. Meinen Sie vielleicht, das wäre mir leichtgefallen?«

»Wie oft hat sie es getan?«

»Ein- oder zweimal im Monat. Wenn wir das Geld dringend gebraucht haben. Aber es war nicht gut für uns. Sie hat mich danach immer eine Zeit lang abgewiesen. Und ich konnte nicht ertragen, dass sie das öfter macht.«

»Aber Sie haben nicht versucht, es zu unterbinden.«

»Wir haben das Geld einfach gebraucht.«

»Woher stammen Ihre Schulden?«, fragte Rieker.

Kalferer verdrehte die Augen. »Ich habe früher gespielt und gewettet«, sagte er schuldbewusst. »Das war noch, bevor ich meine Ansje kennengelernt habe.«

»Und Sie haben verloren und sich bei einem Verbrecher Geld geliehen, mit dem Sie den Verlust wieder reinholen wollten?«, fragte Rieker, der solche Schicksale zur Genüge aus Berlin kannte.

Kalferer nickte betreten. »Und die geborgten Moneten dann auch gleich wieder verspielt.«

»Wem schulden Sie das Geld?«

»Das kann ich nicht sagen.«

»Sie müssen, Herr Kalferer. Es könnte in Verbindung zu dem Mord an Ihrer Frau stehen.«

»Was soll ich denn jetzt machen?«, fragte er, ohne eine Antwort zu geben. »Ansje hat mir doch immer gesagt, was ich tun soll.«

»Sagen Sie mir einfach, wem Sie das Geld schulden!«

»Achtfinger-Jens«, spuckte er nach einer kurzen Pause heraus.

»Verdammt«, sagte Rieker. Kracht schaute den Commissar überrascht an. Bisher hatte er ihn wohl selten fluchen gehört. »Dann ist Ihre Frau also für Jens Johansen anschaffen gegangen?«

»Eben nicht. Sie hat das nur gemacht, um die Raten zusammenzubekommen. Sonst … Kann ich jetzt endlich gehen?«, fragte Kalferer.

»Gleich«, sagte Rieker. »Vorher möchte ich noch wissen, warum Sie diese Frau bedroht haben, diese Johanna Ahrens.«

»Sie hat mich verrückt gemacht«, erklärte Kalferer kopfschüttelnd. »Zuerst war sie heute Vormittag da, hat in unserer Wohnung herumgelungert und so getan, als würde sie auf Ansje warten. Dann ist sie plötzlich wieder aufgetaucht und hat mir gesagt, dass Ansje tot ist. Und sie hat Sachen gefragt … als würde sie denken, ich hätte Ansje das angetan.«

Rieker sah ihm an, dass es ihm nicht leichtfiel, das auszusprechen.

»Ich hätte ihr nie ein Haar krümmen können!«, fügte der traurige Witwer leise hinzu.

Rieker hatte genug für heute. Er stand auf und sagte: »Sie können gehen. Aber es kann sein, dass ich Sie morgen oder übermorgen noch einmal sprechen muss. Bleiben Sie also in der Stadt.«

»Wo soll ich auch sonst hin?«, fragte Kalferer.

Rieker und Kracht blickten dem Mann vom Tor der Untersuchungshaftanstalt aus nach, als er gebeugt in Richtung Stadt davonging wie ein verwundeter Soldat vom Schlachtfeld.

»Sie glauben ihm?«, fragte der Criminalsekretär.

»Dass er nicht der Mörder war? Ja, eigentlich schon. Aber man sollte trotzdem in alle Richtungen offen bleiben. Sie haben Kalferers Messer als Beweisstück eingepackt?«

»Das, mit dem er Sie angegriffen hat? Ja, das habe ich.«

»Wir sollten zur Sicherheit prüfen lassen, ob die Wunden der Toten von dieser Waffe stammen können.«

»Ich fahre morgen früh direkt zur Leichenhalle«, sagte Kracht. Nach einer kurzen Pause fügte er hinzu: »Meinen Sie, Achtfinger-Jens könnte etwas mit dem Mord zu tun haben?«

Rieker musterte den Criminalsekretär. Die Straßenlaterne warf lange Schatten auf sein junges Gesicht.

»Was wissen Sie über Achtfinger-Jens?«, prüfte Rieker ihn.

Kracht sah nach oben und stieß die Luft aus. »Sein eigentlicher Name ist Jens Johansen. Man erzählt sich, seine eigene Mutter hätte ihm beide Zeigefinger abgeschnitten, als sie ihn beim Klauen erwischt hat. Aber das hat erzieherisch wohl nicht viel Wirkung gezeigt. Achtfinger-Jens ist ein Gauner, ein Zuhälter und Schmuggler.«

»Er hat höchstens gelernt, sich nicht mehr erwischen zu lassen«, stimmte Rieker ihm zu. »Offiziell gehören ihm mehrere Geschäfte und Kaschemmen, und er organisiert Lastkahntransporte mit Booten, die auch manchmal nachts losfahren. Außerdem vermietet er in seinen beiden Häuser in der Ulricusstraße Zimmer an Huren. Prostitution, Glücksspiel, Schmuggel und Erpressung. Commissar Kleinschmidt hat immer gehofft, ihm wenigstens mit einer Sache gegen den Karren fahren zu können, aber das hat nie geklappt.«

»Und Sie meinen, dass die Tote für ihn gearbeitet hat?«, fragte Kracht.

»Das wäre nicht das erste Mal. Der Mann macht Schulden, und der Zuhälter zwingt die Frau dazu, das Geld zu beschaffen.«

»Sie verdächtigen ihn?«

Rieker schüttelte den Kopf. »Nicht unbedingt. Die Wut, mit der der Täter auf sein gefesseltes Opfer eingestochen hat, spricht für ein sehr persönliches Motiv, würde ich sagen.«

Kracht nickte.

»Vielleicht hat Achtfinger-Jens selbst etwas mit Ansje gehabt?«

Das war gar kein schlechter Schluss des Criminalsekretärs. Trotzdem glaubte Rieker nicht daran.

»Ich bin mir sicher, dass für Achtfinger-Jens und seine Leute ein Menschenleben nicht viel zählt. Aber warum sollte er Ansje, die für ihn Geld verdient, erst so brutal umbringen und dann in diesem Kontor verstecken? Nein, ich denke, wenn er der Mörder gewesen wäre, hätten seine Leute Fischfutter aus ihr gemacht.«

»Eine Hafenleiche«, raunte Kracht.

»So ist es. Aber das heißt natürlich nicht, dass Achtfinger-Jens nicht doch Ansjes Mörder sein könnte. Und selbst falls er unschuldig ist, könnte er etwas wissen.«

»Zum Beispiel, bei wem Ansje Kalferer an diesem Abend war«, führte Kracht den Gedanken weiter. »Nur können wir nicht zu ihm und ihn fragen.«

»Auf jeden Fall nicht mehr heute«, schloss Rieker das Gespräch. »Wir machen morgen weiter.«

Es schlug gerade zehn Uhr, als er einen kleinen Einspänner anhielt und den Fahrer aufforderte, ihn zur Davidwache zu bringen. Rieker wollte nur noch nach Hause, ein Brot essen, seine Schuhe putzen und mit der Stoffbürste den Anzug reinigen. Bei solchen Arbeiten konnte er am besten nachdenken.

Da war so vieles, was für ihn im Dunkeln blieb. Eine Tote, die nur selten anschaffen ging, die Zahl der Stiche über den Tod hinaus. Die Tatsache, dass sie gewaschen und in einer schmutzigen Decke zu einem alten Kontor transportiert worden war.

Und dazu Johanna Ahrens. Das Verhalten der jungen Lehrerin ergab für ihn keinen Sinn. Zuerst verschaffte sie ihm den entscheidenden und einzigen Hinweis, um die Leiche überhaupt identifizieren zu können, und erzählte ihm von der Schule, die sie führte, doch dann log sie, als es um ihren Wohnsitz ging.

Und warum war sie zu Kalferer gegangen? Warum hatte sie ihm unbedingt mitteilen müssen, dass Ansje tot war?

Er musste sie wiederfinden. Am besten, beschloss er, würde er gleich morgen einen Mann abstellen, der den alten Schusterladen im Auge behalten sollte.

Der Kutscher hielt an der Davidwache. Betrunkene machten den schweren Pferden der Constabler Platz, die gerade von einem Streifenritt zurückkehrten. Zwei uniformierte Schutzleute geleiteten einen in einer fremden Sprache parlierenden Asiaten zur Wache. Rieker wandte sich schnell in die andere Richtung, um zu seiner Wohnung zu kommen.

Auf dem Weg dorthin wurde er von ein paar neuen Mädchen angesprochen. Die Frauen, die hier regelmäßig arbeiteten, wussten längst, dass der Mann im Anzug nicht auf ein Schäferstündchen aus war. Manche grüßten ihn sogar, und Rieker nickte zurück.

Freier, Betrunkene und Männer, die beides noch werden wollten, füllten die Gassen. In der Hopfenstraße begrüßte ihn eine wilde Mischung aus Gerüchen: Der fortwährend in der Luft hängende Dunst von frisch gekochtem Biersud wurde von dem Gestank nach Fäkalien und Erbrochenem überlagert.

Rieker wich einer Gruppe Englisch sprechender Matrosen aus und achtete darauf, nicht in einen Haufen zu treten. Er wollte nicht auch noch die Sohle abkratzen müssen.

Am Ende der Straße wurde es ein wenig ruhiger. Die Spiegelung des Lichts, das aus der Tür des *Dree Düwel* schien, bewahrte ihn davor, in eine Pfütze zu treten. In letzter Sekunde machte er einen Satz darüber.

Durch die offen stehende Tür der Kneipe drang der Lärm bis auf die Straße. Rieker hielt darauf zu.

In der Tür saß wie immer Heinzchen. Die Aufgabe des hochgewachsenen Mannes mit den tätowierten Armen und der speckigen Glatze war es, die Leute, die in die Kneipe wollten, finster zu mustern. Die paar Male, die Heinzchen jemanden weggeschickt hatte, konnte man allerdings an beiden Händen abzählen. Sehr viel öfter kam er seiner zweiten Aufgabe nach: Wer drinnen für Ärger sorgte, wurde von ihm kurzerhand hinausbefördert. Jeder erhielt eine Warnung. Wer dann nicht spurte, bekam Heinzchens Kraft zu spüren. Siggi, der Wirt des *Dree Düwel* und Riekers Vermieter, konnte froh sein, jemanden wie ihn zu haben, der keinen freien Tag zu kennen schien.

Heinzchen erkannte ihn. »He, Rieker!«

»Alles in Ordnung?«, erkundigte er sich.

»Birne ist weg«, sagte Heinzchen.

Der getigerte Kater gehörte zum *Dree Düwel* wie das Bier ins Fass. Heinzchen brachte ihm jeden Abend ein paar Fischreste mit, die der Kater stets heißhungrig verputzte. Doch heute stand der Teller in der Ecke des Vorraums unberührt da.

Rieker ließ zwei Betrunkene vorbei, während Heinzchen weitersprach: »Ist wahrscheinlich hinter einer rolligen Mieze her.« Er lachte anzüglich.

»Oder wieder bei mir oben auf dem Bett«, tippte Rieker.

»Dann schick ihn mal runter.«

»Mache ich.« Rieker steuerte an Heinzchen vorbei auf eine unscheinbare Tür zu. Von dort aus gelangte man in ein schmales Treppenhaus und schließlich zu seiner Wohnung. Der eigentliche Zugang führte über den Hinterhof, aber nachts nutzte Rieker lieber diesen hier und sparte sich den schmutzigen Weg durch den dunklen Hof.

Wohnung konnte man das Loch, das im Winter zu kalt und im Sommer zu warm war, kaum nennen. Die beiden Zimmer waren zusammen kaum größer als sein Bureau im Stadthaus. Von unten und durch das aufgestellte Fenster drang der Lärm der Kneipe gedämpft an sein Ohr.

Nun, er hatte sich längst daran gewöhnt. Schallendes Gelächter, erregte Wortwechsel, schief gesungene Lieder. All das störte ihn nicht beim Schlafen. Die Miete war günstig, und Rieker hatte es sich weitgehend wohnlich gemacht. Mehr brauchte er vorerst nicht.

Rieker entzündete die Petroleumlampe auf dem Tisch und trug das flackernde Licht in den Nebenraum. Er wollte sich in der Schlafkammer umziehen und dann gleich an die Reinigung seines Anzugs begeben, damit er morgen wieder in neuer Frische antreten konnte. Es gab so viel zu tun, wenn er verhindern wollte, dass Breiden den …

In dem Moment entdeckte er den Kater auf dem Bett. Da, wo er immer lag. Aber etwas war anders.

Ohne den Blick von Birne zu nehmen, stellte er die Lampe auf den Nachttisch. Die glanzlosen Augen des Tieres waren offen. Der Kopf befand sich in einer unnatürlichen Position zum getigerten Körper.

»Birne!«, sagte Rieker, als müsse er den Kater nur aufwecken, aber das Tier blieb unbeweglich in der Kuhle seiner Bettdecke liegen.

Als Rieker den Kater anstupste, wusste er mit Gewissheit, dass kein Leben mehr in dem Tier steckte. Er nahm den steifen Kadaver auf. Das Genick war gebrochen. Das konnte einer Katze nicht so leicht passieren. Und vor allem hätte eine solche Katze nicht auf einem Zettel gelegen!

Schöne Wohnung stand mit schwarzer Tinte krakelig darauf geschrieben.

Kapitel 8

Samstag, 23. April 1887

Düstere Träume rissen Johanna in der Nacht mehrfach aus dem Schlaf, doch sobald sie die Augen öffnete, verblassten die Bilder schneller als eine Linie im Sand, wenn die Wellen darüber spülten. Nur an die regungslose Miene der toten Ansje konnte sie sich erinnern, denn die erschien ihr jedes Mal, sobald sie die Augen schloss. Irgendwann sank Johanna dann trotzdem wieder in einen unerquicklichen Schlaf, aber der nächste Albtraum ließ nie lange auf sich warten.

Endlich drang das erste Licht des neuen Tages an den Seiten der dichten Vorhänge vorbei. Johanna glitt aus dem Bett und warf einen Blick nach draußen. Die Nacht hatte ganz Hamburg dunkle Wolken beschert, die sich auch auf ihr Gemüt legten.

So viele Gedanken waren ihr in der Nacht durch den Kopf geschossen, aber vor allem eine Idee hatte sich in ihr verfestigt. Vielleicht war es der einzige Weg, um jemals wieder in Ruhe schlafen zu können …

Bei der Katzenwäsche überlegte sie fieberhaft, welche Vorwände sie bei den Eltern vorbringen könnte, um heute Morgen erneut verschwinden zu können. Auf jeden Fall musste sie vorsichtiger sein. Am vergangenen Abend war es wieder einmal denkbar knapp gewesen. Nach dem missglückten Besuch bei Ansjes Mann und der Flucht vor dem Commissar war sie nur ein paar Minuten vor den Eltern zu Hause angekommen und hatte es gerade noch geschafft, sich umzuziehen.

»Ich habe mir vergangene Woche ein paar Seidenbänder bestellt, die ich heute Vormittag gerne abholen möchte«, ließ sie am reich gedeckten Frühstückstisch fallen. Späte Pfingstrosen in sanften Pastelltönen schwammen in schmuckvollen Silberjardinieren.

»Ich kann heute früh nicht mitkommen, Kind«, klagte ihre Mutter und gab Frederic ein Zeichen, ihr Tee nachzugießen.

»Das ist nicht schlimm, Maman. Ich kann auch alleine fahren.«

Natürlich wusste Johanna, dass ihre Mutter sich heute – wie jeden Samstagvormittag seit Anfang März – mit anderen Damen der Gesellschaft traf, um das Sommerfest zugunsten der verarmten Matrosen zu organisieren.

Ihre Mutter schüttelte bedauernd den Kopf, als wolle sie sagen, dass Johanna heute eben nicht in die Stadt könne.

»Es kommt gar nicht infrage, dass du alleine in die Stadt fährst, Kind«, mischte ihr Vater sich ein. »Nimm wenigstens dein Dienstmädchen mit!«

»Hans!«, sagte Mutter mit unterdrückter Empörung in der Stimme.

»Gib dem Mädchen genug Geld mit«, sagte er und schenkte der Tochter ein verschwörerisches Lächeln.

»Was haben Sie heute vor, Papa?«, fragte Johanna.

Normalerweise duzte sie ihre Eltern, aber sie wusste, dass es ihrer Mutter gefiel, wenn sie den Vater siezte.

»Heute steht der vierte Verhandlungstag wegen des Lohnbetrugs bei der Hafen AG an, danach treffe ich mit dem neuen Staatsanwalt zusammen.«

»Schermann?«, fragte Mutter.

»Ja, genau der.«

»Er ist noch Junggeselle, wenn ich das richtig gehört habe«, bemerkte ihre Mutter in verschwörerischem Tonfall. »Und er schien unserer Tochter durchaus zu gefallen.«

»*Maman!* Ich habe nur einmal mit ihm getanzt.« Johanna bemühte sich, die Hoffnungen der Mutter nicht zu groß werden zu lassen. »Außerdem ist er zu alt für mich.«

»*Du* bist bald zu alt, Kind!«, entfuhr es ihrer Mutter. »Lade den Herrn Staatsanwalt doch für heute Abend zum Diner zu uns ein, Hans!«

Als Johanna wenig später mit Anita in der Kutsche saß, überlegte sie, wie sie die Idee der vergangenen Nacht in die Tat umsetzen könnte.

»Ich habe etwas zu erledigen«, erklärte sie dem Mädchen, das ihr schüchtern gegenübersaß. »Meine Mutter wird nachher sicher die Seidenbänder sehen wollen. Darum wirst du sie für mich im Kaufhaus besorgen.«

»Aber ich kann doch nicht ohne …«

»Anita! Du lässt dich einfach von den Verkäuferinnen beraten und kaufst ein paar der teuersten Bänder aus Seide.«

Johanna übergab dem Mädchen die Goldmünzen, die

sie vorher von ihrer Mutter erhalten hatte. Ungläubig betrachtete Anita das Geld in ihrer Hand.

»Gib so viel wie möglich aus. Und kauf dir auch selbst ein Seidenband, das dir gefällt. Das soll mein Geschenk für dich sein. Mit dem Restgeld gehst du ins Kaffeehaus gegenüber und wartest. Ich werde dich vor der Mittagsstunde dort abholen.«

Anita wand sich noch ein wenig, doch natürlich stand es ihr nicht zu, ihrer Herrschaft zu widersprechen. Kurz darauf beobachtete Johanna, wie das Mädchen schüchtern zum Eingang des Kaufhauses tippelte, wo der Türdiener ihr den Weg hinein wies.

»Wohin darf ich Sie bringen, meine Dame?«, fragte der Fahrer durch die Frontklappe.

»Ich habe gehört, dass es in der Nähe einen Totenfotografen geben soll«, sagte sie.

»Der Fotograf Grimm macht solche Aufnahmen. Oder Eilers.«

Adolf Grimm hatte vor etwa einem Jahr im Garten der Villa eine Familienfotografie aufgenommen. Johannas Mutter war von dem Ergebnis begeistert gewesen und würde sicher diesen Sommer um eine aktuellere Aufnahme bitten. Da wäre es schlecht, wenn ihre Tochter ausgerechnet bei diesem Fotografen die Abbildung einer ermordeten Toten in Auftrag gegeben hätte. Außerdem hatten die Thienemann-Zwillinge von dem anderen Fotografen so geschwärmt, dass Johanna nicht lange überlegen musste.

»Fahren Sie mich bitte zu diesem Herrn Eilers«, sagte sie.

Johanna verließ die Kutsche in einer schmalen Straße. Auf dem leicht schräg hängenden Schild über dem Eingang stand *Jakob Eilers, Fotograf.* Sie nahm die drei Stufen bis zur dunkelgrün lackierten Tür, in deren Mitte ein bronzener Löwenkopf prangte. In seinem Maul steckte ein beweglicher Ring mit einer Verdickung unten, die man gegen eine massive Bronzeplatte schlagen konnte. Johanna klopfte an und wartete.

Auch eine halbe Minute später war noch keine Reaktion zu vernehmen. Johanna schlug den Ring erneut, dieses Mal mit mehr Kraft. Sie lauschte, vernahm innen aber weiterhin keine Bewegung, also drückte sie die ebenfalls bronzene Klinke. Die schwere Tür ließ sich geräuschlos aufziehen.

Johanna trat in einen länglichen Raum mit einem Tresen an der gegenüberliegenden Seite. Dahinter befand sich eine einfache Tür. Zwei dichte Samtvorhänge, deren dunkelroter Farbton sie an getrocknetes Blut erinnerte, verbargen Durchgänge, die weiter in die Tiefen des Hauses führten.

»Guten Tag?«, rief Johanna vorsichtig und trat zum Tresen, auf dem sie neben einer Registrierkasse und mehreren Rahmenleisten ein messingfarbenes Glöckchen ausmachte. Sie nahm es und klingelte, war aber von der Zierlichkeit des Klangs enttäuscht.

»Guten Tag!«, wiederholte sie lauter.

»Einen Moment!«, drang ein dumpfer Ruf an ihr Ohr. Sie konnte nicht ausmachen, aus welcher Richtung die Stimme kam. »Ich bin gleich bei Ihnen!«

Johanna stellte das Glöckchen zurück und betrachtete die hinter Glas gerahmten Fotografien an den Wänden.

Alle zeigten Menschen, ernst dreinblickende Herren oder stolze Damen, Kinder oder ganze Familien.

Johanna schritt näher an ein Bild heran, auf dem drei Knaben in einem hellen Raum Fangen zu spielen schienen. Zwei der Kinder waren etwas unscharf, der Junge in der Mitte hingegen vollkommen scharf abgelichtet. Er sah in die Kamera, als fordere er die Betrachterin auf, sich an dem Spiel zu beteiligen.

»Der kleine Julian.«

Johanna schreckte zusammen und schnellte herum. Der Mann vor ihr war einen Kopf größer als sie und stand so nah bei ihr, dass sie unwillkürlich einen Schritt zurücktrat. Er trug einen schwarzen Anzug mit schwarzem Hemd, und auf dem Kopf thronte ein niedriger Zylinder, der etwas matt und vergriffen wirkte.

»Das Kind ist aus dem Fenster gefallen«, sagte er mit einer Spur Bedauern in der Stimme. »Man sieht ihm den Schädelbruch nicht an, oder?« Er lüpfte seinen Hut und deutete in Johannas Richtung eine Verbeugung an. »Jakob Eilers. Wie kann ich Ihnen behilflich sein?«

Der ausladende Schnurrbart, die dichten Augenbrauen und sein sehr hoher Haaransatz ließen ihn eher wie einen älteren Mann aussehen, aber den kraftvollen Bewegungen merkte Johanna an, dass er wohl erst Anfang bis Mitte dreißig war.

»Ich … ich benötige Ihre Dienste«, sagte sie etwas unsicher.

Aus dunklen Augen musterte er ihre Gestalt. Dabei behielt er den Zylinder pietätvoll in der Hand.

»Mein Beileid«, sagte er und fügte feststellend hinzu: »Sie tragen keine Trauerkleidung. Verzeihen Sie mir diese Anmerkung.«

»Sie brauchen sich nicht zu entschuldigen«, gab Johanna zurück. »Es handelt sich nicht um einen Verwandten, sondern um eine entfernte, mir aber dennoch liebe Bekannte, die verstorben ist.«

Eilers ergriff ihren Unterarm. Das war absolut ungehobelt, zumal sie ihn ohne Begleitung aufgesucht hatte. Johanna versteifte. Eilers zog sie zwei Schritte weiter, wo er sie vor einem anderen Bild wieder losließ. Johanna atmete auf.

»Diese junge Dame verstarb an einem Keuchhusten«, erklärte er.

Die Frau auf dem Bild strahlte in die Kamera, als habe sie zum ersten Mal ihren Liebsten gesehen.

»Sie … sie ist auch tot?«

»Ja, sicher. Ich fotografiere zwar auch lebende Menschen, aber meine Leidenschaft sind die Toten. Hier hängt kein einziges Bild, auf dem keine Leiche zu sehen wäre.« Er unterstrich seine Worte mit einer Geste, die alle Fotografien an den Wänden einschloss. »Aber ich fühle mich stets geehrt, wenn meine Kunden das nicht auf Anhieb erkennen«, fügte er grinsend hinzu. »Ich habe ihr ein Metallgestell in den Mund gespannt, um das Lächeln so echt hinzubekommen.«

Während er den letzten Satz verschwörerisch aussprach, als habe er ihr ein Geheimnis verraten, rückte er immer näher an Johanna heran, bis sie sich fast berührten. Sie blickte dem Mann geradezu in den Mund, so nah stand er bei ihr. Sie roch einen leicht bitteren Atem und drehte ihren Kopf schnell wieder in Richtung des Bildes zurück.

»Schön sieht sie aus, was meinen Sie?«

Johanna nickte vorsichtig.

»Woran ist denn Ihre liebe Bekannte gestorben?«

»Sie wurde ermordet.«

»Ermordet?« Eilers Lippen wurden spitz, und er machte große Augen. »Mordopfer bekommt man nicht alle Tage. Aber – wo sind meine Manieren. Frau …?«

»Fräulein Ahrens«, sagte Johanna leise.

»Fräulein Ahrens. Sehr erfreut!« Er hielt ihr seine Hand hin, damit sie ihre hineinlegte. Dann ergriff er sie erstaunlich zart und führte sie zu seinem gesenkten Kopf.

Seine Lippen berührten ihre Haut nicht, aber es fehlte sicherlich nicht mehr als ein Millimeter. Es kam ihr vor, als wolle er an ihr riechen. Ein Haar seines Bartes kratzte über ihren Handrücken. Sie wünschte, sie hätte Handschuhe angezogen. Johanna entzog ihm die Hand, da er keine Anstalten machte, sie von sich aus wieder loszulassen.

»Folgen Sie mir!« Seine sonore, eigentlich wohlklingende Stimme wurde von einem Wink der Hand begleitet, in der er den Hut hielt. Er zeigte auf einen der Vorhänge und zog ihn zur Seite. Ein kurzer, schmaler Gang wurde sichtbar, an dessen Ende ein weiterer Vorhang den Blick auf den nächsten Raum versperrte.

»Bitte, bitte!«, forderte er sie auf, vorzugehen.

»Wohin wollen Sie mich bringen?«, fragte Johanna skeptisch.

»Im Atelier können wir uns besser unterhalten. Ich muss doch wissen, was für eine Fotografie Sie wünschen. Also gehen Sie!«

Johanna trat zögerlich in den Gang. Als Eilers den Vorhang hinter ihr zuzog, wurde es dunkel. Hätte sie Anita sagen sollen, wohin sie ging? Jetzt war sie hier ganz alleine mit diesem eigenartigen Mann.

Sie eilte vor und riss den Stoff zur Seite. Ein zweiter, quer verlaufender Gang tat sich auf, der aber immerhin durch ein Fenster zur Straße beleuchtet war. An den Wänden hingen weitere Fotografien, ausnahmslos Menschen, die mit geschlossenen Augen und bekleidet mit Leichenhemden in Betten lagen. Johanna spürte einen Schauer über ihren Rücken fahren. Die feinen Härchen auf ihren Unterarmen stellten sich auf.

»Hier hängen Aufnahmen im Totenbett. Ich bevorzuge es, die Toten so darzustellen, als könne man ihren Puls fühlen, ihren Herzschlag spüren«, sagte er und fügte hinzu: »Wir gehen nach links, Fräulein Ahrens. Gehen Sie, gehen Sie! Die Tür ist offen.«

Johanna stieß sie unsicher auf. Sie wurde geblendet, so hell erschien ihr der weite Raum, der sich vor ihr öffnete. Durch deckenhohe Fenster fiel ausreichend Tageslicht herein. Dahinter befand sich ein für die Lage des Hauses in der Stadt erstaunlich großer, von einer hohen Mauer umfriedeter Garten, der dringend der Pflege bedurfte, wie sie mit einem kurzen Blick feststellte.

An einer Wand des Raums waren Schienen angebracht, in die offenbar verschiedene Hintergründe geschoben werden konnten. Im Moment hing dort ein recht einfach gemaltes Bild, das das Innere eines italienischen Palazzo mit Säulen und einem Blick auf toskanische Hügel darstellte. Eine hüfthohe Säule stand davor auf einem orientalischen Fransenteppich, darauf ein Topf mit Efeu, dessen lange Ranken kunstvoll ausgelegt waren. Auf einem Stuhl neben der Säule saß ein älterer Herr und blickte streng in die Ferne. Johanna erschrak.

»Oh, ich hätte Sie vorwarnen sollen. Ich muss Herrn von Hanten noch fertig machen.«

»Das ist Werner von Hanten?«, fragte Johanna schockiert.

»Sie kennen ihn?«

Johanna schüttelte den Kopf. Sie konnte den Blick nicht von dem Mann nehmen, der mit seinem weißen Bart und in einen dunklen Anzug gekleidet wie lebend in Richtung der auf hölzernen Stativbeinen stehenden Kamera blickte, die die Mitte des Raums einnahm. Etwas daneben standen ein Rollstuhl und eine Sackkarre. Offenbar zum Bewegen der Toten.

Werner von Hanten war Patriarch der Familie eines entfernten Bekannten ihres Vaters gewesen. Johanna hatte mitbekommen, dass er vor wenigen Tagen gestorben war, und ihr Vater plante, der Familie am morgigen Sonntag bei der Beerdigung zu kondolieren.

Offensichtlich hatten die von Hantens vorher noch ein Bild ihres Vaters beauftragt, das ihn in Florenz oder einer anderen Stadt Norditaliens zeigen sollte. Hinter dem Toten machte Johanna ein schweres, verstellbares Metallgestell aus verzweigten Rohren und Verbindungsstücken aus, das zum Teil unter die Kleidung des toten Mannes fuhr.

»Er ist daran festgeschnallt?«, fragte sie.

»Mit Eisenbändern, richtig«, bestätigte Eilers erfreut. »Sonst würde sein Körper einfach vom Sitz kippen.«

Sie starrte von Hanten weiter wie gebannt an. Die Augen wirkten wach und klar, aber – natürlich – zwinkerte er kein einziges Mal.

»Die Augen sind aus Glas, sonst wären sie zu stumpf«, sagte Eilers und fügte mit einem Wink auf eine Sitzgruppe aus einem Tisch und vier Korbgeflechtstühlen hinzu: »Tee?«

»Nein, danke. Ich habe keinen Durst.«

Er bot Johanna einen Platz an, und sobald sie saß, schob er ihren Stuhl an den Tisch. Ohne die besonderen Umstände und eine Leiche im Rücken hätte das fast normal wirken können. Doch direkt im Anschluss gelang es Eilers, Johanna noch mehr zu verunsichern.

»So schöne junge Frauen besuchen mich selten«, sagte der Fotograf schmeichelnd und wählte den Platz direkt neben ihr. Zu ihrem Unbehagen kam er ihr sogar ganz nah. Sie rückte ab, er rückte nach.

»Das ist mir zu viel Nähe!«, brachte sie schließlich hervor.

Eilers blickte sie verwirrt an. »Oh, verzeihen Sie«, sagte er dann und zog seinen Stuhl ein Stückchen zurück.

»Ich wollte Sie nicht bedrängen. Ich habe so viel mit Toten zu tun, dass ich mich im Umgang mit den Lebenden manchmal recht tölpelhaft anstelle. Mein Onkel ist überzeugt, dass ich aus dem Grund noch Junggeselle bin. Als Fräulein sind Sie auch unverheiratet, nicht wahr?«

»Das tut nichts zur Sache«, antwortete sie kurz.

Der Abstand war jetzt immerhin groß genug, dass Johanna sich nicht ganz bedrängt fühlte. Trotzdem sah sie sich suchend nach der nächsten Tür um. Eine Doppeltür aus Glas führte zu einer Rampe in den Garten, eine weitere tiefer ins Haus. Und natürlich gab es den Weg, den sie hereingekommen waren.

»Selbstverständlich, Fräulein Ahrens«, sagte Eilers mit einer knappen Verbeugung des Oberkörpers und sprach dann weiter: »Man denkt leichtfertig, Tote hätten alle Zeit der Welt, aber in Wirklichkeit bleibt nach dem Ableben und der Totenwache oft nur ein kurzer Zeitraum, um sich um den Verstorbenen zu kümmern. Der Termin für die Beerdigung steht meist schon fest und lässt sich naturgemäß nicht zu weit nach hinten schieben. Natürlich kann ich einiges tun, um den Verwesungsprozess zu verlangsamen, aber … Ach, das interessiert Sie sicher gar nicht. Ich wollte eigentlich nur erfahren, wie lange die Betroffene schon tot ist.«

»Seit vorgestern«, antwortete Johanna.

»Sie sagten, sie wurde ermordet …«

»Zahlreiche Messerstiche in den Rücken«, berichtete sie und drehte sich kurz zu dem in ihrem Rücken sitzenden Toten, um sicherzugehen, dass er sich nicht bewegt hatte.

»Ich habe die Leiche meiner Freundin identifiziert und fürchte nun, mich nur noch an sie als Tote zu erinnern«, fuhr sie fort. »Darum dachte ich …«

»… dass Sie sich an ihr Gesicht in einer friedlicheren Situation erinnern wollen«, vervollständigte Eilers ihren

Satz. »Ich verstehe, ich verstehe. Nun, das kann ich Ihnen bieten. Vielleicht in einem Blumengarten? Ich habe einen sehr schönen Hintergrund mit wunderschönen Rosen. Ihre Freundin könnte einem Vogel Futter hinhalten. Ich müsste irgendwo noch ausgestopfte Spatzen und Meisen dahaben. Das würde ein wundervolles Bild ergeben!«

»Ich weiß nicht, ob ihrem Mann das recht wäre. Er soll entscheiden, ob er so etwas oder einfach ein Porträt haben möchte.«

»Ah, sie war verheiratet. Dann wird der Witwer mein Auftraggeber sein?«

»Nein, das wäre ich. Der Mann der Toten könnte sich Ihre Dienste nicht leisten. Er weiß bislang auch noch nichts von meinem Vorhaben. Da er nicht sonderlich gut auf mich zu sprechen sein dürfte, hätte ich Sie gerne als neutrale Person dabei, wenn ich ihm davon erzähle.«

»Verstehe ich recht, dass *Sie* mein Honorar übernehmen würden?«

»So ist es.«

»Sie sagen, der Witwer könne nicht gut auf Sie zu sprechen sein. Ich will Sie nicht fragen, wieso, aber was ist, wenn er seine Einwilligung nicht gibt?«

»Dann zahle ich Ihnen eine angemessene Entschädigung«, sagte Johanna. »Aber bevor es so weit kommt, werde ich ihm anbieten, sonst auch die Kosten einer würdigen Bestattung zu tragen.«

»Sie sind eine großzügige Frau«, sagte Eilers schmeichelnd.

»Ich denke, ich bin es ihm schuldig.«

»Falls er zustimmen sollte, müsste er uns ins Leichenhaus begleiten, damit wir die Tote dort abholen können. Wo liegt Sie? In St. Georg?«

Johanna nickte.

»Am besten nehmen wir dann direkt eine Leichenkutsche«, schlug er vor. »Das Bestattungsinstitut meines Onkels liegt nur wenige Minuten Fußweg entfernt. Wenn ich Ihre Freundin im Keller habe, kann ich Herrn von Hanten aufladen.«

Johanna wollte vor allem raus aus diesem Gebäude und war dankbar, dass sich nun so schnell die Möglichkeit bot. Zumal sie sich selbst im Vorfeld keinerlei Gedanken darüber gemacht hatte, wie sie Ansje aus dem Leichenhaus bekommen würden.

Sie stand auf und wandte sich zum Ausgang.

»Wollen Sie vorher noch meine Dunkelkammer sehen? Sie ist im Keller.«

Johannas »Nein« kam sehr schnell und bestimmt.

Kapitel 9

Samstag, 23. April 1887

Als der Jutebeutel gegen sein Bein schlug, streckte Rieker den Arm etwas weiter aus. Der Inhalt des Sacks wog schwer. Neben dem toten Kater hatte er zwei Backsteine hineingepackt.

Der Fund der getöteten Katze hatte ihm gestern Abend viel zu denken gegeben. Beim Reinigen des Anzugs und der Schuhe hatte er sich unablässig gefragt, wer wohl in seiner Wohnung gewesen war. Es fehlte nichts, und er hatte auch nicht den Eindruck, als sei sein Hab und Gut durchsucht worden. Nur die tote Katze und die eigenartige Nachricht bewiesen, dass ihm jemand Angst machen wollte. Aber wer sollte das tun? Und warum? Zumal eigentlich niemand wusste, wo er wohnte.

Darüber hinaus hatte er überlegt, ob er zu Heinzchen gehen und ihm die tote Katze geben sollte. Doch je länger er abgewartet hatte, desto stärker war die Ahnung geworden, dass der Türsteher nicht gut darauf reagieren würde. Er hatte das Tier aber auch nicht einfach aus dem Fenster oder auf einen Müllhaufen werfen können. Dafür hatte er Birnes beruhigendes Schnurren zu sehr gemocht.

Ohne einen Spaten fiel auch das Vergraben als Lösung

weg, sodass letzten Endes eine Seebestattung die einzige Option zu sein schien.

Während Rieker zu den nahen Landungsbrücken marschierte, dachte er noch einmal daran, wie oft er geflucht hatte, wenn Birne wieder in seine Wohnung eingedrungen und auf dem Fußteil seines Bettes eingeschlafen war. Als er dann ankam, warf er den Beutel in weitem Bogen ins Wasser. Die Norderelbe verschluckte den Sack samt Kater, als habe es beide nie gegeben.

Auf dem Weg zur Wache wanderten seine Gedanken von dem toten Tier zu Ansje Kalferer. In einer Stadt wie Hamburg war es so leicht, eine Leiche verschwinden zu lassen. Man brauchte einen Sack und ein paar Gewichte. Fertig. Da stellte sich doch die Frage, warum der Mörder sein Opfer, in eine dreckige Wolldecke gewickelt, zu einem alten Lagerhaus geschleppt hatte. Das ergab keinen Sinn!

In der Wache wartete sein Sekretär bereits auf ihn. Es bereitete Rieker eine gewisse Genugtuung, dass Kracht seinen Aufzug musterte. Die Schuhe glänzten wieder, Anzug und Mantel waren flecken- und tadellos, und die Melone landete mit einem treffsicheren Wurf auf dem Kleiderständerhaken.

»Was hat der Abgleich der Wunden mit dem Messer ergeben?«, wollte Rieker zuerst wissen.

»Dass die nicht von Kalferers Messer stammen«, antwortete Rieker. »Immerhin können wir das jetzt ausschließen.«

»Gut. Was haben wir sonst?«, fragte Rieker, während er auf seinem Stuhl Platz nahm. Sich die bisherigen Erkenntnisse vergegenwärtigen, alles ordnen und Maßnahmen für den neuen Tag ausarbeiten – so hatte Kleinschmidt es ihm beigebracht. »Fassen Sie zusammen, Kracht!«

»In der Nacht von Donnerstag auf Freitag wurde Ansje Kalferer an einem bisher unbekannten Ort mit zahllosen Messerstichen in den Rücken ermordet«, begann der Criminalsekretär.

»Wir wissen, dass sie fünfundzwanzig Jahre alt war, seit vier Jahren verheiratet mit Jörg Kalferer, der als Hilfsarbeiter im Hafen beschäftigt ist«, ergänzte Rieker. »Aber wir wissen noch mehr.«

Kracht nickte. »Sie hat als Verkäuferin auf dem Großen Neumarkt gearbeitet, Blumen gebunden und manchmal geholfen, Fische auszunehmen. Und sie hat sich gelegentlich als Hure verdingt, um die Schulden ihres Mannes bezahlen zu können.«

»Allerdings nur ein- bis zweimal im Monat, wenn wir dem glauben können, was ihr Mann uns gesagt hat«, ergänzte Rieker. »Und wenn er überhaupt alles wusste.«

Er sah zum Fenster hinaus. Durch ein paar Lücken in den Wolken fielen Sonnenstrahlen auf die Dächer Hamburgs, ein Anblick, der sich einem in den vergangenen Wochen nur selten geboten hatte.

»Und zu guter Letzt wissen wir über sie, dass sie Unterricht in der Schule dieser Johanna Ahrens hatte. Eigentlich hatte man sie gestern dort erwartet, aber sie ist nicht erschienen. Ihr Mann hatte sie derweil nicht vermisst, weil sie bei einem unbekannten Freier war. Was können wir aus alldem schließen? Was sind die nächsten Schritte?«

Kracht zuckte mit den Schultern.

»Na, wir halten uns an die Personen, mit denen wir es schon zu tun hatten«, erklärte Rieker seinem Sekretär. »Auch wenn das Messer nicht die Mordwaffe war, sollten wir das Alibi von Jörg Kalferer überprüfen. Das machen am besten Sie, Kracht. Dann will ich herausfinden, wer diese Johanna Ahrens ist. Stellen Sie einen Wachmann ab, der in Erfahrung bringt, wer die Schulräume an sie vermietet. Vielleicht wissen ja auch Frauen in der Umgebung etwas über sie.«

Kracht machte sich eifrig Notizen.

»Und ich werde mir noch mal die Leiche ansehen und Jens Johansen einen Besuch abstatten«, schloss Rieker.

»Achtfinger-Jens? Wirklich?«, fragte Kracht überrascht. »Sie können da doch nicht alleine hin! Mit dem ist nicht zu spaßen.«

»Das ist mir durchaus bewusst. Aber es dürfte mehr Eindruck machen, wenn ich alleine in die Höhle des Löwen gehe, statt Sie mitzunehmen. Für eine informelle Anfrage ist es so vielleicht am besten.«

Es klopfte. Ein Criminalassistent, der niedrigste Rang der Hamburger Criminalpolizei, öffnete auf Riekers Ruf die Tür.

»Was gibt es?«

»Da ist ein Stadtstreicher, der Sie sprechen will«, sagte der junge Mann.

»Ein Stadtstreicher? Mich?«

Rieker kam sofort die tote Katze in den Sinn. Er verwarf den Gedanken aber gleich wieder.

»Er meint, er war vorgestern Nacht in dem Lagerhaus, wo sie die Leiche gefunden haben.«

Rieker sprang auf. »Wirklich? Wo ist er?«

»Er wartet vor der Tür.«

»So jemanden müssen Sie reinholen, Mann!«

»So wie der gestunken hat, besser nicht«, gab der Assistent zurück, während Rieker sich schon an ihm vorbeidrückte.

Als er erwartungsvoll vor die Tür trat, war da kein Stadtstreicher zu sehen. Rieker drehte sich in alle Richtungen.

»Oh, er ist weg?«, meinte Kracht besorgt, als er ihn, gemeinsam mit dem anderen Assistenten, eingeholt hatte.

Rieker antwortete nicht, sondern rannte los. Er hatte wirres Haar unter einem schmutzigen Filzhut entdeckt. Der Besitzer hinkte in Richtung Brücke. Als sich ein Pferdewagen vor ihn schob, verlor Rieker den Mann aus den Augen. Er nahm die Verfolgung auf. Um einen Überblick zu gewinnen, sprang er in die Luft – genau in dem Moment, als sich der Kerl umdrehte. Ihre Blicke trafen sich.

Definitiv ein Stadtstreicher. Bestimmt fünfzig Jahre alt. Er lief an einer Krücke und trug einen Seesack als Tasche sowie einen schwer am Rücken baumelnden Rucksack. Die Leute in seiner Nähe wandten sich angewidert von ihm ab.

Rieker lief durch die Menschenmenge weiter auf ihn zu, doch der Stadtstreicher hatte bemerkt, dass er verfolgt wurde. Ungelenk humpelnd eilte er davon.

»Bleiben Sie stehen, verdammt!«, rief Rieker, als er ihm nahe gekommen war.

Der Kerl reagierte nicht auf seinen Befehl, sondern bog

an der nächsten Ecke in die Seitenstraße ab. Rieker hatte ihn schon fast erreicht und eilte ihm hinterher. Beinahe wäre er in den schwer atmenden Mann gelaufen, der hinter der Ecke den Seesack fallen gelassen hatte und auf die Krücke gestützt versuchte, zu Atem zu kommen. Er stank nach einer Mischung aus Schweiß, Alkohol und Fäkalien.

»Ich … ich hab nichts getan!«, versicherte der Stadtstreicher.

Rieker baute sich vor ihm auf. Unrasiert war er, hatte sich definitiv seit mehreren Tagen nicht mehr gewaschen und steckte in einer löchrigen Hose, die offensichtlich einst einem stärker gebauten Mann gehört hatte und ihm um die Hüften schlackerte.

»Wieso rennst du weg, wenn du nichts getan hast?«

»Ich habe nichts getan!«, wiederholte er. »Bitte, lassen Sie mich gehen.«

»Du warst in der Lagerhalle?«

Die Augen des Stadtstreichers weiteten sich, und seine Pupillen zuckten in dem blutunterlaufenen Weiß. Er schüttelte den Kopf.

»Ich habe nichts getan!« Er hob den Seesack wieder an, in dessen Tiefen Glasflaschen klirrend aneinanderschlugen, und versuchte, sich an Rieker vorbeizudrängen.

»Zuerst reden wir miteinander!« Der Commissar stellte sich ihm in den Weg, wobei er sich sehr bemühte, den Mann nicht zu berühren. Sonst wäre sein Anzug wahrscheinlich gleich wieder dreckig geworden.

»Folgen Sie uns!«

Kracht und der junge Criminalsekretär waren mittlerweile ebenfalls bei ihnen angelangt, sodass dem Stadtstreicher nicht anderes übrig blieb, als zwischen ihnen, leise vor sich hin fluchend, zum Stadthaus zu humpeln.

Wenig später saßen sie in einer Kammer, die ab und zu für Verhöre genutzt wurde. Das vergitterte Fenster, das auf den Lichthof hinausführte, hatten sie weit geöffnet, denn der Gestank, der von Eddi Strauß ausging, war in negativem Sinne atemberaubend.

»Wieso bist du abgehauen, Eddi?«

»Ich hab's mir eben anders überlegt«, erklärte er und verschränkte die Arme, die in einem schmutzigen Hemd steckten.

Die Jacke hatte er ausgezogen. Sie lüftete über der ans Fensterbrett gelehnten Krücke aus. Daneben lagen Ruck- und Seesack auf dem Boden. Eddi warf immer wieder einen prüfenden Blick auf seine Habseligkeiten, als fürchte er, sie könnten ihm gestohlen werden.

»Dann solltest du es dir erneut anders überlegen und mir erzählen, weshalb du gekommen bist. Wegen des Mädchens?«

Eddis Gesicht wurde weicher, der Blick aus seinen glasigen Augen richtete sich in die Ferne.

Kracht kam mit einer Flasche Kümmel und einem kleinen Schnapsglas in den Raum und zog die Nase kraus.

»Hast du Durst?«, fragte Rieker.

Eddis Augen weiteten sich, als er beobachtete, wie Kracht den Korken aus der vollen Flasche zog und das Glas vor ihm bis zum Rand füllte. Der Stadtstreicher griff hastig danach und verschüttete die Hälfte. Die andere verschwand gleich in seinem Mund. Die restliche Flüssigkeit schob er mit einem Finger über den Tischrand in seine Hand und schlürfte den Schnaps weg.

»Noch einen!«, bat er. »So gutes Zeug bekomme ich selten.«

»Erst unterhalten wir uns. Wenn du mir alles erzählst, kannst du den Kümmel ganz haben«, schlug Rieker vor.

Eddi nickte eifrig.

»Hast *du* der Frau das angetan?«, fragte Rieker.

Eddi sah ihn panisch an. »Nein, nein, nein. Hab ich nicht!«

»Ich glaub dir ja«, sagte Rieker beschwichtigend. »Erzähl mir einfach, was du gesehen hast.«

»Eigentlich erst mal nicht viel«, begann er etwas ruhiger. Eddi erzählte, wie er mit einem Saufkumpan in das alte Lagerhaus eingedrungen war, sie sich früh zum Schlafen gelegt hatten und schließlich von einem Geräusch geweckt worden waren.

»Ich hab gedacht, der Kerl würde uns holen wollen«, sagte er düster.

»Hast du gesehen, dass es ein Mann war?«

»Nee, aber das hört man. So geht doch keine Frau.«

Er rückte etwas zurück und trampelte schwer auf den Boden, um zu zeigen, wie es geklungen hatte. Dabei beschrieb er, wie die Schritte auf dem Rückweg erneut an ihnen vorbeigegangen und Paule und er nach dem Verschwinden des Mannes losgeeilt waren, um zu sehen, was der Mann in dem stillgelegten Lagerhaus gewollt hatte.

»Und dann haben wir sie gefunden«, erzählte er, lehnte sich im Stuhl zurück und streckte beide Beine in weitem Winkel aus.

Rieker runzelte die Stirn.

»So hat sie da gesessen«, erklärte Eddi. »Ganz bleich und ohne eine Bewegung. Da war mir klar, dass die da nicht aus Spaß hockt.«

Eddi setzte sich wieder normal hin.

»Sie saß breitbeinig da?«, fragte Rieker alarmiert.

»Es gab nichts, was man nicht sehen konnte«, sagte der Stadtstreicher. »Kann ich noch einen?«

Rieker nickte Kracht zu, der Eddi das Glas erneut füllte.

»Also habt ihr sie in die Decke gewickelt?«, fragte Rieker erstaunt.

Eddi nickte. »Wir konnten sie doch nicht so da sitzen lassen. Die arme Deern! Und als Paule den Rücken gesehen hat, hat er in die Ecke gekotzt.«

Rieker atmete durch. Das änderte alles. Rieker hatte die ganze Zeit nicht zusammengebracht, wieso der Mörder sein Opfer zwar in eine schmutzige Decke gewickelt, aber dann nicht ins Wasser geworfen hatte, wie er selbst es vorhin mit Heinzchens Kater gemacht hatte. Dass sie vollkommen nackt hingesetzt worden war, sodass ihre intimsten Stellen präsentiert wurden, war ein deutliches Zeichen, dass der Mörder sie auch nach ihrem Tod noch demütigen wollte. War es eine Anklage, dass sie sich fremden Männern so gezeigt hatte, weil sie als Prostituierte gearbeitet hatte?

Eddi trank den nächsten Schnaps und wirkte zufrieden mit sich.

»Habt ihr dem Mädchen den Ring abgenommen?«, fragte Rieker.

»Ich bin doch kein Leichenfledderer!«, rief Edi empört und ergänzte: »Ein Ring ist mir gar nicht aufgefallen.«

»Hast du eine Ahnung, wie spät es war, als der Mann ins Kontor gekommen ist?«

»'ne goldene Taschenuhr hab ich leider nicht. Und der Paule schon dreimal nicht.«

»Denk nach!«, forderte Rieker. »Wie spät war es ungefähr?«

»Es muss nach zehn gewesen sein«, sagte Eddi nach einem längeren Blick an die Decke. »Als wir in das Kontor rein sind, war es halb zehn. Und dann haben wir noch ein bisschen gebechert, vielleicht eine halbe Stunde. Lange geschlafen haben wir jedenfalls nicht, bis der Kerl das Mädchen gebracht hat. Als wir raus sind, hat es halb zwölf geschlagen.«

»Also muss der Mann zwischen etwa halb elf und elf Uhr gekommen sein.«

Eddi nickte.

Das war letztlich eine genauere zeitliche Eingrenzung geworden, als Rieker jemals gedacht hätte. Er sah, dass Kracht sich Notizen machte. Guter Junge.

»Ist dir sonst noch irgendetwas aufgefallen?«

Eddi schüttelte den Kopf.

»Gar nichts?«

»Er hatte schwere Schuhe an. Das klang so.« Er machte erneut die Schrittgeräusche, aber diesmal nicht so hektisch. Klock, klock, klock. »Aber wir haben uns versteckt und sind erst raus, als er fort war. Hab ich doch schon gesagt. Wisst ihr, wer das Mädchen war?«

Rieker nickte, sagte aber nichts dazu.

»Ich hoffe, ihr findet das Schwein, das ihr das angetan hat!«, knurrte der Stadtstreicher und blickte Rieker eindringlich an. »So einer gehört totgeschlagen! So eine arme Deern! Ich kann nicht mehr schlafen seitdem.«

»Wir werden den Mörder fassen, Eddi!«, sagte Rieker bestimmt. »Wenn dir noch etwas einfällt, dann komm zu uns.«

»Ich kann gehen?«, fragte der Stadtstreicher zögerlich mit einem langen Blick auf die zu zwei Dritteln gefüllte Flasche.

Rieker nickte. Er kramte ein paar Münzen aus seiner Tasche und legte sie auf den Tisch.

»Nimm dir ein Zimmer, und wasch dich mal richtig!«, sagte er. »Kracht bringt dich raus.«

Kapitel 10

Samstag, 23. April 1887

Ein junger Schutzmann lungerte vor dem Eingang der Schulräume herum und musterte mit leicht gelangweilt wirkender Miene alle Vorübergehenden. Währenddessen trugen ein paar Männer Kisten in das Haus.

Eigentlich hatte Johanna vorgehabt, kurz in der Schule vorbeizusehen. Doch das ließ sie nun lieber sein. Sie wurde das Gefühl nicht los, dass der Polizist ihretwegen hier war. Offenbar suchte der Criminalcommissar nach ihr. Johanna setzte ein gleichgültiges Gesicht auf und marschierte an dem Uniformierten vorbei, als habe sie ein klares Ziel vor Augen.

Sie ärgerte sich, dass sie diesem Rieker gestern von der Schule erzählt hatte. Dass sie ihm ihren echten Namen genannt hatte, war natürlich fast noch der schlimmere Fehler gewesen. Allerdings gab es in Hamburg eine Menge Familien mit dem Namen Ahrens. Sie konnte nur hoffen, dass er sie nicht mit Richter Hans Ahrens in Verbindung brachte.

Lea, die in der Schule half, lebte ganz in der Nähe in einem Fachwerkhaus, das kaum heruntergekommener hätte aussehen können. Johanna hatte sie dort erst ein einziges Mal besucht und dabei die Sorge nicht abschütteln können, dass das Haus jeden Moment über ihnen zusammenbrechen könnte. Leas Wohnung lag direkt unter dem Dach. Johanna mochte sich gar nicht vorstellen, wie sie dort den Winter über lebte. Der winzige Ofen konnte sicher nicht so schnell heizen, wie die Wärme durch das schlecht gedeckte Dach wieder abzog.

Lea hatte nach dem Tod ihres Mannes eine Arbeit gebraucht und fertigte nun Strohblüten an, die sie an Hutmacher verkaufte. Dass man davon nicht reich wurde, war klar. Johanna zahlte ihr außerdem etwas für die Vorbereitung des Unterrichts, was die ältere Frau sehr glücklich gemacht hatte.

Es war Lea sichtlich unangenehm, Johanna hereinzubitten. Es regnete gerade nicht, trotzdem standen drei Eimer im Zimmer bereit, um durchdringendes Wasser unter den undichtesten Stellen des Daches aufzufangen. Der winzige Raum diente sowohl zum Leben als auch zum Arbeiten. Es gab zwei Stühle, von denen einer so übervoll mit Strohblumen belegt war, dass Lea Johanna ihren Sitz anbot und selbst stehen bleiben wollte.

Doch Johanna lehnte dankend ab. Sie hatte nicht vor, sich lange hier aufzuhalten.

»Es ist so schrecklich«, stöhnte die ältere Frau auf. »Die arme Ansje.«

Der Tod der Nachbarin hatte sich schneller im Viertel herumgesprochen, als Johanna gedacht hätte. Offenbar war auch der Schutzmann vor der Schule daran nicht ganz unbeteiligt. Lea berichtete, dass sie ihn angesprochen habe, um zu erfahren, was er dort tue, und der junge Mann hatte ihr die Gründe für seine Anwesenheit nicht verschwiegen.

»Du hast aber nichts über mich gesagt, oder?«, fragte Johanna.

»Er wollte von mir wissen, wer in der Schule unterrichtet.« Schuldbewusst blickte sie zu Boden. »Ich habe deinen Namen gesagt. War das etwa falsch?« Sie wirkte besorgt.

»Nein, gar nicht«, meinte Johanna beschwichtigend und legte ihr eine Hand auf den Unterarm.

Wieder einmal war sie froh, dass keine der Frauen wusste, wer sie wirklich war. Man kannte ihren Namen, aber dass sie die Tochter eines der höchsten Richter Hamburgs war, hatte sie nicht einmal Lea verraten. Wahrscheinlich hatten die meisten Leute in den Gängevierteln noch nie von einem Richter Hans Ahrens gehört.

Allerdings dürfte es nur eine Frage der Zeit sein, bis sich dieser Rieker bei einer Person nach ihrem Namen erkundigte, die ihren Vater kannte. Es würde schwer werden, ihren Eltern zu erklären, dass sie, statt zum Einkaufen oder in die Kirche zu gehen, wie eine Sozialistin arme Leute in den Gängevierteln unterrichtete. Hätte sie nur von Anfang an einen falschen Namen benutzt! Aber wer konnte schon damit rechnen, dass so etwas passierte?

»Weißt du, ob Ansje eine richtige, besonders gute Freundin hatte?«, fragte sie die Ältere. »Ich weiß, dass Wiebke ganz in der Nähe ihrer Wohnung lebt.«

»Ja, das stimmt, aber die beiden sind nicht so eng miteinander. Aber vielleicht die Heidi Jenssen. Die zwei sieht man öfter zusammen.« Lea setzte ein schuldbewusstes Gesicht auf. »Ich meine, man hat sie öfter zusammen gesehen. Ach Gott! Was willst du von ihr?«

»Ich will nur etwas mehr über Ansje erfahren.« Johanna umarmte Lea kurz und kaufte ihr zehn ganz kleine Strohblüten ab, die sie in ihre Tasche wandern ließ. Johanna tat es nicht weh, und Lea konnte das Geld gut gebrauchen.

Johanna traf Heidi Jenssen wenig später in der Bäckerei an, die Lea ihr genannt hatte. Sie war gerade mit der Arbeit fertig und klopfte im Hinterzimmer ihre mehlbestäubte Kleidung ab. Heidi Jenssens Augen sahen aus, als habe sie geweint.

»Was willst du?«, fragte sie mit einem feindseligen Unterton in der rauen Stimme.

»Über Ansje reden.«

Die Frau musterte sie skeptisch. Gleichzeitig sah Johanna, wie ihrem Gegenüber erneut die Tränen in die Augen schossen.

»Du warst eng mit Ansje befreundet«, bemerkte sie, doch Heidi Jenssen schüttelte streng den Kopf.

»Nicht hier«, bestimmte sie.

Sie verließen den kleinen Laden gemeinsam durch die Vordertür. Johanna folgte der Frau, die schnellen Schrittes durch den gerade wieder einsetzenden Nieselregen eilte.

»Also, was will so ein feines Ding hier in der echten Welt?«

»Ich bin gar nicht so fein, wie du denkst«, gab Johanna ebenso bissig zurück. Dabei durfte sie gar nicht daran denken, was die Frau erst sagen würde, wenn sie ihre normale Kleidung tragen würde! »Ansje ist ab und zu in meine kleine Schule in der ehemaligen Schusterei gekommen.«

Heidi Jenssen blieb stehen und zog ihr Kopftuch fester.

»Du bist das mit der Schule?«

Johanna nickte.

»Ansje hat erzählt, dass du in Ordnung bist. Sie wollte sogar, dass ich auch mal mitkomme.« Heidi Jenssen wirkte nun einen Deut freundlicher und ging etwas langsamer weiter.

»Du bist immer gerne gesehen. Rechnen, Lesen und Schreiben machen uns Frauen stark.«

»Ansje hat es ja nicht viel gebracht«, sagte Heidi, blieb dann aber stehen und legte Johanna eine Hand auf den Unterarm.

»Es tut mir leid, du kannst ja nichts dafür. Es ist nur …« Sie begann zu schluchzen.

Johanna spürte, dass es der jungen Frau sehr unangenehm war, ihre Gefühle in der Öffentlichkeit zu zeigen. Sie kramte in ihrer Jackentasche und förderte das Stofftaschentuch hervor, das sie gestern hatte reinigen lassen. Es zeigte die Initialen HR für Hermann Rieker. Johanna zuckte mit den Schultern und reichte es der weinenden Frau.

Heidi Jenssen wischte sich die Tränen aus den Augen und schnäuzte sich in das Taschentuch. Als Johanna ihr Gesicht wieder sah, wirkte es zornig.

»Ich kann es einfach nicht glauben, dass er ihr so etwas angetan hat!«

»Wen meinst du? Weißt du etwa, wer sie umgebracht hat?«

»Es kann nur einer gewesen sein.«

Vereinzelte dickere Tropfen trafen auf Johannas Hutkrempe. Sie bedauerte Lea, in deren Wohnung sich nun wieder die Eimer füllen würden. Doch ihr selbst war es egal, dass sie nass wurde. Sie blieb an Heidi Jenssens Seite und hoffte, nun einen Namen zu erfahren.

Die fasste sich endlich ein Herz und sprach schließlich verschwörerisch leise weiter: »Ansje hat einiges an Geld verdient.«

»Sie hat sich verkauft«, flüsterte Johanna zurück, obwohl die Leute, die durch den leichten Regen eilten, sicherlich nicht ihrem Gespräch lauschten.

Heidi Jenssen nickte. »Aber nicht einfach so an jeden beliebigen Kerl, sondern nur an Männer mit Geld. Und nur ab und zu, wenn sie die Mäuse gebraucht hat.«

»Weißt du, welche Männer das waren?«

»Seit drei Monaten nur noch dieser eine. Der hat ihr sogar extra was bezahlt, um sie ganz für sich zu haben. Dabei ist sie gar nicht gerne zu ihm, weil er unberechenbar war und gewalttätig sein konnte.«

»Was heißt das?«

»Na, er hat sie im Bett nicht immer gut behandelt. Einer von den Kerlen, die vordergründig den Kavalier geben, denen es aber Spaß macht, einer Frau wehzutun. Danach war er dann weinerlich wie ein kleiner Junge. Wenn die Bezahlung nicht so gut gewesen wäre, hätte sie sich wahrscheinlich von ihm ferngehalten. Vor allem auch, weil er sich zu allem Übel noch in sie verliebt hat. ›Seine Königin‹ hat er sie genannt.«

Johanna versuchte, das Gesagte zu verstehen. Sie selbst hatte bisher keine leibhaftige Erfahrung mit Männern gesammelt, ausgenommen das kleine Techtelmechtel mit dem Sohn des früheren Kutschers. Doch über die Zärtlichkeiten, die sie mit ihm als Fünfzehnjährige ausgetauscht hatte, würde eine gestandene Frau sicher nur lächeln.

»Du hast keine Ahnung, wovon ich rede, oder?«, sagte Heidi Jenssen in dem Moment, als hätte sie Johannas Gedanken gelesen. »Es gibt Männer, die sind zärtlich. Andere Kerle nehmen sich, was sie wollen. Beides kann seinen Reiz haben. Aber dann gibt es die, die es nötig haben, eine Frau zu schlagen. Oder ihr Schlimmeres anzutun. So einer war das Schwein.«

Sie näherte sich Johanna und senkte die Stimme noch weiter.

»Beim letzten Mal hat er ihr sehr wehgetan«, flüsterte sie.

»Wie?«, fragte Johanna ebenso leise.

Ihr Gegenüber überlegte und zog sie verschwörerisch zu einer Hauswand.

»Allein der Gedanke jagt mir wieder einen eiskalten Schauer über den Rücken«, sprach sie endlich und vergewisserte sich, dass niemand in Hörweite war. »Er hat sie angebunden und geknebelt. Und dann mit hundert Stichen einer ganz dünnen Nadel in die Brüste gequält.«

Johanna atmete erschrocken ein.

»Ansje war völlig aufgelöst, als er sie einen Tag später gehen ließ. Sie kam danach erst mal zu mir. Es war entsetzlich! Ihre Brüste waren mit Einstichen übersät, dick geschwollen und entzündet. Sie hatte eine Woche lang arge Schmerzen.«

»Ich dachte, er war verliebt in sie?«, fragte Johanna entsetzt. Sie fühlte sich ganz schwach.

»Ja. Nachdem er ihr wehgetan hat, ging das Geheule los, und er hat ihr gesagt, wie sehr er sie liebt. Das Schwein hat dann hoch und heilig versprochen, so etwas nie wieder zu tun. Und sie ist wohl auf sein Getue reingefallen. Wenn sie zu mir gekommen wäre, hätte ich sie abgehalten, erneut zu ihm zu gehen, aber sie war auf einmal einfach weg. Vielleicht hat er dieses Mal statt Nadeln ein Messer benutzt.«

Sie schniefte, fing sich aber wieder.

»Wie heißt der Mann?«, fragte Johanna, noch immer schockiert.

»Warum willst du das alles wissen?« Heidi Jenssen blickte sie ebenso abschätzig wie misstrauisch an.

»Ich habe Ansje auch gemocht«, erwiderte Johanna. »Und ich will, dass derjenige bestraft wird, der ihr das angetan hat.«

»Wie er heißt, hat sie mir nie gesagt«, murmelte Heidi Jenssen.

»Nie?«

»Sie hat ihn nur den Rotherbaumer genannt, wenn wir über ihn gesprochen haben. Und das war auch nicht oft.«

»Rotherbaumer? Wie Rotherbaum, der Stadtteil?«, fragte Johanna.

»Da war sie immer bei ihm zu Hause.« Heidi Jenssen bog nach rechts in eine schmale Straße ein.

»Wo in Rotherbaum?« Johanna lebte selbst am Harvestehuder Weg mit Blick auf die Außenalster, direkt am Rand von Rotherbaum. Sie schüttelte den Kopf darüber, dass jemand in ihrer Nähe Ansje zu sich bestellt haben sollte. Und ihr vermutlich das Leben genommen hatte.

»Wo? Ich weiß es nicht. Ich hoffe, die schneiden ihm ab, was ihm am wertvollsten ist und am meisten wehtut! Und dann sollen sie ihn ganz langsam ausbluten lassen!« Heidis düstere Miene ließ Johanna ahnen, dass sie sich das lebhaft vorstellte.

»Die Justiz ist sehr zurückhaltend mit der Todesstrafe«, stellte sie fest.

»Die Justiz?« Heidi Jenssen lachte gequält auf. »Als ob es da Gerechtigkeit für uns gäbe! Die Justiz ist für die Reichen da. Nein, ich meine Achtfinger-Jens und seine Leute.«

»Achtfinger-Jens?«

»Du bist aber auch schwer vom Begriff! Achtfinger-Jens ist ein Beschützer. Ein Zuhälter. Er hat Ansje vor einem knappen Jahr mit dem ersten Kerl bekannt gemacht. Sie hat ihm dafür immer einen Anteil abgeben müssen. Dabei hat sie das alles sowieso nur gemacht, weil ihr Mann Achtfinger-Jens Geld geschuldet hat.«

»Wo kann man den finden?«, fragte Johanna.

Die junge Frau wedelte hektisch mit dem Zeigefinger vor ihrem Gesicht.

»Vergiss das am besten. Der und seine Männer kennen keinen Spaß. Wenn du da so Sachen fragst, landest du schneller mit einem Gewicht um die Knöchel in der Elbe, als du dein hübsches Näschen pudern kannst. Außerdem hat er ihr nur den ersten Kerl vermittelt, an die anderen ist sie alleine gekommen. So, genug davon!«

Sie machte Anstalten, in ein Haus zu gehen.

»Hat Ansje dir sonst noch irgendetwas über den Rotherbaumer erzählt?«

Heidi Jenssen öffnete die Tür gerade weit genug, um hindurchzuschlüpfen.

»Warte!«, rief Johanna, aber die junge Frau schüttelte den Kopf und zog die Tür zu. Sie hatte noch das Taschentuch von Hermann Rieker.

Johanna blieb unter dem Türrahmen stehen. Aus dem Nieselregen war inzwischen ein richtiger Schauer geworden. Sie hatte gar nicht auf den Weg geachtet, den sie hergekommen waren.

Was sollte sie als Nächstes tun? Sie musste zu diesem Achtfinger-Jens. Aber wo fand man so einen Mann? Vielleicht musste sie einfach nur den nächstbesten Kerl auf der Straße fragen.

Sie lief zu einem Jungen, der sich unter dem Stoffdach eines Gemüseladens untergestellt hatte. Der Flaum auf seinen Wangen wuchs spärlich. Trotzdem musterte er den Bereich ihrer Brust mit einer solchen Unverfrorenheit, dass Johanna wütend auf ihre Augen zeigte. Der Rotschopf grinste, sah nun aber auf. Ein schlechtes Gewissen hatte er jedenfalls nicht.

»Kennst du Achtfinger-Jens?«, fragte sie ihn unumwunden und nahm die Überraschung in seinem Blick wahr.

Er schüttelte den Kopf und hielt abwehrend die Hände vor sich.

»Was ist mit dem?«, wollte er gleichzeitig wissen.

»Wo kann ich ihn finden?«

»Glaub mir, *du* willst ihn nicht finden«, sagte er grinsend.

»Wieso?«

»Ich muss jetzt nach Hause!« Er rannte los in den Regen.

»Ich muss jetzt nach Hause«, wiederholte Johanna seine Worte. Und mit einem Schlag erinnerte sie sich daran, dass Anita auf sie wartete.

Das Dienstmädchen war den Tränen nah, als Johanna sie im Kaffeehaus am Großen Burstah fand. In einer Papiertasche befanden sich Bänder, in einer zweiten ein Hut, und in einer dritten vermutete sie das Band, das Anita für sich gekauft hatte. Vor ihr dümpelte ein Rest Wasser in einem geschliffenen Glas. Mehr hatte sie offenbar nicht zu bestellen gewagt.

»Das nächste Mal nimmst du dir einen Kaffee und etwas Kuchen«, bestimmte Johanna und gab dem Ober ein gutes Trinkgeld als Dank, dass er Anita so lange hatte sitzen lassen.

»Ich … ich habe fast alles für Bänder ausgegeben und Ihnen noch einen Hut gekauft«, sagte Anita kläglich, als sie die Kutsche bestiegen hatten.

»Du kannst das restliche Geld behalten«, meinte Johanna, was ihr einen ungläubigen Blick einhandelte. »Aber dafür darfst du meinen Eltern gegenüber mit keinem Sterbenswörtchen erwähnen, dass ich so lange weg war. Wenn Maman dich fragt, habe ich ewig gebraucht fürs Aussuchen der Bänder und dann im Kaffeehaus die Thienemann-Zwillinge getroffen und mit ihnen einen langen Plausch gehalten. Hast du das verstanden?«

Anita sah sehr unglücklich aus. Sie wog die Münzen in der Hand, und Johanna sah regelrecht, wie es hinter ihren blauen Augen arbeitete. Dann schien sie zu einem Entschluss gekommen zu sein, denn sie packte das Geld zurück in ihre Tasche.

»Sie sollten die Thienemann-Schwestern besser darüber informieren, dass Sie heute mit ihnen hier waren, gnädiges Fräulein«, sagte Anita. »Die edle Frau Mutter könnte auf den Gedanken kommen, bei ihnen nachzufragen.«

Johanna sah ihre Dienerin verwundert an. In dem kleinen Ding schien mehr zu stecken, als sie bisher gedacht hatte.

Kapitel 11

Samstag, 23. April 1887

Rieker hätte auch die Pferdebahn zum Krankenhaus St. Georg nehmen können, hatte sich aber für die deutlich teurere Kutsche als schnelleres Fortbewegungsmittel entschieden. Auf der Fahrt ließ er sich das Gespräch mit dem Stadtstreicher noch einmal durch den Kopf gehen.

»Der erste Anschein muss nicht der Wahrheit entsprechen«, hörte er Kleinschmidt in mahnendem Tonfall, als säße sein alter Lehrmeister auf der harten Bank direkt neben ihm.

Rieker musste sich in diesem Punkt schuldig bekennen. Er war davon ausgegangen, dass der Mörder selbst die Tote in die schmutzige Decke gewickelt hatte, um sich ihrer im Kontor zu entledigen. Dass aber zwei Stadtstreicher die Leiche in einem Akt von Mitleid umgelagert haben könnten, daran hatte Rieker nicht gedacht. Und es veränderte das Bild, das er sich vom Täter machte.

Zum einen musste der Mörder sie recht kurz nach ihrer Ermordung gebracht haben, denn die Leichenstarre war noch nicht eingetreten, als Eddi und sein Saufkumpan die Frau bewegt hatten. Sechs bis zehn Stunden dauerte es, bis alle Muskeln steif waren, sagte man.

Zum anderen waren nicht nur die Vehemenz und Zahl der Messerstiche ungewöhnlich, sondern auch die Art und Weise, wie der Mörder die Leiche präsentiert hatte. Nach der Reinigung der Toten hatte er sie zum Kontor gebracht und sein Opfer dort zur Schau gestellt. Warum hatte der Täter sich diese Mühe gemacht? Und wie hatte er die Leiche dorthin transportieren können? Hatte er sie getragen? Einen Handkarren verwendet? Oder war er gar mit einer Kutsche gefahren?

Vielleicht hatte er auch Helfer gehabt. Ein Zuhälter mochte durchaus ein Exempel statuieren, um mit seiner Bande Angst und Schrecken unter den anderen Mädchen zu verbreiten. Wieder dachte er an Achtfinger-Jens.

An der Leichenhalle angekommen, meldete er sich bei Dr. Heribert von Gerwigk, der ihn ansah, als wären sie sich noch nie zuvor begegnet. Rieker fragte sich, ob das womöglich Anzeichen von Senilität sein mochten. Er stellte sich dem alten Arzt erneut vor, woraufhin der gereizt fragte: »Was soll denn das? Ich weiß doch, wer Sie sind. Aber was wollen Sie schon wieder hier?«

»Ich habe neue Informationen zum zeitlichen Ablauf des Mordes …«

»Emil wurde doch bereits informiert«, erwiderte der Totenarzt und schob die Brille hoch.

Rieker hielt den Hut über dem Knauf des Gehstocks. Was hatte der Arzt nur ständig mit Breiden?

»Worüber haben Sie Breiden informiert?«

»Dass die Leiche heute Morgen abgeholt wurde.«

»Abgeholt?« Rieker starrte den alten Arzt ungläubig an. »Von wem?«

»Die Bestatter waren hier«, bemerkte von Gerwigk, als wundere er sich über Riekers scharfe Reaktion.

»Was soll das heißen?« Rieker war so wütend, dass er instinktiv die Fäuste hob. »Die Tote war ein Mordopfer! Sie können sie nicht einfach ohne Freigabe des verantwortlichen Criminalcommissars zur Bestattung abgeben. Und der bin nun mal ich, nicht Breiden!«

Von Gerwigk zuckte mit den Schultern. »Natürlich. Wir haben hier aber zurzeit Platznot. Eppendorf ist noch nicht so weit, uns Tote abzunehmen. Aber die Leute sterben trotzdem.«

»Wo ist die Leiche jetzt?«

Von Gerwigk sah aus, als suche er auf der kahlen Wand nach dem Namen des Bestatters. »Es liegt mir auf der Zunge …«

Rieker wischte den Staub von seinem Hut.

Endlich war von Gerwigk etwas eingefallen: »Der Bestatter Schelling. Der mit der Tischlerei. Er hat die Leiche mit dem Totenfotografen Eilers abgeholt, der noch fotografische Aufnahmen machen soll. Dafür braucht er die Toten möglichst frisch.«

»Totenfotograf Eilers?«

»Ja, der Vorname fällt mir gerade nicht ein.«

Als Rieker den Trakt verlassen hatte, rangen Wut und Resignation in ihm. Er würde mit Criminalinspektor von Stresenbeck sprechen müssen. Es konnte nicht sein, dass ein ermittelnder Commissar der Leiche eines Mordopfers nachrennen musste, die eigentlich in der Leichenhalle zur Verfügung stehen sollte. Es brauchte verbindlich festgelegte Vorgaben für die Abläufe. Er, Rieker, war in diesem Fall der leitende Commissar. Breiden konnte doch nicht einfach *seine* Leiche freigeben. Allerdings dem kam das natürlich zupass. So konnte er dem unliebsamen Kollegen Knüppel zwischen die Beine werfen. Wahrscheinlich rieb er sich schon die Hände und malte sich seinen Triumph aus, wenn Rieker unter seine Fittiche gestellt werden würde. Das musste um jeden Preis verhindert werden.

Die Kutsche kam vor einem Haus mit dunkelgrün lackierter Tür und einem schräg hängenden Schild darüber zum Stehen. *Jakob Eilers, Totenfotograf* stand darauf geschrieben.

Jakob Eilers reichte Rieker ein steifes, quadratisches Papier mit wellenförmig geschnittenen Kanten.

»Einer der Menschen auf dieser Fotografie ist tot«, sagte er. »Erkennen Sie, wer es ist?« Er lächelte freudig.

Die Szene war ohne Zweifel hier in diesem Studio aufgenommen worden, in das Eilers Rieker durch einen düsteren Gang geführt hatte. Der Commissar erkannte den Teppich, die exotische Seidentapete an der Wand und die Halbsäule im Hintergrund mit dem überquellenden Efeutopf darauf. Mittig im Bild stand ein ernst blickendes Paar im Sonntagsstaat. Der bärtige Mann stützte sich auf einen Gehstock. Seine schmallippige Frau hielt mit herber Miene ein in Spitzentücher gewickeltes Kleinkind im Arm. Zwei

Mädchen und ein Knabe harrten vor den Eltern aus. Neben der Mutter kauerte ein einbeiniger Greis eingefallen in seinem Rollstuhl. Auf der anderen Seite saß ein Papagei angekettet auf einer Stange.

Rieker betrachtete die Fotografie genauer und wies schließlich auf das vielleicht achtjährige Mädchen direkt vor der Frau.

In Eilers Nicken lag Anerkennung. »Sehr gut. Sehr gut. Jemand mit weniger geübtem Blick hätte auf den Großvater getippt«, merkte er an.

»Um seinen Mund ist eine leichte Unschärfe zu erkennen. Ich vermute, dass sein Kiefer gezittert hat«, begründete Rieker seine Wahl. »Die Kleine hingegen ist die Einzige, deren Abbild vollkommen scharf ist.«

»Sie sagen es! Alle anderen haben sich mehr oder weniger stark bewegt. Nur das tote Kind blieb absolut regungslos.« Der Fotograf strahlte.

»Woran ist sie gestorben?«, fragte Rieker leise.

Eilers zuckte lapidar mit den Schultern. »Für meine Arbeit ist die Todesursache nicht von Belang. Zumindest nicht, solange keine deutlich sichtbaren Spuren erkennbar sind, die aufwendig zu retuschieren wären. Glauben Sie mir, ich bin beileibe nicht herzlos, aber ich kann das Leid genauso wenig an mich heranlassen, wie Sie das als Commissar tun werden. Für die Toten kann ich nur eines tun: sie ein letztes Mal gut aussehen lassen. Dabei ist ihnen Eitelkeit natürlich fremd. Mein Wirken gilt eigentlich den Lebenden.«

»Wie meinen Sie das?«

Eilers suchte kurz nach den richtigen Worten, bevor er

erklärte: »Wenn ein geliebter Mensch stirbt, bleibt eine tiefe Leere zurück. Meine Fotografien helfen den Hinterbliebenen darüber hinweg, indem sie ihnen eine der größten Ängste überhaupt nehmen.«

»Und die wäre?«

»Sich irgendwann nicht mehr an das Antlitz des geliebten Verstorbenen erinnern zu können«, sagte Eilers und zeigte erneut auf die Fotografie. »Die Eltern dieses Kindes mussten ihre Tochter gehen lassen. Aber sie wollen ihr durch alle Zeiten nahe bleiben, das Bild betrachten und sich nicht an ihren Tod, sondern an ihre Lebendigkeit erinnern.«

»Hat sie deshalb geöffnete Augen?«

Der Fotograf nickte. »Meine Kunden kommen zu mir, weil ich den Tod meisterlich kaschieren kann. Auf meinen aufwendigsten Bildern sehen ihre Lieben aus, als stünden sie mitten im Leben. Das tote Kind spielt mit seinen Geschwistern fröhlich Fangen, der verstorbene Großvater legt seinem Enkel im Kreise seiner Liebsten stolz eine Hand auf die Schulter. Dass meine Toten so lebendig aussehen, als schlüge das Herz in ihrer Brust, macht meinen Erfolg aus, verstehen Sie?«

»Aber wie geht das?«, wollte Rieker wissen. »Wie kann ein totes Kind Fangen spielen?«

Voller Stolz schritt Eilers zu dem Kameragestell und streichelte über den Stoff, der den Apparat vor Staub schützte.

»Eine Kamera bildet nur scheinbar die Wirklichkeit ab«, erklärte er. »Das Gestell, an dem die Leiche befestigt wird, habe ich selbst entwickelt. Es befindet sich hinter dem Körper – unsichtbar für den Betrachter. Die wahre Kunst ist nicht, die Toten abzulichten, sondern für die Lebenden eine Stellung zu finden, in der sie möglichst ruhig verharren können.«

»Wissen Sie schon, wie Sie Ansje Kalferer ablichten werden?«, lenkte der Commissar das Gespräch auf den Mordfall.

»Es wird keine allzu aufwendige Aufnahme werden«, antwortete Eilers. Er klang fast bedauernd. »Ihr Mann möchte neben ihr stehen. Das ist alles.«

Der Fotograf zeigte auf die schwere Tür an der Kopfseite des Raums. »Im Moment liegt sie im Warteraum im Keller. Ich muss sie noch vorbereiten. Folgen Sie mir! Aber erschrecken Sie nicht! Ich habe neben ihr ein paar andere Leichen dort liegen.«

Eilers führte Rieker durch die Tür nach draußen, wo sich neben einem Tor zur Straße eine Rampe in den Keller befand. Rieker atmete tief durch, um sein schneller schlagendes Herz unter Kontrolle zu bringen. Die Tür unten war etwas breiter als eine normale Haustür und mit Eisen beschlagen. Eilers schloss auf. Sie ließ sich geräuschlos öffnen.

»Nach Ihnen«, sagte der Totenfotograf und wies in einen breiten Kellergang, der nur durch das Oberlicht beleuchtet wurde.

»Die zweite Tür rechts.«

Eilers ließ die schwere Kellertür hinter ihnen ins Schloss fallen, und Rieker atmete erneut tief durch. Natürlich musste es wieder ein Keller sein! Wenn man mit Toten arbeitete, durfte es schließlich nicht zu warm werden. Hier im Keller war es so kalt, dass Rieker wünschte, seinen Mantel nicht oben an der Garderobe gelassen zu haben. Doch trotz der niedrigen Temperatur bemerkte er, dass sich erste Schweißtropfen auf seiner Stirn bildeten.

Die zweite Tür auf der rechten Seite war aus schwerem, schwarz lackiertem Eisen. Rieker machte davor Halt und wartete auf Eilers.

Der Fotograf drängte sich an ihm vorbei und öffnete die Tür. Drinnen drehte er am Gasregler und drückte den automatischen Zünder. Mit hackenden Klickgeräuschen wurden zwei Lampen an den Seiten und ein achtarmiger, nah unter der niedrigen Decke hängender Leuchter zu flackerndem Leben erweckt. Daraus erwuchsen helle, jede für sich ihre eigene Melodie singende Flammen, die Eilers nun mit dem Gasrad regulierte.

»Treten Sie ein! Treten Sie ein! Hier warten die Damen und Herren.«

Der Totenfotograf zeigte auf die Mitte des gefliesten Raums. Auf einer erhöhten Liege lag ein zugedeckter Körper. Die Wand zur Linken wies mehrere Öffnungen auf.

»Da lagern die Leichen, bis ich mich um sie kümmern kann«, erläuterte Eilers auf Riekers Blick hin. »Darunter habe ich Eisblöcke zur Kühlung.«

Es handelte sich um vier Öffnungen. In zweien konnte Rieker in verschiedener Tiefe Decken erkennen, die über einer ungleichmäßigen Form ausgebreitet waren. Bei einer lag das Tuch nicht richtig. Darunter kam der Schemen eines blauen, nackten Fußes zum Vorschein.

Auf der anderen Seite des Raums war die Wand von

einem bis zur Decke reichenden Regal verdeckt, in dem zahllose Werkzeuge und Metallgestelle auf ihren Einsatz warteten. Dazu Kästchen und Tiegel, Kisten und Blechbüchsen. Davor standen zwei Teewagen, auf denen Skalpelle, Zangen und Nähzeug bereitlagen.

»Das sind die Dinge, die ich für die Erstpräparation schon hier unten benötige«, erklärte Eilers mit einem Wink seiner feingliedrigen Hand.

»Die meisten Sachen, die erforderlich sind, um den Toten Haltung zu geben, habe ich oben im Nebenraum meines Ateliers.«

»Ich vermute, das ist die Leiche von Ansje Kalferer?«, fragte Rieker und zeigte auf die Gestalt auf der Liege.

Ohne ein Wort zog Eilers die Plane zur Seite. Die Haut kam Rieker noch bleicher und gleichzeitig blauer als in der Totenhalle vor. Ansje Kalferers Mund stand weit offen und gab den Blick auf zwei gleichmäßige Zahnreihen frei. Rieker war froh, dass ihre Augenlider geschlossen waren.

»Was passiert jetzt?«, fragte er, war sich aber gar nicht sicher, ob er das wirklich erfahren wollte.

»Als Nächstes muss ich sie für das Bild vorbereiten«, sagte Eilers in sachlichem Tonfall. Für den Fotografen war es normal, sich in einem Raum mit Toten zu befinden. Rieker hingegen fröstelte und schüttelte die Bilder von einem anderen Keller ab, die sich ihm aufdrängen wollten.

»Ihr Mann bringt mir ihren Sonntagsstaat«, erzählte Eilers, der von Riekers Unwohlsein nichts mitbekam. »Und ihre Freundin hat ein paar neue Bänder gekauft. Und dann werde …«

»Ihre Freundin?«, ging Rieker dazwischen.

»Ja.«

»Wie heißt sie?«

»Es handelt sich um ein Fräulein Ahrens.«

»Fräulein Ahrens?« Rieker war überrascht, den Namen hier zu hören. »Kennen Sie sie?«

»Nur flüchtig. Sie hat mir heute Morgen den Auftrag für diese Arbeit gegeben«, sagte Eilers. Offenbar erstaunte ihn die Reaktion des Commissars.

Rieker spürte eine Mischung aus Triumph und Wut durch seinen Körper fahren. »Haben Sie eine Adresse?«, fragte er.

»Normalerweise hätte ich sie, aber die junge Dame bestand auf Diskretion. Allerdings hat sie eine Anzahlung geleistet, und mein Onkel glaubt zu wissen, wer sie ist.«

»Und? Was denkt er, um wen es sich handelt?« Rieker war so weit nach vorne getreten, dass er Eilers fast berührte.

»Ich denke, ich sollte ihren Wunsch respektieren, …«

»Sie reden mit der Criminalpolizei«, erinnerte Rieker ihn eindringlich. »Und es geht hier um einen grausamen Mord. Die Leiche dürfte ohnehin nicht bei Ihnen sein …«

Eilers wirkte davon nicht eingeschüchtert. Rieker sah ihm an, dass er die Situation überdachte.

»Der Name Ahrens ist nicht gerade selten in Hamburg«, begann Eilers. »Aber wegen ihrer feinen Kleidung und Art glaubt mein Onkel, dass sie entweder zum Kaufmann Ahrens oder zum Richter Ahrens gehören könnte. Auch wenn es seltsam ist, dass sie *so* ein Mädchen kennt.«

Er legte dabei der Toten eine Hand an die Stirn und

drückte gegen einigen Widerstand mit der zweiten den Unterkiefer zu. Der Mund verharrte in der geschlossenen Position.

Rieker betrachtete das Vorgehen mit einer Mischung aus Neugier und Abscheu. Seine Gedanken jedoch kreisten um diese junge Frau, die ihm schon so viel Ärger bereitet hatte. Johanna Ahrens.

Kapitel 12

Samstag, 23. April 1887

»Fräulein Ahrens?« Anita wirkte verunsichert. »Verzeihen Sie bitte.«

Johanna legte das Buch zur Seite.

»Was ist denn?«

»Besuch an der Tür. Ein Herr. Er hat nach Ihnen gefragt.«

»Ein Herr?«

Unwillkürlich ging Johanna die Männer durch, die es wagen würden, an einem Samstagnachmittag bei Richter Ahrens anzuklopfen und seine Tochter sehen zu wollen.

»Er heißt Hermann Rieker.«

Sofort saß Johanna aufrecht. »Hat er gesagt, was er will?«

»Nachdem ich ihm mitteilte, dass die Herrschaften nicht im Haus sind, meinte er nur, dass er Sie dringend sprechen müsse. Er wirkte sehr bestimmt.«

»Und wo ist er jetzt?«

»Er wartet im kleinen Salon.«

»Hat irgendjemand außer dir etwas von seinem Besuch mitbekommen?«

Anita zuckte ahnungslos mit den Schultern, schüttelte dazu aber mit dem Kopf.

»Die meisten kommen erst in einer Stunde zurück, um alles für das Abendessen vorzubereiten«, sagte das Mädchen.

Johanna sprang auf. »Gut so!«

»Noch ein Geheimnis?«, fragte Anita unsicher. Sie sah aus, als sei ihr das äußerst unangenehm.

»Noch ein Geheimnis«, gab Johanna leise zu. »Ich gehe zu ihm. Du passt auf, dass keiner in die Nähe des kleinen Salons kommt.«

»Muss das sein?«

»Anita!«

»Jawohl, meine Dame.«

Rieker trug den gleichen Anzug wie am Vortag und schaute zum Fenster hinaus auf die Außenalster. Als er Johannas Eintreffen bemerkte, wandte er sich um.

»Die Lehrerin!«, stellte er angespannt fest und wies mit einem Zeigefinger auf sie.

»Sie haben mich schneller gefunden, als ich gehofft hatte«, gab Johanna zurück, blieb in der Mitte des Salons stehen und streckte ihm die Hand entgegen.

Er trat auf Johanna zu, ergriff die dargebotene Rechte aber nicht zum Kuss, sondern schüttelte sie.

»Sie sind also wirklich die Tochter von …«

»… Richter Hans Ahrens. Ja. Und deswegen war ich auch etwas genierlich. Im Bewusstsein dessen hätten Sie mich nie im Leben mit ins Leichenhaus genommen.«

Johanna musterte den Mann genauer, der noch immer ihre Hand schüttelte. In seinen wachen Augen lag ein Feuer, das sie bisher nicht wahrgenommen hatte. Er fixierte sie und ließ nicht los. Sein Griff fühlte sich warm und entschlossen an. Eigentlich gehörte es sich nicht, die Hand einer Frau zu ergreifen, geschweige denn, sie so lange zu halten, aber Johanna widerstand dem Drang, sie zurückzuziehen.

»Wo ist Ihr werter Herr Vater?«, fragte er interessiert. »Kommt er gleich zurück?«

»Meine Eltern sind außer Haus, wie Ihnen bereits mitgeteilt wurde«, gab Johanna ihm zu verstehen. »Und das ist Ihr Glück.«

Endlich ließ er ihre Hand los. Johanna spürte ihren Herzschlag deutlich, so aufgeregt war sie. Wie konnte sie nur aus dieser misslichen Lage herauskommen?

»Der Richter wird Ihnen die Hölle heiß machen, wenn er erfährt, dass Sie seine Tochter nicht nur ins Leichenhaus gebracht, sondern ihr sogar ein Mordopfer gezeigt haben.«

Rieker wirkte weniger beunruhigt, als Johanna es erwartet hatte.

»Für Sie ist das alles nur ein Spiel, oder?« In seinen Worten lag deutliche Missbilligung. Er ließ ihr keine Zeit zu antworten. »Ein Abenteuer wie aus einem Roman, ein Ausbruch aus Ihrer behüteten Welt, als gingen Sie zu Hagenbecks und sähen sich einen Tiger an.«

»So ist es nicht«, sagte Johanna. Sie spürte ihre Stimme zittern und ärgerte sich, dass dieser Mann sie so dermaßen aus dem Konzept bringen konnte. »Wie können Sie es überhaupt wagen, so mit mir zu sprechen!«

Johanna erschrak. Der letzte Satz klang, als habe ihre Mutter ihn gesagt.

Auf den Polizisten schien die gespielte Empörung jedenfalls keinen Eindruck zu machen. Ungerührt sah er ihr weiter in die Augen. Stattdessen spürte sie die Unsicherheit in sich selbst wachsen.

»Was wollen Sie?«, fragte sie feindselig.

»Ich will den Mörder von Ansje Kalferer fassen«, gab er sachlich zurück. »Leider werfen Sie mir fortwährend Steine in den Weg.«

»Fortwährend?«

Er nickte. »Sie halten sich ab sofort aus diesem Fall heraus. Das Spiel ist für Sie vorbei.«

Johannas Gedanken rasten.

»Dass ich die Frauen unterrichte, ist kein Spiel«, sagte sie leise.

»Nein?«

»Nein! Ich bin privilegiert aufgewachsen und möchte meinen Teil tun, um anderen Frauen zu helfen, die es nicht so leicht hatten. Hören Sie, Herr Rieker, mein Vater …« Sie wusste nicht, wie sie fortfahren sollte.

»… weiß nichts von Ihrer Tätigkeit als Lehrerin und Ihren sozialistischen Ansichten«, schlussfolgerte der Commissar.

»Mein Vater will mich beschützen und würde es nicht billigen, dass ich mich in …«, sie zögerte, »… Gefahr bringe. Zumal es Gerede geben könnte, wenn das bekannt würde.«

»Sie haben sich in jedem Fall in Gefahr begeben«, sagte er. »Wieso sind Sie gestern vor mir zu Kalferer gefahren?«

»Ich war vorher schon einmal bei ihm«, gestand sie.

»Und ich fand, dass Ansjes Mann sich verdächtig verhalten hatte.«

»Gerade dann hätten Sie nicht zu ihm gedurft.«

»Ich wollte seine Reaktion sehen, wenn ich es ihm sage.«

»Und mir haben Sie damit diesen entscheidenden Moment der Mordermittlung genommen!« Rieker ballte die Hände zu Fäusten, entspannte sie aber schnell wieder.

»Sie hätten sowieso nicht viel daraus lesen können. Er hat mir einfach nicht geglaubt.«

Der Mann nickte nur.

»Wieso sind Sie vor mir weggerannt?«

Sie zuckte mit den Schultern. »Vielleicht, weil ich nicht wollte, dass Sie wissen, wer ich bin.«

»Sei's drum«, sagte er. »Weitaus schlimmer finde ich ohnehin, dass Sie immer noch nicht lockerlassen und jetzt diesen Totenfotografen beauftragt haben. Ich werde wohl oder übel Ihre Eltern …«

»Das werden Sie nicht«, fiel sie ihm ins Wort und packte ihn am Unterarm, ließ ihn gleich darauf aber wieder los, überrascht, wie muskulös sich der Arm angefühlt hatte.

»Sie werden mich nicht umstimmen können, junges Fräulein«, sagte Rieker. Der gönnerhafte Tonfall in seinen Worten machte Johanna richtiggehend wütend. Aber sie hatte dreiundzwanzig Jahre lang gelernt, ihre Gefühle nicht zu zeigen und die Contenance zu wahren, was ihr jetzt zugutekam.

»In dem Fall werde ich Ihnen nicht mitteilen, was ich über Ansjes Mörder herausgefunden habe«, antwortete sie mit klarer Stimme und erhobenem Kopf.

»Was sollen Sie herausgefunden haben?« Rieker wirkte überrascht.

»Sichern Sie mir volle Vertraulichkeit zu?«

»Ich kann nicht …«

»Dann wünsche ich Ihnen einen schönen Tag. Nehmen Sie sich in Acht: Vater wird seinen Ärger sicherlich zuerst an Ihnen auslassen, Commissar Rieker.«

Johanna drehte sich um und schritt zur Tür.

»Ihr Vater wird Sie als Mann des Rechts vielmehr dazu bringen, mir alles zu sagen!«

Johanna legte die Hand auf die Klinke und wandte sich um. Obwohl ihr Herzschlag raste, erwiderte sie kühl: »Glauben Sie mir, Sie werden nichts von mir erfahren.«

Sie zog die Tür auf.

»Warten Sie!«, forderte Rieker endlich. Es klang, als könne er seine Wut nur schwer kontrollieren.

Johanna drehte sich ein weiteres Mal zu ihm um. Er atmete erregt und hatte die Hände wieder zu Fäusten geballt. Sein Gesicht war ganz bleich geworden.

»Ja?«, fragte Johanna.

»Kommen Sie zurück!«

»Sie wollen also doch mehr erfahren?«

»Sie sind ein impertinentes Frauenzimmer!«

Johanna musste lächeln. Commissar Rieker war garantiert nicht der Einzige, der so von ihr dachte, aber bisher hatte niemand sonst den Mut aufgebracht, es ihr ins Gesicht zu sagen.

»Stillschweigen?«, fragte sie ihn.

Sie sah ihm den innerlichen Kampf an. Schließlich nickte

er, woraufhin Johanna eine größere Erleichterung verspürte, als sie es sich anmerken ließ. Ihr Geheimnis war also vorerst in Sicherheit.

Sie schloss die Tür wieder und ging zurück.

»Habe ich Ihr Wort, Herr Rieker?«, vergewisserte sie sich noch einmal.

Er atmete tief durch. »Ich gebe Ihnen mein Wort, dass ich Stillschweigen über Ihre bisherige Beteiligung an diesem Fall bewahren werde.« Er hob die rechte Hand und dann den Zeigefinger mahnend vor ihr Gesicht. »Aber wenn das, was Sie mir gleich sagen, der Mühe nicht wert ist, oder Sie mich ein weiteres Mal anlügen oder auch nur etwas verschweigen, dann fühle ich mich an das gegebene Wort nicht gebunden. Verstehen wir uns richtig, Fräulein Ahrens?«

Johanna nickte. Auch wenn es zunächst so aussah, als habe sie gewonnen, befanden sie sich in Wahrheit doch eher in einer Pattsituation. Johanna wollte um jeden Preis verhindern, dass ihre Eltern von der Schule erfuhren. Diesen Trumpf hielt Rieker immer noch in der Hand – und er schien das zu wissen. Trotzdem hatte er ihren Vorgaben entsprochen.

Johanna nickte und sagte: »So soll es sein.«

»Was haben Sie herausgefunden?«, fragte Rieker mit erbostem Gesicht.

Bevor sie weitersprach, gönnte sie sich eine bedeutungsvolle Pause.

»Ansje hatte seit ein paar Monaten nur noch einen einzigen Freier.« Sie beobachtete ihr Gegenüber genau, doch

Rieker verzog keine Miene, sondern erwiderte ihren aufmerksamen Blick.

»Ich denke, dieser Mann ist ihr Mörder«, ergänzte sie. »Er hat ihr zwar viel Geld gegeben, sie aber auch manchmal gequält.«

Solche delikaten Einzelheiten als unverheiratete Frau mit einem allem Anschein nach alleinstehenden Herrn zu besprechen, ließ ihr die Schamesröte ins Gesicht steigen.

»Was meinen Sie mit *gequält*?«

»Er hat ihr in seiner Wollust Schmerzen zugefügt. Bei ihrem letzten Aufenthalt bei ihm soll er ihr mit einer Nadel hundert Stiche in die …«, sie zögerte erneut, »… in die Brüste verpasst haben.«

Rieker verzog angewidert das Gesicht. »Wer ist dieser Freier?«, wollte er wissen.

Johanna zuckte mit den Schultern. »Ich habe gehört, dass Ansje wohl von einem Zuhälter – einem Achtfinger-Jens – einen ersten wohlhabenden Kunden vermittelt bekommen hat. Die nächsten soll sie daraufhin selbst gefunden haben – auch *ihn*. Ich könnte mir vorstellen, dass dieser erste Mann sie weiterempfohlen hat«, äußerte sie ihre Vermutungen, »und somit vielleicht sogar ihren Mörder kennt.«

Endlich zeichnete sich eine Reaktion auf Riekers Gesicht ab. »Woher wissen Sie das alles?«, fragte er.

»Von einer Freundin von Ansje.«

»Auch eine Frau aus Ihrer Schule?«

Johanna schüttelte den Kopf. »Sie hat mir gesagt, dass Ansje nach der Tortur mit den Nadeln Schmerzen hatte und eigentlich nicht mehr zu diesem Kerl wollte.«

»Das wäre mehr als verständlich. Aber vielleicht ist sie doch wieder hin.«

»Wieso vielleicht? Das spricht doch für sich.«

»Vielleicht, weil sie natürlich auch zu einem anderen Mann gegangen sein könnte«, erklärte Rieker.

Johanna musste ihm zustimmen.

»Wie sollen wir jetzt weiter vorgehen?«, fragte sie und erntete ein vehementes Kopfschütteln des Criminalcommissars.

»Es gibt kein *Wir*! Sie halten sich ab sofort aus der Sache heraus!«

»Aber ...«

»Ich habe Ihnen meine Verschwiegenheit zugesichert«, fiel er ihr ins Wort, »und ich werde mich an mein Versprechen halten. Aber das geht nur, wenn Sie endlich Ruhe geben und mich ohne weitere Störungen meine Arbeit machen lassen.«

»Wenn Sie Ihre Arbeit *richtig* machen würden, hätten Sie meine Hilfe wohl nicht benötigt«, entfuhr es Johanna.

Riekers Blick spiegelte seine Wut, aber er blieb ruhig, als er sagte: »Ihre Hilfe, wie Sie es nennen, hat mich bisher nichts als Zeit gekostet, die ich besser für die Ermittlungen eingesetzt hätte, als mich um eine – mit Verlaub – verwöhnte Tochter zu kümmern. Wirklich neue Erkenntnisse habe ich durch Sie nämlich nicht gewonnen. Streng genommen wäre ich also nicht einmal zum Stillschweigen verpflichtet.«

»Als ob Sie das gewusst hätten!«

»Dass der Freier ihr Schmerzen bereitet hat, war mir tatsächlich neu. Aber der Rest war keine große Überraschung.«

»Sie wussten also von diesem Zuhälter?«, fragte Johanna. Sie konnte nicht glauben, dass der Commissar nahezu die gleichen Erkenntnisse gewonnen haben sollte.

Er zuckte mit den Schultern und setzte zum Sprechen an. In dem Moment ertönte ein Klopfzeichen an der Tür. Er schreckte zur Seite.

»Ja?«, fragte Johanna nervös, doch die Tür wurde bereits geöffnet.

Anita stand im Spalt. Ihr Atem ging schnell, der Kopf war rot.

»Die Herrschaften treffen gerade ein, gnädiges Fräulein!«

Kapitel 13

Samstag, 23. April 1887

Rieker folgte dem lautlos durch ein Treppenhaus für Dienstboten huschenden Mädchen. Anita war noch etwas jünger als Johanna Ahrens und wirkte eigentlich viel zu brav, um einen fremden Mann aus dem Haus zu schmuggeln. Einmal blieb sie stehen und befahl Rieker mit einem Zeigefinger an ihren Lippen, ganz leise zu sein. Das kam gerade rechtzeitig, denn einen Moment später öffnete sich unten eine Tür nach draußen, dann ging eine zweite Tür, und es war wieder still.

»Weiter!«, hauchte sie, und Rieker folgte ihr.

Er fragte sich, ob es richtig gewesen war, sich auf das von Johanna Ahrens geforderte Stillschweigen einzulassen. Richter Ahrens würde bestimmt toben, wenn er irgendwann erfuhr, dass ein Commissar die Geheimnisse seiner jungen Tochter gedeckt hatte. Und mit Sicherheit würde er Rieker die Hölle heiß machen, weil er sie zur Identifizierung ins Leichenhaus gebracht hatte. Seine einzige Ausrede war, dass ihm die wahre Identität der jungen Frau zu dem Zeitpunkt unbekannt gewesen war. Zumindest bis jetzt. Sich nun aus der Villa des Richters zu schleichen, fühlte sich unwürdig an, aber das Kind war längst in den Brunnen gefallen.

»Dort entlang«, flüsterte Anita und wies draußen auf einen Schotterweg, der dank einer Hecke vom vorderen Bereich der Villa aus nicht einzusehen war.

Rieker blickte in die schnell dahintreibende Wolkenmasse über Hamburg. Dann ging er in die Richtung, die das Dienstmädchen ihm gezeigt hatte.

Auf dem Rondell vor der Villa stiegen gerade Johanna Ahrens' Eltern aus der Kutsche. Rieker blieb einen Moment stehen, um durch eine Lücke im Grün einen Blick auf Richter Ahrens zu erhaschen. Ein großer Mann, breit gebaut. Ein Bulle, wie man ihn in Berlin genannt hätte. Allerdings einer, der von den Jahren auf der Weide fett geworden war. Seine Frau war ebenfalls hochgewachsen, aber von schmaler Statur. Die Tochter war eindeutig nach ihr gekommen – und konnte froh darüber sein, dachte Rieker. Die Dame des Hauses dirigierte zwei Diener, die Einkäufe aus dem Ladebereich der Kutsche hievten, eine Menge Blumen und mehrere Kisten. Die Kutsche stand zu weit weg, um zu verstehen, was gesagt wurde. Zudem setzte gerade wieder ein leichter Nieselregen ein, sodass Rieker seine Beobachtungen einstellte und seinen Weg zur Straße fortsetzte.

Einmal machte er noch Halt. Vielleicht sollte er doch mit Ahrens sprechen? Jetzt bestand die Möglichkeit, die Lage zu erklären, aber als er wieder zur Kutsche schaute, waren der Hausherr und seine Frau bereits in der Villa verschwunden.

Rieker drehte erneut um und wünschte, er hätte einen Schirm dabei. Als er die Straße erreichte, rannte er los und hoffte, schnell eine freie Kutsche zu finden.

Ein Blick auf seine Taschenuhr bewies ihm, wie sehr die Zeit ihm im Nacken saß. Heute war bereits der zweite Tage der Ermittlungen. Obwohl er schon einiges herausgefunden hatte, musste er sich sputen, um von Stresenbeck den Täter wirklich noch in der gesetzten Frist präsentieren zu können.

Als er endlich eine freie Kutsche gefunden hatte, notierte er eine Nachricht für Kracht auf seinem Block. Er riss den Zettel heraus und gab ihn dem Kutscher zusammen mit einem üppigen Trinkgeld und der eindringlichen Bitte, ihn Kracht ins Stadthaus zu bringen. Hoffentlich würde der Criminalsekretär aus den Anweisungen schlau werden und sie rechtzeitig umsetzen können. Aber für längere Erklärungen blieb keine Zeit. Am besten wäre es ohnehin, wenn er Krachts Unterstützung gar nicht benötigte.

Dass Jens Johansen, genannt Achtfinger-Jens, seine Geschäfte von einem der Gebäude in der Ulricusstraße aus leitete, war kein Geheimnis. Vor dem Bau stand ein grimmig blickender Türsteher. Der Kerl war schlau genug, Rieker nicht der Gruppe der Freier zuzuordnen, die er unbehelligt ein- und ausgehen ließ. Rieker wirkte hier mit seinem feinen Anzug, dem Mantel, der Melone und dem Stock geradezu deplatziert.

»Ich muss Jens Johansen sprechen«, sagte Rieker.

»Kenn ich nicht«, behauptete der Kerl und strich sich über seinen ungepflegten Schnurrbart.

»Ich weiß, dass er hier ist«, gab Rieker zurück.

»Mal angenommen, es gäbe hier jemanden, der so heißt.

Nur mal angenommen. Wen müsste man dann ankündigen?«

Rieker hatte auf der Fahrt verschiedene Möglichkeiten durchdacht. Sicher hätte er mit falschem Namen und dem Anliegen, ein Mädchen wie Ansje vermittelt zu bekommen, Einlass gefunden. Diesen Plan hatte er aber zugunsten der Alternative aufgegeben, sich von Anfang an als der zu offenbaren, der er war.

»Ich bin Commissar Rieker von der Hamburger Criminalpolizei.«

Der Türsteher machte große Augen und forderte Rieker auf zu warten. Er zog an einer Kordel, woraufhin zunächst vermeintlich gar nichts passierte. Doch dann kam drinnen ein Mann die Treppen herabgestiegen. Rieker machte eine Ausbuchtung unter seinem Hemd aus, die wohl von einem Revolver stammte. Dabei hatte der Kerl die Waffe offensichtlich nur für den Fall der Fälle dabei, denn primär schien er sich auf den Schlagring zu verlassen, den er an der rechten Hand trug. Die Nase des Mannes war platt gedrückt, und über den Augen hatten sich dicke Wulste gebildet, ähnlich wie bei einigen Boxern, die Rieker kannte.

»Machst du etwa Ärger?«, fragte der Schläger angriffslustig mit einer hellen, nasalen Stimme.

»Der Udel will zum Boss«, sagte der Türsteher und fügte ein »Nichts für ungut« in Riekers Richtung hinzu.

Der Boxer musterte sein Gegenüber skeptisch.

»Hermann Rieker, Criminalpolizei«, stellte er sich so laut vor, dass sich zwei Männer, die das Gebäude gerade betreten wollten, schnell abwendeten.

»Polizisten vertreiben nur die Gäste«, sagte der Boxer, während er den Schlagring abnahm und in die Seitentasche seiner derben Jacke gleiten ließ. Er trat zur Seite und wies Rieker mit einem Blick an, einzutreten.

»Komm mit!«, befahl er und ging die Treppe voran nach oben.

Der Geruch im Treppenhaus versetzte Rieker in seine Jugendzeit in Berlin zurück. Die Mischung aus herbem Schweiß und Alkohol, bitterer Lust, süßen Salben und Tabakrauch hatte auch in dem Haus gegenüber in der Luft gehangen, wo er sich als Kind mit Erledigungen und Botendiensten für die wechselnden Frauen etwas Taschengeld verdient hatte. Ein Mann mit rot angelaufenen Wangen kam ihnen entgegen. Verlegen wandte er das Gesicht ab, als sie aneinander vorbeigingen.

Im offenen Gang des nächsten Stockwerks stritten sich zwei Weibsbilder lautstark miteinander. Der Boxer warf einen finsteren Blick in den Gang, wo sich zwei recht knapp bekleidete Frauen in den Haaren lagen.

»Wenn ihr keine Ruhe gebt, setzt es was!«, drohte er.

Das zeigte Wirkung. Die beiden Huren ließen unvermittelt voneinander ab.

»Was willst du vom Boss?«, fragte der Kerl.

»Das geht nur ihn etwas an«, erwiderte Rieker.

Der Boxer zuckte mit den Schultern und ging weiter die Treppe hinauf.

Im vierten Stock angelangt, traten sie an eine schwere Tür. Der Boxer klopfte, woraufhin eine Klappe aufgeschoben wurde, hinter der ein Gesicht erschien. Dann schloss sich die Klappe wieder, und Rieker hörte, wie zwei Riegel zur Seite geschoben wurden. Schließlich öffnete ihnen ein älterer Mann mit einem Goldzahn.

An den Wänden des Raums, in den Rieker geführt wurde, hingen dunkel vergilbte Gemälde. Auf einem großen Tisch stand ein riesiger Aschenbecher aus Silber. Daneben lag ein Schlagstock. Regale mit Büchern, eine Alabasterstatuette einer nackten Frau und vier mit zersessenem Samt bezogene Stühle komplettierten die Einrichtung. Zwei weitere Türen führten aus dem Raum tiefer ins Gebäude.

Fast zeitgleich mit ihrem Eintreten öffnete sich die Tür gegenüber. Der Mann, der eintrat, war hochgewachsen, aber eher von schmaler Statur. Er trug einen dunklen Anzug mit Weste, der der Qualität von Riekers Kleidung entsprach, dazu schwarze Lederhandschuhe. Im Schlepptau hatte der Mann zwei bullige Typen, die Brüder des Boxers hätten sein können und sich mit verschränkten Armen an der Tür postierten. Mit finsterem Blick musterten sie den Besucher.

»Was willst du hier, Udel?«, fragte der Große. Er hatte eine tiefe Stimme und sah Rieker kalt an.

»Sind Sie Jens Johansen?«

»Stellst du immer eine Frage zurück, ohne selbst Antwort zu geben?«

Rieker grinste den Mann an. Er nahm die Melone ab und legte sie ungefragt auf den Tisch vor sich. Johansen registrierte das, sagte aber nichts dazu.

»Ich ermittle in einem Mordfall«, erklärte Rieker schließlich. »Und ich habe Grund zu der Annahme, von Ihnen wertvolle Hinweise bekommen zu können.«

»Wir haben mit Mord nichts zu tun«, sagte der Mann und hob abwehrend die behandschuhten Hände.

Riekers Augen verengten sich zu schmalen Schlitzen. Er verstand nicht ganz, was hier vor sich ging. Auf jeden Fall befand er sich mit vier Männern in einem Raum, die ihm spürbar nicht wohlgesonnen waren.

»Kennen Sie Ansje Kalferer?«, fragte er den Mann.

»Ich habe Ihnen doch gesagt, dass wir damit nichts zu tun haben.«

»Und ich habe gefragt, ob Sie sie kannten«, setzte Rieker scharf nach.

Sein Gegenüber sah ihn abschätzig an.

»Ehrlich gesagt«, fuhr Rieker fort, »habe ich keine Lust, mich weiter mit einem Lakaien zu unterhalten.« Er packte wieder seine Melone.

Der Kopf des Mannes zuckte kurz zu einem der beiden großen Wächter an der Tür.

»Sie sind nicht Achtfinger-Jens!«, bemerkte Rieker. »Das sieht man trotz der Handschuhe.«

Der Mann blickte an sich hinab und hob erneut die Hände.

»Der leere Finger eines Lederhandschuhs wäre nicht so prall ausgefüllt«, erklärte Rieker ihm und wandte sich an den Wächter links hinter dem Mann.

»Hab ich recht?«

Der Kerl stand noch immer mit verschränkten Armen da, löste die Haltung aber schließlich auf. Zum Vorschein kamen zwei Hände, denen jeweils der Zeigefinger fehlte. Auf der rechten Seite war der Stummel etwas länger als links.

»Dumm bist du nicht, Udel«, sagte er mit einem Ton, in dem sowohl Anerkennung als auch kaum verhohlene Feindseligkeit mitschwangen.

Der echte Jens Johansen war jünger, als Rieker es erwartet hatte. Sie mochten etwa gleich alt sein. Er hatte ihn vorher noch nie getroffen, wusste aber, dass Kleinschmidt ein paar Erfahrungen mit dem Kerl gemacht hatte.

Achtfinger-Jens nahm den Platz seines Doubles ein. Der andere Mann trat fast erleichtert in den Hintergrund.

»Aber ob ich's dir sage oder er: Es bleibt dabei, dass wir mit Morden nichts am Hut haben. Mein Motto ist, mir nichts zuschulden kommen zu lassen.«

»Mir geht es beileibe nicht um Ihre Geschäfte«, erwiderte Rieker. »Ich will nur wissen, mit wem Sie Ansje Kalferer zusammengebracht haben.«

»So etwas mache ich nicht.«

»Hören Sie doch auf mit den ehrenlosen Spielchen.«

Johansen ließ seine Muskeln spielen. Der Kerl war groß und gut in Form.

»Wissen Sie, was man mit ihr gemacht hat? Jemand hat ihr mindestens fünfzig Stiche in den Rücken verpasst.«

»Das arme Ding«, sagte Achtfinger-Jens emotionslos. »Ich habe sie nur einmal gesehen, als sie mich angefleht hat, dass ich ihrem Mann Aufschub bei der Rückzahlung seiner Schulden geben soll. Das war's. Ansonsten habe ich mit der Frau nie etwas zu tun gehabt.«

Die letzte Frage stellte er in sehr scharfem Tonfall: »Reicht das jetzt?«

»Ich weiß genau, dass das nicht stimmt«, sagte Rieker.

Achtfinger-Jens lachte. »Ich habe einige Gegner, die gerne irgendwelchen Schiet über mich reden. Wer hat dir denn etwas erzählt?«

Rieker würde den Teufel tun, ihm einen Namen zu nennen. Aber er fand sich in einer Situation wieder, in der er nicht weiterkam.

»Ich will nur den Mörder, alles andere schert mich einen Dreck. Und ich bin mir ziemlich sicher, dass der Mann, dem Sie Ansje Kalferer vermittelt haben …«

»Ich habe niemandem irgendwas vermittelt, Udel!«

»Ich bin mir ziemlich sicher, dass der Mann, dem Sie Ansje Kalferer *empfohlen* haben«, wiederholte Rieker lauter, »mir helfen kann, das Schwein zu erwischen, das ihr das angetan hat.«

»Wenn du mir nicht zuhören willst, dann gehst du jetzt besser«, knurrte Johansen und winkte seine beiden Schergen an seine Seite. »Gustav, bring ihn raus!«

Damit musste der Boxer gemeint sein, denn der packte Rieker unsanft am Unterarm und versuchte, ihn ihm auf den Rücken zu drehen. Beinahe hätte der Commissar seinen Gehstock fallen lassen.

Rieker reagierte, ohne nachzudenken. Er schnellte herum und hieb die freie Faust ins Gesicht des Gegners. Doch dessen Reflexe waren ebenso schnell wie seine. Er warf den Kopf zur Seite und riss die Hände zum Schutz hoch. Immerhin ließ er ihn dadurch los.

Rieker machte eine Bewegung vom Tisch weg. Johansens andere Schläger sprangen bereits auf ihn zu, aber Achtfinger-Jens gab ein gebieterisches »Halt!« von sich, worauf sogar der Boxer seinen nächsten Angriff auf Rieker einstellte.

Die Rechte hatte Rieker immer noch kampfbereit erhoben, in der Linken hielt er den Gehstock.

»Keiner von euch rührt mich an!«, forderte er bestimmt.

»Du bist derjenige, der mit unhaltbaren Behauptungen hier hergekommen ist«, sagte Johansen drohend. »Und du hast versucht, meinen Mitarbeiter zu schlagen. Raus jetzt, sonst halte ich meine Männer nicht mehr zurück!«

»Wann warst du im Ring?«, fragte Gustav, als er ihn kurz darauf die Treppe hinabbegleitete.

»Wieso?«

»Du siehst zwar nicht so aus, hast aber geboxt. Das merke ich sofort. Ein anderer wäre mir nicht so leicht davongekommen.« Es lag eine Spur Anerkennung in seinen Worten.

»Mag sein«, sagte Rieker kurz angebunden.

»Vielleicht bekommen wir beide mal eine Gelegenheit für einen echten Kampf«, erwiderte Gustav. Es klang wie eine Drohung.

Gustav und der Türsteher entließen Rieker auf die Ulricusstraße. Der Regen hatte wieder eingesetzt – und zwar richtig. Schwere Tropfen prasselten auf ihn ein. Fluchend rannte Rieker auf die andere Straßenseite, wo er unter einem Vorsprung Schutz vor dem Wetter suchen wollte, aber der Unterstand kam zu spät. Bis er ihn erreichte, tropfte es schon von der schmalen Krempe seiner Melone. Schulter und Ärmel des Mantels waren ebenso nass wie die Hosenbeine seines Anzugs bis zu den Knien.

Sein Versuch, an Informationen zu kommen, war jedenfalls grandios gescheitert. Nicht nur, dass er keinen Deut weitergekommen war, wahrscheinlich hatte er sich durch sein unüberlegtes Handeln mit Achtfinger-Jens wohl auch einen mächtigen Feind gemacht. Wie sollte es jetzt nur weitergehen?

Auf dem Bock einer herannahenden Kutsche saßen zwei vollkommen durchnässte Constabler. Das musste Kracht mit der Verstärkung sein. Zu spät, um ihm zu helfen, aber gerade rechtzeitig, um ihn mitzunehmen. Als der Criminalsekretär seinen Vorgesetzten unverletzt vor sich sah, wirkte er sehr erleichtert.

Kapitel 14

Samstag, 23. April 1887

Anita half Johanna dabei, den rosafarbenen Rock über die am Po ausgestellte Turnüre mit Hummerschwanz und Unterrock zu breiten.

»Sie sehen wunderschön aus«, sagte Anita. »Der Herr Staatsanwalt wird Augen machen.«

»Soll er ruhig«, gab Johanna zurück.

»Ihre Frau Mutter sagte, Sie kennen ihn bereits?«

»Das ist mal wieder maßlos übertrieben. Ich habe ihn am Donnerstag auf dem Fest kennengelernt. Wir haben einmal miteinander getanzt.«

»Wie romantisch«, hauchte Anita.

»Na ja, so romantisch war es auch wieder nicht. Er hatte sogar vom Regenwetter noch Schmutz an der Hose.«

»Oh.«

Endlich lag der Rock richtig, sodass es aussah, als habe Johanna ein weit ausgestelltes Hinterteil. Immerhin konnte man den Hummerschwanz zum Setzen einklappen. Und nach dem Aufstehen mit einem Rucken am Kleid wieder in Form bringen. Trotzdem bevorzugte Johanna die Kleider nach der neuen Mode, die ohne Reifrock daherkamen, zumal sich das Ankleiden deutlich einfacher gestaltete.

Anita holte die zum Rock passende Balltaille aus dem Schrank und half Johanna hinein. Das Korsett saß eng und drückte ihre Brüste so nach oben, dass ihre Rundungen im Ausschnitt deutlich betont wurden.

»Ehrlich gesagt habe ich mich gewundert, dass Sie heute dieses Kleid anziehen«, sagte Anita vorsichtig.

Johanna lachte. Das Mädchen begann, etwas lockerer zu werden, nachdem sie am Mittag noch vor Aufregung gezittert hatte, als Johanna sie im Kaffeehaus vergessen hatte.

»Wenn ich mir ab und zu meine Freiheiten herausnehmen möchte, muss ich meiner Mutter gegenüber auch Zugeständnisse machen. Sie hat mir die Sachen herausgelegt«, erklärte Johanna und drehte sich vor den Spiegeln. »Steck mir bitte noch das Haar fest, danach kannst du dich zurückziehen.«

Anita hatte ein Händchen fürs Frisieren. Bei Johanna war das leicht, denn ihre schweren Haare ließen sich wundervoll stecken. Eine Seidenblüte im gleichen Farbton wie der Rock vollendete ihren Aufzug. Sie kam sich vor wie ein Püppchen. Wahrscheinlich war genau das der Grund, warum Mutter diesen Aufzug haben wollte. Schermann sollte wohl einen guten Eindruck von ihr bekommen.

»Bezaubernd«, sagte Anita.

»Bezaubernd«, schwärmte auch ihre Mutter, als Johanna den Salon betrat. Ihr Vater hingegen sah nur kurz von seiner Zeitungslektüre auf und lächelte seiner Tochter zu.

»Du trägst kein Parfüm?«, fragte ihre Mutter überrascht und näherte sich mit der Nase Johannas Hals.

»Maman!«, mahnte Johanna. »Ich fand es nicht angebracht.«

»Nicht angebracht! Hörst du deine Tochter, Hans? Da lade ich einen Mann ein, mit dem sie die Tage noch getanzt hat – und auf einmal soll Parfüm nicht angebracht sein.«

»Dass ich mit ihm getanzt habe, hatte nichts zu bedeuten, Maman.«

»Jetzt sag doch auch mal etwas, Hans!«

Ihr Vater legte mit einem kaum hörbaren Seufzen die Zeitung weg und stand auf.

»Ich habe …«

Erleichtert sah er zur Tür, an der es klopfte. Heute Abend war Henry als Butler eingeteilt. Er informierte sie, dass eine Kutsche vorgefahren war.

»Bringen Sie den Herrn zu uns!«, befahl Johannas Mutter.

Staatsanwalt Norbert Schermann begrüßte erst den Vater, dann die Mutter, und zu guter Letzt wandte er sich Johanna zu. Nach dem ersten kurzen Treffen beim Ball hatte sie nur ein sehr grobes Bild von ihm in Erinnerung behalten. Sie musste zugeben, dass er stattlich aussah. Ein verstohlener Blick auf seine Hosenbeine zeigte, dass er dieses Mal vollkommen sauber und gestriegelt angekommen war.

Er nahm ihre Hand, führte sie zu seinem Mund und hielt dort inne, um ihr in die Augen zu sehen. Seine Iris war blau mit grauen Flecken, die wie Sterne wirkten. Bevor der Moment des Verharrens zu lang wurde, hauchte er einen Kuss auf ihren Handrücken. Unwillkürlich stellten sich ihr die Härchen am Unterarm auf, bis er ihre Hand schließlich wieder freigab.

»Schön, dass Sie der Einladung nachkommen konnten«, sagte Johanna. Sie ärgerte sich ein wenig über das leichte Zittern in ihrer Stimme.

»Ich wäre nirgendwo lieber als hier.«

Johannas Herz schlug erstaunlich schnell, und ihr Atem war kurz, als sei sie gerannt. Das mochte am eng geschnürten Korsett liegen – oder am herben Duft dieses Mannes.

»Dr. Hirsch scheint sich in seine neue Stellung als Leiter der Hamburger Staatsanwaltschaften gut eingelebt zu haben«, nahm ihr Vater Norbert Schermann in Beschlag. Die beiden unterhielten sich bei einem Glas Absinth über den Staatsanwalt, der Schermann vor ein paar Monaten nach Hamburg geholt hatte.

Johanna reagierte auf den zufriedenen Ausdruck auf dem Gesicht ihrer Mutter mit einem angriffslustigen Funkeln, doch das schien deren Entzücken nur zu erhöhen. Minna Ahrens lächelte breit.

Aus dem Gespräch, das ihr Vater und Norbert Schermann führten, erfuhr Johanna einiges über ihren Gast. Offenbar ermittelte er vorrangig im Bereich des bandenmäßigen Schmuggels. Da gab es in und um Hamburg eine Menge zu tun, insbesondere in Vorbereitung der Schaffung des Freihafens in Hamburg, der den Senat, die Bürgerschaft und alle Kaufleute seit ein paar Jahren beschäftigte. Johanna konnte sich an kein Fest erinnern, an dem die Herren nicht über den Zollanschluss, den Freihafen und den Bau der Speicherstadt parliert hätten.

Die beiden Männer unterhielten sich jedenfalls hervorragend, während Johanna und ihre Mutter mit einem wohlwollend aufgesetzten Lächeln und regelmäßigem Nicken den Gesprächen zuhörten und bei einem Scherz leise kicherten.

Schermann war kein Idiot. Er musste wissen, dass eine plötzliche Einladung ins Haus eines in der Bürgerschaft sitzenden Richters kein Zufall war, sondern dass ihm die Tochter im heiratsfähigen Alter vorgestellt werden sollte. Irgendwie gelang es ihm immer wieder, Johanna einen Blick und ein verschwörerisches Lächeln zuzuwerfen, bevor er seine Aufmerksamkeit wieder dem Herrn des Hauses zuwandte und schließlich Themen fand, die die Damen ins Gespräch einbezogen.

Johanna kannte den Ablauf an Abenden wie diesem, denn es handelte sich beileibe nicht um die erste Einladung dieser Art an einen Junggesellen. Wenn ihre Mutter einen möglichen Kandidaten ausmachte, der als standesgemäße Partie für ihre Tochter vorstellbar war, sprach sie gerne eine Einladung aus. Handelte es sich um einen jüngeren Mann, galt diese häufig den Eltern mit dem Wunsch, in Begleitung des Sohnes zu erscheinen. Wirklich erwachsene Herren der Gesellschaft wie Schermann wurden natürlich alleine zum Essen gebeten. Jedes Mal kam sich Johanna vor, wie ein auf dem Präsentierteller vorgeführter Entenbraten. Keule oder Brust?

Bisher hatten die Gäste Johanna oft gelangweilt. Johannas Mutter waren bei Männern andere Eigenschaften wichtig als ihr selbst. Alleine, dass ihre Mutter einen Kandidaten eingeladen hatte, disqualifizierte diesen bereits – bis auf wenige Ausnahmen.

Dieses Mal war so ein besonderer Tag. Schermanns Gespräch mit ihrem Vater gab ihr Gelegenheit, sich den Mann genau anzusehen. Er war mindestens zehn Jahre älter als sie. Aber reifere Männer erschienen ihr sowieso reizvoller als die jungen Knaben, die meist schüchtern zu Boden blickten und nicht wussten, was sie wollten. Schermann hingegen war stattlich, groß, nicht im direkten Sinne ein Schönling, doch in seiner Gesamtheit gut aussehend. Johanna erahnte unter seinem sehr teuren Anzug eine breite Brust, muskulöse Arme und eine schmale Hüfte mit einer Kehrseite, auf die zu starren Johanna sich schon zweimal erwischt hatte. Dazu verströmte er ein Selbstbewusstsein, von dem sie sich herausgefordert fühlte.

Nach einer halben Stunde lockerer Konversation bat Henry die Gesellschaft, zu Tisch zu kommen.

Im Esszimmer deutete ihre Mutter auf den Stuhl, der Johannas' genau gegenüberstand, und sagte: »Nehmen Sie dort Platz.«

Schermann zeigte sich als Gentleman, indem er zuerst Johanna half, sich zu setzen und ihr den Stuhl heranschob – eine Arbeit, die eigentlich Henry hätte übernehmen können. Doch ihre Mutter schien die fürsorgliche Geste zu goutieren, ihr Vater sie gar nicht wahrzunehmen, und Johanna selbst musste zugeben, dass Schermanns Aufmerksamkeit und Bemühen ihr gefielen.

Das Gespräch bei Tisch drehte sich zunächst um das Fest bei Deputationsrat Eulenbrinck, wo Schermann mit Johanna getanzt hatte. Ihre Mutter wollte wissen, wie ihm Hamburg gefiel; ihr Vater, ob sich die Arbeitsweisen der Staatsanwaltschaften der Städte Berlin und Hamburg stark voneinander unterschieden. Um dieses Thema nicht dominant werden zu lassen, lenkte Mutter das Gespräch schnell in privatere Bahnen.

»Haben Sie Geschwister, Herr Schermann?«, fragte sie, als der Braten verspeist war und sie auf das Dessert warteten.

»Neben einer jüngeren Schwester hatte ich einen Zwillingsbruder, der leider schon in Kindertagen verstorben ist. Mein ältester Bruder hat nach dem Tod meines Vaters den Hof übernommen, den anderen hat es nach Görlitz verschlagen. Meine Mutter lebt bei meinem ältesten Bruder.«

»Das mit ihrem Bruder und ihrem Vater tut mir leid«, sagte Johanna.

»Danke für Ihre tröstenden Worte, Fräulein Johanna. Mein Vater war schwer krank. Der Tod muss ihm eine Erlösung gewesen sein.«

»Und haben Ihre Geschwister schon Kinder?«, wollte ihre Mutter wissen. Johanna fürchtete, bereits zu ahnen, worauf sie hinauswollte.

»Insgesamt habe ich schon sechs Nichten und Neffen, die ich aber leider länger nicht mehr gesehen habe. Sie wachsen so schnell.«

»Ja, das können Sie laut sagen. Mir kommt es vor, als sei Johanna eben noch ein kleines Mädchen gewesen. Und jetzt ist sie eine wunderschöne junge Frau.«

»Maman!«, mahnte Johanna.

»Wollen Sie selbst auch einmal Kinder?«, fragte sie den Gast weiter aus, ohne nur im Geringsten auf den Einwand und das Augenrollen ihrer Tochter zu reagieren.

Schermann ersparte Johanna ein Grinsen. »Sicher. Ist es nicht unsere Bestimmung als Menschen, die Welt an unsere Kinder weiterzugeben? Es braucht nur die richtige Frau dafür.«

Sein Blick fiel fast beiläufig auf Johanna. Mutter wirkte sehr zufrieden.

Ein Dessertwein und kleine Törtchen rundeten das Mahl ab, das sich zum Glück wieder weniger peinlichen Gesprächsthemen zuwandte. Das Wetter war natürlich immer ein dankbares Thema, ebenso wie der Fortschritt, der Hamburg einiges an Veränderung brachte. Die Stadt wuchs rasant, auch außerhalb ihrer Grenzen. Und mit ihr wuchsen der Wohlstand – und die Kriminalität.

»… darum finde ich es wichtig, dass wir rigoros gegen alle Delikte gegen das rechtmäßige Eigentum vorgehen, sei es Betrug, Diebstahl oder gar Raub. Wer sich am Besitz anderer vergreift, muss wissen, dass ihn drakonische Strafen erwarten«, stellte Schermann seine Sicht der Dinge dar und erntete von Vater ein anerkennendes, zustimmendes Nicken.

»Denken Sie nicht, dass die allzu ungleiche Verteilung des Wohlstands zu dieser anwachsenden Kriminalität führt und sogar führen muss?«, fragte Johanna kritisch nach.

Für diese Bemerkung erntete sie von ihrer Mutter ein Hüsteln. Ihr Vater verzog die Lippen, sagte aber nichts.

»Verzeihen Sie«, sagte ihre Mutter an Schermann gerichtet. Sie schien zu fürchten, dass ihre Tochter wieder alle Versuche, sie endlich unter die Haube zu bekommen, zunichtemachen würde. Dabei fühlte Johanna sich dieses Mal tatsächlich ein bisschen zu dem Mann hingezogen und wollte nur prüfen, ob er ihr zuliebe von seiner starren konservativen Haltung ein wenig abrücken würde.

»Sie haben sicherlich recht, Fräulein Johanna«, begann er. Das klang vielversprechend, dachte sie. »Der Wohlstand ist in der Tat ungleich verteilt. Jedoch gibt es dafür gute Gründe. Denn derjenige, der viel leistet, baut Wohlstand auf. Wer für die Gesellschaft von geringem Wert ist, kann dementsprechend nicht das gleiche Vermögen erwarten wie etwa ihr Herr Vater, den eine Stütze unseres Staates zu nennen sicher nicht übertrieben ist.«

Ihrem Vater gefiel das.

»Sie wollen damit sagen, dass ärmere Menschen weniger Wert haben als reiche?«

»Selbstverständlich«, sagte er, ohne sich provozieren zu lassen. Johanna hielt seinem Blick stand. »Ein Mitglied des Königshauses hat doch unzweifelhaft einen höheren Wert als ein Verbrecher, der seinesgleichen die karg verdienten Münzen stiehlt.« Er grinste.

»Aber mancher Wohlstand ist nur geerbt«, erwiderte Johanna. »Oder einfach auf Kosten der Armut der anderen errungen.«

Ihre Mutter musste erneut husten.

»Entschuldigen Sie, Herr Schermann. Es ist sicher die trockene Luft hier im Esszimmer.«

Johannas Vater nahm den Vorstoß seiner Frau auf. Offenbar wollte auch er vermeiden, dass seine Tochter am Ende noch Positionen der Sozialisten hinausposaunte.

»Wir könnten jetzt einen Portwein im Salon nehmen«, schlug er vor. »Was meinen Sie, werter Schermann?«

»Gerne«, ging der Gast auf den Vorschlag ein. Dann tupfte er sich Lippen und Bart mit der Stoffserviette ab und legte sie auf den Dessertteller.

Johanna bemerkte bei den Gesprächen im Salon, dass Norbert Schermanns Blicke immer wieder zu ihr schweiften. Wenn er sich von ihr ertappt fühlte, wandte er den Blick nicht schnell ab, wie es die jungen Männer meist taten, sondern sah ihr in die Augen und setzte ein Lächeln auf, das Johanna nervös machte. Erst dann widmete er sich wieder ganz ihrem Vater, der über die Rechtssysteme der Stämme in den Kolonien dozierte. Eines seiner Steckenpferde.

Schermann schien sich damit ein wenig auszukennen, denn wenn er ab und zu eine interessierte Nachfrage anbrachte, nickte ihr Vater begeistert und holte für seine Antwort weit aus. Währenddessen betrachtete Johanna den Mann und fragte sich, ob es wirklich so schlimm wäre, das Elternhaus zu verlassen und einen eigenen Hausstand zu gründen. Im Haus Freundinnen empfangen, wenn der Mann auf der Arbeit war, ihn freudig zu begrüßen und bald einem ersten Kind das Licht des Lebens zu schenken.

Johanna erschrak über ihre Gedanken. Gut, sie wusste selbst, dass eine Frau mit dreiundzwanzig Jahren nicht mehr als junges Mädchen galt, sondern vielmehr bald als »älteres Fräulein« bezeichnet werden würde. Manche ihrer Freundinnen hatten ihren Weg schon beschritten. Wenke hatte bereits drei Kinder, von denen die Älteste bald sechs wurde. Aber sie hatte mit Patrick auch den Mann gefunden, den sie vom ersten Blick an geliebt hatte.

Konnte Norbert Schermann vielleicht *ihr* Patrick werden?

Genau in diesem Moment blickte er zu ihr herüber. In seinen blaugrauen Augen lag ein Funke, der Johanna faszinierte, gefährlich und verletzlich zugleich. Er lächelte wissend. Während sie sein Lächeln erwiderte, spürte sie zu ihrer eigenen Überraschung, dass sie auf einmal nickte.

Das war offenbar auch ihrer Mutter nicht verborgen geblieben, denn nur kurz darauf, als der Richter den Gast über die Strukturen der Staatsanwaltschaften in Berlin ausfragte, unterbrach sie ihn mit den Worten: »Ich denke, es wäre Zeit für ein wenig Musik. Spielen Sie ein Instrument, Herr Schermann?«

Norbert lachte. »Ich habe meine Eltern und meine Lehrer zur Verzweiflung gebracht, als ich versucht habe, der Violine Töne zu entlocken, die nicht in den Ohren schmerzen.«

Ihre Eltern lachten. Humor hatte er also auch.

»Allerdings sagt man, ich würde wohl ganz passabel singen.«

»Nun, vielleicht finden wir ein Stück, bei dem ich Ihren Gesang am Piano begleiten könnte?«, fragte Johanna.

»Kennen Sie ›Wie bist du, meine Königin‹?«

Johanna errötete. Bei dem Stück handelte es sich um ein Liebeslied.

»Unser Herr Brahms«, bemerkte sie. »Aufgewachsen in den Gängevierteln in der Hamburger Neustadt. Wussten Sie das?«

»Ich hörte davon. Haben Sie die Noten da?«

»Folgen Sie mir!«, sagte Johanna im Aufstehen.

»Dann können wir uns ja auf etwas Hausmusik freuen«,

meinte ihr Vater begeistert und schenkte sich, seiner Frau und dem Gast ein zweites Glas Portwein aus der Karaffe ein.

Johanna musste im Vertiko neben dem Klavier nicht lange nach den Notenblättern kramen. Sie nahm auf dem Hocker Platz und spürte die kräftige Gestalt Norbert Schermanns plötzlich ganz nah neben sich stehen. Sein Körper strahlte Wärme aus, und er roch angenehm sanft wie frisch gegerbtes Leder, so unaufdringlich, dass Johanna bewusst durch die Nase einatmete, um ihn besser riechen zu können. Sie spürte einen Schauer über ihren Rücken laufen, als sie den ersten Akkord spielte.

Seine Singstimme setzte zögerlich ein und wackelte beim ersten Ton.

Wie bist du, meine Königin,

Bereits als er »meine Königin« tremolierte, hatte er seine Stimme gefunden und sang gut gestützt und fast entrückt. Was seinem Organ an Fülle fehlte, machte er durch eine innere Leidenschaft wett.

Durch sanfte Güte wonnevoll!
Du lächle nur, Lenzdüfte wehn
Durch mein Gemüte, wonnevoll!

Johanna verspielte sich. Statt des Ds traf ihr Ringfinger das E und erzeugte einen schmerzhaften Missklang, den sie jedoch schnell korrigierte. Norbert ließ sich davon nicht irritieren.

Frisch aufgeblühter Rosen Glanz,
Vergleich ich ihn dem deinigen?
Ach, über alles, was da blüht,
Ist deine Blüte wonnevoll!

Wonnevoll fühlte sich Johanna auch. Ihre Finger waren mittlerweile warm geworden, sodass sie diese Strophe fehlerfrei meisterte und sogar zu dem Sänger aufblickte, als der inbrünstig die nächsten Verse zu singen ansetzte:

Durch tote Wüsten wandle hin,
Und grüne Schatten breiten sich,
Ob fürchterliche Schwüle dort
Ohn Ende brüte, wonnevoll!

Johanna ging ganz in der Musik auf. Ihr wurde sogar ein wenig schwindelig, als er die letzte Strophe anstimmte.

Laß mich vergehn in deinem Arm!
Es ist in ihm ja selbst der Tod,
Ob auch die herbste Todesqual
Die Brust durchwüte, wonnevoll!

Seine Stimme verklang mit dem letzten »wonnevoll«. Johanna verspürte eine eigenartige Unruhe. Sie war so abgelenkt davon, dass ihr im Nachspiel zwei schwere, misstönende Patzer unterliefen.

Kapitel 15

Samstag, 23. April 1887

Rieker und Kracht waren wahrscheinlich bis auf den Nachtdienst die einzigen Personen, die an diesem Samstagabend noch im Stadthaus arbeiteten. Nach Riekers verunglücktem Besuch bei Achtfinger-Jens hatten sie ihre Erkenntnisse zusammengetragen, Blatt um Blatt mit Theorien gefüllt und sich Fragen notiert, die zu beantworten waren.

Immerhin hatte Kracht heute eine Neuigkeit mitgebracht, während Rieker den Tag mit der Suche nach der Leiche und dem Gespräch mit einer verwöhnten Richtertochter vergeudet hatte. Der junge Criminalsekretär war noch einmal zu dem alten Kontor gefahren und hatte erneut bei den im Umfeld Wohnenden gefragt, ob ihnen noch etwas eingefallen sei.

Und sein Einsatz hatte Früchte getragen. Unter den Befragten war nämlich ein Mann gewesen, den sie bisher nicht angetroffen hatten. Dieser hatte sich daran erinnert, in der frühen Nacht eine einspännige Kutsche gesehen zu haben, die von einem Rappen gezogen worden war. Der Fahrer, ein nicht besonders bemerkenswerter Mann in langem Mantel und mit Stiefeln, hatte offenbar eine schwere Last aus dem Inneren der Kutsche gewuchtet. Das war allerdings schon alles, was der Zeuge beitragen konnte, denn er hatte seiner Beobachtung nicht allzu viel Bedeutung beigemessen. Bei seinem nächsten Blick hinaus war die Kutsche schon verschwunden gewesen.

»Dem Zeugen zufolge muss zwischen dem Ausladen der Kutsche und der Feststellung, dass sie wieder gefahren war, etwa eine Viertelstunde vergangen sein«, erklärte Kracht zum wiederholten Male.

»Würde der Zeuge den Mann wiedererkennen?«, fragte Rieker.

»Er hat ihn nicht einmal richtig gesehen«, gab Kracht bedauernd zurück. »Für ihn war es nur …«

»… ein Schemen in der Nacht«, vervollständigte Rieker den Satz seines Sekretärs. »Ich weiß. Wir können das noch so oft durchsprechen, es bringt uns kein Stück weiter. Wir machen Schluss für heute.«

Als sie die Tür zum Bureau hinter sich schlossen, sprachen sie trotzdem weiter über den Fall. Rieker sagte: »Eine Kutsche, Mantel, Stiefel, etwas Schweres, das er aus dem Inneren der Kutsche wuchtet. Und spätestens nach einer Viertelstunde sind Fahrzeug und Mensch wieder verschwunden. Alles deckt sich mit dem, was dieser Eddi gesagt hat.«

Bei der Erwähnung des Stadtstreichers rümpfte Kracht die Nase.

»Bei dem, was der Mann ausgeladen hat, kann es sich nur um Ansje Kalferers Leiche gehandelt haben«, stellte Rieker fest.

Nachdenklich gingen sie die Treppe hinab.

»Und wie hilft uns das weiter, dass der Mörder gesehen wurde?«, fragte Kracht am Ausgang. Vielleicht lag es an dem aufreibenden Tag, aber die Miene des Jungen ließ ihre übliche Zuversicht vermissen.

Rieker ging es nicht wirklich anders. Ihnen blieb nur noch der morgige Sonntag, um den Mörder zu fassen. Wenn Rieker am Montagmorgen keinen Täter präsentieren konnte, würde von Stresenbeck seine Drohung garantiert wahr machen, den Fall an Breiden übergeben und Rieker zwingen, für ihn tätig zu werden. Was gleichzeitig das Ende seiner Karriere bedeuten würde. Hätte er noch irgendetwas tun können, wäre Rieker die ganze Nacht geblieben – und Kracht sicher auch. Aber alle Theorien wieder und wieder durchzusprechen, brachte sie nicht weiter.

»Tut es Ihnen mittlerweile leid, Position für mich bezogen zu haben?«, fragte er Kracht.

Die Antwort des Sekretärs bestand in einem müden Schulterzucken.

»Ein Commissar gibt nicht auf!«, versuchte Rieker, ihn mit einem Kleinschmidt-Zitat aufzumuntern, und unterdrückte den Impuls, Kracht mit der flachen Hand von hinten gegen den Kopf zu schlagen. Kleinschmidt hatte seine Weisheiten oft mit einer solchen Geste unterstützt. Meist folgte dann der Satz: »Ein Schlag auf den Hinterkopf erhöht das Denkvermögen.«

»Jeder Hinweis, und sei er noch so unscheinbar, kann sich für einen Fall als entscheidend herausstellen«, tat Rieker stattdessen eine eigene, neue Weisheit kund.

Kracht nickte.

»Haben Sie noch etwas vor?«, fragte Rieker.

»Freunde von mir wollen heute durch ein paar Kneipen ziehen. Vielleicht schließe ich mich ihnen auf ein Bier an.«

»Tun Sie das!«

»Wenn Sie wollen …« Kracht ließ die nicht zu Ende ausgesprochene Einladung im Raum stehen.

»Nein, danke. Ich habe schon etwas vor«, sagte Rieker. Das stimmte nicht, brachte ihn aber auf eine Idee.

»Wann soll ich morgen kommen?«, fragte Kracht. »Das ist der letzte Tag, bevor …«

»Kommen Sie am Mittag. Mal sehen, was wir bis dahin haben. Und trinken Sie nicht so viel!«

Eine Stunde später stapfte Rieker eine wegen des miesen Wetters weniger belebte Straße entlang. Zu Hause hatte er Anzug, Mantel und Oxfords gegen seinen alten Arbeiteranzug getauscht. Der hochgestellte Kragen der Windjacke schützte seinen Nacken vor dem beständigen Nieselregen. Gewohnheitsmäßig wich er einer Pfütze aus, obwohl seine Stiefel wasserdicht und sowieso schmutzig waren.

»Dreck!«, fluchte er halblaut vor sich hin.

Ein Betrunkener wankte ihm entgegen.

»Hey, pass auf«, rief Rieker ihm zu, aber es war zu spät: Der Trunkenbold stieß ihn an. Doch statt seine eigene Schuld einzusehen, schien er das als Angriff zu werten.

»Willst du was?«, lallte er.

»Mach bloß, dass du weiterkommst! So einer wie du hat mir heute noch gefehlt!«

Er trat einen aggressiven Schritt auf den Trinker zu. Der

hob beschwichtigend beide Hände und brabbelte: »Ist ja schon gut, Kapitän!«

»Bist du wirklich ein Kapitän, Süßer?« Aus dem Schutz eines Hauseingangs meldete sich eine junge Frau mit einem kurzen Rock, der ihre Knöchel und Teile der Unterschenkel reizvoll hervorblitzen ließ. Am Oberkörper trug sie nur ein Korsett. Die prächtigen Brüste fanden darin kaum genug Platz und wollten Rieker regelrecht entgegenspringen.

»Ich habe zu tun, Mädchen«, gab er zurück. Dabei war sie wahrscheinlich fast in seinem Alter.

»Jetzt warte doch mal! Das ist ganz schön ungehörig, einfach zu gehen!«

Er wandte sich wieder zu ihr um. »Vielleicht kannst du mir einen schnellen Gefallen tun.«

»Schnell? Klar, das geht.«

»Ich brauche einen Hinweis.«

Sie sah enttäuscht aus. »Das kostet aber auch!«

Rieker näherte sich der Hure. Es musste ziemlich kalt sein in ihrem Aufzug.

»Ich habe gehört, dass es heute Boxkämpfe im Viertel geben soll. Weißt du, wo?«

»Bist du ein Udel?«

Rieker holte eine Mark aus der Tasche und hielt sie der Frau hin. Aus den Augenwinkeln nahm er auf der anderen Straßenseite eine Bewegung wahr. Als er sich umwandte, sah er einen Kerl mit tief ins Gesicht gezogener Mütze, der ihn angrinste und somit eine Zahnlücke entblößte. Wahrscheinlich war er der Beschützer des Mädchens.

»Jagst wohl Sozialisten?«, fragte sie schnippisch.

Rieker schüttelte den Kopf. Die Sozialisten waren ihm egal. Aber auf der Jagd war er trotzdem.

»Dann gib her, Süßer, aber verzieh dich. Du vergraulst mir nur die echten Kunden!« Sie schnappte sich die Münze und zeigte die Straße runter. »Da wollen heute wohl einige hin. Da ist ein neuer Boxladen, an der nächsten Ecke rechts, dann links.«

Kurz darauf klopfte Rieker gegen eine unscheinbare, beschmierte Tür, hinter der man gedämpften Lärm vernehmen konnte. Der wurde lauter, als sich eine Klappe öffnete und ein Paar Augen herausblickten.

»Was willst du?«

»Rein.«

Die Augen verengten sich.

»Ich kenn dich nicht!«, rief der Türsteher gegen den drinnen aufbrandenden Lärm an.

»Ich dich auch nicht«, blaffte Rieker zurück.

Die Klappe schloss sich, und kurz darauf ging die Tür auf. Der große Kerl mit einem tätowierten Anker auf dem Arm lachte.

»Dann komm rein. Ist einiges los heute. Grade läuft Meinkow gegen Brambilla. Wetten wieder in der nächsten Pause.«

»Im Keller?«, fragte Rieker.

»Nein, im Ballsaal! Und stör die Kapelle nicht!« Der Kerl schob ihn in Richtung Treppe.

Dafür, dass Rieker keine Keller mochte, zwang das Schicksal ihn heute ziemlich oft unter die Erde. Der Lärm schlug über ihm zusammen wie eine Welle über einem Kutter. Die Menge stand dicht an dicht, die einen jubelten einem dicklich wirkenden Glatzkopf zu, die anderen einem schmaleren Blonden, der eindeutig der bessere Techniker war. Beide kämpften in einem mit Seilen abgegrenzten Ring.

Rieker quetschte sich zwischen den Leuten hindurch in Richtung Theke. Es stank nach Schweiß, Alkohol und Fett. Tabakrauch hing in der Luft und kratzte ihn in der Kehle.

»Ein Bier«, bestellte er und unterstrich seinen Wunsch mit einer Geste.

Die Frau mit länglichem Gesicht, Überbiss und welligen braunen Haaren, durch die sich graue Strähnen zogen, hatte alle Hände voll zu tun. Trotzdem zapfte sie Rieker ziemlich schnell ein Bier mit einer ausschweifenden Schaumkrone, reichte ihm den dickwandigen Glaskrug und zwinkerte dabei. Er gab ihr ein gutes Trinkgeld, wandte sich dann aber ab, um den Kampf zu verfolgen, der – dem Jubel der Menge nach zu urteilen – gerade in ein entscheidendes Stadium überging.

Der dicke Glatzkopf hatte echte Nehmerqualitäten. Das musste Brambilla sein. Der technisch überlegene Blonde setzte einen Treffer nach dem anderen in das Gesicht mit der aufgeplatzten Augenbraue. Doch der Dicke ließ aus irgendeinem Grund, der sich Rieker nicht erschloss, die Deckung unten und grinste, während sein blutunterlaufenes Auge bereits anzuschwellen begann.

Meinkow wollte die Entscheidung herbeizwingen und wich einem Gegenschlag aus.

»Haken!«, brüllte Rieker instinktiv.

Und es kam, wie er es erwartet hatte. Der Große holte zu einem Haken aus, mit dem der Blonde nicht gerechnet hatte, weil er gerade selbst das Gesicht seines Gegners mit kräftigen Schlägen traktierte. Als die bloße Faust das Kinn des Blonden traf, wurde der Mann förmlich in die Höhe geschleudert und ging kurz darauf zu Boden – unter dem wütenden Gebrüll der Leute, die auf ihn gewettet hatten. Platt wie eine Flunder und vollkommen regungslos blieb er liegen. Der Ringrichter zählte ihn zwar noch an, hatte aber offensichtlich keine Hoffnung mehr, dass der Blonde noch aufstehen würde. Er schlug mit der flachen Hand auf den Boden, und Brambilla riss beide Arme in die Höhe, was ihn selbst beinahe auf die Matte geschickt hätte, so angeschlagen wirkte er.

Rieker nahm einen Schluck aus seinem Krug und wandte sich wieder um.

»Und, hast du gewonnen?«, fragte ihn die Schankfrau.

Rieker schüttelte den Kopf. »Ich habe nicht gewettet. Bin eben erst gekommen.«

Sie reichte zwei Krüge an einen Kerl neben Rieker und kassierte gleich.

»Ich hab gehört, dass Hinrichs heute da sein soll«, sagte er.

Das hatte er zwar nicht gehört, aber der Mann würde sich einen solchen Abend sicher nicht entgehen lassen. Wenn er schon mit dem Mordfall Kalferer nicht weiterkam, wollte Rieker wenigstens an einer anderen Front vorankommen.

»Es gibt viele Hinrichse«, sagte sie beiläufig.

»Du weißt, wen ich meine. Fünfzig-fünfzig«, gab Rieker zurück, was bei der Frau für ein leichtes Lächeln und ein Nicken sorgte.

»Sag das doch gleich. Ich hab ihn schon gesehen. Schau mal hinter dem Ring!«

Rieker leerte sein Bier und machte sich auf den nicht allzu weiten, aber durch die vielen Leute beschwerlichen Weg. Er vermied die Menschentrauben bei den Buchmachern, die bereits Wetten für die nächsten Kämpfe annahmen.

Rieker wollte zu einem Mann, mit dem er vor ein paar Wochen zum ersten Mal Kontakt gehabt hatte. Hinrichs bot eine besondere Dienstleistung an. Der alte Knabe lebte davon, dass er den Leuten Tipps für den Ausgang der nächsten Kämpfe gab. Er verlangte dafür kein Geld, sondern nur eine Gewinnbeteiligung: Die Hälfte des Gewinns strich er ein. Daher der Spitzname »Fünfzig-fünfzig«. Ging die Wette hingegen daneben, hatte er selbst keinen Verlust gemacht.

Rieker entdeckte Hinrichs an einem der Pfosten. Der kleine, eingefallene Mann mit dem gezwirbelten Schnurrbart musste schon an die siebzig Jahre alt sein. Neben ihm hatte sich dieser Brambilla breitbeinig und mit verschränkten Armen aufgebaut – der Boxer, der eben den Kampf für sich entschieden hatte. Ein weiterer Kerl von ähnlichem Kaliber mit einem schwarzen Schnäuzer stand auf Hinrichs anderer Seite. Die beiden Großen sahen aus, als wären sie Brüder.

»Hey, Hinrichs!«, machte Rieker ihn auf sich aufmerksam.

Das Schwergewicht mit dem Schnurrbart blickte Rieker prüfend an. Der Angeber ließ seine Muskeln spielen.

»Du!«, krächzte Hinrichs zurück und gab seinem Wachmann mit einer schnellen Geste zu verstehen, dass der Ankömmling in Ordnung war.

Der Boxer ließ ein paar Münzen im Bund seiner Hose verschwinden.

»Lange nicht gesehen«, knarzte Hinrichs.

»Hatte viel zu tun«, gab Rieker kurz angebunden zurück.

»Sag noch mal …«, machte Hinrichs mit einer auffordernden Geste.

»Kurt.«

Hinrichs nickte. »Na, willst wohl einen Tipp?«

»Läuft das Geschäft?«

»Man kann nur klagen«, antwortete Hinrichs grinsend.

Brambilla lachte glucksend über den Scherz.

Hinrichs trug einen Anzug mit Weste, der noch aus der Zeit stammte, als er breiter gewesen war. Der Stoff schlackerte um seine dünnen Beine. Tiefdunkle Augenringe lagen unter seinen wachsamen Äuglein, die etwas zu eng beisammenstanden. Ein weißer Flaum war alles, was an Haaren auf dem Schädel zurückgeblieben war.

»Gehört der Glatzkopf zu dir?«

Hinrichs schüttelte den Kopf. »Der nicht, aber sein Bruder.« Er zeigte auf den Mann mit Schnurrbart, der beim Grinsen eine Lücke in den oberen Schneidezähnen präsentierte. »Er sorgt dafür, dass die Leute mir den Anteil, den sie mir schulden, auch wirklich auszahlen.«

Während er das sagte, kam ein junger Mann dazu und

übergab Hinrichs eine Handvoll Münzen, die ungezählt in der schwer aussehenden Hosentasche des Alten verschwanden.

»Hast wohl den richtigen Riecher gehabt«, sagte Rieker.

»Klar!«

»Hast du für mich auch was?«

»Im Kampf Reuer gegen Williams gibt's 10:1 für Reuer. Ein Anfänger, unbeschriebenes Blatt. Aber ich würde auf ihn setzen. Er ist schnell.«

»Du weißt, was ich meine«, sagte Rieker leicht genervt. »Mir geht es nicht ums Wetten.«

»Dann kann ich dir heute nicht helfen.«

»Herr Rieker?«

Rieker spürte eine Hand auf seiner Schulter. Er erstarrte. Das konnte doch nicht sein!

»Mensch, das ist ja was, Sie hier zu treffen!«, sprach der junge Mann weiter. Er roch nach Schnaps.

»Bist du bescheuert? Was willst du denn von mir?«, blaffte er in Krachts erstauntes Gesicht.

Der Assistent zuckte zurück.

»Aber …«

Rieker packte den verdutzten Criminalsekretär am Kragen und herrschte ihn an: »Geh deinen Freund woanders suchen!«

Kracht schien endlich zu kapieren, dass sein Auftauchen nicht genehm war. Einigermaßen geistesgegenwärtig murmelte er: »O ja, ich … ich hab Sie wohl verwechselt.« Er drehte sich zu seinem Kumpan, der gerade seinen Wettanteil bei Hinrichs abgegeben hatte.

Rieker wandte sich wieder an Hinrichs. »Nur Verrückte hier.«

»Was sollte das denn sein?«, fragte der Alte argwöhnisch. »Herr Rieker? Hä?«

»Also, mich hat noch nie jemand Herr genannt. Da musst auch du nicht mit anfangen. Kannst bei Kurt bleiben. Oder Kurti.«

Hinrichs sah ihn aus seinen kleinen Augen prüfend an. »Ich muss jetzt. Das Geld verdient sich nicht von alleine, Jungchen. Nichts für ungut!«

Kapitel 16

Samstag, 23. April 1887

Als Johannas Vater mit Schermann im Herrenzimmer verschwand, um eine Zigarre zu rauchen, fiel ihre Mutter förmlich über sie her.

»Er gefällt dir, er gefällt dir«, flüsterte sie mit einem für sie ungewohnten Singsang in der Stimme.

Johanna widersprach nicht, was die Begeisterung ihrer Mutter noch weiter steigerte. Sie schenkte ihrer Tochter sogar etwas von dem Pfirsichlikör ein und reichte ihr das feine Glas.

»Er beobachtet dich die ganze Zeit!«

»Ja, das ist mir auch aufgefallen.«

»Und, was denkst du?«

»Er ist freundlich, aufmerksam und sicherlich gebildet.«

»Und dazu ist er sehr adrett, gib es doch zu!«

»Maman!«

»Ich sehe doch, wie du ihn anschaust. Und es hat dir gefallen, wie er singt. Du hast ja jetzt noch ganz rote Wangen.«

Johanna nickte, was ihre Mutter dankbar gen Himmel blicken ließ, als seien ihre Gebete endlich erhört worden.

»Da hat deine Mutter also doch einmal eine wirklich gute Idee gehabt, ihn einzuladen.«

Johanna konnte auch dem nicht widersprechen. Norbert war endlich ein Kandidat, den ausführlicher zu prüfen sich lohnen könnte. Es gab wahrscheinlich nicht allzu viele Junggesellen, die so attraktiv waren wie er, dazu in guter Position und von unbescholtenem Ruf. Ein Mann, der sowohl ihrer Mutter als auch ihrem Vater gefallen würde – und Johanna selbst auch. Und dazu noch einer, der Lieder von Brahms auswendig vortragen konnte!

Johanna trank den Pfirsichlikör und wunderte sich nicht schlecht, als ihre Mutter ihr nachschenkte.

»Zur Feier des Tages!«, sagte sie und stand auf, nachdem sie ausgetrunken hatten.

»Ich gehe die Männer holen. Spiel noch ein wenig Klavier! Das wird ihnen gefallen.«

Johanna setzte sich ans Instrument, klimperte aber nur ein wenig vor sich hin. Der Besuch des Staatsanwalts brachte sie gehörig durcheinander, das musste sie zugeben.

Die Tür öffnete sich. Als sie nur eine Person hörte, ahnte sie, dass man Norbert und ihr wohl Gelegenheit für eine private Unterhaltung geben wollte.

»Sie kehren alleine zurück?«, fragte Johanna mit gespielter Überraschung und drehte sich zu Norbert um.

»Ihre Eltern haben noch einen wichtigen Topos zu besprechen. Ich hoffe, es ist Ihnen genehm, sich kurz mit meiner Gesellschaft zu begnügen.«

Er kam nahe an sie heran – so nahe, dass Johanna seinen Geruch wieder deutlich wahrnahm. Sie stand auf, doch er wich nicht zur Seite, sodass sie sich aufregend nah gegenüberstanden. Johanna erschauderte.

»Sie haben eine sehr passable Singstimme«, lobte sie und drückte sich an ihm vorbei zur Sitzgruppe, wo sie auf dem Sofa Platz nahm.

»Man könnte fast meinen, Sie wären auch in der Oper gut aufgehoben.«

»Oft sind die Gerichtsverhandlungen wie Opernaufführungen – bloß ohne Gesang, aber mit viel Schauspiel, Spannung und Drama«, erwiderte er und setzte sich neben sie. »Und Sie spielen sehr gut Klavier, Fräulein Johanna.«

»Ergehen wir uns nicht in falschen Schmeicheleien, Herr Schermann. Mein Klavierspiel bedarf dringend einiger Übung. Hätte ich nur die Zeit dafür.«

»Bitte, nennen Sie mich Norbert! Was könnte einem Fräulein wie Ihnen die Zeit rauben, um sich mit Musik zu beschäftigen? Sie lesen sicher viel und gerne!«

»In diesem Punkt schätzen Sie mich ganz richtig ein. Kennen Sie Baudelaire?«

Norbert sah sie erstaunt an. »Den französischen Sozialisten?«

»Es geht um Poesie, nicht um Politik.«

»Es geht immer auch um Politik, Fräulein Johanna. Zumal Sie sich vorhin selbst auch schon solidarisch mit dem Proletariat zeigten.«

»Sie kennen Baudelaire also nicht«, schlussfolgerte Johanna etwas enttäuscht.

»Und wenn doch?«

Sie sah ihn abwartend an.

»Mein Französisch ist nicht gut genug, um ihn zu zitieren, aber ich habe seine ›Blumen des Bösen‹ durchaus gelesen. Recht morbid, will mir scheinen. Ich frage mich, wie das zu einer so lebensfrohen Person wie Ihnen passt.«

»Schockiert es Sie, dass ich Baudelaire mag?«, fragte Johanna.

Der Staatsanwalt dachte einen kurzen Moment nach, dann sagte er: »Nein, ich finde es eher aufregend, mit Ihnen eine Frau kennenzulernen, die so ganz anders ist als die meisten jungen Damen unserer Zeit. Das habe ich schon bei unserem ersten Tanz gespürt.«

»Ich bin Ihrer Aufforderung ehrlich gesagt nur nachgekommen, um meine Mutter zu ärgern«, gab Johanna zu und grinste verstohlen.

»Ich hatte bisher nicht den Eindruck, dass sich Ihre Mutter darüber ärgert, dass wir beide uns gut verstehen.«

»Äh, ja. Jetzt. Aber sie schätzt es nicht, wenn ich ohne ihren Segen mit fremden Männern tanze.«

»Selbstverständlich«, sagte er. »Aber dass Sie es trotzdem getan haben, beweist, dass der Eindruck zutrifft, den ich von Ihnen gewonnen habe. Sie sind …« Er überlegte, als suche er den rechten Begriff.

»… rebellisch«, schlug Johanna vor.

»Vielleicht kann man es so formulieren.« Er grinste. »Ich schwankte eben zwischen aufwieglerisch, trotzig und ungehorsam.«

Johanna fühlte sich ertappt, und gleichzeitig schlug ihr Herz noch schneller als zuvor. Sie blieb bei ihrer Maxime, dass Angriff die beste Verteidigung war, und erwiderte: »Und Sie sind recht anmaßend, Ihrer Gastgeberin solche Eigenheiten zu unterstellen.«

»Ich denke, Sie wissen genau, dass ich Sie nur necke, meine Liebe.«

Johanna ärgerte sich, dass seine Worte sie sofort still werden ließen. Der Mann, dessen Hand nun auch auf dem Sofa lag, ganz nah bei ihrer, strahlte große Selbstsicherheit aus.

»Ich weiß nicht, wie lange die Besprechung Ihrer Eltern dauern wird«, sprach er ernst weiter. »Daher möchte ich kurz entschlossen auf ein Thema zu sprechen kommen, welches ich zunächst gerne mit Ihnen unter vier Augen behandelt wissen möchte, Fräulein Johanna.«

»Und das wäre?«, fragte sie.

»Sie sind eine außergewöhnlich interessante junge Frau, dazu intelligent und hübsch. Ich wage kaum zu hoffen, dass Ihr Herz nicht schon einem anderen Mann gehört.«

Obwohl Norbert Schermann die ganze Zeit so souverän gewirkt hatte, zuckte jetzt seine Unterlippe nervös.

»Sie sind sehr direkt«, sagte sie und versuchte, ihre Stimme unbeeindruckt klingen zu lassen.

»Das mag an meinem Beruf liegen.«

»Mein Herz ist frei«, hörte sich Johanna zu ihrer eigenen Überraschung sagen.

Schermann lächelte erleichtert und zufrieden. »Dann wollen Sie mir erlauben, um Sie zu werben?«

Seine Hand hatte sich während des Gesprächs in kaum merkbaren Bewegungen auf ihre zubewegt. Jetzt ergriff er sie. Seine Haut war warm und – wohl vor Aufregung – leicht feucht.

»Mir geht das ein wenig zu schnell, Norbert«, sagte Johanna und entzog ihm ihre Hand.

»Verzeihen Sie meine Ungehörigkeit …«

»Wir sollten uns zunächst besser kennenlernen, bevor wir solche Dinge besprechen.«

Johanna bemerkte einen Funken in seinen Augen. Hatte sie ihn verärgert? Für einen Moment waren seine Lippen wie versteinert, doch dann nickte er zustimmend.

»Sie haben recht, mein liebes Fräulein Johanna. Ich darf Sie doch so nennen?«

Sie wusste nicht, ob ihr das jetzt schon gefiel, und suchte nach einer Formulierung, es ihm mitzuteilen, ohne ihn vor den Kopf zu stoßen. Doch den Moment der Pause deutete er offenbar als Bestätigung. Sein warmes Lächeln kehrte zurück.

»Ich befürchte nur, dass ich vielleicht nicht ganz die bin, die Sie erwarten«, sagte Johanna.

»Als Staatsanwalt gewinnt man eine recht genaue Menschenkenntnis. Ich glaube, Sie schon sehr gut einschätzen zu können.«

»Ach? Und wie schätzen Sie mich ein?«

»Sie sind eine junge Frau aus gehobenem Hause«, begann er. »Soweit ich weiß, sind Sie das einzige Kind Ihrer Eltern, was häufig dazu führt, dass es mit Liebe überschüttet wird – aber auch mit höchsten Erwartungen.«

Johanna nickte.

»Sie haben eine umfassende Bildung genossen, sollen eine hervorragende Reiterin sein und hegen offenbar Sympathien für sozialistische Ideen und die Frauenbewegung.«

»Spricht etwas dagegen?«

»Mit Ihrem rebellischen Wesen und der Schwelgerei in

trübseligen Stimmungen machen Sie Ihren Eltern das Leben nicht leicht.«

»Das alles glauben Sie, von mir zu wissen?« Johanna verspürte, wie der Trotz in ihr wuchs. Sie musste zugeben, dass Norbert mit seiner Einschätzung nicht falschlag, aber gerade das ärgerte sie. Doch zugleich fühlte sie sich mit jedem seiner Worte mehr von diesem Mann angezogen.

»Ich denke, das genügt«, sagte er.

»Nein, sprechen Sie weiter! Bisher haben Sie keine Eigenheit genannt, die sich mit ein bisschen Beobachtung nicht leicht feststellen ließe.«

»Ich denke, Sie sind zutiefst romantisch veranlagt und nicht willig, eine Verbindung mit einem Mann einzugehen, der Ihr Herz nicht voll und ganz für sich gewinnen kann. Gleichzeitig fürchten Sie sich davor, dass ein anderer Mensch Ihnen zu nahe kommen könnte. Bei mir fragen Sie sich, ob ich vielleicht …«

»Es ist genug!«, fiel Johanna ihm ins Wort.

Er lehnte sich selbstzufrieden zurück, was sie nur noch wütender machte.

»Wenn Sie so genaue Resümees geben können«, sagte sie, »dann bin ich gespannt, was Sie zu sich selbst zu sagen haben.«

Schermann betrachtete sie mit einem überlegenen Lächeln. »Gerne. Ich habe meine Kindheit auf einem eher bescheidenen Landgut in Brandenburg verbracht.«

»Sie haben vorhin einen Zwillingsbruder erwähnt?«

»Paul ist im Winter auf dem Fischweiher eingebrochen. Ich habe versucht, ihn zu retten, aber …«

Sie sah Norbert an, dass ihn die Erinnerung aufwühlte. »Das tut mir leid.«

»Seither fühle ich in mir eine Leere, die mich nicht loslässt. Immerhin waren wir die dreizehn Jahre davor jeden Moment unseres Lebens zusammen.«

»Und es hat noch keine Frau gegeben, die diese Leere zumindest ein wenig ausfüllen konnte?«

»Ich war einmal verlobt; das möchte ich Ihnen nicht verheimlichen, liebe Johanna. Doch das ist sechs Jahre her.«

»Es kam nicht zur Hochzeit?«, merkte sie an.

Er schüttelte den Kopf. »Es stellte sich heraus, dass sie ihr Herz längst einem anderen Mann geschenkt hatte.«

»Das tut mir leid.«

»Mir nicht«, sagte er, und erneut ging sein gewinnendes Lächeln auf wie die Sonne im Frühjahr. »Ansonsten hätte ich *Sie* nicht kennengelernt.«

Er nahm ihre Hand erneut in seine – und dieses Mal ließ Johanna es geschehen. Sie blickten sich schweigend in die Augen und hielten sich aneinander fest. Johannas Atem ging immer aufgeregter, und ihr Herz schlug wild in ihrer Brust.

»In Deinem Aug' die Sonne steigt und sinkt«, flüsterte er.

Johanna erkannte den Vers sofort. Baudelaire! Die Hymne an die Schönheit.

»Verströmst die Düfte der Gewitternacht. Von deinen Lippen man den Zauber trinkt.« Sein Kopf näherte sich ihrem. Sie hielt erwartungsvoll die Luft an.

»Der Helden feige, Kinder mutig macht«, vervollständigte Johanna mit rasendem Herzen.

Ihre Nasenspitzen berührten sich zuerst, dann die Lippen. Ganz zart, aber es fühlte sich an wie ein Feuerwerk! Schermanns packte ihre Hand voller Leidenschaft. Er drängte sich ihr entgegen. Einen Moment wollte Johanna nichts anderes, als sich ihm zu ergeben, doch dann löste sie sich von ihm.

»Meine Eltern werden jeden Moment zurückkehren«, hauchte sie. »Glauben Sie mir.«

Schermann zog sich zurück. »Verzeihen Sie!«, bat er.

Johanna spürte ein aufregendes Kitzeln, wo sich ihre Lippen berührt hatten. Sie presste ihren Mund zusammen und spürte dem Kuss nach.

»Sie mögen zum Teil richtiggelegen haben mit Ihrer Einschätzung zu meinem Wesen«, sagte sie, »aber stellenweise lagen Sie auch gehörig daneben. Dass ich unverheiratet bin, liegt nicht an einem Mangel an Kandidaten. Vielmehr bin ich nicht bereit gewesen, meine Ziele und Überzeugungen für eine Ehe zurückzustellen. Und ich bin auch heute nicht ohne Weiteres dazu bereit.«

»Welche Ziele und Überzeugungen sind das, die uns voneinander fernhalten könnten?«, fragte er leise.

»Ich unterrichte arme Frauen«, gab sie zu.

Johanna erschrak über ihre Offenheit und nahm die Hand vor den Mund.

Schermann blickte sie skeptisch an.

»Frauen benötigen Bildung, um sich aus ihren prekären Lebenssituationen befreien zu können. Wohlstand kann nicht ohne Bildung entstehen.«

»Sie meinen das ernst?« Schermann musterte sie missbilligend.

Johanna rückte weiter ab von ihm. »Sie haben es doch eben selbst gesagt, dass ich sozialistischen Idealen nacheifere und Anhängerin der Frauenbewegung bin. Damit hatten Sie recht. Ich habe sogar eine eigene Schule eröffnet. Und wenn Sie das schockiert, brauchen wir über romantische Gefühle und innige Beziehungen kein weiteres Wort zu verlieren.«

Seine Augen weiteten sich. »Sie sind die Johanna mit der Schule in den Gänge...« Er stockte.

Johanna erstarrte. Woher konnte er das wissen? »Was meinen Sie?«

Er schüttelte den Kopf, und bevor sie weiter darüber nachdenken konnte, klopfte es an der Tür. Mehr als diese kleine Warnung gaben die Eltern ihnen nicht. Ihr Vater wirkte, als sei er erleichtert darüber, die Tochter nicht im Arm des Gastes vorzufinden – ihre Mutter eher enttäuscht.

»Verzeihen Sie, dass wir kurz abwesend waren«, flötete Minna Ahrens. »Ich hoffe nur, unsere Johanna war Ihnen eine gute Gastgeberin.«

Schermann stand auf. »Das kann man sagen. Wir hatten eine durchaus anregende Konversation.«

»Ach wie schön! Aber Sie haben ja gar nichts mehr zu trinken, Herr Schermann.«

Johanna hörte zwar die Worte, die gesagt wurden, doch ihre Gedanken kreisten unheilvoll um den letzten Satz des Staatsanwalts. »Sind Sie die Johanna mit der Schule in den Gängevierteln?« Er hatte das mit einem entsetzten Tonfall gesagt und geendet, als sei er selbst erschrocken.

»Ich hätte ein weiteres Glas ohnehin ablehnen müssen,

Frau Ahrens«, sagte Schermann mit süßer Liebenswürdigkeit in seiner Stimme. »Es ist gleich schon zehn.«

»Ich verstehe«, sagte Johannas Mutter mit einem betrübten Unterton und einem Blick, als gebe sie ihrer Tochter die Schuld daran, dass der Gast schon aufbrechen wollte.

Und vielleicht stimmte das ja sogar, dachte Johanna, nur wusste sie nicht, ob sie sich deshalb betrübt oder erleichtert fühlen sollte.

Ein paar Stunden später klopfte Johanna vorsichtig gegen die schlichte Tür. Sie wollte Elma nicht wecken, die in der Kammer nebenan schlief, aber Anita wurde von dem Klopfen einfach nicht wach. Also fasste sie sich ein Herz und trat ohne Aufforderung ein.

Mondlicht, das durch das kleine Giebelfenster drang, tauchte die Kammer des neuen Mädchens in ein milchiges Licht, das so schwach war, dass sie das Bett und die darin schlafende Gestalt nur erahnen konnte.

Johanna beugte sich zu Anita und flüsterte den Namen des Mädchens, während sie vorsichtig an ihrer Schulter rüttelte, die unter der Decke hervorschaute.

»Was?«

»Psst!«, machte sie. »Ich bin es, Johanna!«

»Wieso? Habe ich etwas vergessen?«

»Leise!«, forderte Johanna sie flüsternd auf. »Nein, du hast nichts vergessen. Ich kann nicht schlafen.«

Anita schien nun endlich wach zu sein und setzte sich auf.

»Sie können nicht schlafen?«, fragte sie flüsternd und

auch leicht vorwurfsvoll. Vermutlich konnte sie nicht nachvollziehen, warum man sie deshalb weckte.

Johanna hatte sich nach der Verabschiedung Schermanns gleich zurückgezogen und den Satz des Staatsanwaltes gedanklich hin und her gewälzt. Was hatte es zu bedeuten, dass er schon von Johanna aus der Schule in den Gängevierteln gehört hatte? Drei Stunden hatte sie zu schlafen versucht, aber all die Fragen und Gefühle, die in ihr stritten, hatten sie wach gehalten.

»Ist es wegen des Herrn?«, fragte Anita schläfrig, aber interessiert.

»Ja, aber nicht, wie du denkst.«

Das Mädchen rückte zur Seite und machte so Platz für Johanna. Sie wies auffordernd neben sich.

»Er wusste von der Schule«, flüsterte Johanna, als sie auf dem schmalen Bett saß.

»Woher sollte er davon wissen?«

»Ich weiß es nicht sicher. Als er davon sprach, traten die Eltern ein. Und er ist daraufhin zu sich nach Hause aufgebrochen.«

»Sein Kutscher war erstaunt, dass er schon fahren wollte, aber auch froh«, sagte Anita.

»Erstaunt? Woher weißt du das?«

»Er hat in der Küche gewartet und mit uns gegessen«, erklärte Anita leise. Sie rieb sich die Augen. »Wie spät ist es eigentlich?«

»Gleich drei. Hat er irgendetwas über seinen Herrn gesagt?«

Anita dachte einen Moment nach. »Er arbeitet eigentlich

nur gelegentlich für den Staatsanwalt. Bringt ihn zur Arbeit, versorgt das Pferd, erfüllt Aufgaben als Hausmeister und holt ihn wieder ab. Abends ist er normalerweise zu Hause, außer er wird speziell benötigt. Mir kam es seltsam vor, dass sein Herr ohne weitere Dienerschaft alleine in seinem Haus lebt.«

»Ach, tut er das?« Johanna wunderte sich ein wenig. Zumindest einen Hausdiener hätte sie erwartet. Oder eine Köchin.

»So hat der Kutscher es gesagt.«

»Hat er auch gesagt, wo Herr Schermann wohnt?«

»Wohl gar nicht so weit entfernt. Irgendwo in Rotherbaum. Aber nicht in einem der ganz feinen Anwesen.«

Johannas Herz setzte einen Schlag aus. Sie stand auf.

»Was ist?«, fragte das Mädchen.

»Du hast mir sehr geholfen, Anita. Jetzt schlaf weiter.«

»Wirklich?« In dem fahlen Licht wirkte es, als sei sie endlich vollkommen wach.

»Ja«, sagte Johanna. »Wobei, eine Sache habe ich noch. Ich kann morgen nicht mit den Eltern zum Gottesdienst gehen – und am Nachmittag auch nicht zur Beerdigung des alten von Hanten. Ich werde meiner Mutter sagen, dass ich unpässlich bin. Falls ich noch nicht zurück sein sollte, wenn sie später nach mir sehen möchte, dann sag ihr, dass ich schlafe und Ruhe brauche.«

»Aber wo wollen Sie denn schon wieder …«

»Kein Aber!«, fiel Johanna ihr ins Wort. »Danke!«

Kapitel 17

Sonntag, 24. April 1887

Rieker hatte Kracht am vergangenen Abend nicht mehr gesehen. Nach dem verunglückten Gespräch mit Hinrichs hatte er die Kämpfe unverzüglich verlassen und war missmutig nach Hause gegangen. Wenn das so weiterging, waren bald alle seine Kontakte verbrannt.

Auf dem Heimweg hatte er erneut diesen Mann gesehen, der ihm schon einmal am Stadthaus aufgefallen war. Der große Kerl im langen Mantel hatte sich zur Seite gedreht, als Rieker ihn bemerkt hatte, und war hinter einer vorbeiziehenden Gruppe von Trinkern in den Schatten verschwunden. Vielleicht war es nur ein Zufall gewesen. Oder es handelte sich um verschiedene Männer. Das Gesicht hatte er bei beiden Begegnungen nicht erkennen können, aber die Art seiner Bewegungen hatte etwas in Rieker anklingen lassen. Er war in die Richtung gegangen, um sich zu vergewissern, doch der Mann blieb verschwunden.

Als Rieker kurz darauf die Tür zu seiner Wohnung öffnete, hatte er an den armen Kater denken müssen und für einen Moment befürchtet, erneut ein totes Tier vorzufinden. Aber die Wohnung war zum Glück unberührt gewesen. Weder ein Kadaver noch ein Zettel lagen dort herum, sodass Rieker seinen guten Anzug gereinigt und sich irgendwann zu Bett begeben hatte, um in einen unruhigen Schlaf zu fallen.

Schon früh am Morgen war er dann ins Stadthaus aufgebrochen, um sich auf dem Weg in Ruhe die nächsten Schritte zu überlegen. Am heiligen Sonntag sollte es nicht allzu viele Störungen geben. Breiden war sicherlich bei seiner Familie. Und Criminalinspektor von Stresenbeck würde nach dem Gottesdienst mit Sicherheit seine Loge besuchen. Dort würde er mit anderen Herren der Gesellschaft zu Mittag speisen, Zigarren rauchen, teuren Cognac zu sich nehmen und vorrangig an seinem Ziel arbeiten, in die Hamburgische Bürgerschaft gewählt zu werden. Rieker konnte also in aller Ruhe nachdenken, doch es brachte ihn nicht weiter.

In Sachen Mord an Ansje Kalferer befand er sich nämlich schlicht und ergreifend in einer Sackgasse. In der Hoffnung auf eine plötzliche Eingebung las er die am Vortag erstellten Notizen abermals durch, doch leider fiel ihm nichts auf. Er überlegte, noch einmal zu Kalferer zu gehen, doch was sollte ein erneuter Besuch beim Ehemann der Toten nutzen? Die einzige Person, die ihm vielleicht weiterhelfen könnte, war Achtfinger-Jens. Aber der würde ihn nicht mehr ohne Weiteres zu sich vorlassen – und erst recht nicht die Namen seiner reichen Kunden verraten, denen er junge Frauen zuführte.

Nachher sollte Kracht kommen, aber Rieker hatte keine Ahnung, was er mit dem Criminalsekretär besprechen, geschweige denn ermitteln könnte. Eigentlich blieb nicht viel mehr, als das Umfeld von Ansje Kalferer zu durchleuchten.

Sie könnten die Namen ihrer Freundinnen in Erfahrung bringen und die Frauen dann befragen. Vielleicht ließen sich aus der Freundin, von der Johanna Ahrens gesprochen hatte, noch mehr Hinweise herausholen. Aber würde das reichen, um der Lösung des Falls so weit näher zu kommen, dass sie von Stresenbeck morgen einen Mörder präsentieren konnten?

»Nicht verzagen, Zeugen befragen«, ging ihm ein weiterer Spruch seines Mentors durch den Kopf. Rieker wünschte, der alte Commissar wäre noch da. Er hatte nie an sich gezweifelt und Rieker immer angespornt, sein Bestes zu geben. Er selbst hatte dafür das treffendste Beispiel abgegeben. Bis bei einer Ermittlung im Hafengebiet sein Herz einfach aufgehört hatte zu schlagen.

Es klopfte.

»Herein!«

Die Tür öffnete sich.

Rieker traute seinen Augen kaum. »Sie?«

»Ja, ich«, sagte die junge Frau trotzig.

»Wollen Sie verreisen?«, fragte er und nahm damit Bezug auf die kleine Reisetasche aus Leder, die sie bei sich trug.

»So einfach werden Sie mich nicht los«, gab Johanna Ahrens zurück.

»Sollten Sie nicht mit Ihrem Vater in der Kirche sitzen?« Es fiel Rieker schwer, nicht vollkommen unfreundlich zu sein.

Sie zog die Tür hinter sich ins Schloss und fiel sofort mit ihr ins Haus: »Ich glaube, ich weiß, wer Ansje umgebracht hat.«

»Was soll das heißen, Sie glauben es?« Rieker saß mit einem Mal aufrecht da und sah sie verwundert an. »Waren Sie etwa bei Achtfinger-Jens?«

»Nein«, sagte sie überrascht, machte dann aber ein Gesicht, als habe sie diese Möglichkeit nur noch nicht in Betracht gezogen.

»Und woher wollen Sie dann wissen, wer ihr Mörder ist? Etwa von einer anderen Freundin, der Ansje den Namen des Mannes genannt hat?«

»Nein«, wiegelte sie missmutig ab. »Es ist anders. Schwierig zu erklären. Ich denke, ich weiß, wer es getan haben könnte.« Etwas gequält gestand sie: »Aber ich habe keine Beweise.«

Das hatte Rieker sich gedacht. Er erwartete keine wirkliche Hilfe mehr von ihr, vor allem nicht nach dem Besuch in der Villa ihres Vaters, bei dem sie doch tatsächlich versucht hatte, ihn zu erpressen. Auf der anderen Seite hatte sie unbestreitbar ein paar Informationen ausgegraben, die ihm neu gewesen waren.

»Und wer ist Ihrer Meinung nach der Täter?«, fragte er mit der leisen Hoffnung, dass es sich nicht nur um das Hirngespinst eines reichen, verzogenen Mädchens handelte.

»Das sage ich Ihnen nicht einfach so«, erwiderte sie.

»Also doch«, entfuhr es ihm laut.

»Was meinen Sie?«

»Ich hatte schon angenommen, dass Sie Humbug reden. Erst sagen Sie, Sie wissen, wer der Mörder ist, dann wollen Sie es nicht verraten.«

»Ich habe betont, dass ich es Ihnen nicht *einfach so* sagen will! Das ist alles. Für einen Criminalcommissar hören Sie bemerkenswert schlecht zu.«

Rieker sprang so wütend auf, dass sein Stuhl nach hinten kippte. In einem geräumigeren Bureau wäre das Möbel scheppernd zu Boden gestürzt, aber hier hielt das Bücherregal die Lehne auf.

»Und für ein Fräulein aus gehobenem Haus sind Sie bemerkenswert unverschämt. Wenn Sie mir etwas zu Protokoll zu geben haben, dann tun Sie das. Ansonsten lassen Sie mich in Ruhe, verdammt!«

Die Wangen der jungen Frau röteten sich, und ihre Augen verschossen bohrende Blitze. Doch schließlich gelang es ihr, die Fassung zu wahren.

»Gut«, sagte sie. Mit spitzen Lippen und zusammengezogenen Augenbrauen zog sie sich den zweiten Stuhl heran.

»Ich darf mich ja wohl setzen?«, stellte sie mehr fest, als dass sie fragte.

Statt einer Antwort öffnete Rieker die rechte Hand und richtete sich dann seinen eigenen Stuhl zurecht. Er bezweifelte, dass er gleich etwas Bemerkenswertes zu hören bekommen würde. Vielleicht, dachte er, war sie einfach süchtig nach Aufmerksamkeit? So etwas sollte es bei reichen Frauen zuhauf geben.

»Also, wer soll nun der Mörder gewesen sein?«

»Was ich mit Ihnen bespreche, muss vollkommen unter uns bleiben. So wie unsere bisherige Abmachung.«

»Ich würde das nicht als Abmachung bezeichnen, da ich dem Ganzen nie zugestimmt habe.«

»Aber Sie sind lieber durch den Hinterausgang der Villa verschwunden, als sich mit meinem Vater auseinanderzusetzen.«

Dem konnte Rieker nicht viel entgegensetzen.

»Also behalten Sie es für sich, dass Sie die Information von mir haben?«, bohrte sie nach und blickte sich gereizt um.

Rieker brauchte nicht lange zu überlegen. Wenn ihr Verdacht sich als kindischer Unfug entpuppte, würde er sie einfach wegschicken. Und sofern sie wider Erwarten doch etwas wusste, was ihn in dem Fall weiterbrachte … Nun, dann würde er der Sache nachgehen und könnte ruhig Stillschweigen über ihre Beteiligung wahren.

»Es bleibt unter uns«, sagte er kurz.

»Gut«, antwortete sie erleichtert. Mit ernster Miene raunte sie: »Mein Verdacht ist etwas delikat.«

»Immer frei von der Leber weg!«, versuchte Rieker, sie dazu zu bringen, die Katze endlich aus dem Sack zu lassen.

Johanna Ahrens atmete noch einmal bedeutungsschwanger durch.

»Es mag verrückt klingen, aber ich bitte Sie, mich wirklich erst anzuhören, bevor Sie sich ein Urteil bilden«, sagte sie dann.

»Jetzt reden Sie endlich!«

»Kennen Sie Norbert Schermann?«

»Ich kenne nur einen Staatsanwalt dieses Namens«, antwortete er verwirrt und fügte auf das Nicken der jungen Frau ein deutliches »Nein« nach. »Sie wollen nicht wirklich behaupten …«

»Er war gestern bei uns. Meine Mutter hatte ihn eingeladen, weil sie nach einer guten Partie für mich sucht.«

So selbstsicher sie auch sonst sein mochte, diese Worte schienen ihr doch unangenehm zu sein. Ihre Wangen nahmen eine tiefrote Farbe an.

»Er hat dabei etwas erwähnt, was er nicht wissen dürfte«, fügte sie hinzu. »Er wusste, dass es in den Gängevierteln eine Schule gibt, die von einer Johanna betrieben wird.«

»Er kannte Ihre Schule?«

»Ansje muss mit ihm darüber gesprochen haben«, schlussfolgerte sie und sah ihn erwartungsvoll an.

»Darauf stützt sich Ihr Verdacht, Fräulein Ahrens?«

»Das ist noch nicht alles. Also, ich habe ihn am Abend des Mordes kennengelernt. Ich war mit meinen Eltern auf einem Fest mit Tanz. Schermann kam sehr spät und hat mich aufgefordert. Und ich habe festgestellt, dass seine Hosen einen schmutzig-nassen Rand hatten.«

»Es wird geregnet haben, wie fast immer in dieser Stadt«, entfuhr es Rieker.

»Es hat wirklich geregnet, aber seine Schuhe waren sauber und trocken. Wenn ich darüber nachdenke, sah es aus, als habe er vorher Stiefel getragen.«

»Und dann die Schuhe gewechselt. Das würde ich auch tun«, sagte Rieker und strich sich eine Schuppe vom Revers seines Anzugs.

»Vielleicht«, gab sie kleinlaut zu. »Aber dann hat er bei uns gesungen.«

Rieker fand sich in seiner Vermutung bestätigt, dass diese junge Frau offensichtlich nicht ganz bei Trost war.

»Er hat das Lied selbst ausgesucht. Brahms. ›Wie bist du, meine Königin‹. Ich weiß von Ansjes Freundin, dass er sie so genannt hat. Meine Königin!«

»Ihre Anschuldigung scheint mir sehr an den Haaren herbeigezogen zu sein«, warf Rieker ein.

Sie wehrte seinen Einwand mit einer Geste ihrer zartgliedrigen Hände ab. »Ich habe gestern die ganze Nacht darüber nachgedacht, ob ich zu Ihnen kommen soll. Ich weiß selbst, dass ich keinen Beweis habe, aber von der Schule wussten bisher nur die Frauen, die ich unterrichtet habe – und Sie. Und es passt auch, dass er vor vier Monaten nach Hamburg gekommen ist. Ansje hat ihrer Freundin gegenüber von ihm als *der Rotherbaumer* gesprochen. Und jetzt raten Sie, in welchem Stadtteil er wohnt? Und zwar ganz allein in einem Haus?«

Sie ließ Rieker keine Gelegenheit zu antworten, schien viel zu aufgeregt, als fürchte sie, sonst ein Argument auszulassen in ihrem Vortrag. »Und dann vergessen Sie bitte mal nicht, dass Sie ohne mich keine Ahnung hätten, wer die Leiche überhaupt ist. Da bin ich auch nur mit einem Verdacht zu Ihnen gekommen. So wie jetzt. Und ich habe ja wohl recht behalten. Oder etwa nicht?«

Als Zeichen, dass sie fertig war, ließ sie sich gegen die Lehne zurücksinken und blickte ihm erwartungsvoll entgegen.

Rieker ließ sich ihre Indizien durch den Kopf gehen, die ihn immer noch nicht überzeugten, aber ihm ein so unangenehmes Kribbeln in seinem Gehirn verursachten, dass er sich am Kopf kratzen musste.

»Wir müssen nur zu ihm und sein Haus durchsuchen«, erklärte sie weiter. »Bestimmt werden wir da Blutreste und die Tatwaffe finden.«

»Einfach das Haus eines Staatsanwalts durchsuchen? Und wer soll mir die Erlaubnis dafür geben? Etwa Ihr Vater?«

Johannas Gesicht wurde immer länger.

Rieker musste ihren Worten innerlich zustimmen. Ohne ihre Ahnung wüsste er vielleicht heute noch nicht, um wen es sich bei der Toten handelte. Aber eine Frau mit zur Identifizierung in die Leichenhalle zu nehmen, war eine ganz andere Sache, als auf eine bloße Annahme hin das Haus eines Staatsanwalts durchsuchen zu lassen.

»Und was, wenn wir dort nichts finden?«, sprach er seinen nächsten Gedankengang aus. »Soll ich etwa meine gesamte Karriere aufs Spiel setzen, nur weil ein Mann ein Brahms-Lied gesungen hat?«

»Ausgerechnet dieses *eine* Brahms-Lied!«, argumentierte Johanna Ahrens. »Dann müssen wir eben bei diesem Achtfinger-Jens nachfragen, wer der erste Freier war. Der wird uns sicher bestätigen, dass er Ansje an Schermann weitervermittelt hat.«

Es wurde ja immer besser!

»Das geht nicht«, antwortete Rieker kurz angebunden.

»Warum nicht?«

»Weil ich schon längst bei Achtfinger-Jens war. Von der Seite ist keine Auskunft zu erwarten.«

»Können Sie das nicht irgendwie aus ihm rauspressen?«

»Wie soll das gehen?«

»Ich weiß nicht. Vielleicht haben Sie ihm etwas anzubieten, was er braucht?«

Rieker schüttelte den Kopf. Er hatte selbst schon darüber nachgedacht, den Gedanken aber gleich wieder verworfen.

»Dann gehe ich eben alleine hin!«, sagte Johanna Ahrens entschlossen.

»Einen Teufel werden Sie tun!«, gab Rieker scharf zurück.

»Glauben Sie mir, ich bin ganz sicher, dass Norbert Schermann Ansje umgebracht hat. Ich habe das im Gefühl.«

Rieker gab ein gequältes Lachen von sich. Wo käme er hin, wenn er immer danach ginge, was jemand im Gefühl hatte? Auf der anderen Seite gehörte das Bauchgefühl dazu. Und seines rief ihm zu, als Ertrinkender nach der Planke zu greifen, die an ihm vorbeischwamm. Morgen wollte von Stresenbeck ein Ergebnis sehen. Breiden untergeordnet zu werden, würde Riekers Karriere in eine Sackgasse manövrieren, aus der es vielleicht kein Zurück mehr gäbe.

»Sie sollten nach Hause gehen, Fräulein Ahrens«, schlug er vor. »Ich werde derweil einen Weg suchen, wie ich diesen Staatsanwalt überprüfen kann, ohne gleich eine Durchsuchung bei ihm vorzunehmen. Das kann natürlich etwas dauern.«

»Ich hatte gehofft, dass Sie mehr Biss haben würden«, zischte sie als Antwort und stand auf. »Dann nehme ich die Sache eben selbst in die Hand. Und wenn ich falschliege, bin ich sogar froh darum. Aber ich kann nicht warten!«

»Warum haben Sie es denn nur so eilig?«, wollte Rieker wissen.

Doch sie antwortete nicht, sondern ging zur Tür.

»Bleiben Sie!«

Sie drehte sich zu ihm um. »Wieso, wollen Sie etwa doch mitkommen?«

»Sie können nicht zu Achtfinger-Jens gehen! Das ist kein Abenteuer für ein junges Mädchen der gehobenen Gesellschaft. Bei ihm handelt es sich um einen wirklichen Verbrecher.«

»Nennen Sie mich nicht so abfällig ein Mädchen. Und wenn Sie zu …«

Es klopfte. Beide hielten in ihrem Streit inne und wandten sich zur Tür. Rieker hoffte inbrünstig, dass es nicht Breiden sein mochte, und seine Gebete wurden erhört. Mit dem Mann, der nun den Kopf durch die Tür steckte, hatte er am allerwenigsten gerechnet.

Kapitel 18

Sonntag, 24. April 1887

»Herr Eilers«, begrüßte der Commissar den Neuankömmling.

»Sie hier?«, sagte der Angesprochene verwundert in Johannas Richtung.

»Und Sie auch, wie mir scheint«, erwiderte sie ebenso überrascht.

Jakob Eilers zog hinter sich die Tür zu. Mit der zusätzlichen Person im Raum war der Platz im Bureau des Commissars nahezu aufgebraucht. Der Totenfotograf lüftete den Zylinder und hielt ihn vor den schwarz glänzenden Stoff seines Mantels. Er wirkte außer Atem, als wäre er den Weg von seinem Atelier bis zum Stadthaus gelaufen.

»Was führt Sie zu mir, Herr Eilers?«, fragte Rieker.

»Ich habe …«, begann er. »… ich habe etwas entdeckt. Und was ich entdeckt habe, ist wahrlich grauenvoll.«

»Was denn?«, fragten Johanna und Rieker gleichzeitig.

»Man hat es nicht gesehen wegen der Unzahl von Stichen, die die junge Dame in den Rücken erhalten hat. Aber beim Präparieren habe ich festgestellt, dass ihr jemand …« Er sah aufgewühlt in die Runde, bevor er fortfuhr: »… dass ihr jemand das Herz aus dem Leib geschnitten hat!«

Johanna stieß einen Schrei aus.

Eilers hielt die Hand vor den Mund. Vermutlich fiel ihm erst jetzt auf, dass er so etwas in Anwesenheit einer jungen Frau nicht hätte sagen dürfen.

Rieker sprang von seinem Stuhl auf, sodass der Sitz erneut gegen das Regal geworfen wurde.

»Was sagen Sie?«, fragte der Commissar, wandte sich dann aber an Johanna: »Ich denke, es ist besser, wenn Sie jetzt nach Hause gehen. Soll ich Ihnen eine Kutsche …«

»Von wegen!«, rief Johanna empört. Sie würde sich nicht fortschicken lassen. »Wenn Sie mich wegschicken, stehe ich als Nächstes bei Achtfinger-Jens vor der Tür!«

Ihre Drohung schien Wirkung zu zeigen. Rieker atmete durch, sagte aber nichts dazu, dass Johanna auf dem Stuhl sitzen blieb. Der Totenfotograf blickte beide nur nervös an.

»Warten Sie«, sagte Rieker zu Eilers und nahm einen Stapel aus Papieren, Mappen und Büchern von einem vor dem Fenster stehenden Stuhl, der mit seiner Last als solcher nicht wahrnehmbar gewesen war. Er hob ihn über den Schreibtisch und reichte ihn so dem Totenfotografen.

»Nehmen Sie Platz. Ich denke, wir haben einiges zu besprechen.«

Johanna spürte noch einmal Eilers Blick auf sich, dann nahm er den Sitz entgegen und postierte ihn neben ihr. Es war so eng, dass sein Oberarm sie streifte, als er sich setzte.

»Ich weiß gar nicht, wie ich anfangen soll«, begann er erregt.

»Am besten geradeheraus«, schlug der Commissar vor.

Eilers nickte. »Also gut. Ich bin heute mit Fräulein

Ahrens und Herrn Kalferer für die fotografischen Aufnahmen der Toten verabredet«, berichtete er. »Dafür war die Leiche zunächst so herzurichten, dass Fräulein Ahrens sich zu ihr stellen kann. Später wollte ich in einer geänderten Pose ihren Gatten mit ihr ablichten. Wissen Sie, ich dachte, es wäre schön, wenn sie seitlich ganz leicht zu ihm aufblickt. Was meinen Sie?«

Er blickte in die Runde, sprach aber aufgrund der ausbleibenden Reaktion gleich darauf weiter: »Danach wollte ich sie alleine im Sitzen abbilden und schließlich noch mal mit ihm. Eine Hand auf der Schulter vielleicht. Eine sehr schöne Konstellation, die besonders die Witwer gerne mögen. Wissen Sie, es ist gar nicht so einfach, die Augen zu fixieren …«

»Herr Eilers!«, ging Rieker dazwischen. »Das Herz!«

»Oh, selbstverständlich. Wissen Sie, meine sonstige Gesellschaft ist naturgemäß selbst eher schweigsam und hört dafür ausgesprochen geduldig zu. Da verliere ich mich manchmal in Einzelheiten. Besonders, wenn ich etwas aufgeregt bin und nicht genau weiß, wie ich …«

»Das Herz, Herr Eilers!«, mahnte diesmal Johanna.

»Das Herz, jawohl«, wiederholte er. »Bei meinen Versuchen, die Tote in eine stabile sitzende Position zu bringen, ist mir Frau Kalferer immer wieder zusammengesackt und nach vorne gekippt. Dabei will ich sie ja schön zeigen. Und stolz. Aufrecht, nach all dem Leid, das ihr zugefügt worden ist.«

Johanna nahm ein verlegenes Grinsen im Gesicht des Mannes wahr, als er sich zu ihr wandte.

»Sie haben sich ja eine lebensechte Fotografie gewünscht.«

Johanna nickte, und Eilers wandte sich wieder an den Commissar: »Ich habe über die Jahre ein an die jeweilige Leiche anpassbares Gestell entwickelt, mit dem ich sogar erwachsene Körper vermeintlich frei stehen lassen kann. Bei Frau Kalferer waren das zwei starke Eisenstreben, die mit Stahlbändern um ihre Wirbelsäule …«

»Wollen Sie nicht doch lieber nach Hause, Fräulein Ahrens?«, fragte Rieker.

Johanna sah ihn gereizt an, aber er wirkte nur besorgt.

»Sie sind ganz bleich«, stellte er fest.

Johanna verneinte mit einem entschlossenen Schütteln ihres Kopfes.

»Dann ersparen Sie uns bitte die Einzelheiten, Herr Eilers, und kommen Sie zum Punkt!«, forderte Rieker ihn auf.

»Aber genau das versuche ich ja!«, sagte Eilers, atmete durch und fuhr fort: »Durch die Einstiche und Schnitte in ihrem Rücken lag die Wirbelsäule ohnehin zum Teil bereits frei. Ich musste nur etwas nachhelfen, um die Befestigungen ganz anbringen zu können.«

Johanna versuchte, sich nicht vorzustellen, wie dieses Nachhelfen ausgesehen haben mochte.

»Dabei habe ich den vom Messer zertrümmerten Brustkorb genauer betrachtet«, fuhr Eilers fort. »Die Rippen gebrochen, die Lunge eingefallen, eine Menge geronnenes Blut von den Verletzungen der Aorta. Und das Herz …« Er schluckte trocken, bevor er flüsterte: »Es war weg. Es fehlte!«

Johanna bemerkte, dass sie während der ganzen Rede des Totenfotografen angespannt die Luft angehalten hatte. Erst jetzt atmete sie weiter und spürte Tränen in sich aufsteigen. Sie sah die lebensfrohe Ansje vor ihrem inneren Auge, die sich wissbegierig in der kleinen Schule vor sie gesetzt und ihre Lektionen beim Rechnen an der Tafel verfolgt hatte.

»Wie kann es denn sein, dass das niemand vorher bemerkt hat?«, fragte Rieker aufgebracht und holte Johanna damit zurück in die harte Realität.

»Sie haben den Rücken selbst gesehen. Das war nur noch eine Masse aus Fleischfetzen und Knochen. Verzeihen Sie.« Die Bitte um Entschuldigung war an Johanna gerichtet, die ein erneutes entsetztes Aufstöhnen nicht unterdrücken konnte.

»Offenbar ist die Tote nicht sonderlich genau untersucht worden«, fügte Eilers hinzu. »Der alte Dr. von Gerwigk hat die Totenschau vorgenommen, oder? Der Gute ist die letzten Jahre doch etwas tüdelig geworden.«

»Das kam mir auch so vor«, bestätigte Rieker.

»Aber was hat das zu bedeuten?«, wollte Johanna wissen.

Rieker blickte in die Luft. »Dass der Täter geisteskrank sein muss. Weitaus mehr, als wir bisher angenommen haben.«

»Wer weiß, was er mit dem Herzen getan hat«, warf Eilers in den Raum.

Johanna fühlte sich ganz schwindelig. Erneut musste sie an Ansjes strahlendes Lächeln denken. Das Bild wurde aber immer wieder von den Eindrücken der Identifizierung der Leiche überlagert. Und sie musste an Norbert Schermann denken, den impertinenten, sonst jedoch durchaus gewinnenden Mann, der ihr gestern Abend noch einen süßen Kuss abgerungen hatte. Sie wünschte von Herzen, sie täte ihm unrecht! Doch andererseits: Konnte es ein Zufall sein, dass der Staatsanwalt ausgerechnet das Lied ausgesucht hatte, in dem die Liebste mit »Meine Königin« angesprochen wurde, wie der mörderische Freier Ansje genannt hatte? Und vor allem: Woher hatte er von der Schule gewusst?

Vielleicht hätte sie ihre Eltern doch zur Kirche begleiten und zu dem anschließenden Essen mitgehen sollen, an dem auch Schermann teilnahm. Dann hätte sie ihn selbst fragen können.

Erst als Eilers aufstand, bemerkte Johanna, dass sie dem weiteren Gespräch der beiden nicht mehr gefolgt war.

»Ich danke Ihnen, dass Sie mit diesen Hinweisen gekommen sind«, sagte Rieker und reichte dem Totenfotografen die Hand.

»Selbstverständlich, Herr Commissar. Wie gesagt, ich war mir sicher, dass Sie mir gegenüber das Fehlen des Herzens erwähnt hätten, wenn es Ihnen bekannt gewesen wäre.«

»Auf jeden Fall«, versicherte Rieker.

»Ich bin gleich mit Fräulein Ahrens und Herrn Kalferer zur Erstellung der Totenfotografien verabredet. Spricht aus Ihrer Sicht etwas dagegen, dass wir die Aufnahmen vornehmen?«

Rieker schüttelte nach kurzem Überlegen den Kopf. »Lassen Sie die Tote aber unbedingt noch bis morgen Vormittag bei sich!«

»Das geht«, sagte Eilers. »Die Aufbahrung ist für Dienstag angesetzt, die Beerdigung für den Mittwoch.« An Johanna gewandt fuhr er fort: »Begleiten Sie mich, Fräulein Ahrens? Für die Fotografien. Meine Kutsche wartet draußen.«

Sie überlegte schnell.

»Gerne«, sagte sie dann. »Nehmen Sie schon einmal meine Tasche mit? Ich möchte nur noch einen Moment mit Herrn Rieker unter vier Augen …«

»Ja, ich verstehe.« Eilers nickte, nahm die Ledertasche entgegen und wandte sich zur Tür. »Ich warte in der Kutsche auf Sie, Fräulein Ahrens.«

Als Eilers wieder gegangen war, ließ der Commissar sich erschöpft auf seinen Stuhl sinken.

»Was soll ich jetzt machen?«, grübelte er laut vor sich hin.

Johanna wusste genau, dass die Frage nicht an sie gerichtet war, aber sie antwortete trotzdem.

»Ihr Inspektor sitzt Ihnen im Nacken, dass der Fall schnell gelöst werden muss«, sagte sie.

»Bis morgen, um genau zu sein.« Er nickte.

»Aber Sie denken nicht, dass Achtfinger-Jens Ihnen helfen wird?«

»Mit an Sicherheit grenzender Wahrscheinlichkeit wird er das nicht tun.«

»Dann bleibt nur eines: Sie müssen das Haus von Staatsanwalt Norbert Schermann nach Beweisen durchsuchen. Er ist der einzige Verdächtige, den wir haben!« Den nächsten Satz stieß sie beinahe flehend aus: »Ich bin wirklich überzeugt, dass er Ansjes Freier war.«

»*Wir* haben gar nichts, Fräulein Ahrens«, betonte Rieker

ihr gegenüber. »Es gibt keine Grundlage, um sein Haus durchsuchen zu lassen. Das habe ich Ihnen doch schon erklärt.«

Sie rückte vor. »Ich dachte auch eher, dass man es im Geheimen tun könnte. Zufällig weiß ich, dass er heute unterwegs ist und erst gegen halb drei wieder zurückkehren wird. Es ist auch keine Dienerschaft im Haus.«

In Riekers Blick lag Interesse. »Woher wollen Sie all das wissen?«

»Weil er mit meinem Vater unterwegs ist«, sagte sie triumphierend. »Meine Mutter trifft sich nach dem Gottesdienst mit einigen Damen der Gesellschaft, und Vater führt Schermann bei Mittagessen und Zigarren in die Harmonie ein. Und dass heute keinerlei Diener da sind, weiß ich von meinem Mädchen, das sich gestern ausgiebig mit Schermanns Kutscher unterhalten hat.«

»Sie wollen damit aber nicht andeuten, dass ich …«

Rieker klang empört. Er sah allerdings aus, als denke er ernsthaft über Johannas Idee nach.

»Wir können gleich zu ihm fahren«, sagte sie verschwörerisch.

»Sie halten sich raus!«, bestimmte Rieker. »Sie begleiten Eilers und machen Ihre Fotografien. Und danach begeben Sie sich direkt nach Hause. Haben wir uns verstanden?«

Johanna nickte und verabschiedete sich vom Commissar. Beim Verlassen des kleinen Bureaus nahm sie wahr, dass er sich an das Fenster stellte und hinaus auf die Stadt blickte.

Kapitel 19

Sonntag, 24. April 1887

Rieker beobachtete durch das leicht grünlich angehauchte Fensterglas, wie der Höhenwind die Wolken über den Himmel trieb. Zwischen ihnen tauchten größere blaue Felder auf. Gerade kam etwas Sonne durch, die mit ihrer Kraft dazu beitrug, die Pflastersteine bis auf ein paar Pfützen trocknen zu lassen. Eine Kutsche bog auf die Brücke. Vielleicht saß Johanna Ahrens mit Eilers darin.

»Was ist denn jetzt schon wieder?«, schimpfte Rieker vor sich hin, als es erneut klopfte. Hier war heute mehr los als an einem Wochentag!

Der Mann, der daraufhin ohne weitere Aufforderung eintrat, hatte ein überlegenes Grinsen aufgesetzt.

»Commissar Breiden«, sagte Rieker kurz zur Begrüßung.

»Und, haben Sie den Mörder schon?«

»Freuen Sie sich mal nicht zu früh«, gab Rieker zurück und nahm wahr, dass das Grinsen seines Gegenübers ein wenig nachließ.

»Ich wette, Sie haben gar nichts.«

»Warten Sie es ab«, sagte Rieker und setzte seine Melone auf.

»Wohin wollen Sie?«, fragte Breiden.

»Einen Mordfall aufklären«, gab Rieker kühl zurück.

Als er mit dem Mantel auf dem Arm und mit seinem Gehstock den Raum verlassen wollte, baute Breiden sich vor ihm auf.

»Ich habe keine Ahnung, was Kleinschmidt in Ihnen gesehen hat«, sagte er von oben herab.

»Lassen Sie mich durch«, forderte Rieker betont ruhig.

»Für mich sind Sie ein jämmerlicher Emporkömmling. Sie können noch so feine Anzüge tragen, aber der Gestank der Straße wird immer verraten, wohin Sie wirklich gehören!«

»Deswegen wollen Sie mir den Fall wegnehmen? Weil ich nicht aus einer reichen Hamburger Familie stamme und somit keiner von Ihnen bin?«

»Jemand wie Sie hätte niemals zum Commissar befördert werden dürfen«, gab Breiden zurück. Ein paar Tropfen seiner Spucke trafen Rieker an der Wange. »Und wenn morgen Ihr Scheitern erst einmal für alle offensichtlich ist, wird von Stresenbeck hoffentlich wieder zur Vernunft kommen!«

Blitzschnell packte Rieker ihn mit der freien Hand am Revers und zog ihn heran. »Sie können von mir halten, was Sie wollen, aber Sie werden es nicht erleben, dass ich jemals Ihr Lakai werde.« Damit stieß er Breiden kraftvoll von sich.

Für einen Moment sah es so aus, als wolle sich der ältere Commissar auf ihn stürzen, doch schließlich richtete er nur grinsend sein Jackett.

»*Quod erat demonstrandum*«, sagte er. Er drehte sich um und verließ Riekers Bureau, ohne die Tür hinter sich zu schließen.

Genugtuung verspürte Rieker keine. Im Gegenteil. *Quod erat demonstrandum* hieß »Was zu beweisen war« und stellte die bildungsbürgerliche Variante des berlinerischen »Siehste!« dar. Rieker bereute, dass er sich hatte hinreißen lassen, ihn anzugehen. Letztlich hatte er damit getan, was Leute wie Breiden von ihm erwarteten.

Der Gestank der Straße wird immer verraten, wohin Sie wirklich gehören, gingen ihm seine Worte durch den Kopf und brachten die Wut gleich wieder zurück. Breiden wartete nur darauf, dass Rieker scheiterte, doch er würde alles daransetzen, um das zu verhindern! Es gab nur einen Weg, das in der Kürze der Zeit zu schaffen …

Das Grundstück in Rotherbaum, auf dem die kleine Villa von Staatsanwalt Schermann stand, war auf der Rückseite mit einer Backsteinmauer eingefasst. Die Grenzen links und rechts wurden von hohen Hecken gebildet, die keinen Blick auf die Häuser in der Nachbarschaft zuließen. Von der Straße aus war das hellgelb getünchte Gebäude wegen eines Walnussbaumes mit großen Blättern nur zum Teil zu erkennen. Die relativ schmucklose Fassade ließ darauf schließen, dass die Villa früher erbaut worden war als die im Rahmen der Stadterweiterung errichteten Häusern, die Rieker bei der Anfahrt in der Umgebung gesehen hatte. Die Leute, die es hier aufs Land gesetzt hatten, waren sicherlich nicht arm, aber auch auf keinen Fall vermögend gewesen. Immerhin gab es neben dem Haus noch ein an die hintere Mauer angebautes Stallgebäude, vor dem zahlreiche Kutschenspuren und Hufabdrücke im Matsch zu erkennen waren.

Rieker hatte die Mietkutsche eine Straße vorher verlassen und war den Rest des Weges zu Fuß gegangen. Die ganze Fahrt über hatte er darüber nachgegrübelt, ob er diesen Schritt wirklich gehen sollte. Und er hätte einen Einbruch sicher nicht in Erwägung gezogen, wenn er nicht vorhin noch Breiden begegnet wäre. Aber dessen Arroganz hatte in ihm einen Schalter umgelegt. Laut Johanna Ahrens sollte der Staatsanwalt bis etwa halb drei fort sein. Jetzt war es Mittag. Es blieb also genug Zeit für eine unauffällige Hausdurchsuchung.

Rieker betrat das Grundstück. Zur doppelflügeligen Tür des Vordereingangs gelangte man über fünf breite Stufen. Ein mit Unkraut bewachsener Schotterweg ging rechts zum Stall und um das Haus herum. Aus dem Stall hörte Rieker das Schnauben eines Pferdes. Ein paar Vögel genossen zwitschernd die kargen Sonnenstrahlen, die durch die Wolkendecke brachen. Ansonsten blieb es still.

Rieker ging um das Haus herum und gelangte auf der Rückseite zu einem Dienstboteneingang. Die dortige Tür war schlicht gehalten und sah aus, als ließe sie sich mit einem Aufprall zertrümmern. Aber Rieker wollte versuchen, sich mit einer unauffälligeren Methode Eintritt zu verschaffen. Früher war er nicht ungeschickt darin gewesen, einfache Schlösser zu öffnen. Dafür benötigte er Draht oder einen langen, dünnen Nagel. Er sah zum Stall.

Die Scheune besaß neben dem vorderen Eingang eine Tür an der Hinterseite, wo in einer überdachten Grube Mist lagerte. Im Inneren gab es ein kleines Heu- und Strohlager, einen Stellplatz für eine schwarze Chaise-Kutsche und einen Karren sowie zwei Standplätze für Pferde. Ein Rappe blickte Rieker neugierig entgegen. In seiner Raufe steckte noch ein Rest Heu. Er war also vor nicht allzu langer Zeit gefüttert worden.

Der Einspänner zog Riekers Blick auf sich. Das bewegliche Lederverdeck ließ sich bei Sonnenschein öffnen und bot bei leichtem Regen Schutz vor der Nässe von oben, besaß aber auch eine Einstellung, mit deren Hilfe man den Fahrgastbereich ganz abschließen konnte. So, ging es Rieker durch den Kopf, könnte man durchaus ungesehen eine Leiche durch die Stadt kutschieren.

Rieker warf einen Blick hinein. Der Boden war schmutzig und das Leder am Sitz vorne abgenutzt, aber es gab keine Hinweise darauf, dass Ansje Kalferer damit transportiert worden wäre.

Aber das wäre ja auch zu leicht gewesen, dachte er enttäuscht.

Beim weiteren Umsehen fand er ein Stück festen Draht und eine Zange und verließ die Scheune wieder. Zurück an der Hintertür der Villa bog er sich einen einfachen Dietrich zurecht. Konzentriert führte er ihn in das Schloss und bohrte ein wenig darin herum. Er fühlte eine Kante, einen Widerstand hier und da, an einer anderen Stelle eine Öffnung. Als Kind hatte er alleine nach diesem Gefühl einen Schlüssel nachbauen können. Sein Vater hatte ihm das beigebracht. Natürlich war das bereits viele Jahre her, aber ganz verloren hatte er die Fähigkeit nicht. Und es handelte sich um kein allzu kompliziertes Schloss …

Er korrigierte die Biegungen am Draht, der immer mehr

die Form eines Schlüsselbarts annahm, und testete sein Werkzeug erneut. Eine weitere Korrektur und ein neuer Versuch. Es hakte gewaltig, aber dann bewegte sich der Riegel, und das Schloss klackte auf. Rieker glitt in das Gebäude und zog die Tür hinter sich zu.

Er stand in einem breiten Flur, der zu einer Treppe führte, die die oberen Stockwerke des Hauses miteinander verband. Eine weiße Holztür führte zur Kellertreppe, eine Tür mit geschliffenem Glaseinsatz in weitere Räume des Erdgeschosses. Riekers Herz schlug vor Aufregung, als er daran zog. Sie ließ sich mit einem leisen Knarren öffnen. Er gelangte in einen recht schmalen Flur mit einem gemusterten Steinboden. Einfach, aber zweckmäßig schön.

Rieker sah sich schnell in den Räumen um. Ein etwas karg wirkender Salon, ein schmuckes Wohnzimmer, ein beeindruckender Arbeitsraum mit Bibliothek, in dem eine ganze Wand von einem Mahagoniregal eingenommen wurde, worin sich zahlreiche juristische Bücher befanden. Er warf einen Blick über den Sekretär, öffnete die Schubladen. In einer fand er eine goldene Kette. Ein einfaches, feingliedriges Ding mit einem dünnen Kreuz als Anhänger, ebenfalls aus Gold. Der frühere Hermann Rieker hätte die Kette oder die Münzen aus dem nächsten Fach mitgehen lassen, aber heute war er natürlich nicht gekommen, um zu stehlen.

Rieker überkam eine düstere Vorahnung. Wenn er in diesem Haus etwas finden wollte, würde er sicher in den Keller gehen müssen. Seufzend näherte er sich der Tür, die zu der entsprechenden Treppe führte, und zog sie auf. Auf den einfachen Holzstufen lag etwas Schmutz. Auch die alte Tür war auf der Seite der Stufen mit ein paar braunen Flecken besprenkelt. Ob das Blut war?

Rieker ging in die Hocke, befeuchtete einen Zeigefinger und wischte über einen der Punkte. Mit etwas Druck wurde die Stelle wieder weiß. Er roch vorsichtig an seinem Finger, doch ob es sich bei dem Schmutz um eingetrocknetes Blut handelte, ließ sich so nicht feststellen.

Rieker atmete tief durch und nahm die erste Stufe. Schlagartig wurde sein Mund ganz trocken. Er hatte keine Angst vor Kellern an sich, fürchtete aber die düsteren Erinnerungen. Ein Erlebnis, das mittlerweile siebzehn Jahre zurücklag, die Hälfte seines bisherigen Lebens, hatte sich in seine Seele eingebrannt wie Säure in eine Metallplatte. Sein Körper reagierte ohne sein Zutun, wenn es unter die Erde ging. Mit jeder Stufe spürte er seinen Herzschlag schneller werden.

Rieker atmete bewusst tief ein und aus und lockerte die angespannten Schultern. Er hatte Glück, wie er am Fuß der Treppe feststellte. In dem schmutzigen Gang, von dem mehrere Türen abgingen, lagen auf einem Regal eine winzige Petroleumlampe und Zündhölzer bereit. Wenn er schon den Keller durchsuchte, musste er das immerhin nicht im Halbdunkel tun. Er zündete das Lämpchen an.

Eine mit Riegeln gesicherte Eisentür am Ende des Gangs zog seine Aufmerksamkeit auf sich. Wie in Trance schritt er darauf zu. Ein gedämpftes Pochen war dahinter auszumachen.

Rieker erstarrte und lauschte. Da war es erneut. Ein

dumpfer Ton, leise und doch voller Fülle. Als klopfe jemand gegen einen großen Kessel.

Obwohl es kühl war, spürte Rieker den Schweiß auf seiner Stirn. Das flackernde Licht, die Anspannung, die verschlossene Tür. Wie damals in Frankreich. Auch da hatte er in einem Keller an einer Tür gelauscht, um in Erfahrung zu bringen, was ihn dahinter erwartete. Jede Faser seines Körpers spannte sich an bei der Erinnerung.

Rieker schüttelte den Gedanken ab und zwang sich, das Licht so ruhig wie möglich zu halten. Er atmete durch, wie immer in solchen Momenten, in denen die Erinnerungen auf ihn einstürzten wie eine Steinlawine auf einen Wanderer. Kleinschmidt hatte ihm die Technik beigebracht.

Das Klopfen war erneut zu hören. War es lauter geworden? Oder kam es ihm nur so vor? War da jemand? Vielleicht direkt hinter der Tür, nur durch das Eisen von ihm getrennt? Da atmete jemand! Ein Flüstern! Oder bildete er sich alles nur ein?

Er fühlte das Zittern kommen, bevor es begann. Dann stürzten die wie vom Licht eines Blitzes beleuchteten Bilder der Vergangenheit auf ihn ein. Das aus dem Nichts losbrechende Gefecht auf der Straße des Pariser Vororts, die plötzlich rund um ihn einschlagenden Granaten, die zerberstenden Fenster und von der Wucht der Explosionen durch die Luft geschleuderten Kameraden. Überall Feuer und Rauch, Tote und Verwundete. Das Haus, das zusammenstürzte und die Welt um sie herum in einem staubigen Nebel versinken ließ, der nur vom Feuer der Chassepotgewehre der anstürmenden Franzosen durchsiebt wurde. Der Keller, in den er einen schwer verwundeten Offizier zerrte und dessen Eingang direkt danach von einem Granattreffer hinter ihnen verschüttet wurde. Die verschlossene Eisentür, die vor ihnen lag. Kaum vernehmbare Stimmen dahinter. Und immer lauter werdender Gefechtslärm von oben.

Rieker zwang sich ins Heute zurück. Unbewusst hatte er sich von der Tür fortbewegt. Er besiegte den Drang, umzudrehen und nach oben zu laufen. So stark hatten ihn die Erinnerungen lange nicht mehr gequält. Doch allein der Umstand, dass er darüber nachdachte, machte ihm bewusst, dass sein Anfall abflaute. Er durfte sich von seiner Erschütterung nicht abhalten lassen, seine Untersuchung fortzusetzen. Er war nicht in Paris. Er war nicht kurz davor, zu ersticken, bevor eine französische Familie die Tür öffnete und die beiden Männer damit in einem Kellerraum ohne Ausgang Unterschlupf gewährte. Er befand sich nicht in einem wasserlosen Grab mit nichts als einer Kerze und ein paar Zündhölzern. Und er war nicht kurz davor, nach Tagen des Durstes in diesem Keller qualvoll zu verrecken, bevor man sie im letzten Moment ausgegraben hatte. Nein, er war in Hamburg! Warum nur machte ihm Schermanns Keller so sehr zu schaffen?

Rieker nahm sich zusammen und lenkte seine Konzentration erneut auf die Tür vor sich. Sicher waren die schweren Riegel nicht ohne Grund an der Eisentür angebracht worden. Jemand sollte nicht herauskommen aus diesem Raum. Das schien nur logisch.

»Sie sind der Jäger, nicht der Gejagte«, hörte er Kleinschmidts Mahnung. »Seien Sie sich dessen stets bewusst!«

Er atmete noch einmal tief durch, dann nahm er sich endlich ein Herz und fragte: »Ist da jemand?«

Er lauschte. Alles blieb still. Die Furcht zog sich zurück.

Rieker löste die Riegel und ballte die Rechte zur Faust. In der Linken hielt er die Lampe krampfhaft an ihrem Bügelgriff. Langsam drückte er die Klinke hinab, dann stieß er die Tür kraftvoll auf – nur für den Fall, dass doch jemand dahinter stehen sollte. Sie krachte laut gegen einen großen Zinkeimer voller Kohlen.

Rieker fluchte. Er blickte in eine Waschküche. Eine verdammte Waschküche! Eine große Kupferwanne auf Metallstelzen füllte eine Wand aus, darunter stand ein kleiner Kohleofen, um das Wasser zu erhitzen. Rechts und links verliefen der Rauchabzug und ein Rohr, um Wasser aus der Wanne bis zum Abfluss im Boden zu leiten. Dem Geruch nach zu urteilen, verlief in der Nähe ein Siel. Staatsanwalt Schermanns Haus war also schon an die Kanalisation angeschlossen. Der Boden war mit einfachen Platten belegt, und eine Tür an der Stirnseite des Raums führte weiter in den Keller hinein.

Doch Rieker wandte sich zuerst der Wanne zu. Ein Holztritt ermöglichte es, gemütlich an die Oberkante der Wanne zu kommen und dort zu waschen. Rieker stieg hinauf und lenkte das Licht hinein.

Titsch, machte es. An der Decke über ihm hatte sich ein Wasserfleck gebildet. Der nächste Tropfen begann schon zu wachsen, um irgendwann schwer genug zu sein und auf den Wannenrand zu stürzen. So musste es zu dem Geräusch gekommen sein, das er als Klopfen gedeutet hatte.

Rieker schüttelte den Kopf über seine sinnlose Panik. Sie hatte ihn nur Zeit gekostet! Er war in das Haus eines Staatsanwalts eingebrochen und sollte hier nicht lange bleiben. Er war nur gekommen, weil Johanna Ahrens in Schermann den Mörder von Ansje Kalferer vermutete. Er sollte sich darauf konzentrieren, Beweise zu finden! Falls es die überhaupt gab …

Die Wanne diente wahrscheinlich der Wäsche, wäre aber durchaus groß genug, um darin eine weibliche Leiche zu reinigen. Doch selbst wenn das der Fall gewesen sein sollte: Es war kein Blut zu sehen. Rieker sprang zurück auf den Fußboden. Statt Blutflecken fand er nur Spuren von Schuhen.

Zuletzt blieb die schwere Holztür.

Wahrscheinlich lagern dahinter nur die Kohlen, dachte Rieker.

Doch diesen Gedanken verwarf er wieder, als er die Tür verschlossen vorfand. Es steckte kein Schlüssel.

Rieker versuchte, sich durch das Schlüsselloch einen Eindruck von dem zu machen, was hinter der Tür lag, blickte aber nur in die Dunkelheit. Also musste sein Draht noch mal ran.

Diesmal dauerte es etwas länger, bis er ihn so weit gebogen hatte, dass er sich einführen ließ. Es handelte sich um keinen einfachen Schlüssel, sondern um einen Doppelbart. Ein Sicherheitsschloss! Das baute man nicht in einen Keller, um Kohlen zu sichern!

Das letzte Mal, dass er ein Schloss geknackt hatte – bis auf den Dienstboteneingang gerade eben –, war noch länger her als das Erlebnis in Frankreich. Damals war er mit Schorschi in eine Villa in Dahlem eingestiegen. Der Besitzer war weg gewesen, und ihr Informant hatte von einer Geldkassette gewusst, die unter dem offenen Kamin versteckt sein sollte. Die hatten sie nicht gefunden, dafür einen mit einer nagelbeschlagenen Keule bewaffneten Mann, der auf das Anwesen aufpasste. Schorschi hatte an dem Abend sein Auge verloren – und Rieker zum ersten Mal ernsthaft darüber nachgedacht, sein Leben umzukrempeln. Dieses Erlebnis hatte ihn schließlich dazu gebracht, sich von seinem übermächtigen Vater loszusagen und in die Armee einzutreten.

Frankreich, Berlin … Du solltest dich wirklich besser auf das Heute konzentrieren, schalt er sich.

Dann würde er es vielleicht auch schneller hinbekommen, den Nachschlüssel passend zu biegen. Es dauerte einfach zu lange! Immer wieder prüfte Rieker, ob die Form jetzt stimmte. Er musste sich ganz auf sein Gefühl verlassen.

Da war noch ein Widerstand, den er vorher nicht wahrgenommen hatte. Vorsichtig korrigierte er den Draht etwas zur Seite. Er war jetzt fast zu kurz geworden, um ihn noch kraftvoll packen zu können. Dennoch versuchte er es erneut.

Ja!, jubelte er innerlich auf. Der Schlüssel ließ sich endlich bewegen und überwand den Widerstand, der den Riegel gehalten hatte. Mit einem Klacken sprang das Schloss auf.

Kapitel 20

Sonntag, 24. April 1887

»Danke, dass Sie das heute möglich machen«, sagte Johanna.

Jakob Eilers führte sie durch die Flure in sein Atelier. Dieses Mal ärgerte sie sich, dass sie beim letzten Besuch so bange gewesen war. Der Totenfotograf mochte eigen sein, hatte sich aber am Vortag auf dem Weg zu Kalferer und anschließend zum Totenhaus als große Hilfe erwiesen. Und ihm hatten sie es zu verdanken, dass sie nun über das wahre grauenhafte Ausmaß des Mordes an Ansje Bescheid wusste.

»Darf ich Ihnen aus dem Mantel helfen?«, fragte er.

Johanna nickte. Während Eilers das Kleidungsstück auf einem Bügel an einen Garderobenständer hängte, zog ein Paravent vor der Kamera ihren Blick an. In asiatischer Gestaltung zeigte er drei Reiher vor einer Berglandschaft. Doch es war nicht das Motiv der Stellwand, was sie schaudern ließ, sondern das, was Johanna dahinter vermutete. Sie packte den ledernen Griff der Reisetasche fester.

»Ich habe alles vorbereitet. Wollen Sie sie schon sehen?«, fragte Eilers. Er befand sich direkt hinter ihr. Der Mann hatte einfach ein Problem mit dem richtigen Abstand!

Johanna ging einen Schritt zur Seite, um wieder etwas Distanz zu schaffen.

»Oh, verzeihen Sie. Bin ich Ihnen schon wieder zu nahe gekommen?«, fragte er und machte dabei ein dermaßen zerknirschtes Gesicht, dass Johanna sich schämte, vor ihm gewichen zu sein.

»Ein bisschen, Herr Eilers. Nichts für ungut.«

Er begann wieder zu lächeln.

Ihr kurzes Gespräch wurde vom Läuten einer Klingel unterbrochen.

»Das muss Herr Kalferer sein«, stellte Eilers fest und verschwand in Richtung Eingangstür. Dort hielt er inne und drehte sich noch einmal um. »Ich bitte Sie, sagen Sie ihm die Sache mit dem Herzen nicht vor den Aufnahmen. Ich denke, das dürfte ihn schwer erschüttern.«

»Wir sollten ihm am besten gar nichts davon sagen«, schlug Johanna vor.

Ihn darüber zu unterrichten, war wohl eher Riekers Aufgabe. Und sie wollte ihn nicht schon wieder mit einem Alleingang verärgern.

Johanna blieb alleine im Atelier zurück. Sie biss sich auf die Unterlippe, stand auf und machte einen unsicheren Schritt auf den Paravent zu. Doch schon hielt sie inne. Sie hatte die Leiche der jungen Frau bereits gesehen. Sie fürchtete, dass der jetzige Anblick im Wissen um das fehlende Herz noch verstörender sein könnte als der, der ihr in den vergangenen Nächten wiederkehrende Albträume beschert hatte.

»Hier ist mein Atelier«, hörte sie Eilers bereits erklären, bevor sich die Tür öffnete und er mit Kalferer eintrat.

Der Hafenarbeiter trug einen dunkelbraunen Anzug,

wahrscheinlich sein Sonntagsstaat und dem Schnitt nach so altmodisch, dass er bestimmt noch aus den 1870er-Jahren stammte. Die Anzugjacke spannte um die Schultern und die Oberarme. Die Hose war ein Stück zu kurz geschnitten. Johanna war froh, einen abgelegten Anzug ihres Vaters mitgebracht zu haben.

»Danke, dass Sie gekommen sind, Herr Kalferer«, begrüßte Johanna den Witwer.

Jörg Kalferer war bei ihrem letzten Besuch wirklich nicht gut auf sie zu sprechen gewesen, doch sie konnte ihm die Beschimpfungen beim besten Willen nicht verübeln. Immerhin hatte sie ihn des Mordes an seiner eigenen Frau beschuldigt, während er sich in tiefster Trauer befand. Seine Verzweiflung über ihren Tod war echt, wie seine glasigen und mit geplatzten Adern gezeichneten Augen verrieten. Offenbar hatte er vor Kurzem noch Tränen vergossen. Der Zipfel eines Taschentuchs schaute aus der einen Hosentasche heraus.

»Dass ich Ihnen heute hier die Hand reiche, hätte ich gestern nicht gedacht«, sagte er ruhig.

Johanna nickte betreten. Ohne Eilers' vermittelnde Unterstützung hätte Kalferer ihr am Vortag nicht einmal zugehört, da war sie sicher. Es hatte sie langes Bitten gekostet, bis er mit ihr sprach, und noch mehr Überzeugungsarbeit, dass er sich für eine Totenfotografie mit seiner Frau entschied – und den Totenfotografen und seinen Onkel begleitete, um Ansje aus der Leichenhalle in St. Georg zu holen. Eilers hatte sich die ganze Zeit über erstaunlich einfühlsam und pietätvoll verhalten. Sich mit trauernden

Angehörigen zu unterhalten, fiel ihm augenscheinlich leichter, als mit jungen Frauen zu sprechen.

»Ich vermisse Ansje auch«, sagte Johanna. »Ich kann mir nicht einmal ansatzweise vorstellen, wie schwer es heute für Sie sein muss.«

»Wo ist sie?«

»Hier«, sagte Eilers und schob den Paravent zusammen.

Sie konnte nicht anders, als hinzusehen. Ansje stand in ihrem guten Kleid vor ihr und lächelte ganz leicht. Für einen Moment hatte Johanna den Drang, ihr zuzuwinken. Ihre Haut hatte den warmen Ton, den Johanna von ihr kannte. Sie blickte ihnen aus wachen, leuchtenden Augen entgegen.

Kalferer zog die Luft ein und führte die Hände vor sein Gesicht. »Ansje«, stöhnte er auf.

»Beruhigen Sie sich, Herr Kalferer«, bat Eilers. »Am besten ziehen Sie sich um.«

Der Arbeiter sah wieder auf. »Ich, ich habe nichts anderes«, sagte er.

»Ich habe einen schwarzen Anzug für Sie mitgebracht. Ein abgelegtes Stück meines Vaters, als der noch schlanker war. Wenn er Ihnen passt, können Sie ihn behalten.«

»Das kann ich nicht annehmen.«

»Ansje hätte nichts dagegen gehabt«, stellte Johanna fest. »Bitte, tun Sie mir den Gefallen.«

»Aber Sie zahlen schon das Begräbnis und …«, er zeigte um sich. »… das hier. Das ist ein Vermögen!«

»Eine Summe, die mir nicht wehtut«, sagte sie.

Das war zum Teil richtig. Sie konnte sich die Unterstützung leisten. Aber die Zusatzkosten bedeuteten auch, dass Johanna bald wieder ein Schmuckstück verkaufen musste, wenn sie ihre Schule weiterbetreiben wollte.

Der Gedanke an die Schule brachte ihr wieder die Bemerkung von Schermann in den Kopf. *Sie sind die Johanna mit der Schule in den Gängevierteln* … Sie fragte sich, wo Rieker gerade stecken mochte.

»Kommen Sie ruhig näher«, forderte Eilers sie auf, als Kalferer schließlich in einem Nebenzimmer verschwunden war, um Vaters alten Anzug anzuprobieren.

Johanna bewegte sich zögerlich auf Ansjes Leiche zu. Es fühlte sich merkwürdig an, die Frau vor sich stehen zu sehen. Das erste Erstaunen darüber, wie lebendig Ansje aussah, wich schnell der Ernüchterung. Es gab keinerlei Leben in dieser Gestalt. Kein Blinzeln verbarg ihre leicht zur Seite gerichteten Augen, und die Haut war mit Farbe bemalt. Durchaus kunstvoll, aber aus der Nähe betrachtet wirkte die Bemalung doch ein wenig makaber. Vor allem, weil sie nur dort angebracht war, wo die Kamera hinreichte. Auf der Rückseite durchschaute man die Staffage sofort.

Durch Löcher im Teppich ragten zwei starke Metallrohre direkt an den Fersen empor und verschwanden unter dem Saum des Kleides. Das Kleidungsstück war am Rücken aufgeschnitten worden.

»Sind hier die Eisenbänder, von denen Sie gesprochen haben?«, fragte sie und zeigte auf das Tuch, das den Blick auf die Wunden versperrte.

»Die um die Wirbelsäule. So ist es, so ist es.«

Die beiden Rohre waren in Höhe der Schultern mit Klemmen verbunden und boten einem weiteren Gestellrohr Halt, das sich hinter Hals und Hinterkopf der Toten verbarg. Eine daran befestigte Strebe war mit einem beweglichen, aber feststellbaren Stück Metall im Schädel verschraubt. Eine dicke Metallfeder lief um das Eisen. Johanna wandte sich ab.

»Ich brauche die Fixierung des Kopfes, damit wir gleich mehrere Positionen einnehmen können«, erläuterte Eilers, dem ihr Erschrecken nicht entgangen war. »Haben Sie die Strebe mit der Feder bemerkt? Eine neue, ganz spezielle Erfindung von mir. Sehen Sie!« Er stieß mit einem Finger gegen Ansjes Kopf. Nichts geschah.

»Mit meinen Gestellen kann ich die Toten jede beliebige Stellung einnehmen lassen. Sie müssen stark genug und vollkommen stabil sein. Obwohl auch die Verschlusszeiten kürzer geworden sind, sieht ein Kenner einer gängigen Totenfotografie trotzdem sofort an, wer auf der Aufnahme lebendig und wer verstorben ist.«

»Weil die Toten vollkommen scharf abgelichtet werden«, ergänzte Johanna.

»Und die Lebenden nie ganz stillhalten. So ist es, Fräulein Ahrens, so ist es!« Eilers wirkte richtiggehend erfreut. Er zog nun einen kleinen Metallstift aus der am Schädel verschraubten Strebe. »So einfach. Schauen Sie mal!« Erneut tippte er Ansje gegen den Kopf, der nun in eine kaum wahrnehmbare Nickbewegung versetzt wurde.

»Wenn ihr Mann sie berührt, wird sie sich ganz leicht bewegen. Nicht genug, um unscharf zu werden, aber ausreichend, um auf der Fotografie lebendig auszusehen. Ich nenne es den Herzschlag der Toten.« Er sah sie stolz an, dann nahm er ein kleines Tuch und hängte es mit einer Schlaufe an die oberste Schraube der Hinterkopfbefestigung. Es verhüllte die Strebe notdürftig. »Es tut den Toten nicht mehr weh. Das muss man sich immer bewusst machen, auch wenn es manchmal schwerfällt.«

»Wahrscheinlich ist das so«, stimmte Johanna ihm zu und war froh, dass Kalferer zurückkehrte.

Der Anzug ihres Vaters war ihm ein bisschen weit, machte aber trotzdem weitaus mehr her als seine einfache eigene Kleidung. Und der schwarze Stoff würde auf der Fotografie einen schönen Kontrast zu Ansjes hellerem Kleid bilden.

»Bitte, versuchen Sie, sich nicht aufzuregen«, bat Eilers, als Kalferer zu Johanna trat. Sie merkte ihm an, wie aufgewühlt er war. Seine Augen schimmerten feucht, aber er nahm sich den Rat des Fotografen zu Herzen und zog die Nase hoch.

»Stellen Sie sich zuerst einfach nur daneben«, befahl Eilers. »Ich brauche einen Eindruck für das Licht. Fräulein Ahrens, kommen Sie bitte zu mir?«

Johanna folgte seiner Anweisung und stellte sich neben die Kamera. Kalferer stand da wie ein Stück Elend. Er bemühte sich, Ansjes Körper nicht anzusehen, der neben ihm stand, als sei er noch voller Leben.

Eilers holte einen weißen Karton und stellte ihn an die Seite des Mannes. Auf der anderen Seite entzündete er eine erstaunlich helle Lampe, deren Licht er durch Drehen und eine Blende so steuerte, dass der Strahl auf den Karton schien und von dort fast sanft auf die Schattenseiten der beiden Gesichter zurückgeworfen wurde.

»Bald wird das alles nicht mehr nötig sein«, erzählte er währenddessen. »In Potsdam entwickeln Sie ein Licht, hell wie ein Blitz, das unsere Arbeit revolutionieren könnte.«

Er kam zurück zur Kamera.

»Sie müssen gleich ganz still halten, Herr Kalferer. Die Technik ist heute zwar deutlich fortgeschrittener als noch vor ein paar Jahren, aber ich nutze eine alte Kamera mit langer Belichtungszeit.« Er plauderte weiter, während er mit dem Kopf unter der Decke verschwand, um lichtgeschützt durch den Sucher zu blicken. »Meiner Meinung nach liefern die alten Apparate die besseren Ergebnisse. Die Bilder sind wärmer und – entschuldigen Sie – lebendiger als Aufnahmen mit modernen Geräten.«

Er kam wieder unter dem Tuch hervor und ging zu Kalferer. Der Arbeiter stand dort etwas eingefallen.

»Außerdem vertragen die Toten das warme Licht der Scheinwerfer nicht so gut«, erklärte er weiter. »Durch die Wärme kann Feuchtigkeit aus dem Körper verdunsten und sich als hässlicher Film auf die Haut legen. Wer will das schon?«

Johanna sah Kalferer an, dass er von den Informationen überfordert war.

»Ich möchte, dass Sie Ihrer Frau jetzt eine Hand auf die Schulter legen«, schlug Eilers endlich vor. »Genau so.«

Kalferer wandte den Kopf zur Seite und sah seine Ansje an. Sie war durch die Halterungen so aufgebaut, dass sie das Gesicht leicht erhoben hatte und seitlich nach oben schaute.

»Das sind nicht Ansjes Augen«, stellte Kalferer entsetzt fest.

»Sie haben recht, Herr Kalferer. Es handelt sich um Glasaugen. Die werden benötigt, um den natürlichen Schein zu wahren.«

»Aber, aber …«, brachte der Arbeiter vor, »wo sind ihre Augen denn? Ihre echten Augen?«

Das fragte sich Johanna ebenfalls.

»Lassen Sie uns das besprechen, wenn wir mit den Aufnahmen fertig sind«, schlug Eilers vor. »Bleiben Sie genau so stehen! Und jetzt schauen Sie einfach zur Kamera!«

Er eilte zurück zu seinem Apparat, schlüpfte erneut unter das Tuch und kam mit einem zufriedenen Gesichtsausdruck wieder hervor. In der Hand hielt er einen Drücker, der durch ein Drahtkabel mit der Kamera verbunden war.

»Wenn ich ›Aufnahme‹ sage, halten Sie bitte die Luft an und bleiben still. – Aufnahme!«

Eilers drückte den Fernauslöser und betrachtete Kalferer gespannt. Der Fotograf wirkte unzufrieden.

»Gleich noch einmal«, sagte er einen Moment später, nachdem ein Klacken das Schließen der Kameravorrichtung angezeigt hatte. »Aufnahme!«

Dieses Mal sah sogar Johanna eine leichte Bewegung, als Kalferer den Kopf etwas höher nahm.

»Das war verwackelt. Bleiben Sie ganz ruhig stehen! – Aufnahme!«

Als das erste Klacken der Kamera zeigte, dass sie sich öffnete, um Licht auf die Platte fallen zu lassen, versteifte Kalferer und blieb dieses Mal still, bis sich die Öffnung wieder schloss.

»Das war gut«, sagte Eilers zufrieden. »Jetzt Sie, Fräulein Ahrens. Danach baue ich um, und wir machen die Bilder im Sitzen.«

Johanna wechselte mit Kalferer den Platz. Neben der toten Frau spürte sie ein Zittern in ihren Händen und faltete sie vor ihrem Bauch.

»Aufnahme!«, rief Eilers.

Kapitel 21

Sonntag, 24. April 1887

Rieker zog die Tür auf und warf einen Blick dahinter. Das Flackerlicht des Lämpchens traf auf ein schweres Holzbett in der Mitte eines Raums, dessen Anblick ihm einen kalten Schauer über den Rücken jagte. Da die Matratze fehlte, sah man durch den schwarzen Federrost hindurch bis zum Boden, den ein großer Teppich mit orientalischem Muster bedeckte.

Über dem Bett verlief eine Eisenstange, an der zwei Handschellen baumelten. Je eine weitere war an Ketten an den vier Bettpfosten angebracht. Der vor dem Fußende stehende Ohrensessel war so ausgerichtet, dass man direkt auf das Bett sehen konnte. Wenn eine Frau mit gespreizten Beinen an die Pfosten geschnallt wäre und mit den Armen an die Stange darüber, würde sich vom Sessel aus eine Sicht ergeben, wie der Stadtstreicher sie aus dem alten Kontor beschrieben hatte. Auf der Seite des Bettes befand sich ein Stehpult mit einem aufgeschlagenen Buch.

An den Wänden ringsum standen Tische und niedrige Schränke, auf denen zahllose Kerzen in den verschiedensten Formen und Zuständen des Abbrennens darauf warteten, ihr Licht auf eine grausige Szenerie zu werfen.

Rieker stellten sich die Härchen an der Armen auf, als ihm klar wurde, dass Johanna Ahrens allem Anschein nach erneut recht gehabt hatte. Wahrscheinlich war Ansje Kalferer in diesem Raum, in diesem Bett, brutal ermordet worden.

»Beweise«, murmelte er vor sich hin. Es tat gut, ein anderes Geräusch zu hören als die brüllend laute Stille. »Ich brauche hieb- und stichfeste Beweise.«

Er musste nicht lange suchen, um fündig zu werden. Zwischen mehreren Stumpenkerzen zogen zwei Gegenstände seine Aufmerksamkeit auf sich: ein schmaler silberner Ring, wie er an Ansje Kalferers Hand gefehlt hatte – und ein Messer. Die Doppelklinge spiegelte das Licht des Lämpchens wider.

Als Rieker die Waffe aufhob, lag sie erstaunlich schwer in seiner Hand. Der Stahl war etwa so lang wie seine Handfläche. Lang genug, um die Mordwaffe gewesen sein zu können. Rieker untersuchte Klinge und Schaft nach Blutresten, fand aber keine daran. Die Waffe war vollkommen sauber. Er legte das Messer erst einmal zurück zu dem Ring.

Der Gedanke an das viele Blut, das Ansje Kalferer im Sterben verloren haben musste, veranlasste Rieker, sich das Bett genauer anzusehen. Hatte es ursprünglich eine Matratze gegeben? In dem Fall wäre das Blut in den Stoff gezogen, wäre in den Zwischenräumen hinabgelaufen, um am Ende wieder unten herauszurinnen: auf den Teppich. Schermann musste die verräterische Matratze entfernt haben. Vielleicht befand sie sich noch irgendwo im Haus – oder auf dem Grundstück. Falls er sie nicht schon vernichtet hatte.

Rieker kniete sich neben das Bett. Der Teppich war ohnehin rot. In dem schwachen Licht könnte man einzelne Blutflecken übersehen, aber schwerlich eine richtige Lache. Auf Anhieb konnte er gar kein Blut darauf ausmachen. Der Teppich war bis auf ein paar Krümel sauber. Vielleicht hatte Schermann etwas untergelegt.

Allerdings fielen Rieker Abdrücke eines schweren Möbels im Teppich auf. War das ein Tisch gewesen? Rieker sah auf Anhieb, dass die Druckstellen zu keinem der Möbelstücke im Raum passten, vielleicht eher zu etwas aus dem Salon. Da hatte sich doch ein Tisch befunden, unter dem ungewöhnlicherweise kein Teppich lag. War der Teppich des Salons kürzlich hierher geschafft und anstelle eines anderen, entsorgten Exemplars unter das Bett gelegt worden?

Rieker richtete sich auf. Einem Möbelstück in diesem furchtbaren Raum hatte er bislang noch keine Aufmerksamkeit geschenkt: Das Stehpult neben dem Bett war so ausgerichtet, dass der Sprecher zur Kopfseite stand. Hatte Schermann Ansje Kalferer etwa aus dem aufgeschlagenen Buch vorgelesen?

Rieker warf einen Blick auf den Text. Ein französisches Gedicht: *»À une Madone«*. Er hielt einen Finger zwischen die Seiten, nahm das Buch auf und betrachtete den Umschlag. Der Autor hieß Charles Baudelaire, der Titel lautete *»Les Fleurs du Mal«*.

Rieker fröstelte. »Die Blumen des Bösen«, bedeutete das übersetzt. Er hatte bisher weder von dem Dichter noch von dem Buch etwas gehört.

Rieker betrachtete die Seiten, die geöffnet gewesen waren.

Seine nicht sonderlich umfangreichen Französischkenntnisse umfassten vorwiegend militärisch geprägtes Vokabular. Aber er wusste genug, um den Titel des Gedichts übersetzen zu können: »An eine Madonna«.

Vielleicht könnte man auch »An eine Königin« sagen?

So hatte Ansjes Freier sie laut Johanna Ahrens genannt. Und passte nicht dieser Raum des Grauens zu den schrecklichen Martern, die der Täter der jungen Frau zuvor zugefügt haben sollte?

Rieker hielt die Lampe so, dass er die matt gedruckten Verse besser erkennen konnte. Es war mühselig, aber er schaffte einen Versuch der Übersetzung:

Dir, Madonna, meine Herrscherin, will ich errichten
einen unterirdischen Altar in den Tiefen meiner Not.

Rieker konnte nicht garantieren, dass die Übersetzung vollkommen korrekt war, aber der Text passte zu dieser Folterkammer. Das Gedicht füllte zwei Seiten des Buches, und schon nach ein paar Zeilen wurde dem Commissar bewusst, dass er viel zu lange brauchen würde, um hier Wort für Wort die deutsche Bedeutung zu entschlüsseln. Er überflog die Begriffe grob. Es schien um Begehren zu gehen, um Küsse auf weißen Leib. Erst ganz am Ende gelangte er an eine Stelle, die seine Aufmerksamkeit fesselte und ihn wieder konzentrierter übersetzen ließ: Da stand etwas von sieben Messern, die in das Herz der Madonna gestoßen werden sollten!

Rieker schreckte zusammen, als ihn ein Geräusch aus seiner Konzentration riss. Über sich vernahm er knarzende Dielen. Er versteifte und hielt den Atem an. Sein Gehörsinn aufs Äußerste geschärft. Eindeutig: Schritte. Jemand ging im Erdgeschoss durch das Haus. Verdammt, er war zu lange geblieben. Er durfte hier nicht entdeckt werden!

»Ist da …«, drang eine verwirrt klingende Männerstimme in den Keller und bis in die Kammer. Die Stimme setzte mitten in der Frage aus. Das musste Schermann sein. Offenbar hatte er aus der offen stehenden Kellertür die richtigen Schlüsse gezogen.

Riekers Verstand arbeitete auf Hochtouren. Er stieß einen lautlosen Fluch aus. Seine verdammte Angst vor Kellern hatte ihn blindlings in die Falle laufen lassen. Vor der intensiveren Durchsuchung hätte er unbedingt einen Fluchtweg ausbaldowern müssen. Wie bei den Einbrüchen früher!

»Wer immer da unten ist«, drang der Ruf von oben an Riekers Ohr, und diesmal klang er weitaus sicherer, »komme mit erhobenen Händen zur Treppe! Ansonsten werde ich dich holen, und wenn ich das tun muss, werde ich nicht zögern, dich abzuknallen wie das Stück Dreck, das du bist!«

Rieker musste Zeit gewinnen.

»Und was ist, wenn ich mich ergebe?«, rief er zurück.

Der Mann zögerte. »Dann muss dir nichts passieren. Los, komm zur Treppe!«

Rieker konnte sich durchaus vorstellen, dass Schermann eine Pistole oder eine Flinte besaß. Warum sollte er den Einbrecher nicht erschießen, falls der sich ergab? Ganz sicher würde er es spätestens dann tun, wenn er sich dessen bewusst wurde, dass der Einbrecher ein Commissar war, der in Sachen Ansje Kalferer ermittelte. Zumal niemand wusste, wo er sich befand.

Rieker wusste instinktiv: Selbst mit den blitzschnellen Reflexen eines Boxers würde er nicht gegen einen Mann mit Schusswaffe bestehen können. Sein Weg durfte sich nicht mit der Richtung des Laufs dieser Waffe kreuzen, sonst würde das seinen letzten Atemzug bedeuten.

Aber was konnte er tun? Rieker sah sich gehetzt um. Es musste noch einen anderen Ausgang aus diesem verdammten Keller geben, doch er würde mehr Zeit brauchen, um ihn zu finden!

»Warum sollten Sie nicht abdrücken, wenn ich nach oben komme?«, rief er deshalb zur Treppe und schlich dabei aus der Todeskammer in den Waschraum und von dort in den Flur.

»Ich werde dich nicht erschießen, wenn du dich ergibst. Was bist du für einer? Und was willst du hier?«

Rieker durfte nichts preisgeben.

»Ich will nur wieder heil hier raus«, rief er deswegen ausweichend und öffnete währenddessen eine Holztür, hinter die er noch nicht geblickt hatte. Zum Glück hing die geölt in ihren Angeln und ließ sich damit fast geräuschlos bewegen.

»Dass du hier rauswillst, glaube ich dir gerne. Aber ich habe dich gefragt, was du in meinem Haus willst.«

In der Stimme lagen Wut und Ärger, aber Rieker hörte auch seinen Zweifel heraus. Er wusste das Zögern des Staatsanwalts zu lesen. Wer im Häuserkampf überleben wollte, musste einen Überblick über die Lage gewinnen. Das kostete jedoch wertvolle Zeit, was dem Gegner die Möglichkeit bot, sich einzugraben und auf den nächsten Angriff vorzubereiten. Riekers Offiziere hatten ihren Trupps manchmal wilde Sturmangriffe ins Unbekannte befohlen.

»Den Druck aufbauen, nicht selbst unter Druck geraten«, hatte einer einmal gesagt.

Wäre Schermann jetzt sofort mit seiner Waffe in den Keller vorgerückt, hätte er leichtes Spiel mit Rieker gehabt. Aber er zögerte den Angriff hinaus, und je länger es dauerte, desto besser standen Riekers Chancen. Zumindest wenn es wirklich einen zweiten Ausgang aus diesem Keller des Grauens gab.

»Ich hab doch gesagt, dass ich nur heil hier rauskommen will«, wiederholte Rieker und hielt die kleine Petroleumlampe in den Raum hinein.

Ein Kohlenkeller! Sofort kehrte etwas Hoffnung zurück. Irgendwie mussten die Kohlen ja hier hereinkommen.

»Lassen Sie mich gehen!«, rief er zur Treppe.

Enttäuscht stellte Rieker fest, dass die Kohlen nicht über eine Tür mit Stufen zum Garten in den Raum gebracht wurden, sondern durch eine Kohlenklappe geschüttet werden konnten, die sich direkt unter der Decke befand.

Rieker zwängte sich durch die Tür und stellte mit Genugtuung fest, dass sie auf der Innenseite durch einen – allerdings nur schmalen – Riegel versperrt werden konnte. Jetzt musste es schnell gehen!

Er wandte sich um zu dem Haufen schwarzer Kohlen.

Durch die Ritzen der Klappe drang gerade genug Tageslicht, um Rieker zu zeigen, wo sich der Ausweg befand. Um heranzukommen, musste er die Halde hinaufklettern, an deren Fuß noch Holzwolle und Sägemehl zum Anzünden lagerten. Schnell! Der schmale Türriegel würde Schermann sicher nicht lange aufhalten, wenn er nach ihm suchte.

Rieker hörte, dass der Staatsanwalt oben etwas sagte, verstand aber durch die Tür seine Worte nicht mehr.

Der Commissar verschwendete nur einen kurzen Augenblick mit dem Bedauern über den Zustand seiner Schuhe und des Anzugs. Etwas Dreck war besser als ein Loch in Brusthöhe durch Sakko und Weste. Er trat auf den Haufen und beeilte sich, den beweglichen Berg hinaufzukommen und das Gleichgewicht nicht zu verlieren. Dabei pendelte die Petroleumlampe in seiner Hand heftig hin und her. Für jeden Schritt, den er vorankam, rutschte er einen halben wieder hinab, was ihm unglaublich laut vorkam. Die Luke war noch nicht erreichbar, als er einen alarmierten Schrei von Schermann vernahm. Der musste die Kohlen gehört haben und ahnen, wo der Einbrecher jetzt steckte.

Rieker verlor den Halt. Er versuchte, sich zu fangen, aber der instabile Untergrund geriet erneut ins Rutschen, diesmal so heftig, dass Rieker zu Boden ging. Bei dem Versuch, sich zu fangen, fiel ihm die Lampe aus den Händen.

»Was machst du da?« Schermanns Stimme klang auf einmal sehr nahe.

Rieker kämpfte sich auf Händen und Knien weiter auf die Klappe zu. Er war fast oben angekommen, aber die Halde kam erneut ins Rutschen.

»Komm sofort da raus!«, drang ein wütender Befehl durch die Tür. Schermann rüttelte jetzt lautstark daran.

Hektisch kroch Rieker auf allen vieren weiter hinauf. Endlich bekam er einen Griff neben der Klappe zu fassen und konnte sich besser halten. Im Dämmerlicht bemerkte er zwei Riegel, die die Klappe von innen verschlossen, vermutlich zum Schutz vor Einbrechern. Er drückte den ersten zur Seite, und der aufgewirbelte Kohlenstaub ließ ihn husten.

In dem Moment donnerte ein Schuss durch den Keller. Die Tür wackelte in der Zarge, hielt aber stand. Noch.

Rieker bewegte den zweiten Riegel und zerrte die Kohlenklappe hektisch nach innen auf, während Schermann gegen die Tür donnerte. Gleichzeitig drang ihm Rauch in die Nase. Die Petroleumlampe! Aus den Augenwinkeln nahm er wahr, dass sie auf dem Holzmehl zu liegen gekommen und dort offenbar ausgelaufen war. Holz, Kohlenstaub und Petroleum bildeten eine brandgefährliche Mischung. Eine hellgelbe Flamme züngelte hungrig empor. Aus ihrer Spitze kroch ein beißender Rauchfaden, der sich mit der kohlenstaublastigen Luft im Raum schnell zu einem gefährlichen Gas vermischte.

Rieker stemmte sich durch die Öffnung und zog sich nach draußen. Das Tageslicht blendete ihn. Die Klappe drückte ihm in den Rücken, aber er kämpfte sich weiter. Hinter sich vernahm er einen wuchtigen Tritt gegen die Tür – und diesmal hielt der schmale Riegel nicht mehr stand. Die Tür flog hörbar auf.

»Du Schwein!«, brüllte der Mann im Keller wütend.

Riekers Oberkörper war jetzt ganz draußen. Er spürte feuchtes Gras unter sich. So schnell es ging, zog er die Beine nach. Doch Schermann gab wieder einen Schuss ab. Das Projektil durchschlug das Holz der Klappe und zischte in direkter Nähe an Riekers Gesicht vorbei. Schon rollte er sich zur Seite, damit ihn ein weiterer Schuss nicht treffen konnte.

Doch es folgte keiner mehr. Rieker landete auf dem Rücken und atmete die Luft ein, die ihm nach dem düsteren Keller frischer als sonst vorkam. Über ihm zogen graue Wolkenmassen am Himmel, der sich auf einmal zu drehen schien und in andere Bilder verwandelte.

Damals war der junge Soldat Hermann Rieker überzeugt gewesen, im Dunkel des Kellers zu sterben und nie wieder das Blau des Himmels zu sehen. Er wusste nicht, wie lange sie in dem Raum waren, der kaum Luft zum Atmen bot. Zuerst war Emile, der französische Vater, nach einem letzten Röcheln totenstill geworden. Seine Frau und die Tochter hatten nicht einmal mehr die Kraft geschweige denn die Tränen gehabt, um zu weinen, und waren ihm innerhalb von zwei Stunden gefolgt.

Rieker und der verwundete Oberst waren mehr tot als lebendig gewesen, als man sie schließlich ausgegraben hatte. Sie hatten überlebt! Und Oberst von Welmensiel hatte ihn später aus Dankbarkeit auf Riekers Wunsch hin zur Hamburger Polizei vermittelt. Sie waren seit Jahren nicht in Kontakt gewesen, doch offenbar hatte der mittlerweile zum General ernannte Offizier Rieker all die Zeit im Auge behalten und ihn nach Kleinschmidts Tod als dessen Nachfolger empfohlen. Ohne das schreckliche Erlebnis in Paris wäre Rieker niemals hier gelandet – auf dem Rasen vor Staatsanwalt Schermanns Kohlenkeller.

Mit einem Schlag wurde Rieker wieder bewusst, wo er sich befand. Er war noch nicht in Sicherheit. Schermann musste mittlerweile ahnen, dass der Einbrecher seinen geheimen Raum gesehen hatte. Ihm blieb jetzt keine andere Wahl, als den Mitwisser draußen zur Strecke zu bringen. Er mochte ihm über die Kohlen nachklettern oder, viel einfacher, über die Treppe zur Außentür rennen.

Rieker kämpfte sich hoch und griff nach einer Kohlenschippe. Mit der improvisierten Waffe in der Hand rannte er zum Haupteingang und postierte sich seitlich neben der Tür – gerade rechtzeitig, denn nur einen Moment später flog sie auf, und ein großer Mann mit einem Gewehr kam herausgelaufen.

Rieker schlug die Schaufel mit voller Wucht nach seiner Waffe. Überrascht und mit einem Schmerzensschrei ließ Schermann das Gewehr fallen. Riekers Spaten flog ebenfalls zur Seite, denn jetzt wollte er den Mörder mit seinen Fäusten zur Strecke bringen.

Rieker sprang vor den Staatsanwalt, der sein Heil im Rückzug suchte und die Tür hinter sich zuwarf. Rieker bekam sie gerade noch zu packen und verlor kostbare Zeit dabei, sie wieder aufzureißen.

Schermann war drinnen schon nicht mehr zu sehen, aber Rieker hörte ihn: Eine quietschende Schranktür verriet, was er tat. Rieker ahnte Schlimmes. Falls Schermann weitere Waffen sein Eigen nannte, konnte es erneut knapp werden.

Rieker rannte auf das Geräusch zu und erreichte den Staatsanwalt, als der einen Säbel in einer Lederscheide herausnahm. Doch Schermann blieb keine Zeit mehr, die Waffe aus der Scheide zu ziehen, und so ließ er auch sie fallen, um sich Rieker mit einem lauten Schrei entgegenzustürzen.

Dabei hatte er nicht mit den Reflexen des Commissars gerechnet, der dem Fausthieb des Gegners mit Leichtigkeit auszuweichen wusste und selbst einen Treffer in dessen Magengegend setzte. Ein dumpfer Schmerzensschrei war die Antwort. Schermann sank gekrümmt zu Boden, wo ihm Rieker einen Tritt gegen die schützend vor den Bauch gehaltenen Arme verpasste. Treten ging einem echten Boxer zwar gegen die Ehre, aber in diesem Fall tat Rieker es aus reiner Wut und Abscheu vor den grausamen Taten des Verbrechers.

»Du dreckiges Schwein«, spie er Schermann an und trat ein weiteres Mal auf den am Boden liegenden Mann ein.

»Das war für Ansje Kalferer!«

Trotz des Schmerzes seines Gegners erkannte Rieker den Schockmoment in dessen aufgerissenen Augen, als er den Namen der Toten hörte. Bis eben musste er noch gedacht haben, Rieker sei ein Einbrecher, doch jetzt wurde ihm offenbar klar, dass mehr dahintersteckte.

»Es hat dir wohl nicht gereicht, ihren Körper zu kaufen!«, fasste Rieker nach.

»Wer bist du?«, stöhnte der sich noch immer vor Schmerz Krümmende auf.

Rieker atmete durch und blickte an sich herab. Anzug und Schuhe waren vollkommen verdreckt.

»Ach, habe ich mich noch gar nicht vorgestellt? Wie unhöflich. Rieker. Criminalcommissar Hermann Rieker. Ich verhafte Sie wegen des Mordes an Ansje Kalferer.«

Schermann wirkte entsetzt, doch dann besann er sich eines Besseren und setzte ein überlegenes Gesicht auf.

»Ich weiß nicht, wovon Sie reden.«

»Von der Frau, die Sie in Ihrer Kammer in Ihrem Keller umgebracht haben.«

»Sie sind ja wohl vollkommen verrückt! Wissen Sie überhaupt, mit wem Sie es zu tun haben?«

Rieker zog die Handschellen aus seinem verdreckten Mantel und legte dem Staatsanwalt eine Seite um das rechte Handgelenk.

»Mit einem Mörder!«, sagte er bestimmt, nachdem das Schloss zugeschnappt war.

Er wollte gerade auch die linke Hand abschließen, als er zögerte. Irgendetwas stimmte hier nicht.

Es brauchte nur einen weiteren Atemzug, um die Ursache für seine Unsicherheit auszumachen. Rauch! Nachdem er jetzt darauf aufmerksam geworden war, nahm der Geruch schnell an Intensität zu. Inzwischen konnte man die Schwaden auch sehen, wie sie durch die Zwischenräume der Bohlen und durch die Ritzen der Kellertür drangen. Der schwere Qualm kroch wie eine zähe Flüssigkeit über den Boden, bevor er sich mit der Luft vereinigte und weiter aufstieg.

»Verdammt, Sie haben mein Haus in Brand gesetzt!«, stieß Schermann aus. Er musste husten.

Rieker ließ die zweite Schelle offen und zerrte den Staatsanwalt am Hemdkragen unsanft über den Boden, hinaus aus dem Haus. Der Gefangene versuchte, sich zu wehren, bekam aber einen Ellenbogen gegen den Hals, was ihn sofort still werden ließ.

Ein gutes Stück vom Gebäude entfernt legte er Schermanns Arme um einen Apfelbaum und schloss die zweite Schelle.

Kaum dass der Mörder angebunden war, rannte Rieker zurück auf das Haus zu. Aus der offenen Tür drang erster dunkler Rauch und stieg in die Höhe. Rieker bückte sich in der Hoffnung, dort Luft zu bekommen, allerdings ging vom Holzboden bereits ein leises Zischen und Rauschen aus. Die Dielen knackten, aber noch hatten sich die Flammen nicht nach oben durchgefressen. Vielleicht konnte er in den Todesraum zurückkehren. Er brauchte doch die Beweise! Sie durften nicht der Feuersbrunst zum Opfer fallen!

Rieker lief tiefer ins Haus. Der Rauch reizte seine Lunge zu einem schmerzhaften Husten. Als er die Kellertür aufzog, quoll ihm schwarzer Qualm entgegen, so heiß und scharf, dass es ihm fast die Sinne, auf jeden Fall aber den Atem raubte.

Rieker musste einsehen, dass der Keller nur noch eine Todesfalle war. Er brachte sich mit einem Satz zurück in Sicherheit. Wirbel bildeten sich im Rauch, der sich jetzt immer schneller im Haus verteilte.

Auf einmal sah Rieker einen hellen Schein durch die offene Kellertür dringen. Er reagierte nur noch aus einem Instinkt heraus: Er rannte weg von der Öffnung, aus der jetzt eine Flamme schoss, die nach ihm greifen wollte und dabei alles in Brand setzte, was ihr in den Weg kam. Rieker spürte die Hitze hinter sich, sprang durch die Haustür und entkam dem glühenden Griff der Flammen um Haaresbreite.

»Sie werden noch bitter bereuen, was Sie heute getan haben«, brüllte Schermann ihm wütend zu.

Kapitel 22

Montag, 25. April 1887

Rieker war niemals gebückter in von Stresenbecks Bureau getreten.

»Wie sehen Sie denn aus?«, fragte der Inspektor entsetzt.

Rieker schüttelte den Kopf.

»Sie leisten es sich, in das Haus eines Staatsanwalts einzubrechen, es in Brand zu setzen, ihn des Mordes zu bezichtigen und festzunehmen, und dann treten Sie mir am nächsten Morgen in solchen Lumpen unter die Augen? Rieker?«

»Mein Anzug wurde bei dem Einsatz vollkommen verdreckt«, gestand der Commissar.

Er hatte den alten Arbeiteranzug aus dem Schrank geholt, den er zum Boxkampf getragen hatte. Die Melone hatte er bei der Flucht über den Kohlenkeller in Schermanns Haus verloren, und auch der Gehstock war dort geblieben. Beides war so unwiederbringlich zu Asche geworden wie der Großteil von Schermanns Haus, das gestern bis auf die Grundmauern abgebrannt war. Bis die Feuerwehr Rotherbaum am Brandort angekommen war, hatten sich die Flammen längst durch die Holzböden des Hauses gefressen, waren die Wände emporgeklettert und hatten schnell den Dachstuhl erreicht. Mit ihren Spritzen konnten die Feuerwehrleute und ihre nach und nach eintreffenden Kameraden aus den weiter entfernt liegenden Wachen nichts mehr ausrichten, als die Scheune vor den Flammen zu bewahren. Das Pferd war zu dem Zeitpunkt schon gerettet worden.

Rieker hatte zwei Constabler verdonnert, den zeternden Schermann in die Untersuchungshaftanstalt zu bringen. Er selbst hatte mit dem Feuerwehrkommandanten das Inferno betrachtet. Spätestens als der Dachstuhl einbrach und die Funken turmhoch in den Himmel stoben, war ihm klar geworden, dass die Beweise unwiederbringlich verloren waren. Seit Wochen hatte es fast ununterbrochen geregnet, aber ausgerechnet dann war die Sonne herausgekommen!

Rieker hatte Schermann etwas später noch verhört, doch der Staatsanwalt hatte seine Tat nicht gestanden, sondern alle Beschuldigungen empört von sich gewiesen. Anschließend hatte er gefordert, dass der Oberstaatsanwalt und von Stresenbeck unverzüglich einzuschalten seien.

Von Stresenbeck war erst heute wieder aufgetaucht und hatte Rieker sofort zu sich befohlen.

»Sie werden ja wohl nicht nur den einen Anzug haben!«, ging der Criminalinspektor ihn an. Ohne die Antwort abzuwarten, ließ er die Faust auf den Schreibtisch donnern.

»Haben Sie irgendeine Vorstellung davon, in welche Verlegenheit Sie mich und die ganze Criminalpolizei bringen? Welcher Teufel hat Sie geritten?«

»Schermann ist der Mörder von Ansje Kalferer«, sagte Rieker und versuchte, überzeugend zu klingen.

»Und wo haben Sie verdammt noch mal die Beweise?«

Von Stresenbeck war so erregt, dass schaumiger Speichel durch die Luft flog. Rieker wagte nicht, sich über die Stelle an der Wange zu reiben, wo er im Gesicht getroffen worden war.

»Setzen Sie sich!«, forderte der Inspektor und ging um seinen Schreibtisch herum. Dort ließ er sich in seinen Sessel fallen und griff sofort nach der Zigarre, die während seines Ausbruchs ausgegangen war.

Auf dem Tisch befanden sich eine leere Kaffeetasse und mehrere Bogen Papier.

Von Stresenbeck zeigte auf die Akten.

»Das ist nur der Anfang, Rieker«, sagte er und klang auf einmal ermattet. »Die Staatsanwaltschaft kommt gerade zu einer Sondersitzung zusammen. Die Sache soll vor Senat und Bürgerschaft gebracht werden. Und die Feuerkasse sitzt mir auch schon im Nacken!«

Bei diesen Worten entzündete er ein dickes Streichholz und hielt die Flamme an die bereits verkohlte Seite, dann zog er an seiner Zigarre und entließ den Rauch in den Raum.

»Mein Arzt sagt, dass ich ein Magengeschwür bekomme, wenn ich so früh schon rauche«, murrte er weiter. Er wirkte, als spreche er zu sich selbst. »Aber langsam bekomme ich das Gefühl, dass nicht ein Magengeschwür mich unter die Erde bringt, sondern der Ärger in diesem Laden!«

»Ich versichere Ihnen, Herr von Stresenbeck, dass Norbert Schermann der Täter ist«, wiederholte Rieker leise, aber bestimmt.

»Verdammt noch mal!« Von Stresenbeck schnellte in seinem Sitz vor und stieß die Zigarre mit einer solchen Wucht in den Aschenbecher, dass sie aufbrach und Tabak durch das Loch herausbröselte.

»Dann erklären Sie es mir, Rieker! Was bringt Sie zu dieser ungeheuerlichen Anschuldigung? Und wie sind Sie auf die Idee gekommen, in das Haus eines Staatsanwalts einzubrechen? Und als ob das alleine nicht ausreichen würde, um Sie bis ans Ende Ihrer Tage mit der Nachtwache auf Streifendienst zu schicken, haben Sie dann nichts Besseres zu tun, als gleich das ganze Haus bis auf die Grundmauern niederzubrennen! Was stimmt nicht mit Ihnen?«

Rieker wusste, dass es im Moment keinen Sinn machte, auf die Beschuldigungen des Inspektors einzugehen und sich für seine Taten zu rechtfertigen. Auf der anderen Seite konnte er auch nicht einfach schweigen.

»Ich dachte, Sie stünden hinter Ihren Commissaren«, sagte er darum.

»Was soll das denn jetzt heißen?«

»Ich habe das Gefühl, dass Sie mir gar nicht zuhören wollen.«

»Wenn ich tun würde, was ich will, würde ich mit meinen Freunden in der Harmonie sitzen und mir einen schönen Braten und ein Bier servieren lassen. Zusammen mit meinem Logenfreund, dem Oberstaatsanwalt. Aber wie stehe ich jetzt vor ihm da? Also hören Sie verdammt noch mal auf, um den heißen Brei herumzureden, und schildern Sie mir Ihre Sicht der Dinge, damit ich entscheiden kann, was mit Ihnen geschehen soll!«

Ab der Erwähnung von Hamburgs ältestem und renommiertestem Herrenclub war jedes seiner Worte eine Nuance lauter geworden. Beim letzten Halbsatz schlug von Stresenbeck mit der geballten Faust auf die Schreibtischplatte, was die Kaffeetasse auf der Untertasse zu scheppernden Sprüngen brachte.

»Ich hatte Anlass zu der Vermutung, dass Schermann der Mörder von Ansje Kalferer sein könnte«, begann Rieker.

»Anlass zu der Vermutung?«, fragte sein Gegenüber konsterniert.

Rieker hatte die Nacht hindurch überlegt, ob er Johanna Ahrens als seine Quelle offenbaren sollte. Er war alle Möglichkeiten durchgegangen, aber irgendwann hatte er die Entscheidung getroffen, ihre Hilfe vorerst geheim zu halten – so, wie sie es vereinbart hatten. Das tat er allerdings nicht, um ihr zu helfen, sondern schlicht, weil es seinem Standpunkt wahrscheinlich eher schaden würde, wenn er ihre Beteiligung erwähnte.

Rieker hatte sich gestern Abend dafür verflucht, nicht wenigstens das Messer, den Ring oder das Buch eingesteckt zu haben. Verdammt, wenn er nur nicht diese vermaledeite Angst vor Kellern hätte, wäre sein Gehirn vielleicht in der Lage gewesen, vernünftigere Entschlüsse zu fassen. Aber so hatte er, völlig kopflos, nur noch die Flucht im Sinn gehabt – und dabei selbst dafür gesorgt, dass die Beweise sich wortwörtlich in Luft aufgelöst hatten.

»Meine Ermittlungen haben ergeben, dass Ansje Kalferer nach dem Mord gewaschen wurde und von einem Mann mit einem Einspänner, einer Chaise, mit einem davor angespannten Rappen zu dem Kontor gebracht worden ist. Einem Gespann, das dem Schermanns bis auf Einzelheiten gleicht.«

Von Stresenbeck hörte jetzt immerhin zu.

»Und wie sind Sie darauf gekommen?«, fragte er. Es klang eher interessiert als wütend.

»Kracht und ich haben verschiedene Zeugen aufgetan«, sagte Rieker. »Einer war mit einer weiteren Person im Keller des Kontors.«

»Was sind das für Leute?«

»Stadtstreicher. Moment! Lassen Sie mich ausreden!«, forderte Rieker, der seinen Vorgesetzten schon wieder zu einer Tirade ansetzen sah.

Von Stresenbeck hob abwehrend beide Hände und lehnte sich wieder in seinem Ledersessel zurück, die Augen zu schmalen Schlitzen verengt.

»Und Ihre Stadtstreicher haben Schermann gesehen?«, fragte er lauernd.

Diesmal passte Rieker besser auf, was er sagte. »Gesehen haben sie ihn nicht, aber die Leiche. Anders als wir zuerst vermuteten, hat der Täter sie nicht zugedeckt dort abgelegt, sondern nackt und mit weit gespreizten Beinen präsentiert.«

»Das haben die sich doch ausgedacht.«

»Eben nicht«, sagte Rieker vehement. »Und noch etwas wurde festgestellt.«

»Was denn?«

Rieker ließ die Pause länger werden. Endlich hatte er die Aufmerksamkeit seines Vorgesetzten gewonnen. Vielleicht konnte er den Inspektor doch noch mit Argumenten überzeugen.

Er strich sich eine Fluse von der Jacke, bis ihm bewusst wurde, dass er seine alte Kleidung trug und nicht den mittlerweile zur Gewohnheit gewordenen Anzug. Den hatte er heute früh bei einem Schneider abgegeben, der einen ziemlich beleidigten Eindruck gemacht hatte, als er festgestellt hatte, in welchem Zustand sich der Zwirn befand. Das Reinigen und Ausflicken sollte nicht vor Mittwoch abgeschlossen sein und eine gehörige Stange Geld kosten.

»Jetzt rücken Sie raus damit«, forderte von Stresenbeck ungeduldig. »Was hatte die Leiche sonst noch an sich?«

»Die Frage ist eher, was sie nicht mehr an sich hatte.«

»Ihre Kleidung«, sagte der Inspektor ungeduldig.

»Etwas viel Bedeutenderes. Ihr fehlte das Herz.«

Von Stresenbeck rückte im Sessel wieder vor, die Augen weit geöffnet.

»Davon hat der alte von Gerwigk nichts verlauten lassen. Ich habe ihn doch gestern gesehen.«

»Er hat es ja auch nicht bemerkt, sondern ein Totenfotograf, der die Tote beim Herrichten genauer untersucht hat. Der Leiche wurde durch die Wunden am Rücken das Herz entfernt. Das spricht dafür, dass der Geist des Mörders extrem gestört sein muss.«

»Und das soll von Gerwigk nicht bemerkt haben? Das kann ich gar nicht glauben.«

»Sie haben ihn eben selbst ›der alte von Gerwigk‹ genannt«, stellte Rieker fest. »Er vergisst ständig etwas!«

»Gut, er mag in letzter Zeit etwas fahrig sein, aber …«

In von Stresenbecks Gesicht spiegelten sich Zweifel wider. »Das ist schön und gut, aber wie sind Sie auf die Idee gekommen, dass Schermann damit zu tun haben könnte?«

Rieker überging den Einwand großzügig. Lieber wollte er gleich sagen, was er gesehen hatte – mit eigenen Augen.

»In seinem Keller befand sich ein Raum mit einem Bett, an das ein Opfer gefesselt werden konnte. Die Matratze, die voller Blut gewesen sein muss, war entsorgt worden, ebenso ein darunter liegender Teppich. Ich habe auch ein Messer gefunden, das die Tatwaffe gewesen sein kann. Und einen Ring, der der Toten gehört haben muss.«

Von Stresenbeck wirkte etwas ratlos.

»Es gibt Männer, die Lust empfinden, wenn Sie einer Frau Schmerzen zufügen können. Von einer nahen Freundin der Toten war zu erfahren, dass Ansje Kalferer ab und zu einen angesehenen Herrn der Gesellschaft in Rotherbaum als Prostituierte besucht hat. Etwa so lange, wie der Staatsanwalt sich in Hamburg befindet, eben in Rotherbaum.«

Rieker kam richtig in Fahrt.

»Und Ansje Kalferer hatte ihrer Freundin gegenüber erwähnt, dass der Mann jedes Mal neue Grenzen mit ihr austestete. Bei dem Besuch vor ihrem Mord hat er ihr willentlich und lustvoll starke Schmerzen zugefügt.«

»Hat diese Freundin den Namen Schermann ins Spiel gebracht?«, fragte von Stresenbeck aufmerksam nach.

»Leider nicht«, sagte Rieker bedauernd. »Die Spur hat mich zu Jens Johansen geführt. Der hat das Mädchen an ihren ersten Freier vermittelt.«

»Achtfinger-Jens? Sind Sie von allen guten Geistern verlassen? Sie wissen doch, dass Breiden ihn nach Kleinschmidts Ableben übernommen hat!«

»Ich musste zu ihm. Sie haben mir mit der kurzen Frist, um den Mörder zu fassen, keine andere Wahl gelassen.«

»Jetzt versuchen Sie mal nicht, Ihre Fehler *mir* in die Schuhe zu schieben, Rieker! Aber Achtfinger-Jens wird nie vor Gericht aussagen, dass er Schermann das Mädchen vermittelt hat. Wie haben Sie ihn dazu gebracht, dass er es Ihnen gegenüber zugegeben hat?«

»Ehrlich gesagt hat er das nicht«, gab Rieker erneut etwas kleinlaut zu. »Aber ich habe in Schermanns Haus alles gefunden, was den Erstverdacht bis in die Tiefe erhärtete. Dazu hat er versucht, mich zu töten.«

»Weil er dachte, es mit einem Einbrecher zu tun zu haben, als Richter Ahrens ihn zu Hause abgesetzt hatte«, erklärte von Stresenbeck.

»Dann hätte er mich auch in diesem Keller einsperren können«, gab Rieker zu bedenken. »Doch ihm ging es darum, mich zu töten, weil er fürchten musste, dass sein Geheimnis aufgedeckt worden war.«

»Ein Raum mit einem Bett, irgendein Messer und ein Ring? Was sollen das für Beweise sein?«

»Oh, in diesem Zimmer gab es noch mehr Indizien. Zum Beispiel ein Buch mit einem Gedicht, in dem es darum ging, dass einer Madonna sieben Dolche ins Herz gerammt werden sollen.«

Von Stresenbecks Ansatz einer Erwiderung wurde durch ein Klopfen an der Tür unterbunden.

Rieker drehte sich auf seinem Stuhl um. In der Tür stand Norbert Schermann, gefolgt von Criminalcommissar Breiden. Der Staatsanwalt trug weder Handschellen noch andere Fesseln. Als sich Riekers und seine Blicke trafen, nahm sein Gesicht für einen Moment einen triumphierenden Ausdruck an.

Von Stresenbeck sprang aus seinem Sessel auf und eilte auf die Neuankömmlinge zu.

»Breiden? Herr Schermann.« Er reichte beiden die Hand.

Rieker stand ebenfalls auf und ballte seine Hand zur Faust.

»Was hat Ihren Mann bloß geritten, Herr von Stresenbeck, bei mir einzubrechen und mein Haus abzufackeln?«, fragte Schermann. »Das wird Konsequenzen haben, und zwar für die gesamte Criminalpolizei!«

Rieker war enttäuscht, als sein Vorgesetzter, statt ihm beizustehen, sofort in die Defensive ging.

»Ich versuche selbst, mir einen Reim darauf zu machen«, erklärte er. »Es tut mir so leid, Herr Staatsanwalt.«

»Sie wollten mich erschießen!«, warf Rieker ein.

»Ich habe lediglich von meinem Recht Gebrauch gemacht, mich gegen eine Gefahr für mein Leben zu verteidigen«, gab Schermann erregt zurück.

»Meine Herren!«, ging von Stresenbeck dazwischen. »Lassen Sie uns doch ruhig über alles sprechen.«

»Kommen Sie mir nicht so!«, schimpfte Schermann. »Ich weiß nicht einmal, was schwerer wiegt: dass mein kompletter Besitz – alles, was mir lieb und teuer ist – wegen dieses Abschaums in Rauch und Flammen aufgegangen ist, oder die dauerhafte Schädigung meines Rufs und meiner Ehre. Vor den Augen all meiner Nachbarn hat man mich in Handschellen abgeführt, als wäre *ich* der Verbrecher, nicht *er*!«

Anklagend richtete er den Zeigefinger auf Rieker.

»Sie werden für beides aufkommen müssen, Herr von Stresenbeck!«, fügte er noch hinzu.

Rieker konnte es nicht fassen, dass der Mann, von dem er wusste, dass er Ansje Kalferer ermordet hatte, nun voller Selbstbewusstsein vor ihm stand und seinen Vorgesetzten bedrohte. Von Stresenbeck ging bei ihm nicht auf Konfrontation. Je kleiner der Criminalinspektor sich machte, desto mehr Aufwind bekam Schermann.

Breiden hatte sich bislang schweigend im Hintergrund gehalten, doch Rieker sah, dass der Commissar äußerst zufrieden wirkte. Wieso nur war es ihm so wichtig, Rieker am Boden zu sehen?

»Herr Rieker sagt, er hat in Ihrem Keller einen Raum mit einem Bett gefunden, an das man jemanden ketten konnte«, hörte er von Stresenbeck sagen.

»Ihr Herr Rieker scheint von Halluzinationen heimgesucht zu werden«, erwiderte Schermann scharf. »Es gab nur die Abstellkammer mit ein paar alten Möbeln, für die ich gerade keine Verwendung hatte, die aber zu schade waren, um sie wegzuwerfen.«

»Wenn die Überreste des Hauses abgekühlt sind, wird man die Trümmer untersuchen«, sagte von Stresenbeck. »Wird man auch Handschellen finden?«

»Ich sage Ihnen doch, Herr von Stresenbeck: eine Abstellkammer mit alten Möbeln. Ich bezweifele, dass man die Reste in dem eingestürzten Haus überhaupt noch ausmachen kann. Aber es ist durchaus möglich, dass dort unten auch ein paar Handschellen verstaut waren.«

»Woher wissen Sie, dass das Haus eingestürzt ist?«, schaltete sich Rieker ein.

»Verdammt, Rieker«, legte jetzt Breiden los. »Sie sollten endlich einsehen, dass Sie schon mehr als genug Schaden angerichtet haben. Ihre Vorwürfe sind haltlos. Das werden spätestens die neusten Entwicklungen beweisen, Herr von Stresenbeck, die ein ganz anderes Licht auf die Sache werfen.«

Der Inspektor sah Breiden neugierig an. »Ich höre?«

Rieker fragte sich, welche Teufelei nun kommen würde.

»Ich habe Herrn Schermann aus der Untersuchungshaftanstalt geholt und hierhergebracht, um ihm in *Ihrer* verehrten Anwesenheit, Herr von Stresenbeck, eine wichtige Frage zu stellen.« Er wandte sich an Schermann. »Wo, Herr Schermann, waren Sie am Samstagabend gegen neun Uhr?«

»Was soll das denn?«, fuhr Rieker ihn an, aber von Stresenbeck hob mahnend die Hand.

»Seien Sie still!«, forderte er. »Ich will wissen, wohin das führen soll.«

»Gut. Ich wiederhole meine Frage, Herr Schermann: Wo waren Sie am vergangenen Samstagabend gegen neun Uhr?«

»Den Abend habe ich als Gast im Haus des verehrten Richters Hans Ahrens und seiner Familie verbracht«, antwortete er wie aus der Pistole geschossen.

Rieker wollte erst einwerfen, dass er sich gerade dort verdächtig gemacht hatte, schwieg dann aber, da er fürchtete, dass seine Verbindung zu Johanna Ahrens für sie beide zu einem Problem werden könnte.

»Ich denke, Richter Ahrens sollte ein glaubwürdiger Zeuge sein, Herr von Stresenbeck«, bemerkte Breiden lakonisch. »Was meinen Sie?«

Der Criminalinspektor nickte zustimmend. »Selbstverständlich.«

»Dann wird es Sie sicherlich interessieren zu erfahren, dass eine weitere Leiche gefunden wurde.«

Der Satz hing im Raum wie Weihrauch in der Kirche. Alle schwiegen und sahen gebannt zu Breiden.

»Was soll das?« Rieker war völlig perplex.

»Das gleiche Tatmuster«, erklärte Breiden sachlich. »Eine junge Blondine, eine Prostituierte, deren Rücken von unzähligen Messerstichen regelrecht zerfetzt ist.«

»Wo wurde sie gefunden?«, wollte Rieker wissen.

»Im Hammerbrook.«

»Ein Nachahmer!«, rief Rieker, aber von Stresenbeck warf ihm einen Blick zu, der sich fast so tödlich wie ein Messerstich anfühlte.

»Allerdings wurde der Frau dieses Mal das Herz herausgeschnitten«, sagte Breiden und klang, als bedauere er nicht das Leid des Opfers, sondern eher die Tatsache, dass die Tat nicht 1:1 die Gleiche gewesen war. Dabei wusste er das ja noch gar nicht.

»Wieder das Herz?«, fragten Rieker und von Stresenbeck gleichzeitig.

»Wieder? Was meinen Sie damit?«, wollte Breiden wissen.

Rieker beobachtete derweil Schermann genau, und zum ersten Mal wuchsen doch Zweifel in ihm, denn Schermann wirkte ebenso überrascht wie Breiden. Aber Staatsanwälte hatten schon immer ein Talent fürs Theater.

»Ich habe es eben selbst erst erfahren«, erklärte von Stresenbeck. »Auch der ersten Toten wurde offenbar das Herz entfernt.«

Schermanns Schultern waren angespannt, und sein Brustkorb hob und senkte sich kaum. Es sah aus, als hielte er die Luft an.

»Also eine genaue Kopie des ersten Mordes«, schlussfolgerte Breiden.

»Wie können Sie sich so sicher sein, dass es am Samstag um neun Uhr passiert ist?«, wollte Rieker wissen.

»Weil das Mädchen um neun mit einem Freier verschwunden ist und laut von Gerwigk recht bald danach verstorben sein muss.«

»Das beweist nichts«, warf Rieker ein. »Sie könnte auch zuerst bei ihrem Freier gewesen und dann ihrem Mörder begegnet sein.« Er zeigte auf Schermann. »Er wird ja nicht die ganze Nacht bei Richter Ahrens gesessen haben!«

»Jetzt hören Sie aber auf, Rieker! Gehen Sie mir aus den Augen!« Von Stresenbeck klang wütend.

»Aber …«

»Gehen Sie! Breiden, bis zur offiziellen Untersuchung untersteht Herr Rieker Ihrem Befehl.«

»Das können Sie nicht …«

»Rieker, Sie sind jetzt still, verdammt noch mal! Ich habe die Schnauze gestrichen voll von Ihnen! Breiden, nehmen Sie ihn mit, und geben Sie ihm eine Beschäftigung, bei der er keine weiteren Katastrophen mehr anrichten kann.«

Rieker war wie gelähmt, als Breiden ihn am Arm nahm und aus von Stresenbecks Bureau eskortierte.

Bevor die Tür ins Schloss fiel, hörte er, wie der Criminalinspektor Schermann mit säuselnder Stimme einen Kaffee anbot.

Kapitel 23

Montag, 25. April 1887

Breiden führte Rieker aus von Stresenbecks Bureau und brachte ihn in den Archivraum. Eine geschlagene Stunde saß er alleine in dem Raum und grübelte darüber nach, wie es kam, dass seine Ermittlungen in eine derart verkehrte Richtung gelaufen waren.

»Sie räumen hier auf!«, hatte Breiden mit Triumph in der Stimme befohlen, und Rieker hatte sich folgsam an den einzigen Tisch im Raum gesetzt.

Allerdings hatte er seither nur vor sich hingestarrt.

Dabei war die Aufgabe, die über die bisherigen Fälle zusammengetragenen Akten zu sortieren, durchaus sinnvoll. Jeder Commissar, der hier einmal nach Unterlagen oder Notizen gesucht hatte, wusste um die Dringlichkeit. Obwohl es die eigentliche Criminalpolizei in Verbindung mit der Politischen Polizei erst seit Kurzem gab, sammelten sich hier Blätter und Hefte, Schriftstücke und Urteile, die bisher entweder chronologisch oder alphabetisch einsortiert worden waren und zum Teil noch aus Tagen der Nachtwache stammten. Manche Kollegen packten ihre Unterlagen völlig ungeordnet auf einen Haufen.

Dass hier jemand für Ordnung sorgte, war also längst

überfällig, aber eine Aufgabe, für die man einen Archivar einstellen sollte. Als Strafe für einen unliebsamen Commissar war es denkbar ungeeignet. Zumal Rieker sich ohnehin kaum auf etwas anderes konzentrieren konnte als auf Schermanns hämisch grinsende Visage. Statt in seine Zelle zurückzukehren, verließ der Mörder die Anstalt als freier Mann, während der Commissar sich im Archiv wie von der Welt weggesperrt fühlte, denn hier kam so gut wie niemals jemand herein.

Es hielt Rieker nicht auf seinem Platz. Er ging bis zu dem vergitterten Fenster, durch das kaum Licht in den lang gestreckten Raum fiel, und drehte wieder um. Die Bewegung tat gut und half ihm, seine Gedanken wenigstens ein bisschen zu ordnen.

Es gab ein weiteres Opfer! Es konnte kein Zufall sein, dass die Frau auf exakt die gleiche Art und Weise getötet worden war wie Ansje Kalferer. Unzählige Stiche in den Rücken und die Herausnahme des Herzens. Immerhin hatten die Totenärzte es diesmal sofort festgestellt. Vielleicht hatte von Gerwigk einen wachen Moment gehabt – oder die Wunde war nicht zu übersehen gewesen.

Rieker ging im Kopf durch, wie es Schermann gelungen sein mochte, die Frau am Samstagabend gegen neun Uhr zu entführen, wenn er zu der Zeit doch bei Johanna Ahrens gewesen war.

Das war eine Frage, über die er intensiver nachdenken musste. Er nahm wieder Platz, griff nach einem Blatt Papier und zeichnete einen nach rechts zeigenden Pfeil mit langem Schaft. Das war die Zeitachse. Einen kurzen Strich durch den Schaft beschriftete er mit: »Samstag, neun Uhr abends«. Zu diesem Zeitpunkt war die Tote zum letzten Mal gesehen worden. Darunter setzte er eine Linie, die an dieser Stelle begann. Diese stellte das Schicksal der Prostituierten nach der Zusammenkunft mit ihrem Mörder dar. Und sie würde nicht sonderlich lang werden.

Eine weitere Linie darunter stand für Schermann. Sie begann erst um zehn Uhr. Johanna Ahrens hatte kurz fallen gelassen, dass der Staatsanwalt etwa bis zehn Uhr bei ihrer Familie gewesen war. Zu welcher Uhrzeit konnten die beiden Linien zusammentreffen?

Von Harvestehude bis nach Hammerbrook hätte der Staatsanwalt mit seiner Kutsche auf jeden Fall eine halbe Stunde benötigt. Allerdings hätte Schermann sich wahrscheinlich erst von seinem Kutscher zu Hause absetzen lassen und den Fahrer fortgeschickt. Dann wäre er selbst losgefahren. Das hätte ihn sicher weitere zwanzig Minuten gekostet. Er hätte also frühestens um zehn vor elf in Hammerbrook ankommen können.

Allerdings … Rieker setzte eine dritte, gestrichelte Linie auf das Blatt. Gab es vielleicht jemanden, der ihm die Frau zugeführt hatte, so wie Achtfinger-Jens es bei den Freiern tat? Es mochte sogar sein, dass sie zu ihm nach Hause gebracht worden war und dort auf ihren Mörder gewartet hatte. Schermann hätte sie bei sich empfangen, sie in den Keller bringen und dann qualvoll ermorden können.

Riekers Gedanken begannen wieder fahriger zu werden. Es gab zu viele Möglichkeiten. Was konnte man ausschließen? Es gab einiges, was gegen den Mord in Schermanns

Haus sprach. Rieker hatte den Kellerraum sauber vorgefunden, und Schermann war am nächsten Morgen um neun Uhr von Richter Ahrens zur Kirche abgeholt worden. Hätte er die Frau in der Nacht getötet, sie nach Hammerbrook gebracht und anschließend das sicher in großer Menge ausgetretene Blut beseitigt, hätte er gar keinen Schlaf mehr bekommen.

Wahrscheinlicher war es, dass Schermann den Kutscher abgesetzt hatte und alleine weitergefahren war. Doch statt in den Stall hatte er das Ross zunächst nach Hammerbrook gelenkt. Wenn Rieker nur mehr über den genauen Fundort und die Umstände wüsste!

Seine Skizze der Abläufe war vollkommen unübersichtlich geworden, wie er enttäuscht feststellen musste. Dabei fielen ihm noch weitere Möglichkeiten ein, wie der Abend sich gestaltet haben mochte.

Auch wenn er von der Schuld des Staatsanwalts überzeugt war, durfte er doch nicht außer Acht lassen, dass er sich auf einem Irrweg befinden mochte. Die junge Prostituierte hätte durchaus von jemand ganz anderem ermordet worden sein können.

Zufällig auf die gleiche Art und Weise wie Ansje Kalferer zwei Tage vorher?, fragte er sich.

Rieker verwarf diesen Gedanken sofort wieder. Die zeitliche Nähe und parallele Vorgehensweise sprachen gegen einen Zufall. Es war schlicht und ergreifend logisch, dass es sich um ein und denselben Täter handeln musste. Entweder hatte Schermann beiden Frauen das Leben genommen – oder eben nicht.

Rieker spürte mit jeder Faser seines Wesens, dass Schermann der Mörder war! Alles sprach dafür – und hatte er nicht eindeutige Indizien gefunden, die nach einer eingehenden Untersuchung zu Beweismitteln geworden wären?

Hätte er nur nicht das Haus samt all diesen Beweisen verbrannt! Ob man in den Trümmern den Federrost finden würde, wenn die Glutreste sich abgekühlt hatten? Und die Handschellen? Oder reichte ein solches Feuer, um das Metall zu einem Klumpen zusammenschmelzen zu lassen?

Rieker überlegte, dass es noch eine Möglichkeit gab, wo etwas zu finden sein mochte: die Scheune. Wenn Schermann die Matratze nur versteckt und nicht schon vernichtet hatte, könnte man sie dort suchen. Nur, wer sollte das veranlassen, wenn nicht Rieker selbst? Und würde der jetzt alarmierte Staatsanwalt nicht als Erstes danach trachten, jeglichen weiteren Beweis noch schnell verschwinden zu lassen?

Doch auch dieser Gedankengang löste nicht das Rätsel, wie er die zweite Frau umgebracht haben konnte.

Unvermittelt ging die Tür auf, und Rieker wandte sich instinktiv um. Wenn das Kracht war, konnte der ihn sicher mit weiteren Informationen zu der neuen Leiche versorgen. Doch der Mann, dem das Grinsen ins Gesicht gemalt zu sein schien, war nicht Kracht.

Riekers Körper stellte sich auf Kampf ein. Alle Haare richteten sich auf. Seine Kopfhaut kribbelte, und sein Mund war mit einem Schlag trocken.

»Flippo!«

»Na, Manne. Hier bist du also gelandet.«

Seit über siebzehn Jahren hatte ihn niemand mehr

»Manne« genannt. Rieker sprang auf und nahm automatisch eine Abwehrstellung ein.

»Ruhig, ruhig! Wenn ich gekommen wäre, um dir was anzutun, hättest du nicht mal mitgekriegt, wie ich dich um die Ecke bringe. Bist langsam geworden, mein alter Freund!«

»Was willst du hier?«, fragte Rieker feindselig. »Wie hast du mich gefunden?«

Der hochgewachsene Besucher trug einen einfachen Anzug unter einem schweren schwarzen Mantel mit Epauletten. Rieker wurde klar, dass er der Unbekannte gewesen sein musste, den er in den letzten Tagen zweimal gesehen hatte.

»Flippo hat mich lange keiner mehr gerufen!« Er lachte. »Ich bin dir schon 'ne ganze Zeit auf den Hacken. Hamburg, was? Ich hab zuerst gedacht, das kann nicht sein! Der Manne bei den Pfeffersäcken ... Jetzt komm erst mal in meine Arme! Auf die alten Tage!«

Philipp, so lautete sein eigentlicher Name, breitete einladend die Arme aus, doch Rieker bewegte sich kein Stück auf ihn zu. Nach einer gefühlten Ewigkeit ließ der Berliner die Arme mit einem bedauernden Gesichtsausdruck wieder sinken.

»Manne, Manne, Manne«, sagte er tadelnd.

»Hör bloß auf mit den *alten Tagen*!«, forderte Rieker. »Du wagst es, hierherzukommen? Ins Hamburger Stadthaus, wo die Polizeideputation sitzt?«

»Du bist ja auch hier«, sagte der andere mit einem Grinsen. »Unten hat mich ein Dicker in deine Amtsstube geschickt«, sprach er in einem Plauderton weiter, als hätte es die vergangenen zehn Jahre nicht gegeben. »Erst da hab ich erfahren, dass man dich wohl strafversetzt hat. Sieht nicht grade vielversprechend aus, die Bude!«

Auf einmal ging Rieker ein Licht auf. »Du warst das mit der Katze!«

Philipp lachte auf. »Schuldig im Sinne der Anklage«, sagte er. »Jetzt kapier ich, wie du Commissar werden konntest. Warst immer schon ein Schnellmerker. Ich wollte sehen, wie du wohnst.«

»Und dafür musstest du die Katze umbringen?«

»Die Muschi lag auf deinem Bett. Ich hab das Vieh gestreichelt, aber was macht es? Hier!« Er hob seine rechte Hand, deren Rücken drei deutliche Kratzer aufwies. »Es hat mich angegriffen! Du weißt ja sicher noch, wie ich darauf reagiere, wenn mir einer was will.«

»Aber es war doch nur eine Katze!«

Er zuckte gleichgültig mit den Schultern. »Ich hab den Kadaver als Nachricht für dich liegen lassen.«

»Was willst du hier? Jetzt sag es endlich, sonst lasse ich dich festnehmen.«

Philipp lachte erneut. »Das lässt du besser sein. Ich hab ja nichts Unschickliches getan. Bin nur hier, um einem früheren Freund schöne Grüße von seinem alten Herrn Vater auszurichten, dem ollen Griesgram.«

»Mein Vater hat dich geschickt?«

Das war für Rieker noch alarmierender als die Tatsache, dass Philipp in seiner Wohnung war und Birne umgebracht hatte. Sein Eintritt ins Militär samt Flucht aus Berlin hatten einzig den Sinn gehabt, aus dem Einflussbereich seines Vaters zu verschwinden. Er hatte gedacht, der Alte hätte ihn mittlerweile vergessen. Dass er Philipp ausschickte, um ihn zu suchen, war ein schlechtes Zeichen, passte aber zu seinem Sturkopf.

»So ist es. Der alte Rieker hat Sehnsucht nach seinem verlorenen Sohnemann. Wer will ihm das verübeln, nach so langer Zeit?«

»Ich will von keinem von euch etwas hören. Nicht von Erwin und nicht von dir!«

»Mensch, Manne! Bist nicht grade nett zu deinem alten Freund.«

»Ich will einfach nur, dass ihr aus meinem Leben verschwindet. Ich bin es leid!«

»Du hast alles getan, um uns aus deinem Leben zu verbannen. Aber weißt du, die Familie kann man nicht einfach ablegen wie 'nen ollen Mantel. Familie ist für immer. Warm hier übrigens!«

Mit diesen Worten zog er seinen Mantel aus.

»Brauchst es dir gar nicht gemütlich zu machen«, fuhr Rieker ihn an. »Jetzt sag, was ist, und dann verschwinde! Liegt er im Sterben und will sich entschuldigen?«

Philipp lachte laut auf. »Nee, nee, von entschuldigen kann wohl keine Rede sein. Und vom Sterben auch nicht. Unkraut vergeht nicht so schnell. Glaub mir, der überlebt uns beide.« Sein Lachen wurde noch einmal lauter.

»Und was will er sonst?«

»Ich sag doch, Sehnsucht hat er nach dir. Welcher Vater will nicht wissen, wohin sich sein eigen Fleisch und Blut verkrochen hat? Vor allem, wenn man sich so im Streit getrennt hat wie ihr beiden.«

»Umbringen wollte er mich!«, protestierte Rieker.

»Er konnte es dir nicht einfach durchgehen lassen. Das weißt du!«

»Also, wie habt ihr mich gefunden?«

»Ich sag doch, Familie bleibt Familie.« Er grinste. »Deine Schwester …«

Rieker beobachtete Philipp lauernd. Hatte Erna ihn verraten? Die Einzige, mit der Rieker über die Jahre Kontakt gehalten hatte?

»Wir sind uns – ich sage mal so – etwas nähergekommen, icke und die Erni.«

»Erni und icke«, korrigierte Rieker.

»Was?«

»Nur ein Esel sagt seinen Namen zuerst.«

»Sag mal, hat dir ein Vogel ins Gehirn geschissen? Das ist mir so was von schnuppe, Manne. Ein ganz schön feiner Pinkel ist aus dir geworden! Aber Familie bleibt Familie. Und du bleibst ein Junge aus Berlin, egal ob du dir einen teuren Zwirn überwirfst oder einen Turban um deinen hässlichen Schädel wickelst. Wobei: Heute siehst du ja eher ein bisschen ärmlich aus, was?«

Riekers Augen verengten sich.

»Erna und du! Du bist doch überhaupt nicht ihr Typ«, stellte er fest. Er fragte sich, warum seine Schwester ihm in ihrem letzten Brief nichts davon geschrieben hatte.

»Vielleicht doch. Wir kommen ganz gut klar. Ich staune selbst.«

»Und die Kinder?«

Er zuckte mit den Schultern.

»Auf jeden Fall bist du ein guter Onkel, Manne. Ich hab die Briefe gefunden und deine Handschrift gleich erkannt. Die Erni weiß übrigens nicht, dass ich hier bin.«

Rieker schimpfte innerlich auf seine kleine Schwester. Erna war immer schon viel zu unvorsichtig gewesen. Das hatte ihr ständig Probleme mit Männern und schließlich drei uneheliche Bälger eingebracht. Thomas war vierzehn, Martha ein Jahr jünger, und Thekla, das Nesthäkchen, war acht.

»Kommen wir mal zurück zum Wesentlichen«, fuhr Philipp fort. »Dein Vater hat mich natürlich nicht nur aus Sehnsucht zu dir geschickt.«

»Sondern?«

»Na ja, er wird eben auch nicht jünger. Er hat's am Herzen und war grade ein paar Wochen außer Gefecht. Gleichzeitig rotiert's im Viertel. Würdest nichts mehr erkennen, wenn du uns mal besuchst.«

Rieker nickte. Sein Vater war also krank? Er dachte sehr selten an ihn, und wenn, dann meist nicht mit freundlichen Gefühlen. Trotzdem bewegte sich gegen seinen Willen doch etwas in ihm bei dieser Nachricht.

»Und was will er jetzt?«, fragte er und schloss die noch offen vor ihm liegende Akte, auf die Philipp gerade einen Blick warf.

»Ich rede jetzt mal Tacheles mit dir, mein alter Freund. Dein Vater hat sich mit einer Bande aus dem Wedding angelegt. Und die Schlesier wollen auch ein größeres Stück vom Kuchen.«

»Moment!«, ging Rieker dazwischen. »Es geht hier um krumme Geschäfte?«

»Sagen wir es mal so: Er hat Ideen für Geschäfte, die über die Grenzen der Hauptstadt hinausgehen. Und 'nen Bullen in Hamburg zu kennen …«

»… vergiss es!«, unterbrach Rieker ihn wütend. »Daraus wird nichts. Das kannst du ihm gleich ausrichten. Und auch, dass er froh sein soll, dass ich euch nicht die Kollegen aus Berlin auf den Hals hetze. Das ist eigentlich schon mehr Entgegenkommen, als er verdient.«

»Das wird ihm nicht gefallen, Manne.«

»Hör auf, mich Manne zu nennen!«

»Weißt du, wenn ich zurückkomme und hab so gar keinen kleinen Erfolg zu vermelden, dann wird der alte Rieker nicht sonderlich erfreut sein. Im Gegenteil. Er wird ziemlich sauer werden und seine Wut am Ende noch an mir auslassen, was?«

»Dann sag ihm, dass du mich nicht gefunden hast. Fertig. Aber ich lasse mich von euch in nichts mehr reinziehen! Und jetzt hau ab!« Rieker nahm die Fäuste hoch, um seine Forderung zu unterstreichen.

Philipp zeigte sich zwar nicht sonderlich beeindruckt, nahm aber zumindest den Mantel mit den Epauletten wieder auf.

»Eigentlich schade, Manne – äh, Hermann. Ich soll ja nicht mehr Manne sagen … Dann verdünnisier ick mir jetzt wohl besser. Hat mich sehr gefreut.«

Er ging zur Tür und führte einen Finger an die Stirn. »Man sieht sich.«

Rieker antwortete nicht. Er ahnte schon, dass Philipp und sein Vater nicht so einfach von ihm ablassen würden.

Kapitel 24

Montag, 25. April 1887

»Herr Schermann!«, hörte Johanna ihren Vater den Besucher im Raucherzimmer begrüßen.

Der Staatsanwalt war auf freiem Fuß? Dabei hatte man Vater doch gestern über seine Verhaftung informiert!

»Ehrenwerter Herr Richter Ahrens. Ich hoffe, Sie sehen es mir nach, dass ich Sie mit einem unangemeldeten Besuch belästige.«

Johanna vernahm keine Reaktion.

»Ich gehe davon aus, dass Sie über die gestrigen Ereignisse unterrichtet sind? Die Umstände haben es mir heute unmöglich gemacht, Sie früher im Gericht aufzusuchen. Doch ich verspüre das dringende Bedürfnis, Ihnen persönlich zu versichern, dass die gegen mich erhobenen Vorwürfe eines einzigen Polizisten absolut haltlos sind.«

»Ich konnte nicht anders, als von Ihrer Unschuld auszugehen, Herr Staatsanwalt«, antwortete ihr Vater ernst.

»Nun, natürlich handelt es sich um eine beispiellose Schädigung meines Rufs, der immer nur der besten Natur war.«

»Ihr Ruf sollte unter haltlosen Beschuldigungen nicht leiden«, hörte Johanna ihren Vater nach einer kurzen Pause sagen.

Am liebsten hätte sie das Ohr auf die Schiebetür zum Herrenzimmer gelegt, um die beiden noch besser zu verstehen. Aber dann würden die Flügel in ihrer Aufhängung ein Geräusch machen, und ihre Anwesenheit wäre verraten.

»Wir wissen doch beide, dass die Gesellschaft ihre eigenen Regeln hat. Wurde über jemandem Dreck ausgeschüttet, kann er sich noch so sehr waschen, ein Deut des Geruchs bleibt meist doch zurück. Das ist auch der Grund meines Besuchs.«

»Wenn Sie mich als Richter besuchen, muss ich Ihnen sagen, dass ich mich, nachdem ich Sie gestern in der Loge Harmonie eingeführt habe, als befangen ansehe.«

»Ich komme nicht zu Ihnen in Ihrer Funktion als Richter oder Abgeordneter. Ich komme zu Ihnen als Freund. Ich darf doch weiterhin davon ausgehen, dass das freundschaftliche Band zwischen uns fortbesteht?«

Offenbar hatte Johannas Vater in der Pause genickt, denn nun sprach Schermann gelöster weiter: »Wie ich Ihnen bei unserem Gespräch in der Harmonie bereits mitteilte, verfolge ich ernsthafte Absichten, was Ihr Fräulein Tochter betrifft.«

Johanna zog erschrocken den Kopf zurück. Ihr Herz schlug schneller als zuvor. Am Samstagabend hatte sie sich für einen Moment durchaus vorstellen können, romantische Gefühle für diesen Mann zu entwickeln, doch dann hatte eine kleine Bemerkung seinerseits all das zunichtegemacht.

»Natürlich stecke ich in einem schweren Dilemma«, sagte er. »Bei aller Zuneigung fürchte ich nämlich derzeit,

Johanna im Fall einer Fortsetzung meines Werbens gesellschaftlich ins Gerede zu bringen. Darum denke ich, dass ich mich lieber unverzüglich zurückziehen sollte.«

»Das ehrt Sie, Norbert.«

Johanna fasste einen Entschluss. Obwohl es sie etwas Überwindung kostete, klopfte sie an die Tür.

»Wer ist da?«, fragte ihr Vater.

Sie schob die Tür auf und tat überrascht.

»Oh, Sie sind es also wirklich!«, rief sie mit einem freudigen Ton in der Stimme.

Schermann drehte sich zu ihr, scheute sich aber, auf sie zuzugehen. Ihr Vater ermunterte ihn auch nicht dazu, sodass Johanna ebenfalls mit allem gehörigen Abstand einen Knicks machte und den Staatsanwalt mit besorgtem Blick anschaute.

»Es freut mich, dass es Ihnen gut zu gehen scheint«, sagte sie.

»Es ehrt mich sehr, dass Sie sich um mich sorgen.«

»Johanna«, unterbrach ihr Vater sie ernst. »Könntest du uns bitte alleine lassen. Wir befinden uns in einem Gespräch unter vier Augen.«

»Oh, Verzeihung. Ich hatte nur die Stimme von Herrn Schermann gehört und wollte in Erfahrung bringen, ob es ihm gut geht. Sehe ich Sie nachher noch?«

»Das kommt darauf an, wie lange das Gespräch mit Ihrem Vater dauern wird, Fräulein Ahrens«, sagte der Staatsanwalt diplomatisch. Übersetzt bedeutete das, dass es vom Wohlwollen ihres Vaters abhing, ob er gehen musste oder für ein paar Worte bleiben konnte.

»Johanna!« Das war noch einmal Vater. Sein mahnender Ton forderte sie zum Gehen auf.

Also knickste Johanna erneut und verließ den Rauchersalon in Richtung ihrer Räume. Hier ließ es sich am besten nachdenken.

Ihr Vater hatte Schermann gestern bei sich zu Hause abgesetzt und war dann heimgekehrt. Zwei Stunden später war der erste von mehreren Anrufen auf dem Fernsprechapparat ihres Vaters eingegangen, in dem der Richter über ein in Flammen stehendes Wohnhaus in Rotherbaum informiert worden war. Das Feuer war so verheerend gewesen, dass sie im Harvestehuder Weg noch den Rauch riechen konnten.

Feuer war in Hamburg ein nicht zu vernachlässigendes Thema. Die Erinnerung an den großen Brand von 1842, bei dem riesige Gebiete der Altstadt den Flammen zum Opfer gefallen waren, saß tief in der Bevölkerung – auch bei denen, die zu jung waren, um selbst dabei gewesen zu sein.

Einmal im Monat besuchte Johanna ihren einzigen noch lebenden Großvater. Wenn sie nach dem Essen einen Verdauungsspaziergang unternahmen, zeigte der alte Ahrens oft auf Gebäude und erzählte, wie es vor dem großen Brand dort ausgesehen hatte.

Nachrichten über einen Großbrand im Stadtgebiet verbreiteten sich wie das sprichwörtliche Lauffeuer, so auch gestern. Und bald hatte ihr Vater erfahren, dass es sich um das Haus eines Staatsanwalts handelte. Über das Stadttelefon hatte er den Präsidenten der Feuerkasse erreicht und die Gewissheit erlangt, dass es Schermanns Haus war, das zu dem Zeitpunkt gerade eingestürzt war. Nur mit größter Anstrengung war es den Männern der Feuerwehr gelungen, die umliegenden Gebäude zu sichern.

Johanna hatte sich von Anfang an gefragt, ob Rieker damit zu tun gehabt hatte. Am Abend hatte ihr Vater dann die Bestätigung dafür erhalten. Demnach hatte ein neuer Criminalcommissar den Staatsanwalt des Mordes bezichtigt, ihn verhaftet und fürs Erste in der Untersuchungshaftanstalt festgesetzt. Ein beispielloser Vorgang, von dem er seine Frau und seine Tochter umgehend in Kenntnis gesetzt hatte. Johannas Mutter hatte nach der Nachricht, dass ihr Wunschkandidat des Mordes beschuldigt war, eine heftige Migräneattacke erlitten und war seitdem in ihrem abgedunkelten Schlafgemach verschwunden.

Johanna hingegen hatte innerlich gejubelt. Also hatte Rieker doch den Mumm besessen, Schermann auf Grundlage ihrer Erkenntnisse festzunehmen!

Darauf, wie es zu dem Brand gekommen war, konnte sie sich allerdings keinen Reim machen. Und noch weniger Sinn ergab es für sie, dass sich Schermann jetzt bereits wieder auf freiem Fuß befand. Sie hoffte, dass ihr Vater ihnen ein kurzes Gespräch erlauben würde. Nur darum hatte sie sich ihm gegenüber eben so freundlich und besorgt gezeigt. Vielleicht konnte sie noch etwas aus ihm herausbringen. Ansonsten musste sie zusehen, ob sie morgen wieder zu Rieker käme, um von ihm zu erfahren, was geschehen war.

Johanna blickte von ihrem Zimmer aus dauernd auf das Rondell vor der Villa. Schermann war auch nach einer halben Stunde noch nicht hinausgegangen. Inzwischen ärgerte sie sich, dass sie ihre Lauschstation nicht länger besetzt hatte, aber wenn sie dort jemand erwischt hätte, wäre das schwierig zu erklären gewesen.

Endlich unterbrach ein Klopfen das Warten. Es war Anita, die einen tiefen Knicks machte.

»Du sollst doch nicht knicksen, wenn wir unter uns sind!«, schalt Johanna sie.

»Ihr Vater bittet Sie in den Salon«, sagte sie. Dann sah sie sich schnell um und flüsterte aufgeregt: »Der Herr von gestern ist auch da.«

Schermanns Hut lag auf dem Tisch. Das war ein deutliches Zeichen, dass ihr Vater ihn nicht aufgefordert hatte, abzulegen und länger zu bleiben. Johanna knickste erneut vor dem Staatsanwalt.

»Herr Schermann möchte sich kurz mit dir unterhalten, mein Kind. Ich werde derweil schnell nach deiner Mutter sehen. Ich bin gleich zurück.«

»Liebste Johanna«, sagte Schermann, kaum dass die Tür sich hinter ihrem Vater geschlossen hatte.

»Norbert«, entgegnete sie etwas distanzierter.

»Sie müssen mir glauben, dass die gegen mich gerichteten Vorwürfe haltlos sind.«

»Aber wie konnte es denn so weit kommen?«

»Schuld ist ein Commissar, der nach einem Mörder sucht und sich die Idiotie in den Kopf gesetzt hat, dass *ich* dieser sein könnte. Stellen Sie sich das vor! Wie er darauf gekommen ist, weiß der Himmel. Er sprach von Hinweisen, die er gestern bekommen hätte.«

Mittlerweile sah Schermann nicht mehr liebenswürdig aus. Johanna kam er eher lauernd vor, wie ein Wolf, der darauf wartete, loszustürmen und ein Schaf zu reißen.

»Was für Hinweise?«, fragte sie vorsichtig.

»Irgendjemand muss bei ihm gewesen sein und mich angeschwärzt haben, vermute ich.«

»Aber wer das war …«

»Das weiß ich nicht«, fiel er ihr ins Wort. »Zumindest nicht mit Sicherheit. Haben Sie eine Idee?«

Johanna fragte sich, ob er von ihrer Beteiligung wusste. Hatte Rieker sich bei dem Verhör verplappert und ihre Identität preisgegeben? Das bezweifelte sie. Denn in diesem Fall wäre heute sicherlich bereits jemand bei ihrem Vater gewesen, um mit ihm über ihre Verstrickung in den Mordfall zu sprechen.

Oder war Schermann aufgefallen, dass er ihr gegenüber etwas erwähnt hatte, was er nur von Ansje wissen konnte, nämlich ihre Frauenschule in den Gängevierteln?

»Woher sollte ich wissen, wer bei einem Criminalcommissar Anschuldigungen gegen Sie erhebt?«

»Sie haben recht, Johanna. Mein Haus samt einem Teil meiner Vermögenswerte ist zum Opfer der Flammen geworden und mein Ruf ohne eigenes Zutun und Schuld schwer beschädigt. Alles durch die anonyme Anzeige irgendeiner Person. Ich fühle mich wie ein Schiffbrüchiger, der nach einem Strohhalm sucht, der Rettung verspricht.«

Er ergriff ihre Hände. Johanna erschauderte bei der Berührung. Er bemerkte es und ließ sie gleich wieder los.

»Verzeihen Sie, liebe Johanna. Mir ist schmerzlich bewusst, dass ich gerade zum jetzigen Zeitpunkt meinen Gefühlen zu Ihnen nicht freien Lauf lassen darf. Alleine in Ihrem Interesse.«

»Sie empfinden etwas für mich?«

»Das wissen Sie längst. Sie sind meine Königin, meine Madonna.«

Johanna zuckte erneut zusammen, dieses Mal aber nur innerlich. Jetzt nannte er sie so, wie er Ansje genannt hatte.

»Und doch ist mir bewusst, dass wir uns vorerst nicht mehr treffen können, wie es uns beliebt. Dabei verspüre ich bereits eine tiefe Sehnsucht, sobald wir voneinander getrennt sind.«

»Das wollten Sie mir sagen?«

»Ja. Und ich habe die Hoffnung, eine Bitte aussprechen zu dürfen.«

Als sie nicht verneinte, sprach er weiter: »Vielleicht hört man im Haus eines Richters das eine oder andere. So wie Sie vermutlich gehört haben, was ich vorhin mit Ihrem Vater besprochen habe.« Er zeigte auf die Schiebetür.

Johanna spürte, wie sie errötete. »Sie haben mich bemerkt?«

»Ich habe *etwas* bemerkt und vermutet, dass Sie es sind.«

»Dann werde ich es nicht leugnen. Ich war neugierig, was Sie mit meinem Vater zu besprechen haben.«

»Waren Sie vielleicht ein wenig in Sorge um mich?«

»Wie sollte es anders sein? Nach allem, was man gehört hat …«

»Ihre Sorge erwärmt mein Herz, liebste Johanna.« Als er erneut nach ihren Händen griff, konnte sie sie nicht mehr wegziehen. Er hielt sie, und Johanna musste zugeben, dass sich das aufregend anfühlte. Sein fester Griff, die warme Haut … Doch dann fiel ihr wieder ein, dass diese Hände wohl das Messer gegen Ansje geführt und ihr das Herz aus der Brust geschnitten hatten. »Aber Sie haben nicht zufällig doch gehört, wer diesem Commissar Rieper meinen Namen genannt hat?«

Rieker heißt er, wollte Johanna schon sagen, aber sie biss sich auf die Zunge. Beinahe hätte sie ihn korrigiert und sich damit verraten, doch stattdessen schüttelte sie den Kopf.

»Gleich wird Ihr Vater zurückkehren, Johanna«, flüsterte Schermann eindringlich, und sein Griff wurde noch einmal fester. »Er forderte mich auf, Ihnen bis auf Weiteres Lebewohl zu sagen, zumindest bis alle Vorwürfe gegen mich endgültig ausgeräumt sind.«

»Wie lange soll das dauern?«, hauchte Johanna zurück.

»Da sie vollkommen haltlos sind, vermute ich, dass ich nicht lange auf meine Rehabilitation warten muss, vielleicht einen Monat oder auch ein paar Wochen mehr. Zeit, die ich auf dem Hof meiner Familie in Brandenburg verbringen werde.«

»So lange?«

Offenbar spielte Johanna ihre Rolle gut, denn er strich ihr zärtlich mit dem Daumen über den Handrücken.

»Damit die Zeit mir nicht endlos wird, wage ich es, drei Gefallen von Ihnen zu erbitten, liebste Johanna. Als Zeichen Ihrer Zuneigung.«

Drei Gefallen? Sie sah ihn verwundert und voller Neugier an. »Und die wären?«

»Nun, es ist eigentlich nur ein Gefallen, dazu aber zwei Gaben. Es wäre mir wichtig, mich vor meiner Abreise noch einmal in Ruhe mit Ihnen unterhalten zu können. Ohne das Gefühl, dass Ihr Herr Vater jeden Moment die Tür hereinkommen könnte.«

Johanna verspürte Sodbrennen in sich aufsteigen.

»Wie stellen Sie sich das vor!«

»Ich reise morgen Abend mit dem letzten Zug nach Berlin, doch vorher komme ich mit der Kutsche nach Uhlenhorst. Ich will Sie um sechs Uhr am Fährhaus erwarten.«

»Das ist ganz in der Nähe«, bemerkte Johanna.

Sie hatte ein wirklich schlechtes Gefühl und wollte am liebsten ihre Hände aus seinem Griff lösen, doch er hielt sie mittlerweile so fest, dass es nun fast ein wenig schmerzte.

»Werden Sie kommen?«

»Wenn das Wetter mitspielt, kann ich meinen Eltern sagen, dass ich einen Abendspaziergang unternehme. Aber dann wird man mich eine Stunde später wieder zurückerwarten.«

»Das ist genug Zeit für meine Zwecke«, flüsterte er.

»Und was sind die beiden Gaben, die Sie sich auserbeten wollen?«

Schermann sah ihr tief in die Augen. »Bringen Sie mir eine Locke Ihres wunderschönen Haars«, sagte er kaum hörbar.

»Eine Locke meines Haars«, flüsterte Johanna zurück und nickte, obwohl sie eigentlich weglaufen wollte. »Und was noch?«

»Als Zeichen, dass Sie mir Ihr Herz schenken wollen, wünsche ich mir – einen Kuss.«

In seinen Augen lag ein Feuer, wie es beim Brand seines Hauses nicht leuchtender gewesen sein konnte.

Dann hörten sie auf dem Flur schwere Schritte. Ihr Vater kam, und endlich lockerte Schermann seinen Griff. Er rückte gerade noch rechtzeitig von ihr ab, damit der eintretende Vater den Abstand zwischen ihnen mit einem schnellen Blick prüfen und für gut befinden konnte.

»Wie geht es Ihrer Frau Gemahlin?«, erkundigte sich Schermann.

»Danke, besser«, erwiderte Johannas Vater kurz angebunden.

»Herr Schermann hat mir soeben mitgeteilt, dass er für längere Zeit verreisen muss, Papa«, spielte Johanna ihre Rolle weiter.

»Ja, ich hörte es bereits mit Bedauern. Ebenso wie er jetzt gleich aufbrechen muss, um die Abreise vorzubereiten.«

»So ist es, ehrenwerter Richter Ahrens«, sagte Schermann und verneigte sich.

»Herr Ahrens?« Das war Henry, der nun in der Tür erschien.

Ihr Vater hatte den Butler offenbar vorsorglich herbefohlen, um den Besuch nach draußen zu geleiten.

In dem Moment, als Schermann sich zu dem Diener wandte, trafen sich ihre Blicke. In seiner Miene lag eine Frage. Sie setzte ein kaum merkliches Lächeln auf und nickte kurz, als würde sie ihm den Kuss versprechen, den er sich für morgen gewünscht hatte.

Kapitel 25

Dienstag, 26. April 1887

Johanna hatte einen Botenjungen gebeten, ihr den Weg zum Archivraum der Polizei im Stadthaus zu zeigen, wo Rieker zu finden sein sollte. Strahlend rannte der Knabe mit den Pfennigen davon, die sie ihm gegeben hatte, sie selbst jedoch blickte sehr ernst, als sie die Tür öffnete.

Sie stutzte. Der Mann, der in dem schmalen, mit Schränken, Regalen und Kartons vollgestopften Raum an einem kleinen Schreibtisch saß, hatte nur wenig Ähnlichkeit mit dem Hermann Rieker, den sie kannte. Und das lag nicht nur daran, dass er in der einfachen Kleidung ganz anders wirkte. Zusammen mit seiner Weste und seinem Sakko schien ihm auch die innere Haltung abhandengekommen zu sein. Er sah sie aus gebrochenen, müden Augen an.

»Was wollen Sie schon wieder hier?«, fragte er nicht sonderlich freundlich.

Vor sich hatte er mehrere mit Linien und Notizen vollgekritzelte Zettel ausgebreitet. Einige davon waren zerknüllt im Papierkorb oder auf dem Boden gelandet.

»Was ist mit Ihrem Anzug passiert?«

Rieker blickte an sich herab. »Der ist bei Frantzen am Großen Burstah. Ich hoffe, die bekommen ihn wieder hin.«

Johanna schlussfolgerte, dass es sich bei dem Modell, das sie an ihm gesehen hatte, offenbar wirklich um seinen einzigen Anzug handelte. Ein Criminalcommissar verdiente wohl doch schlechter, als sie gedacht hatte.

»Was ist am Sonntag passiert? Und wieso ist Schermann auf freiem Fuß?«, schoss sie die Fragen ab, die sie die halbe Nacht wach gehalten hatten.

Rieker atmete tief ein und aus. Er blickte zur Seite.

»Ich weiß nicht, ob ich mit Ihnen darüber sprechen möchte«, sagte er.

»Schermann war gestern bei mir«, warf sie ein und bemerkte, dass er die Stirn runzelte. »Ich glaube, er vermutet, dass *ich* Sie auf ihn aufmerksam gemacht haben könnte. Er hat mich aufgefordert, ihn heute Abend vor seiner Abreise aus Hamburg im Geheimen zu treffen.«

»Sie dürfen sich auf keinen Fall darauf einlassen!«, sagte Rieker bestimmt.

»Meinen Sie?«

»Halten Sie sich von dem Mann fern! Er ist ein Mörder!«

»Aber es kann ihm niemand beweisen«, sagte Johanna und setzte dann ein altkluges Lächeln auf. »Es sei denn, ein Commissar würde ihn auf frischer Tat dabei ertappen, wie er versucht, der Tochter eines Richters etwas anzutun.«

»Sie als Lockvogel? Das ist viel zu riskant!« Er schüttelte vehement den Kopf.

»Wieso? Wenn Sie dabei sind? Sobald Schermann mir ein Leid antun will, tauchen Sie auf und nehmen ihn fest.«

»Nein, nein. Damit wären wir letzten Endes keinen Schritt weiter«, murrte Rieker.

»Wieso?«

»Weil mir keiner mehr glauben wird. Es wurde eine zweite Leiche gefunden, genauso zugerichtet wie Ansje Kalferer.«

Dann stimmte es also, was Johanna gestern Abend nach Schermanns Fortgang gehört hatte! Ihr Vater war noch einmal zu ihrer Mutter gegangen, und die Eltern hatten miteinander gesprochen – allerdings so leise, dass Johanna, die an der Tür stand und lauschte, nur jedes zweite Wort verstanden hatte.

»Weiß man, wer sie ist – oder war?«

Rieker zuckte mit den Schultern. Sein Pullover sah kratzig aus, dachte Johanna.

»Nachdem ich ausgerechnet einen Staatsanwalt festgenommen habe, gelte ich als Persona non grata. Selbst wenn ich hier mal jemanden zu Gesicht bekomme, sagt mir niemand etwas. Ich weiß nur, dass es eine junge Hure war, die am Samstagabend gegen neun Uhr zum letzten Mal gesehen wurde, begleitet von einem Mann, der von der sehr vagen Beschreibung her Schermann sein könnte. Oder auch nicht.«

»Was ist mit der Frau passiert?«

»Das ist nichts für die Ohren …«

»Jetzt hören Sie aber auf!«, fiel Johanna ihm ins Wort.

Rieker wollte zu einer Erwiderung ansetzen, schien jedoch selbst zum Streiten zu kraftlos zu sein.

»Wie bei Ansje. Sie wurde mit einer Vielzahl von Stichen in den Rücken ermordet«, sagte er matt. »Und dieses Mal haben die Totenärzte gleich festgestellt, dass der Mörder ihr …«, er zögerte, »… das Herz herausgeschnitten hat.«

Johanna hielt entsetzt die Hände vor den Mund. Ihre Mutter wäre bei einem solchen Satz vermutlich ohnmächtig geworden – und Anita Anderson gleich dazu. Aber Johanna hatte in den vergangenen Tagen so viel Tod gesehen und Grauen gehört, dass ihr eigenes Herz zwar schneller schlug, der Schrecken sie aber nicht überwältigte.

»Eine zweite Tote, auf dieselbe Art ermordet wie Ansje«, dachte Johanna laut nach. »Das muss doch die Tat desselben Mannes gewesen sein!«

»So ist es.« Rieker nickte. »Ich habe in seinem Haus den geheimen Raum gesehen, wo er Ansje meiner festen Überzeugung nach ermordet hat. Dort lagen das Messer, ein dünner Silberring und ein Gedichtband. Aufgeschlagen war eine Seite, in der es darum ging, sieben Messer zu schmieden und sie ins Herz der Madonna zu stoßen.«

»Das ist Baudelaire!«, rief Johanna erregt. *»À une Madone.«*

»Sie kennen das Gedicht?«

»Ja, auf Deutsch heißt es ›An eine Madonna‹! Baudelaire nennt die Madonna die Königin der Jungfrauen!«

»Nun, dieses Gedicht lag aufgeschlagen in dem Raum«, bemerkte Rieker.

»Und Schermann hat Ansje vor seinem Gewaltausbruch seine Königin genannt. Mich übrigens auch.« Johanna verspürte ihre innere Aufregung wachsen. Es fühlte sich an, als stünden sie ganz kurz vor der Auflösung des Rätsels. Nur irgendetwas fehlte noch. »Wir haben uns auch über Baudelaire unterhalten, und er sagte mir, dass er ›Die Blumen des Bösen‹ gelesen hat.«

»So hieß das Buch. Das spricht alles für ihn als Täter!«

Auch Rieker wirkte endlich etwas munterer. »Aber er hat gleich für beide Morde ein Alibi. Beim ersten war er auf einem Ball …«

»Er kam spät und hatte einen Schmutzkranz an der Hose, als habe er vorher Stiefel getragen …«, unterbrach ihn Johanna, doch Rieker ließ sich nicht beirren.

»Beim zweiten Mord war er bei Ihnen und Ihren Eltern zu Besuch«, fuhr er mit seiner Auflistung fort. »Es ist erstaunlich, dass er sein Alibi jedes Mal in Ihrer Nähe findet. Schauen Sie!«

Er schob einige der Blätter zur Seite, die auf dem Schreibtisch lagen, und fand schließlich, was er gesucht hatte.

»Die Tote wurde um neun Uhr zum letzten Mal gesehen, als sie mit einem Mann davonging, der von der Beschreibung her Schermann gewesen sein könnte. Schermann selbst aber war bis zehn Uhr bei Ihnen zu Gast. Der Totenarzt sagt, dass die Frau zwischen neun und elf Uhr ermordet worden ist.«

»Das würde doch passen«, sagte Johanna und betrachtete konzentriert die etwas verwirrt gesetzten Linien, die sich gegen elf Uhr trafen.

»Aber dann muss eine zweite Person im Spiel gewesen sein«, sagte Rieker. »Ein Mann, der die Frau abgeholt und Schermann zugeführt hat.«

»Oder es war in diesem Fall ein anderer Mörder? Wenn sein Zwillingsbruder noch leben würde, könnte man fast denken …«

»Sein Zwillingsbruder?« Rieker klang überrascht und verwirrt zugleich.

»Ja, Schermann sprach davon. Er hatte einen Zwillingsbruder, der aber früh in einen gefrorenen Teich eingebrochen und dort gestorben ist.«

Sie sah Rieker an, dass es in seinem Kopf arbeitete.

»Das wäre zu weit hergeholt«, schloss er. »Wissen Sie, mein früherer Vorgesetzter hat oft in Sprichwörtern und Weisheiten mit mir gesprochen. Ich höre ihn förmlich sagen: *Warum in die Ferne schweifen, wenn das Gute liegt so nah?* Vielleicht ist sein Kutscher der Komplize?«, riet er.

»Ansonsten könnte es sein, dass das Opfer mit einem anderen Mann handelseinig wurde und Schermann dann erst im Anschluss begegnet ist. Vielleicht um elf oder gegen Mitternacht«, überlegte Johanna laut.

Riekers Augenbrauen zogen sich zusammen.

»Warum habe ich an diese Möglichkeit noch nicht gedacht?« Er setzte eine weitere Linie auf seinen Zeitstrahl.

Johanna hatte bereits eine neue Idee.

»Die Totenärzte haben gesagt, sie sei in dem Zeitraum bis elf Uhr nachts ermordet worden«, wiederholte sie.

»Das haben sie anhand der Leichenstarre berechnet«, erklärte der Commissar.

»Ich frage mich, ob Eilers sich die Leiche noch einmal anschauen könnte. Immerhin hat er überhaupt erst herausgefunden, dass Ansjes Herz fehlt. Vielleicht kann er helfen. Oder er findet etwas, das die Ärzte übersehen haben.«

Rieker rieb sich mit einer Hand das Ohrläppchen.

»Einen Versuch wäre es wert«, sagte er nach kurzem Überlegen. Er blickte sich um und fügte hinzu: »Ob ich hier sitze oder nicht, das bekommt ohnehin keiner mit.«

Johanna freute sich, dass der Tatendrang des Commissars wieder erwachte.

Kurz darauf führte Rieker sie durch eine Seitentür aus dem Stadthaus. Auf ihrem Weg begegneten sie zwar ein paar Deputationsbeamten, aber allem Anschein nach keinem von Riekers Kollegen. Draußen fuhr gerade bimmelnd eine Pferdebahn vorbei. Ein Junge sprang während der Fahrt auf und wurde vom Schaffner gerügt. Rieker hingegen steuerte auf eine freie Mietdroschke zu, die etwas weiter auf Kundschaft wartete.

Für einen Dienstag herrschte recht starker Verkehr. Sie kamen nur mühsam voran. In Höhe der Kirche St. Jacobi wurden sie noch langsamer. Johanna sah bei einem Blick hinaus, dass die Straßen verstopft waren.

»Ein umgestürzter Lastkarren«, rief der Fahrer von vorne. »Aber wir sind gleich vorbei.«

»Sie sagten vorhin, Ihnen würde niemand glauben, selbst wenn Sie Schermann auf frischer Tat erwischten«, nahm Johanna den Gesprächsfaden wieder auf. »Aber der Tochter von Richter Hans Ahrens wird man Glauben schenken!«

Sie hatte sich das heute Nacht genau überlegt. Es schien ihr die einzige Möglichkeit zu sein, den Staatsanwalt für seine Taten zur Rechenschaft zu ziehen.

»Wenn er mir gegenüber den Mord an Ansje gestanden hat, wird Schermann sich nicht herausreden können. Und dazu werde ich ihn verleiten! Er dürfte schließlich davon ausgehen, dass ich alleine da bin und sein Geheimnis später niemandem mehr verraten kann.«

Die Kutsche fuhr weiter, und Johanna merkte dem Commissar an, dass er den Vorschlag in alle Richtungen überdachte. Sie ließ ihm die Zeit.

»Wir müssten noch einen weiteren Zeugen dabeihaben«, bemerkte er schließlich. »Einen objektiven Beobachter.«

»Sie sehen aus, als hätten Sie jemanden im Kopf. Ihren Assistenten?«

Rieker nickte. »Unter anderem. Aber selbst wenn uns das gelingt, bleibt noch immer das Problem mit der zweiten Leiche.«

»Ich bringe Schermann dazu, mir zu sagen, wie er es gemacht hat«, überlegte Johanna laut.

Rieker schlug sich die Knöchel der linken Hand gegen die Lippe. Er schien sich sehr unsicher, aber zugleich erkannte Johanna eine neu erwachende Kraft in dem Commissar. Seine Haltung war gerade, sein Blick konzentriert. Die Verwandlung gefiel ihr.

»Also machen wir es? Heute Abend am Fährhaus? Ich werde um sechs von Harvestehude aus übersetzen.«

»Wir müssen das genau planen. Und wir müssen den heutigen Tag nutzen, um so viel wie möglich über die zweite Leiche herauszufinden.«

Die Kutsche wurde bald wieder langsamer.

»Wir sind da!«, rief der Fahrer.

»Warten Sie hier auf uns«, bat Rieker. »Es wird gleich weitergehen!«

Jakob Eilers war gerade von Lichtbildaufnahmen außerhalb seines Studios zurückgekehrt. Eine Dame im Totenbett, wie er ihnen mitteilte. Wenn man sich erst einmal an seine distanzlose Art gewöhnt hatte, konnte man ganz gut mit ihm umgehen, fand Johanna.

Der Totenfotograf verstaute seine Gerätschaften und eine Kiste mit belichteten Platten, die noch zu entwickeln waren.

»Eigentlich wollte ich gerade in den Keller«, sagte er, als Johanna und Rieker ihn fragten, ob er auch die zweite Leiche inspizieren könne. Dennoch ließ er sich nicht lange bitten, sondern griff sich eine Ledertasche mit Werkzeug, hängte ein »Geschlossen«-Schild an die Tür und fuhr mit ihnen zum Totenhaus. Riekers kaum standesgemäße Montur schien er zwar zu registrieren, erwähnte sie aber mit keinem Wort. Offenbar lag ihm mehr an der Aufgabe, die Ermittlungen durch seine Expertise zu unterstützen. Auf der Fahrt wollten sie Eilers grob ins Bild setzen, was geschehen war, doch der Fotograf winkte ab.

»Es wäre vielleicht gut, wenn ich die Leiche ohne größeres Vorwissen und somit unvoreingenommen betrachten könnte«, sagte er und fügte hinzu: »Lassen Sie uns alles vor Ort besprechen.«

Johanna sah Rieker an, dass er darauf brannte, schnell mehr über die Leiche zu erfahren, doch er hielt sich zurück.

Eilers indes nutzte die Fahrt, um Johanna darüber in Kenntnis zu setzen, dass er Ansjes Leiche am späten Nachmittag zur Aufbahrung bringen musste.

»Bis spätestens halb vier muss ich wieder zurück sein«, betonte er, »denn Ansje Kalferer befindet sich noch am Eisengerüst. Sie ist abzunehmen und für die Aufbahrung bereit zu machen. Ansonsten ist schon alles fertig für die Beerdigung morgen bei den Begräbnisplätzen am Zoologischen Garten. Zwei Uhr nachmittags. Sie werden doch kommen?«

Johanna nickte.

»Wir werden Sie bestimmt um drei Uhr wieder zu Hause absetzen«, versicherte Rieker ihm.

Eine halbe Stunde später kramte Johanna zwei Mark aus ihrer Tasche und schob sie dem Pförtner zu, der am Eingang des Totentrakts Wache hielt. Der bleiche Mann mit den tiefen Augenringen entblößte gelbe Zähne, als er die Münzen nahm und sie begierig einsteckte.

»Im Moment sind die meisten Ärzte in der Universität«, erklärte er. »Seien Sie trotzdem vorsichtig! In zwanzig Minuten müssen Sie raus sein.«

Er zwinkerte ihnen verschwörerisch zu, und nach einer knappen Wegbeschreibung eilten sie los.

Kurz darauf betraten sie den Raum, in dem die Leiche der Prostituierten aufgebahrt war. Bis auf die blauen Füße war sie von einem Wachstuch abgedeckt. Neben dem Metalltisch, auf dem sie lag, hielten die Böden eines medizinischen Wagens glänzende Werkzeuge bereit, die sich Johanna lieber nicht genauer ansehen wollte. Zangen, Sägen, Skalpelle, dazu ein Meißel, Messgeräte und eine Flasche, in deren durchsichtiger Flüssigkeit ein Stück Fleisch mit Haut vor sich hin dümpelte.

»Dann wollen wir mal«, sagte Eilers unbeirrt, nachdem er den Namen auf dem am großen Zeh des rechten Fußes befestigten Zettel gelesen hatte: *Doris Sinterbrok*. Hinter einem Kreuz stand das Todesdatum: *23. April 1887*.

Rieker sah Johanna an.

»Sind Sie sicher, dass Sie nicht lieber draußen warten wollen?«, fragte er, als Eilers sich daranmachte, die Decke zur Seite zu ziehen.

»Warum denken immer alle, mir den Anblick der Toten ersparen zu müssen?«, fragte sie beleidigt. »Sie haben mich auch schon zur Identifizierung von Ansje hierhergebracht. Und ich bin neben ihrer Leiche fotografiert worden. Ohne mich wären wir gar nicht hier! Was soll denn jetzt noch passieren?«

Rieker hob abwehrend beide Hände, doch Eilers wandte sich zu ihr um.

»Es sind schon starke Männer bei Leichenschauen ohnmächtig darniedergesunken«, sagte er. »Es wäre also keine Schande, wenn Sie als Vertreterin des schwachen Geschlechts …«

»Sie meinen das *schwache* Geschlecht, das unter unsäglichen Qualen den Fortbestand der Menschheit sichert, indem es eure Kinder zur Welt bringt? In einem Akt, den Männer sich nicht einmal vorstellen können?«

»So meinte er das nicht, Fräulein Ahrens«, schaltete sich Rieker ein.

Eilers hingegen zuckte unbeeindruckt mit den Schultern und zog die Decke von dem toten Körper.

Johanna schluckte und suchte Halt, denn allen Beschwörungen der eigenen Stärke zum Trotz wurde ihr beim plötzlichen Anblick des Todes nun doch schwindelig. Oder waren es die Gerüche, die an ihre Nase drangen?

Erst nach ein paar Sekunden wurde ihr bewusst, dass sie

Halt bei Rieker gesucht hatte. Hastig beendete sie die Umklammerung seines erstaunlich muskulösen Unterarms und registrierte dankbar, dass er kein Aufheben darum machte.

Eilers hatte von ihrer kurzen Schwäche nichts mitbekommen. Der Totenfotograf war in seinem Element und begann gleich mit der Sichtung und Untersuchung der Leiche.

Die Frau hatte zu Lebzeiten das hübsche Gesicht einer Hamburger Deern gehabt. Der Ausdruck auf ihrem toten Antlitz wirkte friedlich, obwohl der Mund geöffnet war. Das blonde Haupthaar war glatt und mehr als schulterlang, der Körper bis auf den faltig wirkenden Bauch schlank, die Brüste prall und schwer.

Eilers tastete zunächst den Schädel der Toten nach Wunden ab, schüttelte dann aber in Riekers Richtung mit dem Kopf. Als Nächstes zog er ihr die Augenlider auseinander und beugte sich ganz tief über die junge Frau, um ihr in die Augen sehen zu können. Weiß Gott, was er darin suchte. Sein Kopf berührte ihren fast, so nahe kam er ihr. Er rückte auch nicht weiter ab, als er den Kiefer auseinanderzog, um in den Mund sehen zu können. Erneut zeigte ein Kopfschütteln, dass er nichts Bemerkenswertes gefunden hatte.

»Was tun Sie da?«, rief Johanna entsetzt, als Eilers anschließend mit einigem Kraftaufwand die Beine der Toten spreizte.

»Ich habe Sie gewarnt, dass eine solche Untersuchung unangenehm werden kann.«

Rieker schien zu wissen, was Eilers vorhatte. »Er sieht

nach, ob es vor dem Tod zum … zum Beischlaf gekommen ist.«

Eilers nickte beiläufig und setzte ein wie eine Schere gefertigtes Spreizwerkzeug aus seiner Tasche an. In der anderen Hand hielt er ein Vergrößerungsglas. Als er sich mit dem Gesicht ihrer Scham annäherte wie zuvor ihren Augen, wandte sich Johanna doch eher entsetzt als nur pietätvoll ab.

»Mit Sicherheit kann ich es nicht sagen, aber wahrscheinlich lag sie vor ihrem Tod mit einem Mann zusammen«, stellte Eilers fest. »Recht kurz vorher, würde ich sogar denken. Helfen Sie mir, sie umzudrehen«, hörte Johanna Eilers Stimme. »Ich muss mir die Wunden am Rücken ansehen.«

Johanna wandte sich wieder um. Eilers hatte die Beine der Toten zurückgeschoben und reichte Rieker ein Paar Kautschukhandschuhe, die der Commissar mit etwas Mühe über die Finger zog.

»Dann wollen wir mal, dann wollen wir mal«, murmelte Eilers vor sich hin. Der Fotograf stellte sich an die Schultern der Toten und manövrierte den Commissar mit einem Wink zur Hüfte. »Zuerst ziehen wir sie auf der Decke an uns heran, dann drehen wir sie«, erklärte er. »Und jetzt!«

Johanna blieb einen Moment vor Entsetzen die Luft weg, als die Tote auf dem Bauch landete und der komplett zerfetzte Rücken sichtbar wurde. Zwischen linkem Schulterblatt und Wirbelsäule tat sich ein regelrechter Krater bis tief in den Brustkorb auf. Ein weißes Stück Knochen stand heraus, das Fleisch war grau-rosa bis dunkelgrau. Die Hautfetzen erinnerten an altes, schmutziges Wachstuch.

Auch Rieker ließ der Anblick offensichtlich nicht kalt. Er trat einen Schritt zurück und atmete zischend aus. Nur Jakob Eilers wirkte vollkommen ungerührt. Mit seinem Vergrößerungsglas begann er unverzüglich, die unzähligen Schnitte und Wunden genauer zu untersuchen.

»Es wurde eine doppelschneidige Klinge verwendet«, murmelte er vor sich hin. »Der Brustkorb ist regelrecht zerfetzt worden. Fünf Rippen sind kaputt. Das arme Ding dürfte sehr stark gelitten haben.«

»Gelitten?«, fragte Johanna entsetzt. »Meinen Sie, sie hat das mitbekommen?«

»Also ein Spaß war das nicht für sie«, stellte Eilers emotionslos fest. »Hier! Der linke Lungenflügel ist eingefallen, weil durch den Stich Luft zwischen Rippen- und Lungenfell dringen konnte. Ein gutes Stück der Lunge wurde herausgeschnitten und fehlt, wahrscheinlich, um besser an das Herz zu gelangen. Wenn sie Glück hatte, war die Aorta schnell durchtrennt. Dann ist sie innerlich verblutet.«

Eilers legte mit einem Werkzeug ein Stück der Rippe frei und sah noch einmal genauer hin.

»Derjenige, der das gemacht hat, kannte sich aus«, stellte er fest. »Er hat einen Rippenspreizer eingesetzt, allerdings nicht sehr erfolgreich. Er hat ihr die Rippen weggebrochen. Man kann nur hoffen, dass sie schon tot war, als das passierte. Ah, er ist um sie herumgegangen.«

»Woher wollen Sie das wissen?«, fragte Johanna.

»Ich sehe das an den Einstichen. Die sind aus verschiedenen Winkeln erfolgt. Es sind aber so viele, dass man kaum einzelne ausmachen kann. Wie bei Ansje Kalferer.«

»Aber die Wunde sieht ganz anders aus als bei ihr«, stellte Rieker fest.

»Er scheint dazuzulernen.« Eilers wickelte sein Werkzeug in ein Tuch und steckte es zurück in seine Tasche.

»Aber warum macht er das?«, fragte Johanna.

»Nun, Fräulein Ahrens, das ist eine Frage, über die wir alle nur spekulieren können. Dass er auf diese Art und Weise vorgeht, lässt darauf schließen, dass ihm die Symbolik des Herzens wichtig sein muss. Erstaunlich ist, dass er über den Rücken arbeitet. Von vorne wäre es leichter, an das Herz zu gelangen. Aber vielleicht will er es sich – und seinen Opfern – nicht einfach machen. Es mag für ihn eine tiefere Bedeutung dahinterstehen.«

»Sie denken also, dass es sich um denselben Täter handelt?«

»Mit absoluter Sicherheit«, zeigte sich Eilers überzeugt. »Auch wenn es Unterschiede in der Qualität der Arbeit gibt.«

»Arbeit?«

»Sie haben recht, Fräulein Ahrens, das Wort war schlecht gewählt. Sagen wir, es gibt Unterschiede in der Vorgehensweise. Allerdings auch sehr viele Gemeinsamkeiten.«

»Können Sie etwas über den Todeszeitpunkt sagen?«

Eilers zog sich von der Leiche zurück. »Das ist schwer. Wissen Sie, es gibt eine Menge Faktoren, die einen Einfluss darauf haben, wie der Tod sich auf das Fleisch auswirkt. Das Gewicht und die Konstitution des Toten, die Temperatur, die Jahreszeit … Meine Arbeit wird im Sommer schnell unangenehm, wenn die Fliegen sich auf die Wunden setzen und ihre Larven in die Leichen legen.«

Johanna schüttelte es.

»Verzeihen Sie«, bat er.

»Sprechen Sie weiter«, forderte sie ihn auf.

»Ebenso wie Ansje Kalferer hat sie sehr viel Blut verloren. Eine Menge ist in den Brustkorb gelaufen und dort geronnen. Bei ihr ist mehr ins Gewebe eingedrungen. Wenn ich alles mit einbeziehe, dann würde ich bei dieser Leiche sagen, dass sie in der Nacht von Samstag auf Sonntag ermordet worden sein muss. Ermordet und notdürftig gereinigt. In den Haaren sind noch Blutreste zu erkennen. Wo hat man sie gefunden?«

»In eine Plane gewickelt an einer Mauer am Billhafen«, sagte Rieker. Viel mehr hatte er nicht herausgefunden.

»Also eine weitere Parallele zu Ansje Kalferer. Ebenfalls nackt?«, fragte Eilers.

»Ja. Nackt. Einen Unterschied gab es allerdings. Ansje Kalferer war ursprünglich von dem Mörder in sitzender Position zurückgelassen worden. Mit gespreizten Beinen.«

Eilers war überrascht. »Ich dachte, sie sei in eine Decke gewickelt gewesen.«

»Sie haben recht, so wurde sie von einem Arbeiter gefunden. Aber vorher hatten sie bereits zwei Stadtstreicher entdeckt, und die haben sie umgelagert.«

»Ich verstehe.« Eilers wirkte verwirrt und sah der Toten ein weiteres Mal auf die Wunden am Rücken. »Nun, wenn ich sie früher gesehen hätte, wäre es mir leichter gefallen, eine Einschätzung abzugeben. So kann ich aufgrund der sich erst auflösenden Totenstarre nur sehr grob schätzen, dass sie Samstagnacht gestorben ist. Möglicherweise auch erst am frühen Morgen.«

»Genauer können Sie das nicht sagen?«, fragte Johanna enttäuscht.

»Wie gesagt, jede Leiche ist anders. Ich habe es noch nicht mit vielen Toten zu tun gehabt, die so hergerichtet waren. Das Einzige, was man mit recht großer Sicherheit sagen kann, ist, dass es sich um denselben Täter handeln muss.«

»Könnte es nicht ein Nachahmer sein?«, fragte Rieker und half Eilers auf eine Geste hin, Doris Sinterbrok wieder auf den Rücken zu drehen.

»Die Stiche und Schnitte mit einem Messer mit kurzer Doppelklinge, das über den Rücken herausgeschnittene Herz, beide Taten zeitlich so dicht hintereinander. Dazu die frappierende Ähnlichkeit der Opfer, die beide ihre Körper verkauft haben. Nein, das ist ziemlich eindeutig die Handschrift ein und desselben Mannes.«

»Dann könnte es auch sein, dass er sich bald ein drittes Opfer holt«, stellte Rieker in den Raum.

»So etwas dürfen Sie mich nicht fragen«, meinte der Fotograf und breitete mit Schwung die Decke über der Leiche aus, sodass der Tisch aussah wie zuvor. »Mit den Toten kenne ich mich aus, aber die Lebenden werden mir wohl immer ein Rätsel bleiben.« Mit einem flappenden Geräusch zog er sich den Kautschuk von den Händen. »Auf jeden Fall würde ich allen jungen blonden Huren in nächster Zeit davon abraten, sich von unbekannten Männern mitnehmen zu lassen.« Er warf einen Blick auf seine Taschenuhr und nickte. »Wir sollten uns beeilen. Die zwanzig Minuten sind schon lange um.«

»Vielen Dank, dass Sie mitgekommen sind, Herr Eilers«, sagte Rieker kurze Zeit später in der Kutsche.

»Ich kam nicht umhin, die Geheimniskrämerei bei unserem Aufenthalt in der Leichenhalle und Ihre veränderte Garderobe mit den Vorfällen um das Feuer in Rotherbaum in Verbindung zu bringen.« Der Fotograf blickte Rieker fragend an.

»Sie liegen da nicht ganz falsch«, gab der Commissar kleinlaut zu. »Das Haus ist im Rahmen der Ermittlungen über den Mord an Ansje Kalferer in Brand geraten.«

»Sie haben also schon jemanden in Verdacht?«

»Wir wissen, dass er es war«, warf Johanna ein.

»Ich bin mir fast sicher, dass der Mann es war«, relativierte Rieker. »Aber ich habe keine Beweise, weil die in den Flammen vernichtet wurden.«

»Nun, Ihr Mann hat jetzt schon eine zweite Frau auf dem Gewissen«, sagte Eilers. »Sie sollten ihn festnehmen, bevor er sich das dritte Opfer holt!«

Johanna gefiel der Totenfotograf immer besser. Wenn man darüber hinwegsehen konnte, dass er im Gespräch den notwendigen Abstand oft vernachlässigte und er sich mit Vorliebe still und unbemerkt hinter einen stellte, konnte man mit ihm sogar recht gut zurechtkommen.

»So jemanden wie Sie könnte die Polizeibehörde gebrauchen«, sagte nun auch Rieker.

»Einen Totenfotografen?«, fragte Eilers erstaunt.

»Es wäre sicherlich von großem Nutzen, in unklaren Sterbefällen Fotografien von den Leichen anfertigen zu lassen, um im Fall einer erneuten Besichtigung keine Exhumierung vornehmen zu müssen«, meinte Rieker. »Und dazu noch von jemandem, der sich mit dem Tod, seinen frühen Stadien und der Verwesung so gut auskennt wie Sie.«

»Das wäre nichts für mich, Herr Rieker«, sagte Eilers. »Nicht nur, dass ich mit meinen eigenen Toten genug zu tun habe, ich scheue mich auch davor, in die Geflechte des Verwaltungsapparats eingebunden zu werden. Zudem haben die Eilers zwar seit Generationen als Leichenbitter, Sargtischler und Bestatter mit dem Tod zu tun, woher ich auch meine Kenntnisse gewonnen habe; ich kann aber kein Studium der Medizin vorweisen. Das wäre ein gefundenes Fressen für die Herren Doktoren, meine Sachkunde zu bezweifeln.«

»Ich weiß, Herr Eilers. Aber bei zukünftigen Todesfällen würde ich nur allzu gerne auf Ihre Expertise zurückgreifen können, wenn ich einmal Zweifel an der Zuverlässigkeit der studierten Kapazitäten haben sollte.«

Johanna sah Eilers an, dass er sich geschmeichelt fühlte.

»Das dürfen Sie gerne, werter Herr Rieker.«

Kapitel 26

Dienstag, 26. April 1887

Rieker setzte Johanna Ahrens und den Totenfotografen an dessen Studio ab. Die junge Frau wollte für sich eines der Fotos mit Ansje Kalferer auswählen und Eilers mit ihr letzte Einzelheiten der morgigen Bestattung besprechen.

»Und wir sehen uns um sechs Uhr?«, fragte sie Rieker mit Verschwörermiene, als der Fotograf bereits ausgestiegen war.

»Natürlich. Ich werde Sie nicht im Stich lassen«, versprach er ebenso leise. »Sie haben Eilers ja gehört: Wir müssen den Mörder fassen, bevor er sich das nächste Opfer holt. Und diesmal kommt Schermann nicht davon!«

Rieker betrat den Raum, wie Breiden es immer bei ihm tat: Er klopfte, wartete aber nicht auf eine Einladung, sondern öffnete einfach die Tür.

Breiden blickte verärgert von seinem Schreibtisch auf. Als er sah, wer für die Störung verantwortlich war, verdüsterte sich seine Miene noch weiter.

Zwei weitere Männer arbeiteten an kleineren Tischen in dem Raum. Emil de Groot, Breidens persönlicher Criminalsekretär, saß zur Rechten seines Vorgesetzten. Kracht blickte sich von einem Tisch am Fenster um, wo er in Schreibarbeiten vertieft gewesen war.

»Sie können nicht unerlaubt Ihren von mir zugewiesenen Arbeitsplatz verlassen!«, pflaumte Breiden den Neuankömmling im Aufstehen an. »Sie haben uns in den letzten Tagen schon genug Bärendienste erwiesen! Wo waren Sie, verdammt noch mal?«

Rieker hatte nicht mit einem freundlichen Empfang gerechnet.

»Wir müssen reden«, sagte er bestimmt.

»*Ich* sage hier, wann und worüber geredet wird!«

»Sie haben meinen Fall übernommen und mich kaltgestellt, warum auch immer ihnen beides so wichtig ist«, sagte Rieker ruhig. »Sie haben gewonnen.«

Breiden sah ihn an, als erwarte er eine Hinterhältigkeit.

»Trotz unserer persönlichen Differenzen glaube ich jedoch fest daran, dass Sie Ihren Dienst aus einem Gefühl der Pflichterfüllung heraus leisten, aus Gerechtigkeitsempfinden und einer Schuldigkeit, die sie den Menschen von Hamburg gegenüber verspüren. Falls ich damit richtigliege, bitte ich Sie, mir zuzuhören.«

Breiden hatte sich wieder unter Kontrolle und gab ein abschätziges Schnauben von sich.

»Eine Minute!«, forderte Rieker.

Resigniert schüttelte Breiden mit dem Kopf. »Sie haben eine Minute.«

»Denken Sie wirklich, ich hätte Schermann verhaftet, wenn ich nicht absolut von seiner Schuld überzeugt gewesen wäre?«

»Das haben wir doch alles bereits durch!«

»Nein, lassen Sie mich ausreden. Was, wenn Sie sich mit eigenen Augen von seiner Schuld überzeugen könnten?«

Breiden sah ihn aufmerksam an.

»Wirklich?«, fragte Kracht erfreut, doch sein neuer Vorgesetzter befahl ihm entschieden, den Mund zu halten.

»Was soll der Aberwitz?«, fragte Breiden. Seine Selbstsicherheit war wieder zurück und manifestierte sich in einem aufgesetzt überlegenen Lächeln.

»Ich war eben in der Leichenhalle«, sagte Rieker. »Zusammen mit einem Spezialisten für Tote und die Stadien des Todes. Er geht davon aus, dass Doris Sinterbrok mit an Sicherheit grenzender Wahrscheinlichkeit von demselben Mann getötet wurde wie Ansje Kalferer. Und dass es nicht bei den beiden Opfern bleiben wird.«

Damit schien er Breiden zu packen.

»Das fürchte ich auch«, sagte er. »Die Leute reden schon vom Herzmörder. Keine Ahnung, wie das so schnell bekannt geworden ist.«

»Schlechte Nachrichten verbreiten sich in rasender Geschwindigkeit«, brachte Rieker eine von Kleinschmidts Weisheiten an und kam auf seine Agenda zurück: »Ich habe Schermanns Raum der Qualen mit eigenen Augen gesehen. Alles spricht dafür, dass er Ansje Kalferer und Doris Sinterbrok umgebracht hat.«

»Aber Schermann hat doch für beide Morde ein Alibi.«

»Eben nicht«, rief Rieker erregt. »Beim ersten Mord kam er so spät bei diesem Ball an, dass er die Tote vorher noch weggeschafft haben könnte. Es gibt Zeugen, denen ein

Schmutzrand an seiner Hose aufgefallen ist. Er hat vor der Ankunft auf dem Ball die Stiefel gegen Tanzschuhe getauscht.«

»Ach, das ist doch …«, begann Breiden, aber Rieker redete einfach lauter weiter.

»Und bei der zweiten Toten hat uns zwar die Zeit der Abholung verwirrt, aber wer sagt, dass es der Mörder gewesen sein muss, der sie zuerst mitgenommen hat? Doris Sinterbrok kann doch auch mit irgendeinem Freier gegangen und Schermann erst später begegnet sein.«

»Das sind Eventualitäten, aber keine Beweise«, brachte Breiden vor. »Im Gegenteil. Der Oberstaatsanwalt würde uns dafür in der Luft zerreißen. Sie machen sich ja kein Bild davon, mit welchem Ärger von Stresenbeck sich herumschlagen muss! Der Senat, die Bürgerschaft, alle wollen sie von ihm wissen, wie einer seiner Leute gegen einen unbescholtenen Staatsanwalt vorgehen und sein Haus in Brand setzen konnte.«

»*Noch* haben wir keine handfesten Beweise«, überging Rieker Breidens politische Einlassungen. »Und das auch nur wegen des Feuers, das die Beweise vernichtet hat und zu dem es nur deswegen gekommen ist, weil Schermann mich töten wollte.«

»Er wollte sich gegen einen Einbrecher wehren, Rieker. Das haben wir doch schon besprochen.« Breiden zog seine Taschenuhr aus der Weste.

»Lassen wir das«, sagte Rieker schnell, bevor der Commissar feststellen konnte, dass die Minute längst vorüber war. »Was würden Sie sagen, wenn Sie sich nicht nur persönlich von Schermanns Schuld überzeugen, sondern ihn gleich heute höchstpersönlich auf frischer Tat ertappen könnten?«

Breidens arrogantes Lächeln verschwand. An seine Stelle trat ein nachdenklicher, verwirrter Blick. Mit offenem Mund ließ er den Deckel der Uhr erst auf und dann wieder zuschnappen.

»Was bringt Sie auf den Gedanken, dass …«, fragte er.

»… dass Schermann heute wieder zuschlägt? Sagen wir, sein wahrscheinlich nächstes Opfer hat sich an mich gewandt.«

»Und wer soll das sein?«

»Eine Frau, die nicht nur eine gewisse Ähnlichkeit mit den beiden vorigen Opfern hat, sondern auch mit Schermann in Kontakt steht.«

»Wer ist sie?«

»Ist es …«, begann Kracht, aber Rieker brachte ihn mit einer knappen Geste zum Schweigen. »Das tut jetzt nichts zur Sache«, sagte er streng. »Wichtig ist nur, dass sie sich heute mit Schermann treffen soll. Er hat sie zu äußerster Geheimhaltung aufgefordert.«

»Aber zu Ihnen kam sie?«, stellte Breiden verwundert fest.

»Weil sie bereits im Vorfeld mit einem Verdacht zu mir gekommen war, der sich jüngst erhärtete. Sie ist absolut vertrauenswürdig und wird um sechs Uhr am mit Schermann vereinbarten Treffpunkt eintreffen.«

»Wo wir in einem Versteck warten sollen?«, riet Breiden.

»So ist der Plan«, bestätigte Rieker. »Wir müssen sicherstellen, dass Schermann der jungen Frau kein Haar krümmen kann.«

Breidens Augenbrauen wanderten immer näher zusammen, was deutlich verriet, wie skeptisch er Riekers Plan gegenüberstand.

»Sie wird ihn provozieren – und er sich als Täter offenbaren!«, zeigte sich Rieker überzeugt. »Er wird sie zunächst zum Mitkommen überreden wollen und auf ihre Weigerung hin versuchen, sie zu entführen.«

»Wenn das wirklich so wäre …«, dachte Breiden laut nach.

»… dann hätten wir etwas gegen ihn in der Hand. Und von Stresenbeck wäre den Ärger mit Bürgerschaft und Senat los«, präsentierte Rieker ein weiteres Argument. »Und Sie werden als der Commissar gefeiert, der den Herzmörder erwischt hat.«

»Und was haben Sie davon?«, wollte Breiden argwöhnisch wissen.

»Mir genügt es, wenn der Mann hinter Gitter kommt, der die beiden Frauen bestialisch ermordet hat, und er so etwas nicht noch weiteren Frauen antun kann«, versicherte Rieker. »Ansonsten möchte ich, dass mir wieder Fälle als eigenverantwortlicher Commissar zugeordnet werden.«

»Um von mir wegzukommen, wollen Sie mich zum Helden machen?«

»Es geht nicht um Heldentum«, sagte Rieker. »Es geht einzig darum, dass ein Verbrecher nicht wegen seines Standes ungestraft davonkommt.«

»Jetzt klingen Sie wie ein Sozialist.«

»Soziale Ungerechtigkeit spielt den Sozialisten nur in die Karten«, gab Rieker zurück.

»Wie sicher sind Sie sich Ihrer Sache?«, fragte Breiden.

Kurz war Rieker versucht, von vollkommener Sicherheit zu sprechen, aber schließlich sagte er: »Ich vertraue der jungen Dame voll und ganz. Doch ich kann natürlich nicht vorhersagen, ob Schermann wie verabredet auftauchen wird.«

»Das dachte ich mir.« Breiden nickte. »Wissen Sie, Rieker, Sie können noch so fleißig Ihren Anzug tragen, aber diese Lumpen«, er zeigte auf den Arbeiteranzug, »hängen Ihnen doch für immer an. So wie ein Bauer immer nach Mist stinkt und ein Hafenarbeiter den Geruch nach Teer und Öl nicht loswird.«

»Hören Sie auf damit!«, forderte Rieker grimmig.

»Ich mag Sie nicht«, sprach Breiden trotzdem kalt weiter. »Sie verkörpern genau das, was ich verachte. Sie sind ein Emporkömmling, der die Reinheit unseres Standes verwässert und beschmutzt. Dreck aus der Gosse sollte unten bleiben und nicht nach oben gespült werden. Ich weiß nicht, wie Sie es gemacht haben, aber so schnell, wie Sie emporgekommen sind, werden Sie auch wieder absaufen.«

Das Gespräch nahm auf einmal eine ganz andere Wendung, als Rieker es gedacht hatte. Er spürte Wut in sich aufsteigen und ballte die Hände zu Fäusten, um sich bei der nächsten Beleidigung auf Breiden stürzen zu können, aber der wollte etwas ganz anderes sagen.

»Und doch könnte ich es mir nicht verzeihen, wenn Sie recht hätten und wegen meiner Vorbehalte eine weitere Frau unter solchen Qualen ermordet würde«, fuhr er fort.

»Sie werden also erscheinen?«, fragte Rieker.

»Alles, was hier besprochen wurde, ist streng vertraulich zu behandeln. Verstehen wir uns?« Er wandte sich an die beiden Criminalsekretäre.

Kracht nickte eifrig, und auch de Groot bejahte.

»Wir werden heute alle vier zu diesem Treffpunkt kommen«, bestimmte Breiden. »Wo ist das überhaupt?«

»Am Uhlenhorster Fährhaus«, sagte Rieker.

Er fühlte sich erleichtert, wunderte sich aber auch darüber, dass Breiden sich tatsächlich bereit erklärt hatte, Schermann die Falle zu stellen.

»Oh, edel, edel! Falls Schermann doch nicht auftaucht, kann ich mir im Anschluss wenigstens eine schöne Senfroulade gönnen.«

Rieker schüttelte den Kopf, sagte aber währenddessen schon: »Schermann will die junge Dame dort um sechs Uhr treffen. Wir müssen spätestens um …«

»… fünf Uhr da sein und Stellung beziehen«, ergänzte Breiden den Satz.

»Es wäre einfacher, wenn wir mehr Männer hätten«, warf Kracht ein.

»Natürlich, aber die haben wir nicht. Wo genau will Schermann Ihre Informantin treffen?«

»Sie kommt mit der Fähre«, sagte Rieker. »Ich vermute, dass er sie am Anleger abholt.«

»Einer von uns sollte für alle Fälle bereits auf der Fähre sein. Kracht?«

»Sie kennt ihn«, antwortete Rieker für seinen Assistenten.

»Dann postieren wir Sie auf der Fähre, de Groot. Wie sieht die Frau aus?«

»Jung mit längeren blonden Haaren. Durchaus hübsch und so groß wie ich«, beschrieb Rieker sie.

»Gut. Dann machen wir das so«, beschloss Breiden. »Falls sich Ihr Verdacht aber als unbegründet erweist, bleibt das komplett unter uns!«

»Ich gebe Ihnen mein Wort«, sagte Rieker. »Und wenn etwas dran ist, können Sie die Lorbeeren für sich beanspruchen. Ich will nur meine alte Stellung zurückhaben.«

Rieker hielt Breiden die Hand hin. Der Commissar besah sie sich kurz, dann schlug er ein.

Das letzte Kapitel in Sachen Jagd auf den Staatsanwalt konnte beginnen!

Kapitel 27

Dienstag, 26. April 1887

Johanna folgte Eilers durch die ihr mittlerweile bekannten Gänge ins Studio. Seine Kiste mit den Lichtbildplatten stand noch dort, ebenso die verpackte Kamera. Der große Studioapparat war auf dem Stativ montiert, das Objektiv auf die Wand gerichtet, die eine Meeresszene zeigte.

»Ich habe im Keller einen ehemaligen Kapitän liegen«, sagte Eilers auf ihren fragenden Blick hin. »Ich muss noch ein Steuerrad und eine Reling aufbauen. Seine Kinder haben sich das Meeressujet gewünscht.«

»Ansje ist also bereits bei Ihrem Onkel aufgebahrt?«, fragte Johanna, ohne auf Eilers Bericht einzugehen.

»Ich muss sie nachher noch zur Aufbahrungshalle bringen«, antwortete er knapp. »Nehmen Sie Platz! Wollen Sie nach der ganzen Aufregung einen Kaffee und etwas Gebäck?«

Johanna setzte sich. Den halben Tag war sie nun schon unterwegs – und das letzte Essen hatte sie am Morgen zu sich genommen. Sie hatte nicht gedacht, dass der Tag wieder so aufregend werden würde.

»Das wäre sehr freundlich«, sagte sie. »Vielleicht kann ich mir bei einer Tasse Kaffee das Foto aussuchen.«

»Selbstverständlich. Es geht auch schnell. Ich habe nebenan einen Gasherd.«

Jakob Eilers verließ den Raum, schloss die Tür aber nicht. Offenbar wollte er sich weiter mit Johanna unterhalten.

»Sie sind eine ungewöhnlich tapfere junge Frau, wenn ich Ihnen dieses von Herzen kommende Kompliment aussprechen darf.«

»Danke, aber ich komme mir nicht besonders tapfer vor.«

»Der Herr Commissar scheint große Stücke auf Sie zu halten.«

»Ich fürchte, es wäre ihm lieber, mich nie getroffen zu haben.«

Sie fragte sich, ob das stimmte. Wenn sie nicht den Verdacht gehabt hätte, dass die Tote Ansje sein könnte, wäre die Polizei vielleicht bis heute noch nicht darauf gekommen. Außerdem wäre er ohne sie wohl nie auf Schermann als Täter aufmerksam geworden.

»Wenn nur nicht das Haus des Verdächtigen mitsamt allen Beweisen in Brand geraten wäre.« Eilers schien ihre weiteren Gedanken erraten zu haben.

»Ja, das ist eine Schande. Sonst würde der Täter bereits im Gefängnis sitzen«, erwiderte Johanna.

Jetzt gab es nicht nur eine zweite Leiche, sondern mit dem Treffen heute Abend stand ihr auch eine weitere große Prüfung bevor. Johanna beschloss, auf jeden Fall ein Messer mitzunehmen, um sich im Ernstfall verteidigen zu können.

»Bitte?«, fragte Eilers durch die Tür. »Das Wasser kocht so laut.«

»Ich sagte, dass der Täter sonst wahrscheinlich schon im Gefängnis wäre.«

»Ja, sicher. Mögen Sie Buttergebäck?«

»Sehr gerne.«

»Kommt gleich.«

Johanna hörte ein Pfeifen aus dem Nebenraum, eine kleine, lockere Melodie, die so gar nicht zu den Erfahrungen des heutigen Tages passen wollte. Trotzdem bewirkte die beiläufige Leichtigkeit der Musik, dass Johannas Schultern sich senkten und sie kurz die Augen schloss, um zu entspannen.

Es dauerte eine Weile, bis Eilers mit einer unscheinbaren Porzellanschale zurückkehrte, in der einige goldbraune Kekse lagen.

»Bedienen Sie sich ruhig. So schmal, wie Sie sind, können Sie etwas auf die Rippen gebrauchen. Der Kaffee kommt sofort.«

Johanna nahm sich einen Keks und biss hinein. Süßer, sandiger Teig mit einem intensiven Buttergeschmack. Sie kaute wohlig darauf herum, verputzte dann die zweite Hälfte und griff sich gleich ein neues Plätzchen. Währenddessen vernahm sie im Nebenraum das helle Geräusch von Porzellan, das aneinanderstieß.

Durch den Genuss der Kekse merkte Johanna erst richtig, wie hungrig sie war. Sie steckte gerade das vierte Stück in den Mund, als Eilers mit einem Tablett aus dem Nebenraum kam. Sie kaute schnell und schluckte die Masse herunter.

»Eine Nachbarin backt sie, ein altes Weib, das damit ein

Vermögen hätte machen können«, sagte Eilers, dem Johannas Lust auf das Gebäck offenbar aufgefallen war.

»Nehmen Sie Sahne in den Kaffee? Zucker?«

»Schwarz, bitte.«

Der aus der breiten Tasse in kleinen Dampfschwaden aufsteigende Duft war wundervoll. Eilers stellte beide Tassen auf dem Tisch ab, dazu ein Kännchen mit Sahne, die sein schwarzes in ein hellbraunes Getränk verwandelte.

»Bitte, bedienen Sie sich. Sie brauchen viel Kraft für das, was kommt. Ich habe noch genug Gebäck da«, bot er im Hinsetzen an.

Johanna nahm wahr, dass er sie genau beobachtete, als sie nach einem weiteren Keks griff, ihn kurz in den Kaffee tunkte und zum Mund führte.

»Eine gute Idee«, sagte er und tat es ihr nach. Dann rückte er mit dem Stuhl etwas näher an sie heran.

»Wer ist denn der ominöse Verdächtige, von dem Sie gesprochen haben?«, wechselte er in verschwörerischem Tonfall das Thema.

»Ein Mann aus Hamburg.«

»Das ist sehr allgemein.«

»Ich weiß nicht, ob es Herrn Rieker recht wäre, wenn ich …«

»Entschuldigen Sie meine Neugierde. Ich dachte, ich dürfte das erfahren, nachdem Sie beide mich nun schon zweimal für die Untersuchung der Leichen zurate gezogen haben.«

Johanna hörte den versteckten Vorwurf in seinen Worten sehr wohl.

»Vielen Dank für Ihre Hilfe«, entgegnete sie.

»Aber Sie sagen mir nicht, wen Sie verdächtigen?«

Eigentlich hatte Eilers recht. Was sprach denn dagegen? Trotzdem zögerte sie.

»Das muss ja ein großes Geheimnis sein«, drängte er weiter. »Verdächtigen Sie etwa den Ersten Bürgermeister? Den alten Versmann?« Er grinste.

»Es ist nur so, dass wir keine Beweise haben«, antwortete Johanna, ohne auf seine scherzhafte Bemerkung einzugehen. »Es handelt sich um einen Mann, der mir den Hof macht.«

Eilers wurde wieder ernst und sah sie erstaunt an. »Ihnen?« Er rückte mit seinem Stuhl etwas näher, um sie besser mustern zu können. »Das könnte sogar passen«, sagte er schließlich.

»Was?«

»Nun, Sie sind blond, eine Frau von wahrer Schönheit – verzeihen Sie mir meine Worte –, schlank vom Körperbau. Sie entsprechen eindeutig dem Muster des Herzmörders. Natürlich abgesehen davon, dass Sie keine Hure sind.«

»Herzmörder?«

»So nennen die Leute ihn schon«, verriet Eilers grinsend und tunkte den nächsten Keks in seine Tasse, der dann tropfend in seinem Mund verschwand.

»Ich hoffe, ich trete Ihnen nicht zu nahe mit meinen Fragen.«

»Ehrlich gesagt tun Sie das«, bemerkte Johanna. »Und kommen Sie mir bitte nicht so nahe!«

Eilers sah bestürzt auf und rückte sofort ab. »O Gott,

was tue ich wieder? Mein altes Manko. Ich kann es mir nur dadurch erklären, dass ich mehr tote als lebende Gesellschaft habe. Können Sie mir verzeihen?«

Er wirkte wie ein kleiner Junge, der alle Bonbons weggenascht hatte und nun Bauchschmerzen bekam.

»Vielleicht können wir jetzt einfach die Fotografien ansehen und eine auswählen«, schlug sie vor.

Eilers' bis eben noch betrübtes Gesicht wurde von einem Strahlen erhellt. »Das ist eine gute Idee! Kommen Sie!«

Er stand auf und führte sie zu einem der niedrigen Schubladenschränke, auf dessen Oberfläche genug Platz frei war, um Bilder auszubreiten. Dann zog er eine Schublade auf, holte eine Schachtel mit mehreren Fotografien hervor und breitete sie vor ihr aus.

Johanna stockte der Atem. Obwohl sie Ansje nur kurz gekannt hatte, hatte sie sich ihrer Schülerin irgendwie freundschaftlich verbunden gefühlt – und nun verpflichtet. Rational war es nicht zu erklären, wieso sie die Kosten für die Aufnahmen und die morgige Beerdigung übernahm. Doch als sie nun dieses Bild sah, bereute sie ihre Entscheidung nicht.

»Sie sind wirklich ein Künstler«, entfuhr es ihr.

»Danke. Schauen Sie, ich finde diese hier besonders gelungen.«

Die Fotografie zeigte Johanna leicht seitlich neben Ansje. Eine Hand ruhte auf der Schulter der toten Freundin. Sie erinnerte sich, wie fremd es sich angefühlt hatte, die Leiche anzufassen, selbst durch ihre Kleidung hindurch. Doch jetzt musste Johanna Eilers zustimmen. Auch die anderen

Bilder waren gut, aber dieses strahlte eine Magie aus, die sie nicht beschreiben konnte.

»Das ist der Herzschlag der Toten, von dem ich Ihnen erzählt habe«, sagte Eilers. »Ihr eigener Herzschlag überträgt sich durch die Berührung auf den Körper Ihrer Freundin. Sehen Sie hier!«

Er holte einen anderen Abzug, auf dem Johanna die tote Ansje nicht berührt hatte.

»*Sie* haben sich bei dieser Aufnahme leicht bewegt«, erklärte er begeistert, »deshalb kam es zu der Unschärfe um Ihr Kinn und, verzeihen Sie, den Busen.« Er atmete geräuschvoll ein. »Im Gegensatz dazu sind die Konturen der Toten vollkommen scharf und ungerührt. Anders als hier.«

Eilers zeigte erneut auf die besondere Aufnahme. Johanna erkannte es jetzt auch. Sie waren beide scharf getroffen, aber nicht so gestochen, wie die Leichen es auf seinen sonstigen Fotografien waren.

»Ich habe es zuerst bei Kinderfotos registriert«, erklärte er und rückte wieder näher an sie heran, sodass Johanna einen halben Schritt zur Seite wich. »Da war der Kontrast immer am stärksten, weil Kinder schlichtweg nicht stillhalten können. Die lebenden Geschwister waren verschwommen und das tote scharf getroffen. Also habe ich mein Gestell so umgebaut, dass es bei einer Berührung ganz leicht ins Wippen gerät. Damit wirkt das tote Kind lebendiger.«

»Bei Ansje haben Sie diesen Mechanismus auch genutzt.«

»Den Herzschlag der Toten, ja! Weil ich sie mit der alten Kamera aufnehmen wollte, die noch längere Belichtungszeiten braucht. Sie sehen den Unterschied ja selbst. Es ist, als schenke man den Toten durch die Macht der Berührung einen Hauch Leben zurück. Wollen Sie dieses Bild haben? Ich kann es Ihnen direkt einrahmen.«

Johanna nickte, und Eilers verschwand wieder in den Nebenraum.

»Eine schwarze Leiste, nehme ich an«, rief er herüber.

»Ja, am besten.«

Kurz darauf kam er mit einem klavierlackschwarzen, schmalen Rahmen zurück, den man ebenso hängen wie stellen konnte.

»Der Mörder hat Ihnen also den Hof gemacht. Sehr interessant.«

»Der Rahmen ist gut«, sagte Johanna, ohne auf Eilers' jüngste Bemerkung einzugehen.

»Haben Sie ihm gegenüber denn auch etwas empfunden?«

»Ich denke nicht, dass wir das besprechen müssen«, erwiderte sie diesmal.

»Ich dachte nur«, sagte er ohne ein Wort der Entschuldigung. »Ich frage mich eben, ob Ihr Herz an dem Mann hängt oder vielleicht frei für einen anderen ist?«

Johanna schluckte trocken. Wenn das der Beginn eines Annäherungsversuchs sein sollte, hätte der nicht mehr in die Hose gehen können.

Eilers lächelte ihr fragend entgegen. In einer Hand trug er den Rahmen, die andere hielt er hinter seinem Rücken verborgen, als verstecke er dort eine Überraschung. Auf einmal lag ein eigenartiger Geruch in der Luft.

»Schlägt Ihr kleines Herz noch für den Mann?«, fragte er.

»Lassen Sie mich!«

»Ist Ihnen nicht gut?« In seinen Augen lag keine Besorgnis. Sein Lächeln war wie eingefroren.

Dann ließ er den Rahmen zu Boden fallen und packte unvermittelt in Johannas Haar. Obwohl sie instinktiv zur Seite wich, bekam er mehrere Strähnen zu fassen. Sie schrie vor Schreck, aber da zerrte er bereits ihren Kopf nach hinten, und ihr Hut fiel zu Boden. Zugleich hielt er ihr den Mund zu. Nein, es war nicht nur eine freie Hand, die sich über den aufgerissenen Mund legte, sondern eine Menge nasser Stoff. Die Feuchtigkeit, die ihre Zunge berührte, schmeckte entsetzlich.

Er zerrte sie zu Boden. Johanna wehrte sich, schlug nach ihm, doch er blieb lautlos. Und ihre Schreie drangen nur gedämpft durch den nassen Stoff, der auch ihre Nase bedeckte.

Johanna landete auf dem Rücken. Sie spürte den hingefallenen Rahmen schmerzhaft unter sich, trat gegen den Schrank, schlug auf den Boden und verstand überhaupt nicht, wie sie in diese Lage gekommen war. Verzweifelt versuchte sie einzuatmen, doch das ging nur durch das Tuch.

Jetzt spürte sie eine schwere Last auf ihrem Oberkörper. Ihre Augen sahen nur noch verschwommen, aber es musste Eilers sein, der sie mit einem Knie niederdrückte, während er ihr weiter den Stoff ins Gesicht presste.

Johanna verspürte den Druck auf einmal kaum mehr. Nur noch die Sonne, die ihr ins Gesicht schien. Aber sie war doch drinnen!

Sonne? Ihre Gedanken wurden zäher. Sie kämpfte dagegen an, aber schon musste sie einen neuen Atemzug nehmen. Sie spürte nichts mehr. Es war, als hätte sie ihren Körper abgelegt wie ein Abendkleid nach einem langen Ball. Ihr Bewusstsein schwand. Sie wagte ein letztes Aufbäumen, doch bevor sie es in die Tat umsetzen konnte, war es ihr auch schon egal. Das Glimmen ihres Denkens verlosch, und sie verfiel in eine zähflüssige Dunkelheit.

Kapitel 28

Dienstag, 26. April 1887

Der Regen nahm an Intensität zu, als Rieker die Villa der Familie Ahrens erreichte. Er zahlte den Kutschenfahrer aus und lief über den Kiesweg zum Hintereingang.

Johanna Ahrens' Eltern durften keinen Wind von dem Vorhaben bekommen. Sie würden niemals zulassen, dass ihre Tochter als Lockvogel diente, um einen Frauenmörder zu fassen. Aber bevor es losging, musste er noch einmal mit ihr sprechen.

Er schellte am Hintereingang. Es dauerte einen Moment, bis eine ältere Frau öffnete, die – der Küchenschürze und dem aus der Tür dringenden Bratengeruch nach zu urteilen – die Köchin sein musste. Rieker lief das Wasser im Mund zusammen. Er hatte heute kaum etwas gegessen.

»Nein, die Herrschaften kaufen nichts«, sagte sie mit einem Blick auf seine für diese Gegend eindeutig unpassende Garderobe und wollte schon die Tür schließen.

»Ich bin kein Hausierer«, gab Rieker zurück. »Ich habe eine Nachricht für das Fräulein Anita.«

Die Köchin hielt inne und musterte den Besucher erneut. »Kommen Sie rein«, sagte sie schließlich. »Sie ist bei mir in der Küche.«

»Können wir uns unter vier Augen unterhalten?«, fragte Rieker drinnen. Anita sah ihn entgeistert an.

»Hat es etwas mit Fräulein Johanna zu tun?«, wollte die Köchin wissen.

»Nein, nein«, wiegelte Anita schnell ab.

»Es geht um eine Nachricht, die ich nur dem jungen Fräulein überbringen soll.«

»Wahrscheinlich von dem Jungen ... Du weißt schon, von Claas«, sagte das Mädchen.

»So ist es«, log Rieker spontan.

»Egal was Anita dir erzählt, sagen Sie dem Kerl von mir, dass er sich hier nicht blicken lassen soll, sonst bekommt er es damit zu tun!« Der Busen der Frau wogte, als sie drohend ein Nudelholz erhob.

Anita zog Rieker derweil am Ärmel aus der Küche und führte ihn in eine Art Näh- und Bügelzimmer.

»Ich muss Fräulein Johanna sprechen«, platzte Rieker heraus.

»Ich dachte, *Sie* wüssten, wo sie ist«, antwortete sie besorgt. »Sie ist schon den ganzen Tag verschwunden.«

»Sie war heute Vormittag bei mir«, bestätigte er.

»Aber sie wollte längst wieder zurück sein.«

»Sie wissen, worum es geht?«, fragte Rieker vorsichtig.

»Was sie bei Ihnen wollte, weiß ich nicht genau, aber ich denke, es hat mit den Morden zu tun? Und mit dem Herrn Staatsanwalt. Sie waren das, der sein Haus angezündet hat.«

Rieker winkte ab. Er spürte eine düstere Vorahnung in sich aufsteigen. Hatte Schermann sie etwa doch schon früher in seine Gewalt gebracht? Oder war sie nur aufgehalten worden?

Sie wusste, was heute Abend auf dem Spiel stand! Johanna Ahrens würde sich doch nicht davon abhalten lassen, Schermann zu überführen!

»Was sollen wir jetzt tun?«, fragte Anita bange. »Soll ich der Herrschaft Bescheid geben?«

»Wahrscheinlich hat sie noch etwas anderes zu erledigen gehabt und wird jeden Moment eintreffen«, sagte Rieker, doch das vermochte seine Sorge nur wenig zu mindern.

Er musste zurück in die Stadt. Eilers würde wissen, wohin sie nach dem Besuch bei ihm gewollt hatte.

»Falls sie gleich zurückkommt, sagen Sie ihr, dass es bei unserem Plan bleibt. Außer dass Kracht und zwei andere Polizisten auch da sein werden.«

»Was haben Sie geplant?«

»Das spielt jetzt keine Rolle«, sagte er. »Sagen Sie es ihr! Ich muss los.«

Es schüttete, als Rieker die Villa verließ. Er zog den Kragen hoch und rannte auf die Straße. Eine zweispännige Kutsche fuhr heran. Er winkte, aber der Fahrer machte nicht einmal langsamer.

Rieker lief los. Er musste zur nächsten Station der Pferdebahn.

Hätte er seinen Anzug getragen, wäre der komplett durchnässt gewesen, aber seine alte Jacke hielt das Wasser wenigstens notdürftig ab. Nur die Hose war vom Boden bis über die Knie völlig durchtränkt, als er endlich in die Pferdebahn sprang. Bei jedem Halt fluchte er vor sich hin, dass es nicht schneller ging.

Wahrscheinlich hatte Johanna in einer der Mietkutschen gesessen, die an ihm vorbeigeprescht waren. Vielleicht hatten sie nach der Auswahl des Fotos noch etwas wegen der Beerdigung morgen zu besprechen gehabt. Oder sie hatte Eilers begleitet, der Ansje Kalferers Leiche zur Aufbahrung beim Begräbnisfeld am Zoologischen Garten bringen wollte. Oder sie war zu Kalferer gegangen, um ihm seine Fotografie zu übergeben.

Egal. Die Grübelei brachte ihn nicht weiter. Rieker sah auf seine Uhr und fluchte so laut, dass die Leute um ihn herum entsetzt aufblickten.

»Glotzt woanders hin!«, pflaumte er in die Runde.

Irgendwie war Feuchtigkeit in seine Taschenuhr gedrungen. Ein feiner Schleier kondensierten Wassers hatte sich auf der inneren Seite des Glases gebildet. Rieker führte die Uhr zum Ohr. Sie tickte noch. Immerhin.

Als er aussteigen musste, hatte der Regen nachgelassen. Seine Füße waren kalt, der Kopf auch, aber er hatte keine Zeit zu klagen. Stattdessen lief er weiter, am Bestattungshaus Schelling vorbei, das Eilers' Onkel betrieb. Jetzt war es nicht mehr weit bis zum Totenfotografen. Rieker hoffte, dass sich die ungemütliche Fahrt samt nass gewordener Uhr gelohnt hatte und er Johanna Ahrens hier fand – er zumindest erfuhr, wo sie steckte.

Doch leider wurden beide Hoffnungen enttäuscht, denn die mit dem »Geschlossen«-Schild versehene Tür war abgesperrt.

Rieker schellte und klopfte trotzdem. Er lauschte. War da ein Geräusch? Schritte? Nein, alles blieb still. Er klingelte erneut, wartete einen weiteren Moment, aber das änderte nichts.

Vielleicht war Eilers in seiner Dunkelkammer! Er hatte doch gesagt, dass er im Keller eine hatte.

Rieker lief durch die Einfahrt in den Hinterhof und nahm die Rampe hinab. Sofort spürte er, wie sich die Härchen an seinem Nacken aufstellten. Er versuchte, seine Angst zu verdrängen, und drückte die Klinke. Ebenfalls verschlossen. Rieker klopfte erst vorsichtig, dann kräftiger gegen die Tür. Aber wie zu erwarten war, führte auch das nicht zum Erfolg.

Er ging wieder nach oben und hinter das Gebäude. Der Rasen war hoch und nass, Wasser tropfte von den Bäumen und lief deutlich hörbar durch die Dachrinne. Rieker spähte durch die hohen Glasscheiben ins Studio. Drinnen brannte kein Licht, sodass er den Kopf ganz nahe an die Scheibe bringen musste, um etwas zu sehen. Keine Spur von Eilers. Wahrscheinlich war irgendetwas wegen der Beerdigung zu besprechen und Johanna hatte den Fotografen begleitet. Das war eine vernünftige Erklärung. Oder Riekers Sorge war vollkommen unbegründet und Johanna längst zu Hause angekommen, während Eilers seinen Geschäften außerhalb des Studios nachging. Das Einzige, was ihn etwas verunsicherte, waren auf dem Boden herumliegende Fotografien an der gegenüberliegenden Wand. Ein zerbrochener Bilderrahmen lag daneben, was absolut untypisch für den sonst so aufgeräumten Eilers war.

Doch Rieker dachte nur einen kurzen Moment darüber nach, dann wandte er sich ab und ging zurück zur Straße. Im nachlassenden Regen stand er auf dem Trottoir, als er eine Stimme hinter sich hörte.

»Siehst ja aus wie ein begossener Straßenköter, Manne.«

Rieker schnellte herum. Wie aus dem Nichts kam Flippo über die Straße auf ihn zu. Früher war er ein Freund gewesen, doch jetzt? Rieker wusste nicht, wie er ihn nennen sollte.

»Spionierst du mir immer noch nach?«, fragte er angriffslustig und bereitete sich innerlich darauf vor, seine angestaute Wut an dem Berliner auszulassen. Nicht mit Worten, sondern mit den Fäusten!

»Jetzt komm erst mal aus dem verdammten Regen raus. Ist das eine Drecksstadt, die du dir da ausgesucht hast.« Er zog Rieker am Ärmel unter den spärlichen Schutz eines Erkers.

»Als wäre das Wetter in Berlin besser! Du verfolgst mich also weiter?«

Philipp zuckte mit den Schultern und grinste wie ein kleiner Junge.

»Ich hab dir doch gesagt, dass dein Vater mehr will.«

»Ich werde für ihn keine krummen Dinger drehen. Das kannst du ihm sagen!«

»Kann ich natürlich machen. Aber vielleicht habe ich ja auch etwas anzubieten.«

»Euer dreckiges Geld interessiert mich nicht«, sagte Rieker.

Sie drückten sich näher an die Hauswand, als eine Kutsche vorbeifuhr und Wasser aus einer Pfütze in ihre Richtung spritzte.

»Manchmal ist eine Auskunft wichtiger als Geld. Mir kommt es so vor, als würdest du diesen Fotografen suchen.«

»Was weißt du?«

»Und das Mädchen. Unübersehbar, dass du ständig mit ihr zusammen bist.«

Rieker ging ein Licht auf. Also hatte Philipp Johanna und Eilers in seine Gewalt gebracht, um ihn zu erpressen, damit er sich an irgendwelchen illegalen Geschäften seines Vaters beteiligte!

Rieker packte mit der Linken Philipps Kragen und zog ihn unsanft zu sich heran. Die Rechte war bereit für einen Schlag, aber Flippo wehrte sich nicht. Stattdessen hob er beide Hände in einer abwehrenden Geste.

»Hast dich wohl in die Kleine vergafft, was?«, fragte er mit eingefrorenem Grinsen.

»Unsinn!«, schimpfte Rieker. »Du hast doch keine Ahnung!«

Es konnte nicht sein, dass Schermann am Ende ungeschoren davonkam und Rieker für immer in diesem Archiv versauerte, nur weil sein Vater seine Stellung für eine Erweiterung seiner krummen Geschäfte ausnutzen wollte!

»Was hast du mit ihr gemacht? Wo ist sie?«

»*Gemacht?* Ach, du denkst ...« Flippo ging ein Licht auf. »Du denkst, ich habe deine Kleine?«

»Sie ist nicht meine Kleine!«, berichtigte Rieker ihn.

»Dann eben *die* Kleine, mir doch egal. Ich hab sie nicht, auch wenn es eine gute Idee gewesen wäre.«

Rieker spannte den Arm.

»Aber so Sachen mache ich nicht mehr«, wiegelte Flippo schnell ab. »Bin ja jetzt Familienvater und …«

»Flippo!«

»Gut, gut! Wie gesagt, ich hab sie nicht, weiß aber vielleicht was über sie.«

Rieker packte seinen Kragen noch fester.

»Du solltest mich lieber loslassen, Manne. Sonst sind wir die längste Zeit Freunde gewesen!«

Rieker löste seinen Griff, hielt aber die Rechte weiter schlagbereit erhoben.

Philipp richtete in aller Ruhe seine Jacke.

»Jetzt sag schon! Was weißt du?«

»Dafür, dass ich dir helfen soll, bist du ein ziemliches Arschloch«, stellte Flippo fest.

Riekers Sorge wuchs immer mehr. »Jetzt rück endlich raus damit! Es ist verdammt wichtig!«

»Was habe *ich* denn davon?«

»Was willst du?«

Philipp grinste über beide Backen. »So eine Frage höre ich gerne.«

»Du solltest es besser nicht übertreiben!«, stieß Rieker hervor.

Philipp nickte. »Weißt du, was? Als Beweis meiner aufrichtigen Freundschaft kriegst du die Auskunft heute einfach so. Ohne Gegenleistung. Wegen der guten alten Zeit und weil du nicht nur mein Freund, sondern sozusagen mein Schwager bist.«

»Wo ist Johanna? Ist sie in Gefahr?«

Philipps Grinsen verschwand. Er nickte.

»Ich habe gesehen, wie ihr hier angekommen seid und sie mit dem Fotografen reingegangen ist. Dieser Eilers ist nach einer knappen halben Stunde alleine wieder rausgekommen.«

»Alleine?«

Philipp nickte. »Von ihr keine Spur. Dabei war ich die ganze Zeit da. Als er fort ist, habe ich mich von außen ein bisschen umgesehen. So wie du eben. Alles war dunkel und von dem Mädchen keine Spur. Aber dann ist er zurückgekommen ...«

»Was soll das heißen?«

»Na, er war nicht lange weg«, erklärte Flippo. »Er ist mit einem Leichenwagen aufgetaucht, da durchs Tor, und hat dann eine Leiche in den Sarg gelegt. Verpackt in einen Sack.«

»Also entweder sie ist da noch drin«, fasste Rieker zusammen und zeigte auf das Haus des Totenfotografen, »oder er hat sie in einem Sarg mit einem Leichenwagen weggeschafft. Aber warum?«

»Ich denke, sie war in dem Sack«, sagte Philipp mit wenig Bedauern in seiner Stimme. »Tut mir leid.«

Rieker dachte nach und schüttelte den Kopf. Bei der abtransportierten Leiche musste es sich um Ansje Kalferer gehandelt haben, die Eilers zur Aufbahrung bringen musste.

»Der Mann fährt ständig Tote hin und her«, entgegnete er. »Johanna ist da wahrscheinlich längst aus dem Haus raus gewesen. Vielleicht hast du einen Moment nicht hingesehen!«

»Wie du meinst«, gab Philipp gleichgültig zurück. »Ich habe dir gesagt, was ich weiß. Deine Schlüsse musst du selbst ziehen.«

»Verdammt!«, stieß Rieker hervor, wandte sich um und lief zum Haus. Er musste diese Unsicherheit loswerden!

»Hast dich wohl doch vergafft!«, rief Flippo ihm nach.

Kapitel 29

Dienstag, 26. April 1887

Laute Geräusche holten Johanna aus großer Schwärze zurück in die Wirklichkeit. Sie verspürte einen pochenden Kopfschmerz im Takt ihres Herzschlags.

Bruchstückhaft und quälend drangen die Erinnerungen in ihr Bewusstsein. Rieker, Schermann, Ansje, Doris Sinterbrok, Eilers. Der Kampf im Studio!

Ein bitterer Geschmack füllte ihren Mund aus, aber lange nicht mehr so beißend wie vorhin. Ein kaltes Band lief so stramm über ihre Stirn, dass sie den Kopf nicht bewegen konnte. Ein zweites war unterhalb der Nase schmerzhaft fest über ihren Mund geschnallt. Noch mehr aber tat das Band weh, das von unten gegen ihr Kinn drückte und die oberen und unteren Zahnreihen aufeinanderpresste, als biße sie mit aller Kraft zu. Auch Arme und Beine waren starr fixiert. Johanna bemerkte, dass sie auf einem Hocker mit kleiner Sitzfläche saß. Sie spürte das Fleisch ihres Pos über den Rändern. Und sie fror.

Die Augen zu öffnen, war anstrengend und brachte außer der Erkenntnis, dass man ihr einen Stoffsack über den Kopf gezogen hatte, erstaunlich wenig. Das Leinen war so dicht gewebt, dass sie durch die Maschen nichts sehen konnte.

Johanna hörte ein schrecklich mitleiderregendes Wimmern. Es dauerte einen Moment, bis ihr bewusst wurde, dass sie selbst dessen Quelle war.

»Ach, wirst du endlich wach.«

Die Stimme von Jakob Eilers. Was hatte er mit ihr gemacht? Johanna wollte antworten, konnte aber nur ein erneutes Wimmern durch die Nase von sich geben. Sie erntete ein kehliges Lachen. Dann spürte sie durch den Sack eine Hand, die sich zwischen den Eisenbändern auf ihren Hinterkopf legte.

»Sei ganz ruhig«, flüsterte er in einem einschläfernden Ton. »Sei ganz ruhig. Dein Schicksal ist sowieso unabänderlich.«

Was? Warum? Sie schrie die Fragen in ihrem Kopf, doch erneut drangen nur Wimmerlaute hinaus. Johanna versuchte, die Arme und Beine zu bewegen, spürte aber schnell, dass auch diese von Stahlbändern in einem regungslosen Zustand gehalten wurden. Einzig die Finger ließen sich bewegen, allerdings hatte sie kaum noch Gefühl darin. Kam das von den Fesseln, die das Blut abdrückten? Oder wirkte dort das Betäubungsmittel nach, das Eilers benutzt hatte?

Die Hand an ihrem Kopf setzte sich in Bewegung. Zu ihrem Entsetzen fuhr sie ihren Nacken herab und erreichte ihre ebenfalls festgeschnallten Schultern und dann den Rücken. Ihr wurde übel, als sie Eilers Hand über ihre nackte Haut streicheln spürte. Sie versuchte, den Rücken wegzudrücken, doch auch unterhalb ihrer Brüste verlief eine Befestigung, die jegliche Bewegung des Brustkorbs verhinderte.

Ein plötzlicher, stechender Kopfschmerz nahm ihr ganzes Denken ein. Sie wusste nicht, ob der gewaltige Druck auf ihren Zähnen für die Attacke verantwortlich war oder die nachlassende Betäubung.

»So ein schöner Rücken«, flüsterte Eilers neben ihrem Ohr.

Johanna konnte nur erneut wimmern.

Er zeichnete mit einer Fingerspitze einen Kreis auf ihrer empfindlichen Haut … nein, eine Spirale, die sich ganz langsam immer weiter einem Punkt annäherte, der in Höhe ihres Herzens lag. Als er dort ankam, verstärkte er den Druck kurz.

»So zarte, reine Haut. Wie du wohl riechst?«

Er ging hinter ihr auf die Knie und sog deutlich hörbar die Luft durch die Nase ein. Sie geriet in Panik, und ihr Wimmern wurde flehend, klang jedoch nicht anders als zuvor. Johanna wusste, dass sie einen klaren Kopf bewahren musste. Es gab bestimmt irgendeinen Ausweg aus dieser Lage, auch wenn sie dem ersten Anschein nach hoffnungslos wirkte.

Jetzt spürte sie Küsse auf ihrem Rücken, warme Lippen auf ihrer kalten Haut, eine nasse Zunge. Es ekelte sie.

»Da drin ist es. Dein Herz«, sagte Eilers andächtig und presste seine Wange auf die Stelle.

Mit einer Hand umfasste er ihren Körper. Er legte sie auf ihre Brust. Auch hier war sie nackt! Was würde dieses Tier mit ihr tun?

Doch dem Totenfotografen schien es weniger um ihre weiblichen Attribute zu gehen.

»Es schlägt ganz schnell«, flüsterte er hinter ihr. »So aufgeregt, als würde es sich schon freuen.«

Johanna wollte es Eilers nicht zu leicht machen. Mit ganzer Kraft stemmte sie sich gegen die Fesseln. Doch sie merkte bald und mit wachsendem Entsetzen, dass sie sich bis auf die Finger und die Zehen wirklich keinen Deut bewegen konnte.

»Wehr dich nicht dagegen«, bat Eilers sie ganz ruhig, die Hand weiter auf ihrer Brust.

»Oh, es schlägt so wild und kraftvoll. Ich freue mich schon darauf, es nachher in Händen zu halten und zu liebkosen!« Ein verrücktes Lachen drang durch den Stoff an ihr Ohr.

Ihr Herz liebkosen? Nachher?

Erst jetzt wurde ihr klar, was der Fotograf vorhatte. Sie war so sehr damit beschäftigt gewesen, aus der Betäubung zu erwachen, ihre Lage zu prüfen und die Berührungen des Mannes zu ertragen, dass ihr Geist absolut überfordert war. Langsam erwachte er – und brachte schreckliche Erkenntnisse. Johannas Anspannung wurde so überwältigend, dass ihr Wimmern in ein Schluchzen überging. Ein Weinkrampf wollte sie schütteln, aber selbst dafür war sie zu fest angeschnallt.

»Weinst du?«, fragte Eilers.

Endlich nahm er seine Wange von ihrem Rücken und die Hand von der Brust. Er stand auf, zog an dem Sack, und auf einmal konnte Johanna ihre Umgebung wahrnehmen. Ein greller, auf sie gerichteter Lichtschein blendete sie. Offenbar gab es hier mehrere Lampen. Langsam gewöhnten sich ihre Augen an die Helligkeit. Sie war nicht mehr im Studio des Fotografen. Das musste ein Raum in seinem Keller sein.

»Nicht weinen. Du bekommst sonst keine Luft, mein Liebchen!«, sagte er in einem mitfühlenden Ton.

Er holte ein Taschentuch hervor, wischte ihr die Tränen aus den Augen und den Rotz von der Nase und forderte sie zum Schnäuzen auf.

»Braves Kind. Schau dich ruhig um. Es ist nicht der schönste Ort, aber ich glaube, du hast im Moment andere Sorgen.«

Sie befand sich wirklich in einem Kellerraum. Gaslicht erhellte eine Vielzahl von Metallrohren in einem Regal vor ihr. Offenbar handelte es sich um ein Lager. Es gab dicke Rohre, aber auch Verbindungsstücke, verstellbare Doppelringe, um die Rohre zu einem Gestell zu formen wie das, das sie beim Fotografieren oben gesehen hatte. Und ein solches musste es sein, das sie gefangen hielt.

»Mit diesen alten Rohren habe ich früher die Toten befestigt, bis ich die neuen, beweglicheren Gestelle entwickelt habe«, sagte er irgendwo hinter ihr. »Die Dinger waren einfach zu schwer und zu unhandlich. Sie ins Studio zu bringen, war jedes Mal eine gewaltige Plackerei.«

Anhand seiner Stimme konnte Johanna einschätzen, wo er sich befand im Raum. Er kam nun näher, tauchte rechts von ihr auf und stellte sich so nah vor sie, dass sie nur seinen Bauch, die Leistengegend und die Oberschenkel sehen konnte. Zum Glück war er vollständig bekleidet. Er ging in die Knie. Jetzt kam sein Gesicht in die Höhe des ihren.

Der Mann sah nicht anders aus als sonst. Was war nur mit ihm? Wieso tat er ihr so etwas an?

»Aber hier haben mir die Rohre gute Dienste erwiesen«, sprach er und kam ihr immer näher. Sie roch seinen Atem, bevor er sie auf die Nasenspitze küsste. Sie wollte schreien, aber das Eisen über ihrem Mund ließ nur ein Wimmern heraus.

Sein Gesicht nahm einen theatralisch-traurigen Ausdruck an. »Oh, das ist das Manko eines einsamen Mannes«, sagte er übertrieben. »Ich bin ja so allein, dass ich den richtigen Abstand nicht einschätzen kann.« Ein Grinsen verzerrte seine Miene. »Jetzt kann ich dir so nah sein, wie ich will!«

Er leckte ihr über die Wange bis zur Nase. Dann nahm er seinen Kopf etwas zurück.

»Beinahe wärst du mir zwischendurch aufgewacht«, sprach er weiter, »aber ich habe die Dosis noch mal erhöht. Normalerweise ist es leichter, jemanden festzuschnallen, als bei dir. Die anderen sind ja *vorher* schon tot.« Er kicherte über seinen eigenen Scherz. »Bei dir dauert es noch eine Weile. Ja, ich habe etwas Besonderes vor mit dir. Etwas ganz Besonderes! Oh, ich bin richtig aufgeregt vor Vorfreude!«

Er legte ihr eine Hand auf die trockene Wange und streichelte darüber.

»Es wird sehr, sehr wehtun«, kündigte er mitfühlend an.

Seine Worte ließen Johanna frösteln. Sie wimmerte. Wenn sie nur sprechen könnte! Sie senkte die Augen und sah ihn wieder an. Dann blickte sie erneut nach unten und wieder auf.

»Willst du mir etwas sagen?«, fragte er.

Sie nickte, indem sie ihre Pupillen wie eben abwechselnd nach oben und unten richtete, wie ein Nicken des Kopfes.

»Du willst doch nur schreien«, stellte Eilers überlegen fest.

Johanna wollte den Kopf schütteln, musste aber auch hierbei dazu übergehen, die Augen horizontal hin- und herzubewegen. Sie legte ein Flehen in ihren Blick.

Es klappte. Sie merkte Eilers an, dass er nachdachte.

Johanna intensivierte ihren flehenden Blick. Wenn er das Band von den Lippen und die Befestigung ihres Kinns entfernte, würde sie mit ihm reden können! Sie hätte die Möglichkeit, ihn zu überzeugen, sein grauenhaftes Vorhaben aufzugeben. Und der unfassbare Druck auf ihre Zähne würde nachlassen!

Doch zu ihrer maßlosen Enttäuschung schüttelte der Totenfotograf den Kopf.

»Mm mmmmm mm mmm!«, gab Johanna von sich.

»Ich muss dich jetzt erst mal kurz alleine lassen«, sagte er. Einen Moment später spürte Johanna, wie ihr der Sack übers Gesicht gezogen wurde. »Aber keine Angst, ich komme ganz sicher zu dir zurück!«

Ihr Wimmern ging in seinem Lachen unter. Dann nahm sie Schritte wahr, das Geräusch leicht knarzender Türangeln und anschließend das Zuziehen der Tür in ihrem Rücken. Zuletzt hörte sie, wie diese mit einem Schlüssel von außen verriegelt wurde.

Johanna war alleine in diesem Keller. Ohne Hoffnung, dass jemand sie finden würde. Wie es aussah, musste sie sich darauf einstellen, den nächsten Tag nicht mehr zu erleben.

Kapitel 30

Dienstag, 26. April 1887

Rieker rannte in den Garten und spähte noch einmal durch die Scheibe ins Studio. Fotos lagen herum. Ein Rahmen. Und daneben befand sich etwas, was er vorhin nicht gesehen hatte, weil ein Stuhl die Sicht versperrte.

Alarmiert sprang er zur Scheibe nebenan. Aus diesem Winkel erkannte er mehr: Es handelte sich um einen Hut. Einen Damenhut. Den Hut, den Johanna Ahrens getragen hatte!

Rieker drehte sich zur Seite und hieb seinen Ellenbogen gegen das Glas. Die Scheibe zersplitterte lautstark in große Stücke, die auf dem Boden des Studios klirrend zu kleineren zerschellten. Im Rahmen steckten noch scharfe Kanten. Rieker achtete darauf, ihnen nicht zu nahe zu kommen, als er durch das Loch griff und die Tür öffnete.

Johanna hätte ihren Hut nicht einfach so hier liegen lassen! Etwas Schlimmes musste passiert sein. Die Fotografien zeigten alle Johanna und ihre ermordete Freundin. Es handelte sich um Aufnahmen aus diesem Studio. Auf den Abzügen sah Ansje Kalferer überhaupt nicht tot aus. Nur dass ihre Haltung auf fast allen Bildern gleich war, ließ sich als Hinweis auf ihren Zustand deuten.

Rieker hob den Hut auf. Dahinter bemerkte er ein Tuch, das klamm war und eigenartig roch. Süßlich und scharf zugleich. Das konnte Chloroform sein!

Rieker sah sich weiter um. Nichts.

Es gab nur zwei Möglichkeiten: Entweder Johanna Ahrens befand sich irgendwo hier in diesem Gebäude – oder Eilers hatte sie auf den Leichenwagen gewuchtet und im Sarg abtransportiert. Er musste es zuerst hier versuchen.

Rieker riss die Tür zum Keller auf und blickte entschlossen in die dunkle Tiefe hinab. Doch seine Entschlossenheit wich schnell der Beklemmung. Er atmete durch und rieb sich über die feuchte Stirn. Es half nichts, er musste sich überwinden! Sein Bewusstsein verstand das, aber seine Angst sorgte dafür, dass ihm das Herz dennoch bis zum Hals schlug, als er die ersten Stufen hinabstieg.

»Hallo? Johanna? Fräulein Ahrens?«

Immerhin gab es im Kellergang ein wenig Licht, das über das schmale Fenster oberhalb des äußeren Zugangs hineinschien. Es war eisig kalt.

Rieker kannte den Weg von der anderen Seite. Er ging zu der Metalltür und öffnete sie. Wie es Eilers beim letzten Mal gemacht hatte, drehte er am Gasregler und drückte den Zünder. Die Flammen begannen zu singen, dann gaben sie Licht ab. Rieker regulierte das Gas, bis ein heller Schein den Raum erleuchtete.

Erschrocken wich er zurück. Ein alter Mann mit weißem Bart und blauer Haut lag auf der fahrbaren Bahre. Auf seiner Brust lag, fein gefaltet, eine Kapitänsuniform samt Mütze. Neben ihm saß eine an einen Stuhl geschnallte

Frau: Ansje Kalferer blickte ihm aus starren Augen entgegen, die Hände im Schoß, ein Lächeln auf den roten, toten Lippen.

Gebannt ging Rieker auf sie zu. Er erwartete jeden Moment ein Blinzeln, aber das blieb aus. In dem Regal hinter ihr entdeckte er zwei Einmachgläser. In beiden schwamm in einer leicht gelblichen Flüssigkeit ein faustgroßes Stück Fleisch.

Angeekelt wich er zurück. Es handelte sich um Herzen! Eines war dunkelgrau, das andere sah leicht beige aus. Darunter befand sich ein Holzkasten, der acht Einmachgläsern Platz bot. Drei fehlten.

Riekers Verstand war überfordert hier in diesem grauenhaften Keller. War etwa Eilers der Herzmörder? Wie konnte das sein? Angestrengt versuchte er, einen Sinn in das zu bringen, was er sah.

Wenn Ansjes Leiche noch hier war und Johanna verschwunden, dann konnte das nur bedeuten, dass Eilers die Tochter des Richters im Leichenwagen abtransportiert hatte. Und er hatte offenbar eines dieser Einmachgläser eingepackt. Aus alldem konnte man schließen, dass Johanna zu dem Zeitpunkt des Abtransports noch gelebt hatte. Sie war mit Chloroform betäubt und dann zur Tarnung in einen Sarg gesteckt worden.

Eilers musste sie an einen Ort gebracht haben, wo er sie in Ruhe ermorden konnte. Aber wo war das?

Rieker öffnete die Tür, die vom Keller zur Rampe führte. Er rannte hinaus in den Regen und sah sich auf der Straße nach Philipp um. Der Berliner war nicht mehr zu sehen.

Verdammt. Wenn man diesen Kerl brauchte, war er nicht da.

Das Wasser rann Rieker aus den Haaren über die Stirn und die Wangen hinab bis zum Kinn. Verzweifelt versuchte er, einen klaren Gedanken zu fassen. Was wusste er über den Totenfotografen? Eigentlich so gut wie gar nichts! Er hatte ihn kennengelernt, weil die tote Ansje bei ihm war. Eilers hatte sie abgeholt, in Johannas Auftrag. Er hatte Kalferer davon überzeugt, dass eine Totenfotografie gemacht werden durfte, und festgestellt, dass Ansje das Herz entfernt worden war.

Das ergab überhaupt keinen Sinn! Es sei denn, er wollte mit seiner Tat noch mehr schockieren … oder angeben.

Das brachte alles nichts, so kam er nicht weiter. Seine Gedanken drehten sich einfach nur im Kreis.

»Hey, hau ab«, brüllte ihn ein Kutscher an, der vorbeifuhr.

Rieker brauchte einen Moment, bis ihm klar wurde, dass er mitten auf der Straße stand. Der Kutscher fuhr in die Richtung, aus der Rieker gekommen war, vorbei am Bestattungshaus Schelling.

Das war es! Statt vor dem Fuhrwerk zu weichen, hob er gebieterisch die Hand. Der Kutscher fluchte, brachte die Pferde aber vor Rieker zum Stehen.

»Criminalpolizei. Ich fahre nur ein Stück mit. Ich muss zum Bestattungshaus Schelling«, rief er und sprang auf das Fußeisen, um auf den Bock zu steigen. »Na los, fahren Sie schon zu!«, befahl er aufgeregt.

Rieker fand Wilhelm Carl Schelling kurz darauf in einem mit viel dunkelrotem Samt und schwarzen Tüchern geschmückten Raum, in dem mehrere Särge zur Ansicht aufgereiht waren.

»Wer in Gottes Namen sind *Sie*?«, fragte der voluminöse Bestatter und schob den triefenden Commissar vom dichten Teppich auf den Fliesenboden.

»Hermann Rieker, Hamburger Criminalpolizei«, stellte er sich atemlos vor. »Wo kann sich Ihr Neffe aufhalten?«

»Wieso wollen Sie das wissen?«

»Reden Sie, es geht um Leben und Tod!«

Der Bestatter sah nicht aus, als würde ihn das sonderlich bewegen. Für ihn ging es immerhin jeden Tag um Leben und Tod.

»Er hat hier ganz in der Nähe sein neues Studio«, sagte Schelling verunsichert.

»Das neue Studio!«, rief Rieker. »Da ist er nicht. Aber gibt es noch das alte Studio?«

Der Bestatter nickte.

Als Rieker von Schelling erfuhr, dass sein Neffe das alte Studio am Billhafen noch als Lager nutzte, war ihm sofort klar, wo Johanna sich befinden musste.

Zurück auf der Straße fluchte er, weil der Kutscher entgegen seinem Befehl einfach weitergefahren war. Rieker rannte los in Richtung der Pferdestraßenbahn, aber noch bevor er dort ankam, näherte sich ihm von hinten Hufgetrappel. Eine Mietkutsche! Er stieg zu und versprach dem Fahrer die doppelte Taxe für die Strecke zum Billhafen, wenn er sich besonders beeilte.

Der Kutscher ließ die Peitsche knallen und trieb den ohnehin erbärmlich aussehenden Schimmel zu Höchstleistungen an. Trotzdem dauerte es eine gefühlte Ewigkeit, bis der Verkehr schwächer wurde und sie sich endlich unter einer Bahnbrücke hindurch dem kleinen Hafen näherten. Hier irgendwo in der Nähe war auch die Leiche von Doris Sinterbrok gefunden worden, wurde Rieker klar.

Eine Reihe von Schuten tanzte schwerfällig im Wasser, antriebslose Lastkähne, die von ihren Fahrern mit Peekhaken und Staken bewegt wurden. Zwei Ewer steuerten unter Segel an ihnen vorbei aus dem Bassin in den Oberen-Hafen-Canal, den eine lange Landzunge vom Hafen abtrennte. Der darauf stehende Kran verlud mit einem Greifer Alteisen in weitere Schuten. Gerade war eine voll, und die Männer stießen den tief im Wasser liegenden Kahn mit langen Stangen vom Ufer ab. Eine andere Schute nahm derweil ihren Platz ein.

Hinter dem Deich säumte eine Reihe von Lager- und Kleinhandelsgebäuden das Ufer, am hinteren Ende wuchs ein Stahlgerüst in die Höhe. Dort befand sich eine Brücke im Bau. Die Droschke fuhr in diese Richtung und unter der Billhorner Brücke durch, die nur ein kleines Stück weiter in die neue Elbbrücke übergehen sollte.

»Billwärder neuer Deich«, kündigte der Fahrer an. »Ich kenne mich hier nicht so aus.« Er fuhr langsamer weiter, bis er rief: »Da muss es sein.«

Die Hausnummer 67 hing schief an einem Pfosten, von dem aus ein Weg zu dem niedrigen Gebäude mit unverputzter Backsteinfassade führte, das etwas abseits von den

Betrieben und Hafenanlagen erbaut war. Es sah aus, als stehe es leer und müsse bald dem Brückenbau weichen, so wie Schelling es Rieker nach einigem Bitten, Betteln und zuletzt auch Drohen gesagt hatte.

Rieker sprang aus der Kutsche.

»Fahren Sie zur nächsten Polizeiwache. Die sollen alles an Verstärkung schicken, was geht!«, befahl Rieker und rannte los, auf das Haus zu.

Kapitel 31

Dienstag, 26. April 1887

Johanna kämpfte gegen ihre Fesseln an, bis ihre Muskeln qualvoll verkrampften, aber auch dann ließ sie nicht nach. Sie wusste, dass der Schmerz, den sie zu erleiden haben würde, wenn sie sich nicht befreien konnte, weitaus größer wäre.

Doch ihr Körper war so dermaßen fest an das Gestell geschnallt, dass keines der geflochtenen Eisenbänder sich auch nur um ein winziges Stück weitete, löste oder verrutschte. Davon, sich befreien zu können, konnte gar keine Rede sein. Obwohl es kalt und feucht war in diesem Keller, schwitzte sie von der sinnlosen Anstrengung. Aber alles war besser, als wie ein Lamm auf Eilers Rückkehr zu warten.

Vor Angst und mit dem Kopf unter einem Leinensack hatte Johanna ihr Zeitgefühl verloren. Auf jeden Fall kam das Geräusch, das sie jetzt hörte, zu früh. Der Schlüssel drehte sich im Schloss. Ihr wurde speiübel.

»Na, hast du mich vermisst?«, fragte Eilers.

»Bitte, lassen Sie mich gehen!«, wollte Johanna betteln. Doch außer einem Wimmern konnte sie keinen Laut von sich geben.

Eilers zog ihr den Sack vom Kopf und beugte sich zu ihr.

»Wenn ich nur wüsste, wie ich es richtig mit dir hinbekomme«, überlegte er laut.

Er holte von außerhalb ihres Blickfeldes einen Stuhl mit Armlehnen und gepolstertem Sitz heran, stellte ihn vor ihr auf und setzte sich so hin, dass er ihr genau in die Augen schauen konnte. Johannas Angst wuchs ins Unermessliche.

»Kannst du dir vorstellen, dass ich bis vorhin in der Totenhalle gar nicht gewusst habe, wie die Hure hieß, die ich am Samstag getötet habe?«

Johanna verdrehte die Augen vor Angst.

»Doris Sinterbrok also. Bei mir hat sie sich Dolly genannt.«

Er schüttelte den Kopf, als fühlte er sich betrogen.

»Sie hat gebettelt, dass ich sie am Leben lassen soll, weil ihr Kind sie braucht. Deswegen habe ich dich so angeschnallt, dass du nicht so viel reden kannst. Durch Übung und Erfahrung wird man jedes Mal ein bisschen besser.«

Sein Blick fuhr ihren gefesselten Körper ab. Er wirkte aufgeregt.

»Doris Sinterbrok hat es gar nicht so schwer gehabt, auch wenn es im Nachhinein schlimm aussah.« Er setzte ein betrübtes Gesicht auf. »Das hier«, er zeigte herum, »ist übrigens mein altes Atelier. Also dieser Raum ist nur das alte Lager. Das Studio war oben. Da habe ich auch eine Zeit lang gewohnt. Doris Sinterbrok habe ich in meinem alten Bett erstochen.«

Johanna war außer sich.

»Ein paar Stiche in ihren Rücken, und das hübsche Ding

war schon tot. Keine fünf Minuten hat es gedauert. Aber mir ging es auch nicht darum, es hinauszuzögern. Ich wollte einfach nur an ihr Herz. Spüren, wie es sich anfühlt, wenn man es warm aus dem Leib holt. Oh, das war eine Menge Blut!«

Er blickte ihr genau in die Augen. Er musste nicht lange darin suchen, um ihre Angst zu finden. Alles, was Johanna tun konnte, war, zur Seite zu blicken.

»Bei dir will ich etwas anderes probieren«, erklärte er.

»Es war wirklich ein Wink des Schicksals, als du wegen der toten Ansje zu mir gekommen bist. Als ich bei den Vorbereitungen für die Fotos gemerkt habe, dass ihr Herz von hinten erreichbar war, hat es mich regelrecht überkommen.«

Er blickte über Johanna hinweg in die Ferne.

»Ich habe es ihr aus dem toten Leib geholt. Ganz kalt und steif war es. Dann habe ich es in Alkohol eingelegt. Verdammt, die Herzen sind im Studio!« Der letzte Satz war nicht an Johanna gerichtet, sondern an sich selbst: »Die Gläser kannst du nachher noch verstecken, Jakob«, murmelte er und nickte daraufhin wie zur Antwort.

Zu Johanna sagte er: »Gläser, ja. Das Herz von Ansje in der Hand zu halten, war aufregend. Trotzdem war ich ein wenig enttäuscht. Zum einen, weil es schon kalt und hart war, zum anderen, weil das Ding nicht durch meine Hand gestorben ist. Das Herz von Dolly – Verzeihung, Doris – war dann wie ein Gesellenstück. Ich habe es warm aus ihrem Leib geschnitten, gewaschen und ebenfalls eingelegt. Das war viel schöner, viel kunstvoller.« Er lächelte selig.

Johanna aber wollte das nicht hören. Sie brüllte, so laut sie konnte: »Mmmmmmmm!«

»Ich höre, du ahnst schon, was wir beide gleich vorhaben«, meinte er erfreut. »Du sollst mein *Meisterstück* werden. Ich will zusehen, ob es wohl möglich ist, mich über den Rücken an dein schlagendes Herz vorzuschneiden und es bei lebendigem Leib in deiner Brust zu berühren!«

Er blickte sie triumphierend an. »Wenn es so klappt, wie ich es mir vorstelle, wirst du erst sterben, wenn ich es dir daraufhin bei hoffentlich vollem Bewusstsein aus dem Leib schneide. Das wird das Glanzstück meiner kleinen Sammlung.«

Er erhob sich aus seinem Stuhl und schob ihn zur Seite.

»Damit du nicht zu laut wirst, habe ich dir den Kinnriemen angelegt. Tut es weh? Ich wette, dass es das tut. Ich habe die Bänder schön fest angezogen.« Er streichelte ihr über die Wange zu dem Eisenband, das über ihren Mund verlief.

Johanna fühlte sich vor Entsetzen wie eingefroren. Sogar ihre Angst war gelähmt. Sie wünschte, die Qualen, von denen er sprach, wären schon vorbei und alles hätte ein schnelles Ende. Wenn sie nur ihren Eltern noch sagen könnte, wie sehr sie sie liebte und wie dankbar sie ihnen war.

Sie musste an Rieker denken, der wahrscheinlich am Fährhaus darauf wartete, dass sie auftauchte. Wer würde enttäuschter sein, dass sie spurlos verschwunden war, der Staatsanwalt oder der Criminalcommissar? Einen einzigen winzigen Triumph verspürte sie: Mit ihrem Verdacht gegen Schermann hatte sie offensichtlich doch recht gehabt. Er hatte Ansje also wirklich getötet, und Rieker somit den richtigen Mörder verhaftet. Dass es einen zweiten Mann gab, der Schermanns Mord auf pervertierte Weise nachspielen wollte, hatte niemand ahnen können.

Eilers redete weiter auf sie ein, während er grauenvolle Werkzeuge auf einem Teewagen zurechtlegte, albtraumhaft geformte Zangen, Skalpelle und Sägen. Sie hörte seine Worte darüber, wie er ihre Leiche morgen an Ansjes Stelle begraben lassen wollte. Sie bekam seinen Wunsch mit, sich später weitere Opfer zu suchen, mehr zu lernen und neue Methoden zu erproben, seine Sammlungen zu vervollständigen. Sie vernahm das alles, aber ihr Gehirn blendete die furchtbarsten Einzelheiten aus.

»Vielleicht sollten wir jetzt einfach mal anfangen«, schlug Eilers vor, »bevor du noch richtig frierst. Du zitterst ja wie Espenlaub! Gleich wird dich die Kälte nicht mehr stören.«

Er verließ ihr Gesichtsfeld und kehrte mit einem Messer in der Hand zurück, dessen handtellerlange, doppelschneidige Klinge im Licht blitzte.

»Das hat mir schon bei Doris Sinterbrok gute Dienste geleistet.« Er lachte boshaft, als er hinter sie trat und das Messer mit der scharfen Spitze über ihre Haut am Rücken tanzen ließ.

Johanna spürte die Ohnmacht kommen und hieß sie freudig willkommen. Sie würde ihr den Tod hoffentlich erträglich machen, sie vor allzu großen Qualen schützen.

»He, nicht ohnmächtig werden!«, drang Eilers' wütende Stimme bis zu ihr vor. »Nicht bevor wir richtig anfangen!«

Kapitel 32

Dienstag, 26. April 1887

Die Tür zu dem heruntergekommenen Haus war unverschlossen. Rieker betrat einen staubigen Flur, auf dem man frische Fußspuren in beide Richtungen erkennen konnte. Gespannt bis zum Äußersten hielt er die Luft an. Er lauschte, aber außer dem Poltern, das zu hören war, wenn der Kran draußen Metall in den Bauch des Kahns fallen ließ, herrschte in diesem Haus absolute Totenstille.

In einem Kompromiss aus leiser und schneller Fortbewegung erreichte Rieker einen Raum. Durch die vernagelten Fenster drang gerade genug Tageslicht herein, um in ihm das frühere Studio zu erkennen. An einem Ständer hing noch der zerfetzte Hintergrund einer Hügellandschaft. Davor stand ein altes Bett, über dem eine Metallstrebe verlief.

Es war fast wie bei Schermann im Keller, schoss es Rieker durch den Kopf. Allerdings lag kein Teppich unter dem Bett. Der bloße Dielenboden darunter wirkte jedoch wie frisch geputzt.

Rieker ging in die Knie. Er bemerkte ein paar Spritzer dunkler Flüssigkeit gerade außerhalb des gereinigten Bereichs. Er zweifelte keine Sekunde daran, dass es sich dabei um Blut handelte. Offenbar war er hier richtig!

Aber Johanna war nicht da. Hatte Eilers sie in einen anderen Raum gebracht? Rieker musste das Haus weiter durchsuchen. Und er musste sich beeilen. Er bückte sich nach einer Metallstange, die er als Waffe nutzen konnte, und schlich weiter zur nächsten Tür.

Rieker öffnete sie und spähte in eine fensterlose Kammer mit mehreren hintereinander aufgestellten Waschtischen. Wahrscheinlich die alte Dunkelkammer.

Der nächste Raum war kleiner und bis auf eine von Ratten angenagte Kiste leer.

Rieker befand sich nun so weit im Haus, dass kaum Licht auf den Boden fiel, aber seine Augen gewöhnten sich schnell an die Dunkelheit. Zumindest reichte das Licht gerade noch aus, um die Spuren im Staub zu erahnen, die alle zur nächsten Tür führten.

Rieker schreckte zusammen. Er hatte etwas gehört. Ein Wimmern, ein Fiepen, so schwach, dass er die Quelle nicht ausmachen konnte. Wie zur Salzsäule erstarrt wartete er ab, ob sich das Geräusch wiederholen würde.

Nein. Vermutlich spielte ihm sein Geist wieder einen Streich, so wie bei Schermann im Keller. Er lauschte angestrengt, aber das Geräusch kehrte nicht zurück. Sogar das Poltern des Altmetalls im Hafen war nur noch dumpf zu vernehmen.

Rieker drückte den Knauf, zog die Tür auf und atmete angespannt ein. Seine schlimmste Befürchtung bestätigte sich: Eine Treppe führte nach unten. Dass er hier richtig war, bewies ein von dort kommender schwacher Lichtschein, dessen Quelle er aus seiner Position nicht ausmachen konnte.

Er umklammerte die Eisenstange fester und trat auf die erste Stufe. Schritt für Schritt stieg er hinab in die Kälte der Unterwelt.

Das Frösteln zerrte die Bilder aus Paris hervor.

Rieker erreichte den Fuß der Treppe. Als er um die Ecke spähte, entdeckte er eine Petroleumlampe in einer Einbuchtung im Mauerwerk, die dort still vor sich hin flackerte. Ihr Licht fiel auf drei Türen.

Rieker wusste sofort, welche er nehmen musste, denn zu dieser führten die Spuren im Staub. Ein Schlüssel steckte von außen in der Tür. Er wagte kaum zu atmen, als er den Kopf nahe an das Holz legte.

Da war es wieder. Er hatte sich das Wimmern also doch nicht eingebildet. Es stammte aus diesem Raum!

***

Johanna erwachte aus tiefster Schwärze. Sie sah ein Licht und war fast zum gleichen Zeitpunkt enttäuscht, dass es sie nicht zum himmlischen Tor leitete. Stattdessen befand sie sich noch immer in dieser Hölle.

Aber sie lebte.

Ihr ganzer Körper schmerzte, allerdings spürte sie keine Schnitt- oder Stichwunde. Nur die gnadenlosen Fesseln, die ihren nackten Leib zu absoluter Regungslosigkeit verdammten. Eiskalte Tropfen rannen aus ihrem Haar auf die Schultern, liefen quälend ihren Rücken hinab und vorne bis zum Kinn.

Johanna fragte sich, was geschehen sein mochte. Sie konnte Eilers nicht sehen – und auch hinter sich nicht hören. Das bedeutete nicht, dass er nicht da war. Er mochte dort stehen und still darauf warten, dass sie wieder zur Besinnung kam. Hatte er sie mit einem Eimer Wasser ins Bewusstsein zurückgezwungen? Aber warum stach er nicht zu?

Johanna gewann langsam die Überzeugung, dass sie alleine war. Sie hätte sonst den Atem des Mörders hören müssen, ein Rascheln seiner Kleidung, doch alles war still.

Nein, da war ein Geräusch. Kaum vernehmbar bewegte sich jemand im Stockwerk über ihr. Ein Knarzen wie von einer alten Holzdiele. War dort jemand?

Johanna versuchte, so laut zu sein, wie sie nur konnte. Ihre Stimmbänder schmerzten, doch das Geräusch, das ihren Körper nur durch die Nase verlassen konnte, war nicht viel lauter als ein normal gesprochenes Wort.

Ohnehin wusste sie nicht, ob sie die Schritte wirklich gehört hatte. Gott! Es konnte eigentlich nur Eilers sein! In diesem Fall hatte sie ihm gerade gezeigt, dass sie wieder wach war und er sein Werk beginnen konnte …

Es waren wirklich Schritte! Sie näherten sich ihrer Tür. Der Schlüssel drehte sich im Schloss, es knackte.

Wie von Sinnen wartete Johanna auf ihren Folterknecht, ihren Henker und Mörder. Sie hoffte, gleich wieder in die Arme der nächsten Ohnmacht zu sinken, aber die Kälte hielt sie bei Bewusstsein. Die Tür wurde langsam aufgestoßen.

»Johanna!«, flüsterte eine Stimme, die nicht Eilers gehörte!

Ihr Herz setzte einen Schlag aus vor Schreck und Erleichterung. Es war Rieker!

»Fräulein Ahrens!«, sagte er jetzt lauter.

»Mmmmm«, antwortete sie, dann tauchte er in ihrem Gesichtsfeld auf.

»Was hat er mit Ihnen gemacht?!«, stieß er in einer Mischung aus Fassungslosigkeit und Wut hervor.

»Mmmm mm«, gab sie warnend von sich. Es sollte heißen: »Nicht so laut!«

Er legte eine Metallstange zur Seite. »O Gott, wie soll ich das lösen?«

»Schnell!«, wollte sie rufen.

»Verzeihen Sie«, sagte er und griff über sie.

Er versuchte, eine Schraube zu drehen, Johanna spürte den Druck auf ihren Kopf aber nicht nachlassen. Rieker würde Stunden brauchen, wenn er so weitermachte.

Offenbar sah er das jetzt selbst ein. Er schaute sie an.

»Wissen Sie, wo Eilers ist?«, flüsterte er.

»Mm mm«, machte sie verneinend.

»Sie wissen es nicht?«

»Mm.«

»Haben Sie keine Angst. Ich werde nicht zulassen, dass er Ihnen etwas tut«, versprach er.

Es fühlte sich wundervoll an, diese Worte zu hören.

»Ich suche jetzt Werkzeug«, erklärte Rieker weiter.

Er wirkte übermannt von dem Horror dieses Raums. Johanna hingegen betete, dass Rieker schneller sein würde als Eilers, wo immer der sich auch befinden mochte.

***

Rieker sah sich in dem Kellerraum nach Werkzeug um, mit dem er die festgezogenen Muttern an den langen rostigen Gewinden lösen könnte. Johanna Ahrens war vollkommen nackt auf einem Hocker und mit Bändern aus stabilem Metallgewebe an schwere Rohre geschnallt. Um die Bänder zu lösen, musste man Schrauben aus langen Gewinden drehen. Es sah aus wie eine pervertierte Form der Halterungen in Eilers' aktuellem Studio. Massiver, gewaltiger und beängstigend. Die Rohre waren auf Metallsockel gesteckt, die wiederum in einer Art Wanne standen – wohl um das Blut aufzufangen, sobald es aus dem Rücken drang und hinunterlief. Während nahezu jede Stelle ihres Körpers von dem Gestell gehalten wurde – und zwar so fest, dass sie sich nicht einmal regen konnte –, war der Rücken frei gelassen. Alabasterfarbene Haut, eben und rein wie die eines Kindes.

Das blonde Haar, das den nackten Rücken oben erreichte, war nass. Hinter Johanna stand ein kleiner Blecheimer, von dem nur noch der Boden feucht war. Eilers hatte ihn offenbar über ihrem Kopf entleert. War sie ohnmächtig geworden?

»Mmmm«, kam es aus ihrer Richtung.

Er befand sich außerhalb ihres Gesichtsfeldes und hörte dem Wimmern an, dass sie ihn damit zur Eile aufforderte. Erwartete sie Eilers zurück?

Auf einem Teewagen lagen medizinische Zangen und Messer, deren Anblick sein Herz aussetzen ließ.

Sofort war ihm klar, dass sie sich nicht eigneten, um Johanna Ahrens zu befreien. Er eilte zu dem Regal, wo eingestaubte Rohre in verschiedenen Größen lagerten. Die langen standen senkrecht, die kürzesten, kaum länger als Riekers Hand, lagen säuberlich sortiert in Kisten. In denen befanden sich auch Verbindungsstücke oder Winkel in allen Formen und Weiten, ebenso Feststellgewinde und mehr Schrauben und Muttern. Mit den Teilen konnte man freie Formen bauen. Es war wie ein Baukasten für Leichenständer.

In einer Schublade fand Rieker endlich einen Hammer und ein paar Zangen. Er nahm sich eine Kneifzange, die sich für die angezogenen Schrauben eignete. In einem Kasten darunter entdeckte er auch Schraubenschlüssel verschiedener Größen, aber es würde zu lange dauern, einen passenden aus dem Chaos herauszusuchen.

Zeit war im Moment das knappste Gut.

Mit der Zange in der Hand lief er zu Johanna und hielt sie ihr vors Gesicht.

»Mmmm«, machte sie. »Mmmmm!«

Rieker setzte die Zange an und musste mehr Kraft aufwenden, als er dachte, um die erste Drehung der Mutter zu vollenden.

»Mmmm!«

»Ja, ich beeile mich«, sagte Rieker.

Doch Johanna hörte nicht auf, ganz im Gegenteil: Sie wimmerte panisch laut.

***

Johanna spürte eine Veränderung des Luftzugs – und hörte, dass die Tür bewegt wurde. Das musste Eilers sein! Aber Rieker bekam das offenbar nicht mit, denn er stand mit dem Rücken zur Tür, ihr ganz nahe, und kämpfte konzentriert darum, ihre Fesseln zu lösen, die Ober- und Unterkiefer viel zu fest zusammenpressten.

Sie wimmerte warnend.

»Ja, ich beeile mich«, sagte Rieker.

Er hatte nicht verstanden. Eilers kam! Johanna wurde lauter, um Rieker auf die Gefahr aufmerksam zu machen.

In dem Moment wandte er sich um und sprang zurück. Er stolperte über etwas, was sich außerhalb ihres Gesichtsfeldes auf dem Boden befand.

Nein, das konnte nicht sein! Rieker stürzte zu Boden. Von der anderen Seite kam jetzt aus Richtung Tür die Gestalt von Eilers ins Bild. Der Totenfotograf warf eine braune Flasche auf Rieker, die ihn aber verfehlte und irgendwo hinter ihm klirrend zerschellte.

Dann ging alles Schlag auf Schlag. Eilers stürmte mit einem Messer auf Rieker zu, kam aber einen Augenblick zu spät.

Johanna schossen Flüche durch den Kopf, die so derb waren, dass sie ihre Mutter vor Scham hätten ohnmächtig werden lassen. War sie etwa gefunden worden, nur damit ihr Retter kurz vor dem guten Ausgang selbst zum Opfer wurde?

Doch Rieker schien wieder auf die Beine zu kommen.

»Na komm, na komm!«, rief er auffordernd und tänzelte wie ein Boxer von Johanna weg. Die Rechte hielt er zum Kampf erhoben, in der Linken führte er nichts als die Zange.

Johanna merkte gleich, dass er Eilers von ihr weglocken wollte – und es gelang!

Eilers stürzte sich mit dem Messer voran auf den Commissar, der die Klinge mit der rechten Hand abwehrte und mit der Zange nach dem Fotografen schlug. Eilers knurrte wie ein tollwütiger Hund, der Blut geleckt hatte. Und tatsächlich sah Johanna, wie sich bei Rieker der Jackenstoff am Unterarm dunkelrot verfärbte.

Der Commissar stieß trotzdem vor, während Eilers abrückte. Die Zange verfehlte den Kopf des Fotografen nur knapp, dann verschwand er außerhalb von Johannas Gesichtsfeld. Rieker stürmte ihm nach. Johanna hörte, wie jemand gegen einen Schrank fiel. Eine Sekunde später ein triumphierender Ruf. Metall schepperte, dann ein Fluch. Das war Riekers Stimme.

Johanna kämpfte erneut gegen ihre Fesseln an, wenn sie auch wusste, dass sie ohne Riekers Hilfe nicht freikommen würde. Aber immerhin hatte sich der Druck auf ihre Zähne bei seinen Versuchen, die Schraube zu lösen, minimal gemindert. Während hinter ihr Kampfgeräusche tobten – wütende Schreie und ein diabolisches Lachen von Eilers –, überkam sie ein neuer Krampf, diesmal in dem Halsmuskel, der in die Schulter überging. Innerlich schrie sie gegen den Schmerz an.

Links von ihr kehrte Rieker in ihr Blickfeld zurück. Mittlerweile blutete der Commissar stark am Arm und hatte seine Zange verloren. Er hielt ein Rohr in der Linken, hob es an und lenkte damit den Schlag eines anderen Rohres ab, das plötzlich von der Seite auf ihn niederschlug.

Johanna sah Rieker austreten, hörte Eilers schreien. Der Commissar wich behände zurück und versuchte, wieder auf die Beine zu kommen. Doch schon sprang Eilers ins Bild. In einer Hand ein dickes Rohr, in der anderen das blutverschmierte Messer.

Unwillkürlich fragte sich Johanna, ob er es wohl abwischen würde, bevor er es ihr in den Rücken stieß.

***

Eilers setzte unbarmherzig nach. Es war ein Wunder, dass Rieker seinen ersten Angriff mit dem Messer hatte abwehren können. Die Wunde am Arm hatte er zuerst nur bemerkt, weil sich seine Jacke mit Blut vollsog, aber jetzt setzte der Schmerz ein.

Beim Ringen an den Rohren hatte Rieker seine Zange verloren. Er hatte Eilers einen ordentlichen Schlag in die Nieren verpasst, aber der Verrückte schien davon nur noch wilder zu werden.

Jetzt wandte das Monster sich wieder Johanna zu, die von ihren Fesseln vollkommen gelähmt war. Nur ihre Augen jagten panisch umher, erst auf Rieker und dann auf Eilers gerichtet.

Rieker wich einem neuen Schlag mit dem Rohr aus. Eilers war absolut konzentriert und zugleich eiskalt. Er wusste genau, dass es nur zwei Möglichkeiten gab: Wenn Rieker ihn festnahm, würde Eilers das Fallbeil oder lebenslange Haft zu spüren bekommen. Wenn er den Commissar besiegte, konnte er sich weiter an seinem Opfer laben und am Ende noch mehr arme Seelen finden und ermorden. Diese Aussicht schien ihm eine eiserne Entschlossenheit zu schenken, mit der er weiter auf seinen Gegner einschlug.

Beim Boxen gewann meist nicht der Stärkere, sondern der Kämpfer, der seinen Widersacher am besten zu lesen verstand. Ein Zucken im Auge, bevor die Gerade zum Einsatz kam, eine Verlagerung nach links, bevor der rechte Haken zuschlug. Rieker hatte im Ring so manchen Gegner auch aus höheren Gewichtsklassen auf die Matte geschickt. Die ganze erste Runde war für ihn oft nur ein Geplänkel, um den Gegner und seine Marotten zu studieren und sich eine Strategie zu erarbeiten, ihn schnell auf die Matte zu schicken.

Doch ein Kampf auf Leben und Tod war etwas anderes, vor allem wenn der Gegner ein Messer führte. Rieker beobachtete Eilers, bemerkte das Zucken um seinen Mundwinkel, bevor er zuschlug, den kurzen Seitenblick, bevor er sich in eine Richtung bewegte. Und ein konzentriertes Zusammenkneifen der Augen, bevor er das Messer einzusetzen gedachte. Das war am gefährlichsten.

Als Rieker den nächsten Angriff kommen sah, ging er gleichzeitig selbst zum Angriff über. Mit voller Wucht hieb er sein Rohr gegen die Waffenhand des Fotografen. Der verlor das Messer und brüllte wütend auf. Doch im gleichen Augenblick kam sein Eisen auf Rieker nieder und traf ihn am Oberschenkel. Es fühlte sich an, als wäre er von einem Pferd getreten worden. Hätte Rieker nicht ohnehin am Boden gelegen, dieser Treffer hätte ihn gefällt.

Rieker robbte zurück, aber Eilers warf sich auf ihn und landete mit einem Knie auf seiner Hüfte, nur wenig von einem Bereich entfernt, der ihn bei einem Volltreffer hätte ohnmächtig werden lassen. Doch auch so schmerzte es genug.

Rieker ließ das Rohr los, das auf die Distanz nutzlos war, und rammte Eilers den Handballen gegen die Kehle. Das warf den Fotografen ein Stück nach hinten, allerdings nicht weit genug. Mit beiden Händen griff er nach Riekers Hals und drückte mit den Daumen die Halsschlagader ab.

Mit aller Kraft bäumte sich Rieker auf und schwang zur Seite, doch Eilers' Hände waren weiterhin um seinen Hals geschlossen wie Schraubzwingen und raubten ihm die Luft. Er wusste, dass er schnellstmöglich freikommen musste. Der Halsvenenwürgegriff führte innerhalb weniger Sekunden zur Ohnmacht!

Rieker packte die Handgelenke seines Gegners und versuchte, sie wegzuziehen, doch auch das brachte nichts. Er spürte gerade noch, wie sein Gesichtsfeld zu einem kleinen Punkt zusammenschmolz, dann gab er seinen Versuch auf, Eilers Hände wegzubekommen. Stattdessen holte er mit der Rechten aus und traf ihn am Kinn.

Mit einem letzten Hauch von Bewusstsein bekam er mit, wie sich der Griff um seinen Hals löste, aber es hatte zu lange gedauert. Rieker kämpfte noch einen Moment gegen die Schwärze an, doch dann überwältigte sie ihn, wie ein Sturm einen Baum erst schüttelte, bevor er ihn brach.

Kapitel 33

Dienstag, 26. April 1887

Johanna hätte am liebsten laut geschrien. Beide Männer lagen regungslos am Boden. Zuerst hatte es ausgesehen, als würde Eilers über Rieker triumphieren, doch in einem letzten Aufbäumen hatte der Commissar den Fotografen eben mit einem verzweifelten Faustschlag ins Gesicht von sich gestoßen, stark genug, um dem Mörder das Bewusstsein zu nehmen. Aber auch Rieker war direkt darauf ohnmächtig geworden. In all ihrer Verletzlichkeit und mit all dem Schmerz und der Angst, die ihre Situation mit sich brachten, betete Johanna zu Gott, dass Rieker als Erster aufwachen möge. Sie mochte sich nicht vorstellen, was Eilers erst ihm und dann ihr antun würde, wenn er derjenige wäre, der zuerst wieder zu Bewusstsein käme.

Schwaden eines beißenden Gestanks drangen von hinter ihr an ihre Nase. Ein scharfer Ammoniakgeruch verbreitete sich im Raum. Riechsalz. Mutter besaß so ein Fläschchen. Wenn einer der Damen das Korsett zu eng saß und sie ohnmächtig wurde, rieb man ihr die Öffnung unter die Nase.

Darum war Eilers vorhin also weggegangen: um Riechsalz zu besorgen, damit er seinen perversen Wunsch wahrmachen und sie aufwecken konnte, wenn sie ohnmächtig wurde!

Der Inhalt des zerschellten Fläschchens bildete Dämpfe, die Johanna in den Augen brannten. Dennoch ließ sie sie geöffnet, um die beiden Männer zu betrachten, die weiterhin regungslos vor ihr lagen. Doch, da war eine Bewegung! Rieker! Sein Finger reckte sich, dann der immer noch blutende Arm.

Johanna seufzte erleichtert auf. Eilers lag in tiefer Ohnmacht vor ihm. Rieker stöhnte, packte sich an den Hals und ging auf die Knie. Er schüttelte den Kopf, als versuche er, die Bewusstlosigkeit abzuschütteln. Er versteifte und sah voller Sorge zu Johanna. Ihre Blicke trafen sich. Doch dann fing auch Eilers an zu zucken.

***

Rieker stemmte sich hoch auf die Knie. Noch musste er sich konzentrieren, um das Gleichgewicht zu halten, aber sein Körper fand schnell zurück zu seiner Form. Ein Boxer durfte sich nie bis zehn anzählen lassen! Das war wichtig. Und das hatte sein Körper noch gespeichert. Vielleicht lag es aber auch an dem stechenden Gestank, der in der Luft lag, bitter und scharf, ein Geruch, der Tote aufwecken konnte. Riechsalz. Das musste aus der Flasche stammen, die Eilers nach ihm geworfen hatte.

Ein Blick auf Johanna beruhigte ihn. Sie lebte. Die junge Frau war noch immer zu vollkommener Regungslosigkeit verdammt, aber aus ihren Augen sprach wieder Hoffnung.

Rieker nahm eine Bewegung wahr, die von Eilers ausging. Auf keinen Fall durfte er riskieren, dass der Mörder ihn ein weiteres Mal angriff. Er tastete nach seinen Handschellen, doch dann fiel ihm ein, dass er gar keine dabeihatte. Er brauchte also etwas anderes, um ihn ruhigzustellen, und fand eine Kordel.

Als er wieder auf Eilers zukam, versuchte der Totenfotograf kraftlos, wieder aufzustehen. Ohne zu zögern, versetzte Rieker ihm mit der bloßen Faust einen Schlag auf den Kopf, der das Monster stöhnend zu Boden gehen ließ. Blut rann ihm aus dem Mund. Das hatte er verdient. Er bedauerte fast, ihn abliefern zu müssen. In Hamburg war schon länger keine Todesstrafe mehr verhängt worden. Würde man sie gegen Eilers wieder aussprechen? Oder ihn im Knast verfaulen lassen?

»Ich komme gleich«, sagte Rieker zu Johanna. Zu sprechen fiel ihm schwer. Er legte Eilers die Hände auf den Rücken und fesselte die Handgelenke mit der Hanfkordel. Damit sie sich auf keinen Fall lösen konnte, wickelte er mehrere Stränge um seine Hände.

Dann wandte er sich zu Johanna um. Hinter ihr lag die Zange, die er verloren hatte. Er nahm sie und setzte die Befreiung fort, nur dieses Mal blickte er sich regelmäßig zu Eilers um. Zu seiner Beruhigung lag er weiterhin ohnmächtig und gefesselt in der Ecke. Die Gefahr war gebannt.

***

Langsam, ganz langsam löste sich der Druck auf ihre Zähne, die alle gleichzeitig zu schmerzen begannen. Ihre Kiefer standen in Flammen, und am liebsten hätte sie aufgeschrien, doch außer einem erbärmlichen Geräusch konnte sie noch nichts von sich geben.

Trotzdem war Johanna erleichtert. Dass Rieker sie gefunden hatte, rechtzeitig und – wie es aussah – unverletzt, war ein wahres Wunder, auf das zu hoffen sie längst nicht mehr gewagt hatte. Und doch stand der Commissar ganz dicht neben ihr und vermittelte ihr ein Gefühl von Sicherheit.

Immer wieder sah sie zu ihrem Peiniger. Sie konnte es nicht glauben, dass der Totenfotograf sie qualvoll töten wollte, um ihr das Herz herauszuschneiden. Es schüttelte sie – und zum ersten Mal bemerkte Johanna, dass ihr Kopf etwas Spiel bekam.

»Danke, danke!«, waren die ersten Worte, die sie zusammen mit einem Weinanfall herausbrachte.

»Ich befreie Sie. Keine Angst. Ihnen kann nichts mehr passieren.« Es tat gut, seine beruhigende Stimme zu hören. Und anders als er vielleicht dachte, weinte sie nicht wegen des erlebten Schreckens, sondern aus Erleichterung. Ihre Tränen spülten eine so fest in ihr sitzende Angst aus ihren Augen, dass sie brannten.

»Ich habe kein Taschentuch«, sagte er und wischte ihr die Tränen mit dem sauberen Ärmel seines Hemdes aus dem Gesicht. Der andere Arm blutete noch, schien ihn aber nicht sonderlich zu beeinträchtigen.

»Sie sind verletzt«, brachte sie hervor.

»Ich habe Glück gehabt.«

Auf einmal war die Mutter über das schwergängige Stück des Gewindes hinwegbewegt. Jetzt drehte sie sich leichter, sodass er die Zange weglegen konnte. Mit der bloßen Hand kam er weitaus schneller voran.

Wo die Metallbänder ihren Kopf und das Kinn gehalten hatten, spürte Johanna beim Nachlassen des Drucks ebenfalls Schmerzen. Aber die würden ebenso vorübergehen wie die in ihrem Kiefer. Endlich konnte sie den Kopf wieder etwas bewegen, wenn auch ihr Hals noch festmontiert war.

»Ich muss von hinten ran«, sagte Rieker und verschwand aus ihrem Blickfeld.

»Wie haben Sie mich gefunden?«, fragte sie mühsam zwischen ihren schrecklich verspannten Kiefern hindurch. Wenn sie Rieker nicht mehr sah, wollte sie ihn wenigstens hören.

»Ich war bei Ihnen zu Hause«, begann er. »Das Mädchen Anita hat sich Sorgen gemacht. Und ich mir auch. Darum bin ich zu Eilers' Studio und habe da nach Ihnen gesucht. Und als Sie da nicht waren, habe ich bei seinem Onkel gefragt, wo das alte Studio ist.«

»Sie sind wirklich im allerletzten Moment gekommen.«

»Ich bin so froh, dass ich noch rechtzeitig da war. Ich hatte solche Angst um Sie.«

»Er hat Ansje nicht getötet«, sagte sie.

***

Das zu hören, überraschte Rieker. »Aber die andere – Doris?«

»Ja, die hat er umgebracht. Er hat mir alles erzählt.« Sie schniefte und fuhr fort: »Er hat Ansjes Leiche aus einem kranken Trieb heraus das Herz entnommen. Dann hat er Lust bekommen, selbst zu töten. Seine Arbeit muss ihn komplett verrückt gemacht haben.«

Rieker fragte sich, ob er Eilers totgeschlagen hatte. Er bewegte sich immer noch nicht.

Und wenn schon! Er setzte seine Arbeit fort, Johanna von ihren Fesseln zu befreien.

»Dann hat er sich das zweite Herz geholt, und jetzt wollte er meins. Er wollte es mir lebend und bei vollem Bewusstsein herausschneiden! Deshalb ist mein Rücken frei.«

»Sie müssen sehr frieren«, sagte Rieker ausweichend und sah sich um.

Vorhin beim Kampf mit Eilers hatte er einen kurzen Blick auf ihre Kleidung geworfen, die der Fotograf äußerst ordentlich zusammengelegt hatte. Daneben lagen ein paar alte, staubige Wolldecken, aber die waren besser als gar nichts. Rieker nahm eine und legte sie Johanna über den nackten Rücken.

»Danke«, sagte sie. »Mir ist kalt und heiß zugleich. Meine Muskeln sind alle verkrampft.«

»Ich habe Sie gleich los«, gab er zurück und überlegte, welchen Teil der Fesseln er als Nächstes lösen sollte. »Ich mache jetzt die Arme«, beschloss er laut.

Er kniete sich hin, um wieder mit der Zange eine extrem festgezogene Flügelmutter zu lösen, die einen Ring um ihr schmales Handgelenk hielt. Die Unterarme waren mit den Metallbändern an Rohren befestigt, die wie die Streben eines Arbeitsgerüstes über ihrem nackten Schoß verliefen. Endlich konnte er die Halterung aufklappen und ihr Handgelenk freigeben, dann machte er an ihrem Unterarm weiter.

»Demnach dürfte doch Schermann der Mörder von

Ansje gewesen sein«, schlussfolgerte Rieker. Vor Anstrengung atmete er schwer.

»Ja, er muss auf sie eingestochen haben. Aber das Herz hat er ihr nicht entfernt. Das war eben Eilers.«

Von dem kam eine erste Regung. Er drehte sich zur Seite. Riekers Treffer schien ihm die Nase gebrochen zu haben, denn sein Gesicht war verzerrt und voller Blut.

»Ich will seine Fratze nicht sehen!«, verlangte Johanna.

»Warten Sie!« Rieker ging wieder hinter sie und holte eine weitere Decke, die er Eilers über Kopf und Oberkörper warf. Normalerweise verabscheute er Gewalt, aber seine Wut über das, was der Mann Doris Sinterbrok angetan hatte und Johanna antun wollte, war so groß, dass er noch einmal ausholte und ihm kraftvoll in den Bauch trat.

Eilers krümmte sich mit einem atemlosen Schrei zusammen, dann schien er erneut das Bewusstsein zu verlieren.

***

Es dauerte, bis Johannas zweiter Arm frei war und Rieker eine Rohrverbindung wegnehmen konnte, die ihre Oberschenkel gegen den Hocker drückte. Mit der plötzlichen Durchblutung ihrer Beine wurde sie sich zum ersten Mal schamhaft ihrer Nacktheit bewusst.

»Jetzt meinen Oberkörper bitte«, bat sie Rieker.

Dort waren zwei Eisenbänder über Kreuz geführt. Eines lief von der rechten Schulter über ihre Brust und unter der linken Brust zurück. Das andere kreuzte sich mit dem ersten am Busen. Rieker ging hinter sie und bückte sich zu den Schrauben.

»Jetzt haben wir das Treffen mit Schermann verpasst«, sagte Johanna, während er die Eisenbänder an den Rohren löste, die gegen ihre Schulterblätter drückten.

»Das ist nicht schlimm«, meinte Rieker. »Wir werden ihn trotzdem hinter Gitter bekommen. Ehrlich gesagt hatte ich mir ohnehin große Vorwürfe gemacht, Ihrem Vorschlag zugestimmt zu haben. Das war viel zu gefährlich.«

»Ich glaube, das hier war weitaus gefährlicher«, bemerkte Johanna und rang nach Luft.

Eilers lag vielleicht drei Meter vor ihr, bedeckt von einer alten Wolldecke. Die Beine schauten hervor. Ob das Blut auf dem Boden von ihm stammte oder von Riekers Arm, wusste sie nicht, aber der Körper unter der Decke bewegte sich.

»Achtung!«, rief sie.

Im gleichen Moment sprang die Gestalt auf und warf die Decke von sich. Sie landete direkt vor Johannas Füßen auf dem Boden.

Eilers stand mit einem winzigen Messer mit daumenlanger Klinge vor ihr, sein Gesicht eine blutige Fratze. Rieker sprang hinter ihr auf, Johanna schrie und ballte beide Hände zu Fäusten. Sie würde sich bis zum Letzten wehren, bevor Eilers sie noch einmal in die Hände bekäme.

Doch offenbar hatte er das gar nicht vor. Er sprang zur nahen Tür, und Rieker machte sich daran, ihm zu folgen. Die Tür schlug vor der Nase des Commissars zu. Er riss sie wieder auf, um dem Mörder schnellstmöglich nachzurennen, aber dann zögerte er.

»Ich kann Sie nicht alleine lassen«, sagte er.

»Gehen Sie!«, rief Johanna.

»Aber …«

Sie hörten, wie Eilers die Treppe nach oben polterte.

»Sie müssen ihn kriegen, sonst werde ich nie wieder ruhig schlafen können. Den Rest bekomme ich schon selbst los. Laufen Sie! Aber kommen Sie bitte zurück!«

Einen Moment später war Johanna wieder alleine in dem Folterkeller.

Kapitel 34

Dienstag, 26. April 1887

Rieker rannte die Treppe hinauf. Er fluchte, als er beinahe fiel, und ärgerte sich über sich selbst. Es war unverantwortlich gewesen, Eilers nicht zuerst durchsucht zu haben. Aber wer konnte schon ahnen, dass er noch ein kleines Messer bei sich führte und es hinbekam, damit seine Fesseln zu lösen?

Das Geräusch der ins Schloss fallenden Haustür bewies Rieker, dass seine Überlegung, bei Johanna zu bleiben, Eilers einiges an Vorsprung verschafft hatte. Er sprang durch die Kellertür in den Flur und wandte sich nach links, dem Studio zu.

Achtung, warnten seine Sinne ihn. Eilers konnte die Tür durchaus nur zugeworfen haben, um ihn in einen Hinterhalt zu locken.

Rieker hob ein Kantholz auf, das neben einer Tür stand. Vorsichtig betrat er das Studio und sah sich um. Draußen hörte er ein Schnauben. Also hatte er das Haus doch verlassen!

Rieker lief zur Tür und riss sie auf. Eilers stand am Ende der Straße und löste den Knoten, mit dem dort das Pferd vor dem Leichenwagen festgebunden war.

Der Commissar rannte darauf zu. Als das Tier den fremden Mann auf sich zustürmen sah und im gleichen Moment lautstark eine neue Ladung Eisenschrott in einen Kahn geworfen wurde, tänzelte der Rappe nervös.

Eilers drehte sich zu Rieker um und schätzte ganz richtig ab, dass der Polizist schneller bei ihm wäre, als er die Kutsche in Gang bekäme. Er ließ den Strick los und nahm die Beine in die Hand, weg von Rieker, auf die Brückenbaustelle zu.

Verdammt konnte Eilers schnell sein! Obwohl Rieker sein Möglichstes gab, an ihm dranzubleiben, wuchs der Abstand zwischen ihnen bald wieder. Eilers rannte von der Brücke auf den Kai zu. Rieker sah, wie er nach einem Blick die Mauer hinuntersprang. Der Commissar gelangte an die Stelle, als Eilers hektisch den Knoten löste, der das Boot am Poller hielt. Dann stieß der Mörder sich ab, nur einen Moment, bevor Rieker die Kaimauer erreichte.

Rieker sprang mit einem gewaltigen Satz von der Kaimauerkante und raste in der Luft auf das Boot zu, das sich gleichzeitig von ihm wegbewegte. Er griff nach der Bootswand, die direkt vor ihm auftauchte. Einen Moment erwartete er, das Holz zu fassen zu bekommen, doch dann wurde ihm bewusst, dass er sie verfehlen würde. Einen weiteren Augenblick später schlug die schmutzig-kalte Brühe über ihm zusammen.

Er brauchte Zeit, bis er unter Wasser die Orientierung zurückgewann. Mit weit ausholenden Zügen schwamm er der Oberfläche entgegen, durchbrach sie und musste sich drehen, um dem Ruderboot nachzuschauen, das sich – immer schneller werdend – zwischen zwei Schuten hindurch auf die Hafenausfahrt zubewegte.

Rieker versuchte, den Männern auf den anderen Booten zuzurufen, dass sie Eilers festhalten sollten, bekam dabei aber immer das schmutzige Hafenwasser in den Hals und musste husten. Nicht weit entfernt machte er eine am Kai befestigte Leiter aus. In hektischen Zügen schwamm er darauf zu und kletterte aus dem Wasser. Nass und hustend landete er auf dem Steinboden.

Vom Kran her kamen ein paar Arbeiter herbeigerannt, aber Rieker hatte nur Augen für das Ruderboot. Er kämpfte sich hoch, um besser zu sehen. Eilers verließ gerade das ruhige Hafenfahrwasser und stieß in den Oberen-Hafen-Canal ein. Er war zwar eigentlich zu weit weg, um das erkennen zu können, aber Rieker kam es so vor, als würde Eilers ihn spöttisch beobachten. Dann hielt er inne und legte sich erneut in die Riemen.

Der Kran warf gerade mit lautem Poltern eine letzte Ladung Altmetall in eine der Schuten, die schon tief im Wasser lag. Der Lärm und die ankommenden Arbeiter lenkten Rieker für den Bruchteil einer Sekunde ab, aber das genügte, um das kleine Ruderboot hinter den Schuten und der Landzunge aus den Augen zu verlieren. Rieker sprang hoch, um mehr zu sehen, aber Eilers blieb verschwunden.

Im gleichen Moment ertönte von der Spitze der Landzunge her ein lautes Schiffshorn, und kurz darauf erklang ein Knirschen und Krachen, das Rieker trotz der Entfernung eine Gänsehaut verursachte.

Er sprang erneut hoch und erspähte den Bug eines langen, schweren Binnenkahns, der Reste eines zertrümmerten Holzbootes vor sich herschob. Für einen Moment glaubte Rieker, Eilers Kopf im Wasser gesehen zu haben, dann wurde er unter das Schiff gezogen.

Erneut erklang das Schiffshorn und einen Moment später eine hektisch geschlagene Schiffsglocke.

***

Mit viel Mühe gelang es Johanna, ihre verkrampften Beine von den Eisenbändern zu befreien. Als sie über sich ein Geräusch hörte, bekam sie es mit der Angst zu tun. Waren es Riekers Schritte, oder war doch Eilers zurückgekehrt? Gott mochte das verhüten.

Johanna legte eine Decke um sich und nahm sich das Messer, mit dem Eilers sie hatte töten wollen. Doch zum Glück konnte sie es gleich wieder fallen lassen, denn schon auf der Treppe rief Rieker: »Keine Sorge, Fräulein Ahrens. Ich bin es.«

»Warten Sie bitte. Ich ziehe mich an.«

»Sie konnten sich befreien?« Er blieb hinter der Kellertür stehen.

»Ja. Ich kann mich zwar nur schwer bewegen, aber so langsam spielen meine Muskeln und die Gelenke wieder mit. Haben Sie Eilers erwischt?«, fragte sie und fürchtete sich vor der Antwort.

»Ich nicht, aber das Schicksal. Er ist mit einem Ruderboot geflohen und im Canal mit einem schweren Schiff zusammengestoßen. Das überlebt keiner. Er muss tot sein. Aber ich wollte Sie nicht länger alleine lassen.«

»Das ist gut«, sagte sie und wusste selbst nicht, was sie damit meinte: dass Eilers tot war oder dass Rieker sie nicht alleine lassen wollte. »Wie geht es nun weiter?«, fragte sie, als sie zuletzt ihre Jacke überzog.

Obwohl Johanna wie durch ein Wunder unverletzt geblieben war, tat ihr der ganze Körper weh. Ihr Kopf schien von den Nachwirkungen des Chloroforms, durch den quälenden Druck der Fesseln und den Gestank des flüssigen Riechsalzes explodieren zu wollen. Sie brauchte unbedingt frische Luft.

»Ich komme«, sagte sie und öffnete die Tür.

Auf der anderen Seite stand ein triefnasser Hermann Rieker. Johanna war so glücklich, ihn zu sehen, dass sie ihm trotz der stinkenden Brühe in die Arme fiel.

Er wich ihrer Umarmung zuerst aus, ergab sich dann aber und erwiderte sie. Eben noch hatte sie einem qualvollen Tod entgegengeblickt. Dass er sie befreit hatte und seine starke Arme sie nun sicher hielten, ließ ihr Tränen der Erleichterung in die Augen schießen. Sie spürte seine rauen Wangen an ihrem Gesicht. Das Heben und Senken seines Brustkorbes spendete ihr Trost, die kraftvollen Hände auf ihrem Rücken boten ihr Geborgenheit und Halt – bis er den Griff irgendwann löste und zögernd von ihr abrückte. Einen Moment später standen sie sich etwas verlegen gegenüber.

»Ich denke, wir sollten Sie jetzt nach Hause bringen«, sagte er schließlich.

»Das wäre schön«, erwiderte sie.

Kapitel 35

Mittwoch, 27. April 1887

Von Stresenbeck hatte schon seit zwei Minuten kein Wort mehr gesprochen, sondern blickte beharrlich aus dem Fenster, paffte dabei an seiner Zigarre und blies so viel Rauch in die Luft, als wolle er eine gerade anfahrende Dampflokomotive imitieren. Es störte ihn nicht einmal, als ein Stück Asche zu Boden fiel.

Rieker und Breiden standen beide vor seinem Schreibtisch und warteten darauf, dass der Criminalinspektor sich ihnen wieder zuwandte. Rieker warf Breiden einen fragenden Blick zu, der ältere Commissar winkte aber ab.

Endlich drehte von Stresenbeck sich zu ihnen um. Er musterte sie vom Fenster aus und schüttelte den Kopf.

»Richter Ahrens wird toben«, sagte er. »Zu Recht! Was haben Sie sich dabei nur gedacht, Rieker?«

Rieker kam nicht zum Antworten, denn Fräulein Böll trat ein und kündigte die Ankunft von Herrn Richter Hans Ahrens in Begleitung seiner Tochter an.

Rieker freute sich von Herzen, Johanna wohlauf zu sehen. Sie trug ein hochgeschlossenes dunkelblaues Kleid mit einem weißen Kragen, den Mantel hatte sie offenbar bereits abgelegt. Ihr mit Seidenblüten geschmückter Hut verdeckte das hochgesteckte Haar. Mit undurchsichtiger Miene blieb sie schräg hinter ihrem Vater stehen, der streng in die Runde sah, bis sein Blick sich an Rieker heftete.

»Herr Richter Ahrens. Welche Freude!«, begann von Stresenbeck.

»Von Freude kann man wohl nicht wirklich sprechen!«, gab Johannas Vater scharf zurück.

»Sie haben natürlich recht, Herr Richter. Verzeihen Sie die missliche Wortwahl. Fräulein Ahrens, meine Verehrung. Wir freuen uns sehr, dass es Ihnen gut geht.«

»Sie wundern sich wahrscheinlich, wieso meine Tochter mich begleitet«, bemerkte Ahrens.

»Wollen Sie Platz nehmen?«, fragte von Stresenbeck.

»Vielleicht später.« Er kam auf Rieker zu, musterte ihn mit strenger Miene und sagte dann: »Sie sind also dieser Rieker!«

Rieker nahm Haltung an. »Jawohl, Herr Richter.« Er ärgerte sich darüber, wie militärisch seine Antwort geklungen hatte.

»Sie sind jung für einen Commissar«, bemerkte der dicke Mann.

»Vierunddreißig Jahre«, entgegnete von Stresenbeck an seiner Stelle. »Der jüngste, den wir je hatten – nicht, dass es uns schon lange gäbe. Ein Zögling des alten Kleinschmidts.«

»Ich kannte Adrian Kleinschmidt«, sagte der Richter. »Er war ein seltsamer Mann mit eigenen Methoden. Offenbar haben die auf Sie abgefärbt.« Er sah Rieker weiterhin in die Augen, und sein Blick bekam etwas Bedrohliches. »Dass Sie meine Tochter in Gefahr gebracht haben, ist unverantwortlich und rechtfertigt die strengsten disziplinarischen Maßnahmen, die zu ergreifen möglich sind!«

Rieker senkte den Blick und nickte. »Ich bin bereit, alle Konsequenzen zu tragen.«

»Das ist alles, was Sie mir zu sagen haben?«, fuhr Ahrens ihn an.

Rieker blickte den bulligen Mann wieder an. »Es tut mir leid, was geschehen ist, Herr Richter. Ich wollte nie, dass Ihre Tochter in Gefahr gerät.«

»Und doch sind Sie nicht zu mir gekommen, ihrem Vater und Vormund, um mich über ihre ständigen Besuche bei Ihnen zu unterrichten!«

»Es gab dafür stets Gründe, die aber keine Entschuldigung sein können«, sagte er. Einen Moment sah er zu Johanna hinüber, die eine versteinerte Miene zur Schau trug. Als ihre Blicke sich trafen, zwinkerte sie ihm mit einem Auge zu.

»Ich befinde mich in einem gewaltigen Zwiespalt«, sagte der Richter und wandte sich von Rieker ab und von Stresenbeck zu. »Auf der einen Seite möchte ich Sie auffordern, diesen Mann sofort aus dem Polizeidienst zu entlassen.«

Rieker schluckte.

»Auf der anderen Seite«, er wandte sich wieder Rieker zu, »haben Sie meiner Tochter das Leben gerettet – unter Einsatz Ihres eigenen Wohls. Dafür möchte ich Ihnen meinen Dank aussprechen.«

Er hielt Rieker die Hand hin, in die der Commissar überrascht einschlug. Johanna lächelte hinter ihrem Vater.

»Aber denken Sie nicht, dass ich Ihnen nicht trotzdem böse bin!« Es war offensichtlich, wie widersprüchlich seine Empfindungen waren.

»Commissar Rieker hat in diesem Fall sicherlich nicht korrekt gehandelt«, sagte Breiden. »Aber er hat mit seinen Einschätzungen recht behalten. Schermann ist der Mörder von Ansje Kalferer.«

»Hat er gestanden?«, fragte Johanna und fiel damit aus ihrer Rolle.

»Johanna Ahrens!« Ihr Vater sah sie streng an.

»Zwei Sekretäre und ich lagen gestern auf der Lauer, eigentlich, um auf Ihr Fräulein Tochter aufzupassen«, sagte Breiden. »Dabei konnten wir beobachten, wie Staatsanwalt Schermann einen Hinterhalt vorbereitete. Als wir ihn überwältigten, hatte er sowohl ein Messer als auch Stricke dabei. Unter dem Druck unserer Fragen und Überwachungsergebnisse verfing er sich so derartig in einem Netz aus Lügen, dass er irgendwann während des Verhörs eingebrochen ist. Er hat gestanden, Ansje Kalferer in einem Anfall von Wut ermordet zu haben. Offenbar wollte sie sich ihm nicht mehr andienen. Und er hat uns auch erzählt, wie es dazu kam, dass sein Haus abgebrannt ist.«

Der bullige Richter nickte. »Aber jetzt zu dem anderen. Haben Sie die Leiche von diesem Eilers gefunden?«

»Noch nicht«, sagte von Stresenbeck. »Es dürfte jedoch nur eine Frage der Zeit sein, bis seine sterblichen Überreste irgendwo angespült werden – beziehungsweise das, was von ihnen übrig ist. Früher oder später tauchen sie alle wieder auf.«

»*Ist* er denn wirklich tot?«, schaltete Johanna sich ein. Ihre Stimme zitterte.

»Nach allem, was die Schiffsführer gesagt haben, kann er den Zusammenstoß nicht überlebt haben. Sie haben eine große Menge Blut im Wasser gesehen, aber bis sie anhalten und suchen konnten, war die Leiche wohl schon abgetrieben.«

»Ich denke, wir sollten diese grausamen Einzelheiten nicht in dieser Ausführlichkeit vor meiner Tochter besprechen, Herr von Stresenbeck. Können wir uns unter vier Augen unterhalten?«

»Selbstverständlich. Breiden, Rieker, Sie können gehen«, sagte der Inspektor und lud den Richter erneut ein, Platz zu nehmen. »Eine Zigarre?«

»Gerne. Johanna, warte im Vorzimmer auf mich.«

»Ja, Papa.«

Johanna gehorchte ihrem Vater nicht. Statt im Vorzimmer zu warten, verließ sie es zusammen mit Breiden und Rieker.

»Sie sollen doch …«

»Jaja, jetzt beruhigen Sie sich mal, Herr Rieker! Ich möchte mich bei Ihnen bedanken.«

Breiden begriff, dass er fehl am Platze war, und ging weiter. Rieker blieb mit Johanna Ahrens allein auf dem leeren Flur zurück.

»Sie haben wieder Ihren Anzug an«, bemerkte sie lächelnd.

»Heute früh abgeholt. Gereinigt und ausgebessert«, antwortete er stolz. Er fühlte sich wieder wie ein echter Commissar – und dazu auch etwas verlegen.

»Wie geht es Ihnen?«, fragte er schließlich.

Johanna Ahrens biss sich auf die Lippe und schüttelte den Kopf. »Es wird noch dauern, bis ich diese Frage wirklich beantworten kann.«

Rieker nickte verständnisvoll.

»Und wie haben Ihre Eltern die Sache aufgenommen?«

»Mein Vater erstaunlich gut, wie Sie bemerkt haben. Meine Mutter ist gleich zweimal hintereinander in Ohnmacht gefallen.«

»Ich hoffe, Sie haben kein Riechsalz zum Einsatz bringen müssen.«

Johanna lächelte erneut. »Doch.« Dann wurde sie wieder ernst. »Aber ich kann das Zeug nicht mehr ertragen!«

»Das glaube ich gerne.«

»Nochmals vielen Dank, Herr Rieker. Sie haben mir das Leben gerettet. Und danke auch dafür, dass sie mich eben noch gedeckt haben.«

»Was meinen Sie?«

»Nun, Sie hätten meinem Vater ja verraten können, dass die Sache mit dem Lockvogel nicht Ihre, sondern meine Idee war.«

»Ach, das muss er nicht wissen«, sagte Rieker leise.

»Er weiß es aber schon. Er weiß alles.«

»Alles? Auch, dass ich Sie mit zur Identifizierung der Leichen genommen habe?«

Sie nickte. »Wir haben lange gesprochen gestern Abend. Offen und ehrlich.«

»Dann ist er auch im Bilde über Ihre Schule?«, fragte Rieker.

Sie nickte. »Stellen Sie sich vor, er will sogar eine offizielle Lehrerin anstellen, damit sie geöffnet bleiben kann.«

»Ohne dass Sie dort unterrichten«, riet Rieker.

»So ist es«, sagte sie mit einem traurigen Unterton in der Stimme. »Zumindest vorerst. Wer weiß, was die Zeit bringt. Ich sollte jetzt wahrscheinlich besser wieder reingehen, bevor Papa mich sucht.«

Doch sie ging nicht. Stattdessen kam Johanna ihm näher, stellte sich auf die Zehenspitzen und hauchte ihm einen Kuss auf die Wange.

»Ich wünsche Ihnen alles Gute«, sagte sie, dann huschte sie zurück durch die Tür.

Epilog

Mittwoch, 29. Mai 1887

Ein paar Tage lang hatten sich die Leute in Hamburg noch über das Grauen des Herzmörders echauffiert. Die Zeitungen hatten berichtet und erfolglos versucht, mehr über die ermittelnden Polizisten in Erfahrung zu bringen. Von Stresenbeck hatte wenig später in geheimen Sitzungen vor Senat und Bürgerschaft Rechenschaft abgelegt, und Rieker war des Verdachts der Brandstiftung ohne eine weiterführende Verhandlung freigesprochen worden.

Einen Monat nach den grauenvollen Ereignissen in Eilers' Keller dominierten längst wieder andere Themen die Straßen, Klatschblätter und Logen der Herrenclubs, allen voran die unter Hochdruck laufenden Arbeiten am Freihafen und die hoffentlich pünktliche Fertigstellung der Speicherstadt. Natürlich spielte auch die große Politik eine Rolle: Man diskutierte, welche Auswirkungen die Kehlkopferkrankung von Kronprinz Friedrich auf eine mögliche Thronnachfolge haben mochte. Bis auf konservative katholische Kräfte freute man sich, dass Kanzler Bismarck im Kulturkampf mit dem Papst eine Einigung erzielt hatte, die den Vorstellungen des Kaiserreichs näher waren als denen des Vatikans.

Ansonsten ging es wie so oft um das Wetter. Nach dem kaum mehr enden wollenden Regen war endlich eine stabile Wärmephase eingetreten, was die Stimmung der Hamburger doch deutlich verbesserte. Zumindest bei denen, die den Sonnenschein genießen konnten. Wer von früh bis spät in den Fabriken schuften musste, traf sich am Abend vielleicht noch mit Gleichgesinnten, um sozialistische Ideen zu besprechen. Von Stresenbeck schickte seine Commissare und Sekretäre verstärkt inkognito unter die Arbeiter, um die Einhaltung der Sozialistengesetze zu garantieren. So manchen Rädelsführer konnten sie so für ein paar Tage oder Wochen aus dem Verkehr ziehen. Doch die Sozialisten wurden mutiger. Sie spürten, dass immer mehr Menschen hinter ihren Ideen standen. Das regte wiederum die reichen Pfeffersäcke auf und alle anderen, die sicher waren, dass Wohlstand nur existieren konnte, wenn er sich nicht auf zu viele Schultern verteilte.

Rieker war froh, dass er sich den verdeckten Ermittlungen gegen die Sozialisten nicht anschließen musste, sondern sich anderen Aufgaben widmen konnte. Von Stresenbeck hatte ihm seine Eigenverantwortlichkeit zurückgegeben. Nach dem extrem außergewöhnlichen ersten Fall als Commissar hatte Rieker es mit einem Raubmord zu tun bekommen. Zwei Tage später saß der geständige Verbrecher bereits im Zuchthaus – ohne dass es zu gefährlichen Situationen gekommen wäre. Als weitere Aufgabe hatte Rieker die Vorarbeiten für eine Überführung der bisherigen Criminalpolizei in ein modernes Dezernat zur Bekämpfung kapitaler Verbrechen begonnen.

Von Philipp hatte Rieker ein paar Tage nach dem letzten Treffen einen Zettel auf seinem Kopfkissen gefunden. Sein früherer Freund hatte es also wieder einmal geschafft, in seine winzige Wohnung einzubrechen. Auf dem Zettel hatte mit einigen Fehlern gestanden, dass er nach Berlin zurückkehren werde.

»Bis bald«, hatte er sich verabschiedet, was Rieker gar nicht gefallen wollte. Aber damit musste er sich auseinandersetzen, wenn es so weit war.

»Herein«, sagte Rieker auf das Klopfen an der Tür hin.

Es war Kracht. Der Criminalsekretär war weiterhin Breiden zugeteilt, übernahm aber wieder regelmäßig Aufgaben für Rieker.

»Post für Sie«, sagte er und legte Rieker einen beigefarbenen Umschlag auf den Tisch. »Aus England«, fügte er hinzu.

»Aus England?«

Die Marken auf dem Brief, den Kracht ihm hinlegte, zeigten das Porträt Königin Victorias zu ihrem fünfzigjährigen Thronjubiläum. In schwarzer, geschwungen schöner Schrift stand sein Name auf dem Umschlag.

Criminalcommissar Hermann Rieker
Stadthaus
Hamburg
Deutsches Kaiserreich

Rieker drehte den Umschlag um, fand dort aber keinen Absender, sondern nur einen runden roten Stempel mit ein paar unleserlichen Buchstaben und Zahlen.

»Kennen Sie jemanden in England?«, fragte Kracht neugierig.

»Nein, niemanden«, antwortete Rieker. »Das ist es ja, was mich verwundert.«

Er nahm einen Brieföffner und löste den gefalteten Umschlag, der zugleich auch der Briefbogen war. Die Schrift darauf war dieselbe wir bei der Adresse, nur deutlich kleiner geschrieben.

Rieker las:

Herr Commissar Rieker.
Ich bin überzeugt, Sie mit diesem Schreiben zu überraschen, denn wie ich hörte, soll ich für tot erklärt worden sein.

Rieker schluckte trocken. Er wollte nicht glauben, was er hier las.

Nun, ich war dem Tode zeitweise näher als dem Leben, aber habe dann doch den Drang verspürt, noch einige Zeit auf dieser unserer Welt zu wandeln.
Ich hoffe, dem Fräulein Johanna geht es gut. Grüßen Sie es gerne von mir, falls Sie es noch sehen.

Riekers Herz raste, und ein kalter Schauer zog ihm über den Rücken.

Durch Ansje Kalferer bin ich zum Sammler geworden. Wie

Doris Sinterbrok war sie letztlich nur eine wertlose Hure, und als solche war es nicht schade um sie. Huren gibt es ja genug in Hamburg. London ist da nicht anders. Sie sollten Whitechapel sehen! Dagegen ist die Hamburger Ulricusstraße ein Hort der Züchtigkeit.

Es handelte sich wirklich um einen Brief von Jakob Eilers! Der Mörder lebte!

Obwohl sie seine Leiche nicht gefunden hatten, war er für tot erklärt worden. Keiner hätte einen solchen Unfall überleben können, hatte es geheißen, zumal die Schiffer so viel Blut im Wasser gesehen hatten.

»Herr Rieker, sind es schlechte Nachrichten?«, fragte Kracht besorgt.

»Das kann man wohl sagen. Sehr schlechte Nachrichten sogar«, murmelte er und vertiefte sich weiter in den Brief.

Leider konnte ich Ihretwegen, Herr Commissar, meine gerade begonnene Sammlung nicht durch das Herz des Fräuleins Johanna ergänzen und war gar gezwungen, meine ersten Herzen zurückzulassen. Ich bedauere das sehr. Aber ich bin zuversichtlich, dass sich wieder Gelegenheiten ergeben, meine Sammlung neu zu beginnen. Wer weiß, vielleicht können auch ein paar andere Organe meine Leidenschaft wecken? Auf jeden Fall werde ich dabei stets an Sie und Fräulein Johanna denken. Durch Sie beide hat sich meine Faszination am Tod zur Faszination am Töten gesteigert.
Ich bedauere nur, dass Sie nicht ein bisschen später aufgetaucht sind. Ich glaube, Fräulein Johanna hätte uns beiden

allzu gerne ihr Herz offenbart. Wer weiß, vielleicht führt mich mein Weg einmal wieder nach Hamburg. Oder sie besucht eines Tages London. Doch bis dahin bleibe ich ergebenst, Ihr Jakob, den die Leute hier Jack nennen.

Rieker las den Brief ein zweites und dann ein drittes Mal – und konnte es immer noch nicht glauben.

Ein Klopfen an seiner Tür holte ihn ins Hier und Jetzt zurück.

»Sie?«, rief er, als die Besucherin zu sehen war. Erstaunt, welch seltsame Wege das Schicksal nehmen konnte, sprang er auf.

Seit dem Gespräch vor von Stresenbecks Bureau war ein guter Monat vergangen, in dem sie sich nicht mehr gesehen hatten. Die junge Frau wirkte bleich im Gesicht. So bleich, wie Rieker sich nach der Lektüre dieses Schreibens fühlte.

»Haben Sie etwa auch einen Brief erhalten?«, fragte er.

Johanna Ahrens wirkte verunsichert. »Von was für einem Brief sprechen Sie?« Sie wartete seine Antwort nicht ab. »Nein, ich komme zu Ihnen, weil ich etwas gesehen habe, worauf ich mir keinen rechten Reim machen kann.«

Sie biss sich auf die Lippen, bevor sie weitersprach.

»Ich fürchte, ich bin zur Zeugin eines schrecklichen Mordfalls geworden, Herr Rieker!«

ENDE

Nachwort und Dank

In unserer heutigen Gesellschaft werden Jugend, Schönheit, Aktivität und Wohlstand als erstrebenswerte Ziele im Leben angesehen. Mit genug Geld kann man sich sogar vermeintlich die Spuren des Alterns aus dem Gesicht radieren lassen. Das Sterben und den Tod hingegen blenden wir oft aus.

Über die Jahrhunderte hat sich der Umgang mit dem Tod stark verändert. In früheren Zeiten war er gegenwärtiger – und auch weit weniger tabuisiert. Tote verblieben für längere Zeit in der Wohnung, von bedeutenden Zeitgenossen wurden Totenmasken abgenommen, und mit einer neu aufgekommenen Technik im 19. Jahrhundert entstand die Totenfotografie, die auch Post-mortem-Fotografie genannt wurde.

Bei dem Überfluss an Bildern, die wir heute von uns und unseren Liebsten sammeln, mag der Gedanke, den Toten abzulichten, befremdlich erscheinen. Wäre es ihr oder ihm überhaupt recht gewesen? Möchte man das verzerrte Antlitz des Todes sehen oder sich nicht lieber an den schönen Aufnahmen des lebenden Menschen erfreuen? Das Foto des Verwandten bei einer Wanderung kann man sich wunderbar als Erinnerung rahmen und ins Zimmer hängen, aber ein Bild im Totenbett möchte man weder sich noch seinen Besuchern zumuten.

Anders als heute gab es bis ins 19. Jahrhundert kaum Abbildungen der Menschen. Gemälde waren nur dem Adel und den reichsten Bürgern vorbehalten. Mit ihrem Aufkommen bot die Fotografie das Versprechen, das zu ändern. Trotzdem war die Bildgebung mit der frühen Technik zunächst aufwendig und teuer. Möglicherweise konnte man sich ein Hochzeitsbild leisten, höchstens noch ein Foto zur Taufe des Kindes. Und wenn dann jemand starb, was sehr plötzlich geschehen konnte, war ein Post-mortem-Foto vielleicht die einzige Möglichkeit, eine bleibende Erinnerung zu schaffen. Erst Mitte des 20. Jahrhunderts verschwand die Totenfotografie in Nordeuropa.

Neben klassischen Aufnahmen der gebetteten Leichen, die gerne so hergerichtet waren, dass sie aussahen, als hielten sie ein Nickerchen, gab es auch Fotografen, die die Toten so ablichteten, wie Jakob Eilers es in meinem Roman tut: möglichst lebendig wirkend, im Kreise der Familie und zum Teil mit Gestellen in aufrechter Position gehalten. Wie im Buch mehrfach beschrieben, kann man auf den alten Aufnahmen den Toten von den Lebenden unterscheiden, weil er bei den nötigen langen Belichtungszeiten am schärfsten abgebildet ist, während man bei den Lebenden oft Bewegungsunschärfen sieht.

Gestelle zum Halten der Toten gab es also wirklich, die Erfindung des »Herzschlags der Toten«, also einer Vorrichtung, die durch Berührung minimale Bewegung für die Kamera simuliert, habe ich mir ausgedacht.

Ebenso erfunden ist die Erklärung der Herkunft von »Jack the Ripper«. Es gibt mannigfaltige Theorien über die

Identität des Serienmörders, der ich hiermit eine weitere, aber eben rein fiktive hinzufüge.

Wenn ich die intensive Arbeit an diesem Buch überdenke, fällt mir zuerst die vortreffliche Unterstützung durch meine Frau ein. Daniela Bianca Gierok ist seit Jahren meine Erstleserin und -lektorin, deren Einschätzung mir eminent wichtig ist. Kapitel für Kapitel hat sie auch bei diesem Roman sowohl ihre Kritikpunkte als auch ihr Lob offen und ehrlich geäußert und damit maßgeblichen Anteil am Entstehen dieses Romans gehabt. Ich kann ihr gar nicht genug danken für ihre Hilfe.

Besonders hervorheben möchte ich auch Lena Schäfer, meine sehr geschätzte Lektorin bei Goldmann. Wir haben schon bei einigen meiner früheren Romane bestens zusammengearbeitet, und ich freue mich ungemein, sie mit dem »Herzschlag der Toten« wieder an meiner Seite zu wissen. Bei allen Fragen oder Unsicherheiten konnte ich mich vertrauensvoll an sie wenden und bin äußerst dankbar für ihr Feedback nach dem ersten Lesen des Manuskripts, das noch zu ein paar entscheidenden Verbesserungen geführt hat. Ihr und dem Goldmann Verlag danke ich sehr für das Vertrauen in den Stoff sowie für die Möglichkeit, mit Rieker und Ahrens spannende Abenteuer erleben zu dürfen.

Neben den inhaltlichen Entscheidungen spielt auch das Textlektorat eine wichtige Rolle für ein Buch. Beate De Salves sorgfältige Korrekturen und Anmerkungen haben dem Text den nötigen Schliff verpasst und so manche Stelle auf den Punkt gebracht. Danke dafür.

Ein besonderer Dank gilt meiner Agentin Franka Zastrow von der Literaturagentur Schlück, die sich sehr für das Buch eingesetzt hat und mir immer wichtige Ansprechpartnerin bei allen Fragen ums Schreiben ist.

Die Chirurgin Susanne Himmelsbach hat sich bereit erklärt, mir bei medizinischen Fragen unterstützend zur Seite zu stehen, wofür ich sehr dankbar bin. Mit den doch recht spezifischen Fragen etwa zur Entnahme von Herzen, dem Kollabieren von Lungenflügeln oder dem Verhalten von Blut im Körper nach dem Tod, hatte sie wohl zuerst nicht gerechnet, mir aber alle meine Fragen äußerst versiert und ausführlich beantwortet. Natürlich hat ein Roman eine eigene Dramaturgie, die durch zu viel Realismus gestört werden kann. Ich habe ein paar ihrer Hinweise künstlerisch etwas »gedehnt«. Alle medizinischen Ungenauigkeiten und Fehler sind also alleine meine Entscheidung gewesen.

Sehr viele andere Menschen haben mir Fragen beantwortet, waren mir Gesprächspartner bei der Recherche und gaben mir wertvolle Anregungen und Unterstützung. Ihnen allen sei gedankt. Auch meinem Sohn Thimo und meiner Schwiegertochter Svenja Gierok, die mir während der Recherchereisen nach Hamburg immer selbstverständlich und herzlich Unterkunft boten.

Zu guter Letzt geht vor allem aber noch ein ganz großer Dank an Sie, liebe Leserin, lieber Leser. Für Sie mache ich das alles, und ich freue mich, wenn ich Sie mit meinen Geschichten bewegen, nachdenklich stimmen, von Problemen des Alltags ablenken oder einfach spannend unterhalten kann. Wir lesen uns!